IRIS

Iris: logo di Maurizio Temporin
www.mauriziotemporin.com

Illustrazioni: Mattia Ottolini

www.giunti.it

Via Bolognese 165 - 50139 Firenze - Italia
Via Dante 4 - 20121 Milano - Italia

Prima edizione: ottobre 2010

Ristampa	Anno
6 5 4 3 2 1 0	2014 2013 2012 2011 2010

Stampato presso Giunti Industrie Grafiche S.p.A. – Stabilimento di Prato

IRIS

Fiori Di Cenere

MAURIZIO TEMPORIN

GIUNTI

A Giuliano Giunchi, che a volte vedo nel fumo.

A un fratello che devo ancora conoscere.

A chi viene al mondo e a chi lo lascia.

Considerando che poi non è così diverso.

ROMANZO

"Pensa...

Pensa che la luna

sia un foro nel cielo,

che ci fa vedere la luce,

la luce del giorno dopo."

Kolor

NEVE NERA

Camminava a piedi nudi e il fuoco avanzava al suo fianco.

Fu mia madre la prima a incontrarlo. Diciassette anni fa.

In quel preciso momento era sdraiata sui sedili posteriori dell'auto con le mani sulla pancia e la bocca contratta in un grido. Io ero la causa del suo dolore. Stavo per nascere.

Mio padre batteva un pugno sul clacson, quasi che il suono potesse far scomparire le macchine davanti a lui. Sfrecciava sulla strada come non aveva mai fatto. Con la sua voce gentile cercava di calmarla, le diceva che presto sarebbero arrivati all'ospedale. Le parlava di quanto sarebbe stato bello il momento in cui mi avrebbe tenuta fra le braccia per la prima volta. Mia madre aveva una sola risposta, le uniche parole che sfuggivano alle doglie.

«Vai, vai, vai!»

E poi successe.

Papà stava svoltando verso il parco, quando un'esplosione fece slittare l'auto su un lato. Un fungo incandescente di fiamme e fumo si gonfiò nel cielo.

La gente in preda al panico correva fuori dalla fabbrica che stava bruciando. L'aria si riempì in pochi istanti d'un fumo denso e irrespirabile.

Mio padre inchiodò, per non investire la folla.

Fece risalire in fretta il finestrino abbassato, ma un po' di quel nero tossico si insinuò nell'abitacolo. Tossì e gli occhi gli bruciarono per qualche istante. Gli bruciarono come se dell'acido gli fosse schizzato in faccia. Per questo non lo vide.

Mia madre, che si era issata sui gomiti, invece sì.

Apparve per il tempo di un respiro.

Attraversò la parete di fuoco come se fosse stata una tenda. Si guardò intorno, scostando i lunghi capelli dal volto, e gridò. Gridò inferocito, con la violenza di una bestia che non mangia da anni.

La macchina ripartì prima che le fiamme la raggiungessero. Mia madre girò la testa e, nel vetro dietro di sé, lo vide dissolversi. Mi raccontò che scomparve come cenere, spazzato via da una ventata bollente.

Non ho mai creduto a quella storia. Pensavo fosse solo un'allucinazione provocata dai dolori del parto, un delirio.

Ma non fu la sola cosa strana che accadde in quelle ore di follia. Era pieno agosto, eppure iniziò a nevicare. Una neve che non si era mai vista. Una neve nera.

Coprì la città d'un manto scuro proprio mentre io facevo i primi respiri nel mondo fra le braccia di mia madre. Lei si ricorda ancora le infermiere e i dottori alle finestre, a osservare quello strano fenomeno.

La stampa disse che si trattava di un effetto secondario dovuto ai fumi della fabbrica chimica andata a fuoco. Una spiegazione razionale per qualcosa che aveva varcato i confini della realtà.

Adesso so cos'era quel nevischio d'inchiostro. Era il più fosco dei presagi. Era il segno dell'avvento di un essere che camminava col fuoco.

Ma si trattava solo di un piccolo assaggio del dolore e dell'orrore che avrebbe arrecato al mondo, al mio mondo, diciassette anni dopo, quando ritornò dalla cenere per darmi la caccia.

THARA

Era il crepuscolo.

Quella sera, dietro ai palazzi, grandi nuvole dorate cavalcavano un vento caldo. Sapevo di non essere una brutta ragazza, ma gli altri parlavano di me come di una "strana". Mi sembrava un sogno, uscire a cena con un ragazzo. Un sogno fuori posto, al tramonto, prima della notte.

Ero agitata. Avevo la sensazione di potermi svegliare da un momento all'altro. Sollevai gli occhiali da sole per controllare l'ora sul cellulare.

Proprio in quel momento arrivò Esteban e li rilasciai cadere sul naso. Uscì da dietro l'angolo con quel suo mezzo sorriso, come un cantante famoso. Davanti al ristorante c'ero solo io.

A chi non piaceva Esteban? Un po' cattivo ragazzo, un po' disobbediente, ma abbastanza furbo da non farsi mai beccare. Aveva diciannove anni, due in più di me. Per un attimo mi chiesi se fosse davvero interessato a me.

Cacciai via quelle stupide idee dalla testa. Ho sempre desiderato essere più impulsiva di quello che sono e volevo lasciarmi andare. Così pensai solo che magari, dopo, mi avrebbe portata a fare un giro in moto e chissà.

Esteban, certo, doveva essere una persona interessante. Non ne ero del tutto sicura, non c'eravamo mai parlati, ma di lui parlavano tutte. Qualcuno doveva avergli dato il mio numero e due giorni prima mi era arrivato un messaggio con scritto: "Sabato alle otto? Esteban". Avevo accettato, anche se non c'eravamo mai scambiati una parola, sperando che presto ci saremmo potuti scambiare qualche bacio. Non poteva in nessun caso essere una delusione.

Mentre faceva gli ultimi passi verso di me, tirò fuori le sigarette e, picchiando sul fondo del pacchetto, se ne fece saltare una in bocca. Si fermò e rimase a fissarmi mentre l'accendeva. Io sorrisi intimidita. Per fortuna gli occhiali da sole che portavo sempre e la luce del tramonto non gli permisero di notare il mio rossore. Io, però, notai il suo imbarazzo quando gli dissi le prime parole della serata, le peggiori che potessi scegliere.

«Esteban... Credo che tu abbia acceso la sigaretta al contrario».

Lui la lasciò cadere facendo finta di niente e allargando il sorriso.

«Thara... Entriamo?»

Ci sedemmo a un tavolo appartato. Il ristorante non era granché, veramente servivano solo panini, ma Esteban aveva tenuto a precisare che erano fatti in casa.

"Fantastico" pensai. "Un salutista che fuma".

D'altro canto anch'io avevo esagerato: mi ero vestita troppo elegante, con un abito lungo viola, comprato tempo prima in attesa di un'occasione speciale.

Mentre stavo leggendo la lista, Esteban mi prese la mano.

«Cosa prendi?» mi chiese in un modo a suo parere seducente, poi aggiunse: «Ma perché non ti togli gli occhiali?».

A quella domanda mi tremarono le gambe e la voce. Fortuna che ero seduta. Giusto, perché non me li toglievo? Non dovevo vergognarmi.

«Non ho fatto in tempo a truccarmi...» risposi sperando che bastasse come scusa, ma lui storse il naso.

Non volevo indisporlo, così spostai i capelli dal volto e li sfilai lentamente.

Mia madre è una farmacista e mi ha sempre detto di eliminare le cose fastidiose con uno strappo, come si fa con i cerotti. Forse ha ragione. Quando Esteban mi vide gli occhi ebbe una reazione che non mi aspettavo.

«Wow!» esclamò sporgendosi.

Abbozzai un sorriso. Non avevo ancora capito bene cosa significasse quell'esclamazione.

Rimasi a farmi guardare. Per qualche istante ebbi la sensazione di trovarmi sulla poltrona di un oculista. E non mi piaceva. Da piccola avevo passato già troppo tempo a fare da cavia agli specialisti.

Poi lui si passò una mano sul mento e capii che potevo rilassarmi: sembrava che i miei occhi viola gli piacessero.

Era decisamente un sollievo. Speravo solo che la conversazione non si sarebbe concentrata su di loro. Non erano esattamente una cosa di cui andavo fiera.

«Faccio un salto in bagno a truccarmi...» dissi e mi alzai.

Avevo assoluto bisogno di una pausa dall'imbarazzo che sentivo in agguato.

Esteban cercò di trattenermi.

«Ma se sei uno schianto! Hai degli occhi stupendi. Viola, come due rubini».

«Ametiste» lo corressi. «I rubini sono rossi».

E insistetti per andare.

Non ci tenevo davvero a mettermi l'ombretto, era una scusa che mi ero preparata per potermi appartare qualche istante. Se non lo avessi fatto, la serata sarebbe stata un disastro. Così mi allontanai dal tavolo portandomi la borsetta.

Entrai nel bagno. C'erano due ragazze indaffarate di fronte allo specchio. Un po' spazientita sorrisi e presi dalla borsa il mascara.

Mi misi davanti allo specchio e mi fissai. Per quanto fossero miei, quegli occhi violacei con le striature gialle mi intimorivano sempre. So che sembra folle parlare così di una parte del proprio corpo, ma il punto era proprio quello: avevo la sensazione che non mi appartenessero.

Sollevai lo sguardo per controllare i capelli. Quelli erano abbastanza normali. Li avevo di un colore ambrato ed erano lisci. La consideravo una fortuna, così non dovevo usare la piastra. Sarebbe stato un inferno doverla contendere con mia madre, che li aveva mossi e biondi.

In quei momenti ringraziavo mio padre, anche se non lo avevo mai conosciuto e nemmeno visto in foto.

Era morto quando ero piccola.

Mentre mi mettevo il nero sulle ciglia lanciavo occhiatacce alle due signorine che se la prendevano decisamente comoda. Per poco rischiai di accecarmi.

Non potevo farlo davanti a loro. Poi finalmente se ne andarono.

Il più in fretta possibile, frugai nella borsa alla ricerca della borraccia. Le mie dita trovarono il metallo e finalmente mi sentii sollevata. Tolsi il tappo e la portai alle labbra.

Sgranai gli occhi.

Era vuota! Vuota come il cervello del professore di ginnastica! Prima d'uscire di casa, per l'ansia di arrivare in tempo, mi ero dimenticata di riempirla.

Mi buttai di schiena contro al muro. Non capivo se era lo sconforto a darmi quella sensazione di freddo, o se erano le mattonelle su cui poggiavo le spalle. Non sapevo cosa fare. Forse avrei potuto resistere un'oretta, ma poi?

"Sì" pensai "un'oretta posso resistere".

Tornai al tavolo con un sorriso tanto teso, che sembrava me lo fossi disegnata col rossetto. I menu non c'erano più.

«Ho già ordinato per tutti e due, spero non ti dispiaccia» disse Esteban appena mi misi a sedere.

«No, figurati...» risposi.

Certo che mi dispiaceva! Non mi andava che la gente decidesse per me. Per quello avevo già mia madre.

«Sai, dopo devo vedermi con degli amici e vorrei sbrigarmi» aggiunse Esteban.

Cominciavo già a non sopportarlo.

«Non importa» risposero le mie buone maniere.

Se quello era un test per vedere fino a che punto poteva arrivare la mia pazienza, nel giro di qualche minuto avrei fallito. Per fortuna, o purtroppo, non ci fu bisogno di aspettare.

Le palpebre mi si appesantirono, le immagini si sciolsero e, prima che potessi reagire, mi addormentai. Intravidi il tavolo venire verso di me e caddi in avanti, con la fronte dentro il piatto vuoto.

***

Non so quanto tempo passò prima che mi svegliassi, so solo che quando riaprii gli occhi fuori era buio e il cameriere era spazientito. Cercai di trattenere uno sbadiglio.

Quando mi accorsi che, dall'altra parte del tavolo, Esteban non c'era e che aveva mangiato lasciandomi lì a dormire, mi sentii imbarazzata e derisa. Ma subito dopo mi assalì una grande tristezza. Chissà quanto sarebbe passato prima che un altro ragazzo mi chiedesse di uscire. Sospirai, lasciando cadere in avanti la testa. Se poi Esteban avesse raccontato in giro com'erano andate le cose, la mia situazione si sarebbe aggravata irrimediabilmente. L'aliena Thara avrebbe continuato a stare sola soletta sul suo piccolo pianeta.

Immaginavo già cosa stesse dicendo ai suoi amici: «Thara si è addormentata! Ve lo giuro, è caduta sul piatto come un bisonte abbattuto! Dovevate esserci...».

Sarebbe bello poter essere come una di quelle rane con lo sguardo perso, senza pensieri, se non per i moscerini. Non mi dispiacerebbe per niente.

E invece solo pensare di dover tornare a scuola mi faceva venir voglia di vomitare. E non avevo neppure mangiato. Non avevo idea di che maschera avrei indossato lunedì.

Quando il cameriere tornò e mi presentò il conto, capii immediatamente che il moscerino, in realtà, era Esteban. Non solo se ne era stato a mangiare, ma non aveva neanche saldato il conto.

Sorrisi al cameriere, che mi guardava come se fossi stata appena rilasciata da un manicomio, e cercai nella borsetta il portafogli. Sacrificai i miei risparmi, raschiando via anche gli ultimi spiccioli sparsi per le tasche.

Quando il cameriere se ne andò, mi alzai, tentando di non farmi notare, ma sentivo gli occhi di tutti addosso, come se fossi stata un puntaspilli. Non alzavo la testa, ma li potevo sentire. Nel locale c'erano anche altri ragazzi che conoscevo e che frequentavano i miei stessi corsi.

Sgattaiolai all'esterno e sollevai lo sguardo verso la luna. Le luci della città davano al cielo un aspetto vago e avevano la presunzione di poter oscurare le stelle. La luna era la sola che riusciva a tener testa a quella battaglia fatta di lampioni e neon.

Tirai fuori il cellulare e cercai il nome di Christine.

Deglutii, sperando che non mi mandasse al diavolo. Era sabato sera. Poi ci pensai meglio, in fondo ero la sua unica amica.

Dava libero. Quando rispose, una musica fortissima mi costrinse ad allontanare il telefono dall'orecchio.

«Pronto?» gridai. «Sei a un concerto?»

La musica scomparve all'improvviso e la voce di Christine, svogliata e un po' ostile come sempre, mi disse:

«Sì, guarda, ci sono i Tokio Hotel qui in camera mia…». Masticò un po' il chewingum che aveva in bocca: «Dove devo venirti a prendere?».

***

Quando Christine arrivò mi trovò seduta su una panchina dall'altra parte della strada, dove c'era il parco. Si sedette di fianco a me senza dire una parola. Mi mise in mano un caffè triplo, che aveva comprato lungo la strada. Sorrisi, ma non avevo ancora il coraggio di guardarla in faccia.

Era davvero una buona amica, pensai, mentre toglievo il coperchio dal bicchierone di carta. Si prendeva sempre cura di me. Se fosse stata una sorella, non avrei potuto chiedere di più. Non era una persona semplice, anzi, il suo carattere era piuttosto complicato. Non sapevo mai come prenderla, ma lei sapeva come prendere me.

«Grazie per essere venuta...» le dissi sorseggiando.

Il caffè non era zuccherato. A me bastava che mi tenesse sveglia. Lei non rispose.

«Ormai mi odierai... sei sempre tu che mi vieni a prendere quando mi succede» continuai guardando il marciapiede su cui erano incrostate antiche gomme da masticare. «Sei davvero la migliore. Ormai non so più cosa fare con questo problema... È terribile e i medici non sanno darmi spiegazioni. Ho sempre più sonno. Di giorno, di notte... Gli unici momenti in cui sto bene sono l'alba e il crepuscolo. Mia madre vorrebbe che stessi sempre a casa, lo sai, e se non fosse perché si fida di te non mi lascerebbe andare in giro da sola. Ti voglio davvero bene, Christine. Spero che tu capisca quanto quello che fai sia importante per me».

Finalmente ebbi il coraggio di voltarmi verso di lei. Mi ero quasi commossa, confessandole quello che significava la nostra amicizia, ma lei sembrava totalmente assente. Teneva gli occhi chiusi e muoveva ritmicamente la testa. Le sfiorai un braccio. Allora si voltò.

«Hai detto qualcosa?» mi chiese togliendosi le cuffiette dalle orecchie.

Scoppiai a ridere, mentre lei mi fissava come se fossi una scema, anzi me lo disse proprio, poi mi porse una cuffietta.

«Vuoi sentire anche tu?»

La ringraziai, ma era meglio se tornavamo a casa. La serata era già stata troppo movimentata. Si fa per dire.

Ci alzammo dalla panchina e cominciammo a camminare attraverso il parco. Era la strada più breve per arrivare a casa mia.

Attraversare il parco di notte era un po' da irresponsabili, ma quando eravamo insieme ci sentivamo al sicuro. Christine, poi, era capace di far piangere un dobermann con lo sguardo, se si impegnava.

La prima volta che ci eravamo incontrate, a scuola, lei si era appena trasferita in città e mi aveva quasi preso a pugni. Aveva trovato sul suo armadietto degli insulti e i nostri compagni le avevano detto che ero stata io. Capì quasi subito che non ero la vera responsabile e che sarebbe diventata presto una di quelle che vengono messe in disparte da tutti. Proprio come me. Quindi, mi disse, se gli altri non ci vogliono, almeno noi cerchiamo di non odiarci troppo.

Dentro non era una dark, ma fuori faceva di tutto per sembrarlo. Si vestiva di nero e si metteva strane calze. Non era gentile con nessuno: se qualcuno le avesse avvicinato una mano, probabilmente l'avrebbe morsa. Con me si comportava in un modo decisamente diverso. Certo, non mi risparmiava battutacce e cinismo, ma più di una volta l'avevo consolata mentre era in lacrime. È dura la vita di chi vuole essere cattivo.

«Allora, come è andata la serata con il bell'Esteban?» mi chiese alzando un sopracciglio. «Aspetta, lascia che usi le mie doti di veggente...» si portò una mano sulla fronte come se si dovesse concentrare: «Uno schifo totale! Ci ho azzeccato?».

«Brava, ma non credo che servano poteri speciali per capirlo, basta guardare la mia faccia» le risposi mentre finivo il caffè e gettavo il bicchiere in un cestino. «Mi sono addormentata prima ancora che iniziassimo a parlare...»

«Beh, se ti può consolare ti sei persa solo discussioni sul calcio, motori e idiozie varie».

«Sono sempre le tue doti da veggente a dirlo?» le chiesi mentre sbucavamo dall'altro lato del parco.

«No, solo quelle di una che riesce a parlare con i ragazzi».

Christine attraversò la strada col rosso, io aspettai il verde. Continuammo a camminare lungo i negozi chiusi. Ogni tanto ci fermavamo a dare un'occhiata a qualche vetrina e a fare un elenco dei vestiti che Christine non avrebbe mai voluto indossare. Io dicevo:

«Guarda, quello è splendido!».

E lei rispondeva:

«No». Oppure: «Sì, faresti un figurone, se andasse di moda vestirsi con la carta da pacchi!».

Impiegammo mezz'ora a percorrere la strada che di buon passo si sarebbe potuta fare in dieci minuti. Alla fine arrivammo davanti a casa mia.

La croce verde illuminava, lampeggiando, tutto l'incrocio: vivo nell'appartamento sopra la farmacia di mia madre.

Poco prima di entrare, raccontai a Christine che Esteban mi aveva lasciato anche il conto da pagare. Mi aspettavo come minimo un insulto e invece lei si mise a ridere.

«Davvero divertente...» le risposi, prendendo le chiavi e aprendo la porta.

Salimmo le scale. Dissi a Christine che non c'era bisogno di fare attenzione al rumore, mia madre era sicuramente fuori con qualche nuovo spasimante. Accesi la luce e buttammo le giacche sul divano.

Prima che la mia amica si sedesse e accendesse la TV per sintonizzarsi su qualche canale musicale, mi ricordai che dovevo farle vedere una cosa.

«Christine! Mi ero dimenticata della novità!»

Lei mi guardò perplessa.

«Thara... Novità... Due parole che non vanno d'accordo. A te dà fastidio persino se cambiano la sigla di un telefilm».

La presi per un braccio e la trascinai in camera mia. La

feci entrare con la luce ancora spenta e poi schiacciai l'interruttore.

«Forte! Anche se avrei preferito tutto nero» esclamò.

Nei due giorni in cui avevo aspettato l'appuntamento con Esteban ero stata così emozionata che avevo dovuto sfogarmi in qualche modo. Dipingere è sempre stata una mia passione e avevo deciso di cambiare look alla stanza.

Avevo pitturato le pareti disegnando iris viola dappertutto. Quei fiori mi erano sempre stati particolarmente cari. Avevano il colore dei miei occhi e – forse è un caso, forse no – da "iris" discende "iride".

Spiegai a Christine il perché di quel cambiamento e, appena ebbi finito, mi assalì di nuovo un'immensa tristezza. Ci sedemmo sul letto e lei mi mise una mano sulla spalla.

«Senti Thara... Non sono brava in queste situazioni, ma quando io mi sento giù faccio sempre una cosa...»

Voltai la testa verso di lei sperando in un'idea illuminante.

«Che cosa fai?»

Christine sorrise malignamente.

«Beh, possiamo mischiare in una ciotola gelato, cioccolato, burro d'arachide, popcorn e mangiarci tutto, oppure...»

***

Dieci minuti dopo eravamo sedute sul cornicione del tetto a strappare pagine del libro di matematica, appallottolarle e lanciarle in strada.

«Ah! Mi dà sempre una grande soddisfazione!» disse Christine guardando di sotto. «E adesso che ve ne pare, eh? Chi è che fa i conti adesso? Io con voi o voi con me?» avvicinò il libro all'orecchio come se ci stesse parlando. «Come come? Hai il coraggio di aprire una parentesi nella mia discussione? Beccati quest'espressione!»

Digrignò i denti e strappò anche quella pagina, scagliandola lontano. Per fortuna le avevo dato il libro di matematica dell'anno prima.

Alla fine mi ero unita anch'io a quella rappresaglia contro l'aritmetica ed effettivamente mi sentivo un po' meglio. Fare cose particolarmente stupide, a volte, aiuta a rendersi conto di quanto anche quelle che sembrano importanti siano spesso ancora più sciocche.

Certo non sghignazzavo come una matta, ma partecipavo volentieri.

Poi il mio sguardo si mise a frugare fra le antenne dei palazzi e lo smog che saliva lento. L'euforia stava svanendo.

«Che c'è?» mi chiese Christine preoccupata. «Volevi tu le pagine di geometria?»

«No...» sussurrai io. «È che pensavo... Chissà... Se avessi un padre, forse, non sarei una frana con i ragazzi».

«Guarda...» cercò di consolarmi la mia amica. «Io un padre ce l'ho ed è come avere due madri, solo che lui è quella peggiore. Un padre, quando gli parli dei ragazzi, ti dice solo di stargli il più lontano possibile».

Sospirai sentendo quel nodo alla gola che solo un impiccato conosce bene.

«Forse... Ma almeno saprei qualcosa in più di me. A volte mi sembra di non conoscermi, o di conoscermi solo a metà».

Christine per qualche istante perse il suo sarcasmo e si sedette più vicino. Mi guardò negli occhi, profondamente, come solo lei aveva il coraggio di fare.

«Thara, io ti conosco per quello che sei. Sei una persona buona, prudente, affidabile. Tutto il contrario di me. Forse sei la sola persona a cui metterei in mano la mia vita. Devi avere fiducia in te stessa, io ce l'ho. Sono sicura che tuo padre sarebbe fiero di te».

Si accorse che mi stavo commuovendo.

«Vorrei solo averlo potuto conoscere...» le dissi piano.

«Ma perché è morto poco dopo che sono nata? Cosa ho che non va?»

«È questo mondo a non andare».

«Avrei voluto conoscerlo... Anche solo per un'ora».

A quel punto Christine non riuscì a trattenere una battuta.

«E io vorrei conoscere Johnny Depp, anche solo per un'ora...»

Ridemmo insieme e ci abbracciammo.

IL BUIO NEI FIORI

«Immagino che tu abbia studiato tutta la notte, ma il compito in classe è ora».

Così mi svegliò la professoressa di matematica. Mi rimisi a sedere sul banco vedendo il suo largo fondo schiena allontanarsi. Avevo ancora la vista annebbiata dal sonno.

Mentre mi strofinavo la guancia, sentii mezza classe ridere dietro di me. Era orribile quella sensazione e mi toccava provarla molto spesso. Troppo spesso. Mi spostai i capelli in modo da coprire con una ciocca la parte della faccia che probabilmente era diventata rossa.

Sospirai e cercai di capire quello che la professoressa Sperling scriveva sulla gigantesca lavagna nera. Ero nervosa e imbarazzata, tanto da non accorgermi che mi stavo rosicchiando le unghie.

Trattenni uno sbadiglio. La professoressa Sperling mi avrebbe cacciata di sicuro, se le avessi spalancato la bocca in faccia. Allora, senza farmi vedere, mi chinai e presi dallo zaino la borraccia in cui tenevo il caffè. Diedi due sorsi e cercai di ricompormi. Finsi di non sentire le risatine alle mie spalle.

Christine mi diede una leggera gomitata.

«Non ti preoccupare, ti do una mano io: a me la danno le fotocopie che ho nell'astuccio».

Christine in queste cose era un genio del male. Ricordo che una volta aveva sfiorato la perfezione per un esame di storia. Era riuscita a inserire nel dizionario alcuni appunti con una maestria incredibile. Si era procurata la stessa carta, dello stesso colore e formato, aveva scritto al computer quello che le interessava e poi aveva sistemato tutto, in modo che non si notasse.

Il professore, che sospettava qualcosa, aveva preso in mano e controllato il dizionario, ma era talmente assurdo e contorto quello che Christine aveva fatto, che non si era accorto di niente. Cercava appunti scritti a mano, non si aspettava qualcosa di così diabolico.

Questo era un altro punto di forza della mia amica, riusciva a farsi sottovalutare da tutti. Tecnica insuperabile.

«La scuola è una guerra che dura anni» diceva. «E in guerra tutto è concesso».

Quella mattina, senza il suo aiuto, non sarei riuscita nemmeno a scrivere il mio nome e la data sul foglio. Furono le due ore peggiori di tutto il semestre, ma alla fine riuscii a consegnare in tempo.

Mi addormentai una sola volta durante la prova.

Per me era già difficile rimanere sveglia se camminavo: stare seduta e attenta era quasi insostenibile. E tutto quel caffè, quella coca-cola e le altre bibite energetiche che trangugiavo mi rendevano nervosissima.

Quando suonò la campanella dell'intervallo uscimmo a fare due passi in giardino.

Erano i primi giorni di primavera, la scuola stava per finire e il sole sembrava ci chiedesse di correre più forte per raggiungere prima l'estate. Respirai a fondo l'aria fresca. Profumo di fiori. E puzza di sigarette.

Appena passato il portico voltai la testa. Il gruppo delle ragazze insopportabili era intento ad adorare Esteban. Presi Christine e cercai di trascinarla via.

«Ma che diavolo fai?» mi disse scansandomi.

«Non voglio che mi vedano...»

Christine scosse la testa sorridendo.

«Cosa ti importa di quelle lì? Cresceranno, si sposeranno, avranno un figlio, forse, invecchieranno e moriranno. Fine della storia. Leggono libretti d'amore un po' dark e pensano di essere fighe. Noi avremo vite indimenticabili e...»

La interruppi.

«Va bene, ma hai presente questa mattina quando sono entrata... Ecco vorrei che non si ripetessero scene simili».

«Se vuoi non ho nessun problema a prenderne una per i capelli. Andiamo a caso, facciamo la conta? O hai già in mente qualcuna in particolare...»

«Lascia stare, non vale la pena».

Christine si mosse da sola. Aveva capito che quel giorno non ero in vena di sarcasmo.

«Dai vieni, ho io una cosa da farti vedere. Diciamo... Una piccola rivincita».

La seguii con un'espressione apatica e circospetta. Era raro che si arrendesse così in fretta.

Ci sistemammo a sedere sul muretto davanti al parcheggio. Mi disse che dovevamo solo aspettare. Intanto prese un tramezzino dalla sua borsetta e lo divise con me. Passarono dieci minuti, poi dal giardino arrivò Esteban. Christine rimase tranquillamente a mangiare, mentre io, d'istinto, nascosi la testa dietro al triangolino di pane.

Sentii delle urla inferocite e lo riabbassai per sbirciare la scena. Esteban era in ginocchio, davanti alla sua moto. Teneva le mani nei capelli e piangeva come se gli avessero investito il gatto con tutta la cucciolata.

Le ruote della sua adorata moto erano state tagliate e su tutta la carrozzeria erano stati incisi dei cuoricini.

Scioccata, mi voltai verso Christine.

«Dimmi che tu non c'entri con tutto questo».

Christine continuò tranquillamente a mangiare.

«E lasciare il merito di questo capolavoro a qualcun altro? No, non se ne parla».

Mi passai una mano sulla faccia. Sentivo che mi mancava poco a una crisi di nervi.

«Tranquilla» mi rassicurò Christine con aria indifferente. «Con tutte quelle con cui esce, tu sei la meno sospettabile».

Insistetti lo stesso per andarcene. Christine sospirò, lamentandosi che le rovinavo sempre i finali dei film, e tornammo in giardino.

Devo ammettere che, dopo il panico iniziale, i sensi di colpa scivolarono via senza lasciare il minimo residuo. Mi voltai indietro per gustarmi un ultimo istante la crisi di Esteban: era ancora lì che si rotolava sull'asfalto. Mi lasciai scappare una risata e a quel punto non mi importava più sul serio che Esteban mi sentisse o no. Io non avrei mai trovato il coraggio di rovinargli la moto, ma per fortuna Christine era il braccio che realizzava quello che la mia mente non portava a compimento.

«Christine, non avrei mai pensato che un giorno ti avrei ringraziato per un atto vandalico».

«Figurati» mi rispose lei. «Finché non si tratta di omicidio...»

Rimanemmo in giardino a goderci gli ultimi minuti di libertà, prima di tornare alle nostre cellette a forma di banco.

Non potevo dire di odiare del tutto la scuola, anche perché aveva il merito di averci fatte incontrare. Era risentimento quello che provavo. Studiare deve essere un piacere, è bello imparare cose nuove, ma il modo in cui si fa a scuola è... quasi raccapricciante. Riescono persino a farti odiare la letteratura. Io non so scrivere bene, ma ci sono tanti autori che raccontano storie incredibili in modo meraviglioso e la pretesa che hanno i professori di spiegare quello che altri hanno scritto mi indispone. I libri si spiegano da soli e quello che si può imparare dalle pagine ognuno dovrebbe scoprirlo come vuole e come può. Essere costretti a "fare rapporto" alla fine è disumano.

Talvolta però la scuola era anche divertente: sembrava un piccolo acquario in cui si poteva vedere una caricatura della nostra futura vita nel mondo. Io e Christine saremmo stati i pesciolini colorati di una barriera corallina, e se agli altri andava bene rimanere pesci pulitori, fatti loro.

Tornammo in classe, camminando per corridoi movimentati come vagoni della metro all'ora di punta. Ci fermammo a prendere i libri dall'armadietto per la lezione di scienze e sperai che, questa volta, non avremmo dovuto sezionare niente. Christine non era del mio stesso avviso.

Salimmo al terzo piano ed entrammo nell'aula ampia e spaziosa.

Il sole disegnava strane figure, rifrangendosi dentro le ampolle disposte sui vari banchi. Vicino alla cattedra c'era anche uno scheletro. Sapevo che era di plastica, ma qualcuno aveva messo in giro la voce che fosse vero. Probabilmente Leonard.

Si diceva che fosse appartenuto a un ex preside di molti anni prima. La leggenda voleva che si fosse fatto spolpare e appendere a una catenella, per essere sicuro che le cose continuassero ad andare nel verso giusto. A volte sembrava quasi che ti guardasse dalle sue orbite vuote.

A Christine piaceva, ma a Christine piaceva qualunque cosa disgustasse gli altri.

Ci sedemmo, preparandoci psicologicamente ad altre due ore di lavaggio del cervello. Dentro di noi, speravamo che Leo saltasse fuori con un'altra delle sue trovate.

Mi voltai per salutarlo.

Aveva due matite che gli uscivano dal naso.

Leonard era l'unico ragazzo con cui andavamo d'accordo. Il solo vero amico, dopo Christine.

Se ne stava là in fondo, tra gli ultimi banchi, a sperimentare la forza di gravità con un elastico e la gomma. Indossava sempre vestiti che erano troppo larghi per lui, teneva le scarpe slacciate e adorava le felpe con i cappucci. Non sapeva davvero passare inosservato e non gli importava per niente.

La settimana prima aveva organizzato una scenetta davvero spassosa. Quando il professore si era messo a chiamare per nome e a segnare i presenti, arrivato al suo era successa una cosa imprevista.

«Leonard Sunner?» disse il prof.

E un suo amico, come risposta, si alzò in piedi gridando: «Leonard Sunner! Teletrasporto!».

In quell'istante l'armadio si era spalancato e Leonard era uscito fuori con una capriola, mettendosi in piedi e inchinandosi a prendere gli applausi del suo pubblico. Poi si era preso anche un soggiorno omaggio nell'ufficio del preside, ma sembrava che a lui piacesse come collezionare figurine.

Era un fan di "Guerre stellari" e di film horror. Spesso veniva con Christine a casa mia e ne guardavamo due o tre di seguito per pomeriggi interi.

Credo che tra di loro ci fosse un certo feeling. Davanti a una scena spaventosa, io mi nascondevo dietro al cuscino, mentre loro due si abbracciavano, poi subito si lasciavano, guardando in direzioni opposte. Non avrebbero mai confessato di provare qualcosa l'uno per l'altra. Troppo orgogliosi.

Anche quelle due ore passarono fra acidi, aminoacidi, le acide della terza fila, particelle e palline di carta, poi finalmente la campanella suonò. La cauzione di quel giorno era stata pagata con abbastanza neuroni.

***

All'uscita di scuola, potei finalmente rimettermi gli occhiali da sole. In classe i professori non mi permettevano di tenerli. Era un sollievo sentire di nuovo davanti agli occhi quel velo scuro che mi proteggeva.

Christine e io aspettammo che la calca degli studenti si esaurisse e, solo dopo, varcammo il portone. Scendere le scalette e sentirsi spintonate era insopportabile.

«Devo andare un attimo alla bacheca» le dissi frugando nella cartella. «Mi accompagni?»

Christine alzò gli occhi al cielo.

«Non vorrai farlo davvero... Se poi ti danno della secchiona io ti avevo avvertita».

Costeggiammo la siepe dell'edificio fino a raggiungere il pannello di legno che la scuola metteva a disposizione. Sopra c'erano affissi gli annunci più disparati: chi provava a vendere una moto evidentemente distrutta come se fosse un pezzo d'epoca, chi cercava di rimorchiare con la scusa di affittare una camera solo a ragazze di bella presenza, chi vendeva compiti in classe già compilati e altre assurdità. Non mi sarei stupita di trovare anche l'annuncio di un serial killer.

Sospirai. Forse Christine aveva ragione. Il fatto era che avevo bisogno di un po' di soldi e non avevo certo intenzione di chiederli a mia madre.

In tutte le materie ero appena sopra la media, ma in latino andavo decisamente bene, così avevo deciso di provare a propormi per dare ripetizioni. Presi dalla cartella un volantino e lo appesi con due puntine.

«Niente male...» disse Christine leggendo quello che avevo scritto «Se riesci a trovarti due studenti al giorno per cinque ore...» si mise un dito sulle labbra «vediamo... nel giro di cinquant'anni riesci a comprarti uno yacht decente».

«Mi accontento di poter coprire le piccole spese» le risposi guardando con orgoglio la mia pubblicità.

«E tu ti fidi a lasciare il tuo numero di telefono qui in bella mostra?»

Alzai le spalle.

«Il numero è quello della farmacia di mia madre. di mio c'è solo l'email».

«Va beh...» commentò lei voltandosi. «Tanto il latino è una lingua morta. Porta un paio di volantini al cimitero».

«Non esistono lingue morte» la corressi io. «Esistono solo cervelli spenti» e la seguii.

Stavamo attraversando il cancello ed eravamo convinte di essere le ultime ad andarsene, quando sentimmo delle braccia appoggiarsi sulle nostre spalle.

«Ehi ragazze! Che si racconta?» disse la voce di Leo. «Ho saputo della serataccia. Mi spiace Thara, se avessi chiesto a me ti avrei detto di mettere su Esteban un bollino rosso. Censurato».

Christine sospirò e, continuando a camminare, scosse la spalla.

«Se non togli immediatamente quella mano ti censuro io la faccia».

Leo si ritrasse mettendo le mani bene in vista.

«Ehi, ehi... Già di cattivo umore a quest'ora? Ti consiglio la camomilla alla vaniglia, rilassa i nervi e liscia le rughe...»

Questa volta Christine si girò e gli diede un colpo sul torace. Io cercai di mediare, prima che scoppiasse una rissa, mentre prendevo la mia borraccia dallo zaino.

«Lasciamo stare i tranquillanti. Per voi ci vorrebbero quelli che usano con gli elefanti. Volete un po' di caffè?»

Rifiutarono, guardando ognuno dalla parte opposta dell'altro. Io sorrisi, alzando le sopracciglia, e bevvi dalla borraccia.

Leo mi avvicinò per mostrarmi alcuni dvd pirata che aveva scaricato da internet. I titoli dei film erano già abbastanza spaventosi da non voler sapere quali fossero le storie: "I granchi atomici", "Non aprite quella porta, che fa corrente"... Ma lui mi guardava con l'aria di un cucciolo e non mi andava che sbavasse sulle mie scarpe.

«E va bene, questa sera ce ne guardiamo uno» gli dissi benevolmente.

«Grande!» esclamò saltellando.

Era un ragazzo carino, ma aveva molti problemi con le

ragazze, gli stessi problemi che aveva Christine. Per questo, forse, credevo che sarebbero stati perfetti assieme.

Mentre tornavamo verso casa, finii il caffè che mi ero portata. Abitavamo tutti e tre nello stesso quartiere, quasi in periferia, in cui si trovavano, incastonate tra alti e moderni palazzi, alcune piccole villette retró.

Una mi piaceva in modo particolare. Sembrava quella della famiglia Addams: aveva una torretta ed era circondata da uno steccato. Ma non era per niente macabra, al contrario, era pitturata di bianco e alle finestre erano appese tendine azzurre.

Quando ci passammo davanti mi fermai, ancora una volta estasiata e sorpresa. Con un gesto lento mi sfilai gli occhiali e lasciai che i miei occhi risplendessero come lo spettacolo che avevano davanti.

Il giardino, un manto di erba perfetta quasi fosse stata rifinita con pettine e forbici, era pieno di iris.

Esistono molte varietà di quei fiori, ma là solo iris viola si stagliavano contro il legno lucido e bianco della casa. Sembravano quasi dipinti, come quelli in camera mia.

Anche Christine e Leonard si arrestarono, vedendomi lì immobile.

«Cosa c'è Thara?» mi chiese Leo.

Lo sentii chiaramente, ma non gli risposi. Ero come incantata da quell'oscillare di petali del colore dei miei occhi.

Christine capì perché ero così assorta e mi venne vicino.

«Belli, davvero belli» mi disse, e lo pensava sul serio.

Leonard invece ci avvicinò cercando di sbirciare oltre i vetri.

«Cosa c'è? Qualche ragazza che si fa la doccia? È della nostra scuola?»

Sotto il sole, gli iris ondeggiavano lentamente, appena mossi dal vento. Sembravano vivi, come mille farfalle. Chi li aveva piantati doveva esserci affezionato almeno quanto me. Non ce n'era uno trascurato, tutti erano splendidi.

«E se ne prendessi uno?» chiesi a Christine.

«Non sarò io a fermarti».

Abbassai lo sguardo verso il campanello.

«Potrei suonare e chiederlo…»

Christine spinse le sbarre. Il cancello si aprì con un cigolio impercettibile.

«Sembra che non ce ne sia bisogno...»

Entrare in una proprietà privata non è mia abitudine, ma ero talmente attratta che avrei preferito rubare petali a quel giardino piuttosto che diamanti: mai prima di quel momento mi era capitato di vedere tanti iris tutti assieme.

Una folata di vento portò il profumo di quel mare violaceo verso di me, come un'onda. Respirai a fondo e non resistetti più.

Misi un piede oltre il cancello, sentendo l'erba sotto la scarpa, morbida come un tappeto. Appena entrai nel vialetto dimenticai del tutto la possibilità che qualcuno potesse uscire dalla porta e cacciarmi. Quel profumo, quei colori, mi avvolgevano. Era tutto troppo intenso.

La gioia mi sbocciò sulle labbra, sentii le forze abbandonarmi e caddi.

Caddi nel buio.

Nel buio dei fiori.

SENZA LUNA

Così iniziò il mio primo viaggio nel Cinerarium.

Persa nell'incoscienza e nell'oscurità, sentii forti colpi battere dentro di me con un rumore cupo e profondo. Erano ritmati, incessanti, lenti. Era il mio cuore.

Le sensazioni vagavano senza trovare sensi a cui aggrapparsi. Sentivo suoni con la bocca, suoni neri, gli occhi toccavano superfici scivolose e fugaci, le mani vedevano burroni e solitudine. Non c'è modo di descrivere la confusione in cui stavo precipitando. Ero sveglia, ma non capivo. Non capivo cosa stesse succedendo, dov'ero, dove stavo andando, se stavo andando da qualche parte.

Per un momento, credetti di morire.

Poi, d'improvviso, ansimante, aprii gli occhi e un bagliore bianco mi travolse. Fui costretta a chiudere ancora le palpebre. Mi misi a sedere di soprassalto e cercai di calmarmi. Era impossibile.

Quando tornai in me, riuscii a capire che ero a terra. Sotto di me sentivo come della sabbia. Le mie mani affondavano lentamente in un cumulo di granelli.

Socchiusi le palpebre e feci avventurare lo sguardo in quel nuovo mondo. Sembrava un'allucinazione.

Davanti a me c'era un deserto, un deserto grigio. E sopra... Sì, sopra di me, un cielo bianco.

Guardai con più attenzione cosa stavano cercando di stringere le mie dita. Assomigliava alla sabbia. Sabbia sbiadita. Ma più leggera, tanto che quando alzai il braccio, parte di essa si sollevò nell'aria e ricadde lenta, come sospesa.

Sembrava proprio cenere. Ed era di cenere l'odore che effondeva.

A fatica mi misi in piedi. Era difficile muoversi su una superficie così instabile e imprevedibile. Sollevai con me una nuvola, che andò a spargersi sulle dune.

Seguendola turbinare, finii per guardarmi il vestito. Non me n'ero accorta prima perché ero troppo agitata. Avevo indosso l'abito lungo viola "delle occasioni speciali", lo stesso che portavo all'appuntamento con Esteban.

Non volevo sapere come mai lo indossassi, di certo non me lo aveva messo qualcuno, come di certo nessuno mi aveva portato lì. Era stato come sprofondare in una pozzanghera di profumo, di cui non si vedeva il fondo.

Solo allora tornai a fissare quel cielo bianco che sembrava non esserci, quasi una mano gigantesca lo avesse cancellato. Lo guardai attentamente. Era strano, non solo era bianco, ma la sua volta era cosparsa di crateri.

"Oddio!" pensai. Quel cielo era solido, un muro, una gigantesca cupola.

Mi misi a girare in tondo, guardando in alto e verso orizzonti che le dune non mi permettevano di trovare. Sembrava la luna, sembrava di essere dentro la luna.

Poi vidi il buco.

Mi fermai.

Nel cielo, se potevo chiamarlo così, c'era un tondo, un foro, nero come la notte. E forse era davvero la notte, perché se tutto il resto era occupato dalla pelle della luna, un po' di notte, da qualche parte, doveva per forza esserci.

Ero in un deserto di cenere, sotto un cielo di luna, al cui centro si trovava un buco di notte.

E non c'era nessuno.

Dopo lo stupore, che mi aveva salvata dall'agitazione, il panico mi afferrò la gola. Ero sola, in un luogo che non poteva esistere.

Cercai di controllare il respiro sempre più affannoso e,

più mi sforzavo, più i polmoni pompavano dentro di me quell'aria che sapeva di fuliggine.

In quel momento capii davvero cos'è la paura. Tremavo. Tremavo. E non avevo freddo.

Mi strinsi nelle braccia, per provare a tenermi compagnia e fermare i tremiti. Non servì a nulla. Ai brividi si aggiunsero solo lacrime, che andarono a bagnarmi il viso.

Lasciai uscire quello che avevo dentro. Non potevo trattenerlo e non volevo. Speravo che, piangendo, tutto quel mondo assurdo se ne sarebbe andato. Speravo che, stringendo gli occhi il più forte possibile, mi sarei risvegliata in quel giardino di iris.

Per fermare le lacrime, strizzai forte le palpebre, da farmi male, ma quando le riaprii ero ancora là. Persa, in una prigione infinita, senza mura.

L'enorme desiderio di fuggire mi fece scattare le gambe.

Provai a correre verso la cima di una duna, ma i miei passi erano lenti e goffi. I piedi sprofondavano nella cenere ed era faticoso fare anche un solo metro. Nessuno mi avrebbe trovata, nessuno.

La duna era ripida e le mie gambe troppo spaventate per affrontarla. Scivolai e caddi.

E là rimasi a piangere con le mani sugli occhi.

Non so per quanto tempo restai in quella condizione. Reagire era difficile. Mi rimproveravo dicendomi che sarebbe tutto finito se solo avessi fatto un altro piccolo sforzo. Dovevo fare qualcosa, sapevo di doverlo fare, ma non sapevo cosa.

Alla fine anche la paura se ne andò. Dovevo affrontare la situazione con la maggiore lucidità possibile.

Ero in quel deserto. Nessuno mi avrebbe cercata. Potevo contare solo su me stessa.

"E allora, andiamo" mi dissi.

Tornai in piedi, mi asciugai le ultime lacrime e con determinazione continuai a scalare la duna.

Era alta, ma quando arrivai in cima sentii un sollievo infinito.

Infinito, come il panorama che avevo davanti.

Al di là della duna, potevo scorgere degli edifici, forse una città. Se ciò che vedevo non era un miraggio, là avrei trovato, probabilmente, delle persone.

Mossi un passo e la sabbia grigia cedette sotto il mio peso.

Per non affondare, ero costretta a correre e quell'abito mi complicava le cose. Precipitando giù per il pendio, rischiai di cadere in avanti diverse volte.

Ridiscesa la duna, rallentai il passo. Mi accorsi che il terreno diventava più compatto procedendo verso la città. Non era proprio solido, un po' come camminare sulla spiaggia.

Mi storsi una caviglia e maledii il diavolo che aveva architettato tutto quello. Quando alzai la gamba per massaggiarmi, mi accorsi che, ai piedi, indossavo scarpe coi tacchi. Se le avessi notate fin da subito sarebbe stato tutto molto più semplice: le sfilai e le lanciai lontano accompagnandole con un grido di rabbia.

Strappai anche parte della gonna che continuava ad andarmi sotto i piedi.

Arrivai agli edifici. Senza punti di riferimento era difficile capire le distanze, ma forse avevo percorso un paio di chilometri.

«Ma che inferno è questo...» bisbigliai.

Quelle parole, sussurrate così, ad alta voce, mi fecero provare sulla pelle una sensazione strana, lo stesso brivido di quando, una volta, da piccola, mia madre mi aveva persa di vista al supermercato.

Non ero in una città.

Gli edifici che avevo visto da lontano, neri e radi, sembravano rovine di un incendio.

Camminai fra quelle strade immense, in realtà, solo sentieri di cenere, guardandomi intorno e cercando di pensare che le cose sarebbero migliorate.

Qualcuno doveva pur esserci! Sembrava di stare in uno di quei maledetti film sugli zombie che Leonard ci faceva vedere. Non c'era nulla di rassicurante in quello che mi circondava. Non c'era nessuna logica nel modo in cui erano sistemati i palazzi, sembravano lanciati in quel deserto come dadi.

Alcuni apparivano storti, altri sprofondati per metà nella sabbia e altri ancora completamente capovolti o distesi. Era decisamente inquietante.

Quel paesaggio devastato non era cosparso solo di palazzi, ma anche di auto bruciate e mezze distrutte, camion carbonizzati, strutture industriali divorate dalle fiamme e persino navi.

Tutto quello che si poteva immaginare, ma bruciato.

Rimasi immobile a pensare cosa potesse essere, cosa potesse significare. Non ci sarei arrivata nemmeno in un migliaio d'anni. Forse era quello il tempo che avrei trascorso lì. Non avevo la minima idea di come potesse scorrere il tempo in un posto in cui la luna è un buco fisso nel cielo.

Poi, d'improvviso, accadde una cosa che mi lasciò scioccata. Indietreggiai stringendo le mani.

Una folata di vento arrivò dalla mia destra e investì un palazzo.

Non potevo credere a quello che stava accadendo. Un intero palazzo, che fino a un istante prima mi sembrava solido, si dissolse pian piano, sgretolandosi in minuscoli pezzettini leggeri. Venne portato via dalla corrente. Anche quello era di cenere.

Tutto era di cenere.

Un mondo grigio fatto di cenere.

Seguii la nube, che per un attimo sembrò dissolversi. Ma poi la vidi infittirsi, tornare più spessa e alla fine ricomporre il palazzo in un altro punto, identico a prima.

«Questa è follia...» sussurrai.

I miei nervi, che si erano trattenuti anche troppo a lungo, cedettero e urlai.

«Voglio andare via! Voglio andare via da qui!»

La mia voce si espanse in ogni direzione. Nessun'eco mi rispose. Forse sbriciolò solo qualche altro muro.

Avvertii un movimento alle mie spalle.

Era un fruscio. Uno strascicare di piedi.

Voltai la testa lentamente. Non sapevo cosa aspettarmi.

Con la coda dell'occhio, intravidi la sagoma di un uomo. Mi girai di scatto e, proprio in quel momento, la figura si trasformò in polvere. Svanì nell'aria.

«No!» urlai tendendo d'istinto una mano, con l'idea di poterla fermare. Un secondo dopo, senza nemmeno darmi il tempo di preoccuparmi, qualcosa mi afferrò al collo.

Forte.

Da farmi male.

Mi divincolai appena in tempo e riuscii a liberarmi. Quando mi voltai, vidi una figura orribile, terrificante, capace di uccidere, di fermare il cuore.

Davanti a me c'era una creatura che di umano aveva solo braccia e gambe. Un corpo bruciato, privo di sguardo, con la mandibola spalancata e cadente, da cui usciva un urlo rauco. Sembrava soffrire e, allo stesso tempo, aveva tutte le intenzioni di far soffrire me.

Indietreggiai terrorizzata. Quello che avevo provato, appena catapultata in quel mondo, non era nulla paragonato alla sensazione di morte che mi assalì in quell'istante.

Ogni muscolo del mio corpo era teso, come corde sfilacciate che tenevano sospesa un'incudine. La creatura si muoveva in modo scomposto e tendeva le dita verso di me. Dalla sua carne grigiastra e screpolata si staccavano pezzi di cenere. Era come se non mi vedesse, come se mi percepisse soltanto.

Non pensai di poter fuggire. La paura, che mai per me

era stata così vera, mi inchiodò i piedi al suolo. Sentivo le vene pulsare nel collo, l'aria che si bloccava in gola.

Dietro all'essere immondo, ne stavano comparendo altri.

Uscivano dai palazzi, si sollevavano dal terreno, strisciavano fuori dai finestrini delle carcasse d'auto. Non era un incubo, ma desideravo tanto che lo fosse.

Erano decine di incubi insieme e io ero terribilmente sveglia.

Sentii una voce.

«Ehi! Da questa parte!»

Mi voltai piena di speranza.

Sopra il vagone di un treno, che sembrava deragliato ed esploso, distinsi la sagoma di un ragazzo.

Era lì, in piedi, con una maglia bianca che si muoveva al vento. Mi tendeva la mano.

Questo mi bastò per decidere che la mia vita non finiva quel giorno.

Scattai verso di lui, cercando di dimenticare cosa mi stava inseguendo. Sapere che qualcuno mi poteva aiutare mi diede la forza di correre.

L'idea che avremmo potuto morire entrambi non mi sfiorava neppure. E comunque, se proprio dovevo morire, almeno non sarei morta da sola.

Arrivai vicino al vagone ribaltato e mi aggrappai alle sporgenze, per arrampicarmi. Sentii che qualcosa provava ad afferrarmi una gamba, ma la mano del ragazzo comparso dal nulla fu più veloce.

Mi prese per un polso e mi tirò su.

«Forza! Svelta!»

Con un calcio riuscii a liberarmi dalla stretta di cenere e mi aggrappai con entrambe le mani al suo braccio. Feci forza e, con il suo aiuto, riuscii a salire sul vagone.

Ero scioccata. Non capivo cosa stesse succedendo e stentavo a credere di essere ancora intera.

Le mani del ragazzo si posarono sulle mie spalle. Era una stretta gentile e decisa. Solo a quel punto riuscii a sollevare la testa e a guardarlo.

«Stai bene?» mi chiese.

Era stupendo. D'una bellezza disarmante. Aveva un viso fine, dai lineamenti sfuggenti. Cercò di sorridermi, e due piccole fossette gli si formarono ai lati delle labbra. Poi tornò serio.

«Stai bene?» ripeté con una voce che adesso potevo distinguere meglio. Profonda e calma.

Non riuscii a rispondergli. Ero ancora terrorizzata dalle creature di cenere. Abbassai lo sguardo, per vedere se stavano ancora tentando di raggiungerci.

Erano troppo stupide per provare a risalire il vagone, ma, se avessero continuato ad ammucchiarsi una sull'altra, prima o poi ce l'avrebbero fatta.

«Allora! Stai bene?» disse per la terza volta, scuotendomi un po', senza badare ai modi.

«Sì!» gli risposi scostandolo.

Poteva anche essere carino e avermi salvata, ma non accettavo che mi parlasse in quel modo.

Lui rimase perplesso e scosse la testa. Poi batté le mani sulle gambe e mi fissò con uno sguardo infastidito.

I capelli neri gli ricadevano appena sugli occhi e la pelle, chiara, quasi bianca, lo faceva sembrare un angelo. Un angelo suscettibile e arrogante.

Stavo per reagire malamente a quel suo irritante silenzio, ma i suoi occhi ebbero il potere di calmarmi. Erano terribilmente affascinanti, magnetici. Dovevano aver visto cose orribili, eppure conservavano ancora tracce di dolcezza. Mentre li socchiudeva appena, per indovinare cosa stavo pensando, ne vidi il colore.

I colori.

Perché i suoi occhi erano un arcobaleno iridescente.

Erano raggi di sole riflessi nell'acqua.

Ogni sfumatura possibile appariva e compariva come le ali di certe farfalle.

Poi, scoppiò a ridere in modo irriverente.

«Non ti conviene avvicinarti così al bordo» disse.

Mi guardai i piedi e mi accorsi di essere proprio in bilico. Sotto di me, le creature di cenere tentavano di afferrarmi la gonna strappata.

Urlai e feci un passo in avanti. Per poco non andai a sbattergli contro.

«Beh, grazie tante per avermi salvata!» gli dissi cercando di ricambiare i suoi modi.

«Non c'è di che» mi rispose alzando le sopracciglia.

All'improvviso un'espressione preoccupata turbò il suo volto magnifico.

«Ehi, che ti succede?» esclamò facendo per toccarmi.

Sentii la testa che cominciava a girare. Stavo perdendo l'equilibrio. Quella era la sensazione che avevo provato poco prima di addormentarmi.

La paura di cadere dal vagone non bastò a trattenermi e l'ultima immagine che ricordo, mentre precipitavo all'indietro, furono gli occhi spalancati del ragazzo e i loro mille colori. Provò ad afferrarmi, ma ormai stavo scivolando nel buio.

La vertigine mi travolse e mi trascinò via.

AL SICURO CON UNO SCONOSCIUTO

«I tuoi amici sono proprio dei codardi» una voce mi riportò al mondo reale.

Tentai varie volte di aprire gli occhi e poi li spalancai d'improvviso.

Ero seduta sul sedile anteriore di un'auto in corsa e alla guida c'era un uomo sulla cinquantina. Aveva uno sguardo spensierato, un'espressione stralunata.

«Dove sono?» gli chiesi innervosita.

Non era bello risvegliarsi nell'auto d'uno sconosciuto, neanche dopo essere stata aggredita da mostri di cenere.

Mi voltai. Nessuna traccia dei miei amici.

«In una macchina...» mi rispose l'uomo stupito. «Non hai decisamente un buono spirito di osservazione».

Quando mi fissò con uno strano sorriso, mi appiattii contro la portiera. E quel suo cravattino rosso... Quello mi turbò più di tutto. L'ultima volta che lo avevo visto era al collo di un pupazzo ventriloquo assassino.

«Mi faccia scendere subito!»

«Siamo quasi arrivati» rispose gesticolando.

Mise la freccia e svoltò in una strada. La riconobbi dall'insegna di un negozio in cui andavo sempre con Christine. Mi tranquillizzai un po'.

Due incroci più in là si intravedeva l'insegna della farmacia di mia madre.

A quel punto mi resi conto di quanto fosse assurda la situazione.

«Ma come fa a sapere dove abito?» gli domandai con un tono secco, per fargli notare la mia rabbia.

Lui si grattò la testa.

«Ehm... Ti ho visto spesso uscire da scuola».

Spalancai occhi e bocca.

«Lei mi spia? Mi segue?»

Provai ad abbassare il finestrino per chiedere aiuto. L'uomo si fermò al semaforo rosso.

«No, no... Non ti spio, né ti seguo, e questa è un auto d'epoca, abbi un po di cura».

«Mi faccia subito scendere» ribattei.

Poi ritrovai la calma. Anche se quell'uomo era bizzarro e non mi aveva ancora dato spiegazioni, con me non aveva avuto un atteggiamento minaccioso. Se ero stata rapita, e questo lo stavo per escludere, almeno ero su una bella macchina: una decappottabile vecchio stile rossa fiammante.

«Pensavo solo di farti un favore» riprese l'uomo sporgendosi per controllare il semaforo. «Dovrei essere io quello arrabbiato. Sei svenuta nel mio giardino, dopo essere entrata senza il mio permesso. Questo si chiama violazione di domicilio!»

Aggrottai la fronte.

«Lei è il proprietario della villa?»

«La villa ritornata dalla polvere, esatto» rispose l'uomo gonfiando le guance e sbuffando.

«Come?»

«Ah, niente, vecchi ricordi. La chiamava così un mio amico. Viveva lì prima di me».

Il semaforo si fece verde.

«Che fine hanno fatto i miei amici?»

L'uomo ingranò la marcia e ripartì.

«Sono scappati appena mi hanno visto uscire di casa. Ma non essere in collera con loro. Quando sono in vestaglia e appena sveglio non sono certo un bello spettacolo».

Si fermò proprio davanti alla farmacia. All'interno, mia

madre seguiva i clienti. Mi vide attraverso i vetri, e notai subito la sua espressione furibonda. Mi voltai verso l'uomo.

«Quanto tempo ho dormito?»

Lui controllò l'orologio nel cruscotto.

«Direi quattro ore. Non sapevamo più come fare a svegliarti. Mia moglie ha anche provato con l'acqua, ma tu...»

In quel momento mi accorsi di avere i capelli bagnati.

«E non le è passato per la testa che potessi stare male? Non ha chiamato un'ambulanza?» gli domandai.

Questo è ciò che avrei fatto io se mi fossi trovata nel cortile di casa una persona svenuta. Lui invece si grattò la testa e prima che riuscisse a trovare una risposta, la portiera, dal mio lato, si aprì. Incrociai gli occhi di mia madre, come se fossero stati canne di un fucile.

«Tu non passerai una bella giornata!» affermò trascinandomi fuori. Poi si chinò all'altezza del finestrino e, guardando lo strano tipo seduto in macchina, disse l'unica parola che mai mi sarei aspettata.

«Charles!»

Lo conosceva? E se lo conosceva perché rimproverarlo? Forse era un cliente abituale della farmacia. Sì, doveva essere così. L'uomo si mise a ridere.

«Julia, me la sono trovata in giardino che dormiva fra i fiori...»

Mi madre si sistemò i capelli biondi, come se non sapesse cosa fare. Io non potevo vedere la sua espressione, ma dal tono sembrava parecchio arrabbiata anche con lui. Soprattutto con lui.

Mi dava le spalle e il camice bianco la faceva apparire impeccabile, anche in quella circostanza.

«Potevi chiamarmi prima!» disse a Charles cercando di controllarsi. «Mi sono preoccupata».

«Ho provato a farla svegliare, ma nemmeno un bombardamento ci sarebbe riuscito. Senti, pensavo di portarla da te prima che si svegliasse».

«Va bene, va bene» lo interruppe frettolosamente lei. «Non fa niente».

«Mamma, sto bene, non capisco perché ti preoccupi tanto».

Lei si rialzò e, appoggiando le mani ai fianchi, sembrò prendere fiato per dirmi qualcosa di terribile. Invece lasciò che l'aria le uscisse dai polmoni senza un suono.

«Niente, non importa... Ormai non più. Ringrazia il signore e rientriamo».

Mi chinai e agitai una mano per salutarlo. Ora che lo sapevo amico di mia madre, mi sentivo un po' in imbarazzo per come lo avevo trattato.

Lui comunque non sembrava tipo da prendersela per così poco. Con tutto quello che gli avevo detto, era stato fin troppo simpatico.

«Grazie» gli dissi. «Scusi l'equivoco».

Lui mi strizzò un occhio.

«È stato un primo incontro simpatico. Se non altro una giornata un po' fuori dal comune».

«Sì... Fuori dal comune» ripetei io.

Eccome, se lo era stata. Non mi capitava spesso di finire in mondi paralleli. Dai ricordi, riaffiorarono gli occhi di mille colori del ragazzo che mi aveva salvata.

Mia madre mi tirò per il braccio e tornai alla realtà.

«Thara, questo è stato e rimarrà il vostro primo e ultimo incontro. Sarei felice se non vi vedeste più».

Pronunciò quelle parole con una serietà fuori luogo, in modo definitivo. Pensai che fosse meglio lasciarla calmare, prima di farle altre domande.

Non salutò Charles. Tornò verso l'entrata della farmacia e si voltò solo per assicurarsi che la seguissi.

«Andiamo?» disse, con gli occhi ancora pieni di collera.

Io diedi un ultimo sguardo a Charles, che alzò le spalle come per dirmi "non farci caso", ed entrai con lei.

Passando fra gli scaffali, guardavo il suo camice svolazzare. Sembrava mosso dal vento che anticipa la tempesta. E non mi sbagliavo.

Passò oltre il bancone e con un dito mi fece segno di seguirla nel retro. Salutai Vivian, la commessa, e seguii mia madre in quella che sarebbe diventata la mia stanza della tortura. Anche se poco prima ero stata aggredita da creature sconosciute, mia madre sapeva terrorizzarmi in modo più efficace. Lasciai cadere la borsa coi libri vicino a una sedia. Lei richiuse la porta.

«Abbiamo solo due regole. Non ti chiedo tanto. Voglio solo che tu mi faccia stare tranquilla».

La fermai. Non capivo. Due regole?

«Ma non era solo una? Rimanere sempre con Christine quando sono fuori».

«Beh, oggi se ne è aggiunta un'altra. Non frequentare Charles».

Respirò a fondo, come se quell'uomo avesse qualcosa di più terribile del farfallino al collo.

«Credevo che fosse tuo amico...»

Lei si portò una mano alla tempia e sembrò pensare a lungo, prima di trovare una risposta.

Non riuscivo davvero a capire perché fosse così agitata. Mai, prima di quel momento, mi aveva parlato di qualcuno con quel nome.

«Lo eravamo» disse alla fine, come se si stesse liberando di un peso. «Lo eravamo molti anni fa. Ma adesso non ci frequentiamo più».

Presi dalla cartella la borraccia e svitai il tappo.

«Come mai?»

Mentre bevevo il caffè, mia madre si agitò ancora di più. Questo mi risollevò. Fino a quel momento credevo che sarei stata io a dover subire. Meglio così. Ci stavo quasi prendendo gusto. Adesso capivo come si sentiva quando mi metteva con le spalle al muro. Dava un piacevole senso di potere.

«In passato...» mi rispose «sono successe delle cose. Cose spiacevoli, che ci hanno allontanato».

«Ma... fra di voi?»

«No, non fra di noi. Charles è una brava persona» cercò il mio sguardo, sperando che potessi capirla senza chiedere oltre. «Abbiamo vissuto assieme momenti che non voglio ricordare».

Aggrottai la fronte. Mamma parlava così solo di una cosa. Anzi, non ne parlava affatto.

«Vuoi dire con papà?»

Lei si irrigidì, come se con quelle parole avessi fermato il tempo o abbassato la temperatura fino a congelarla. Le tremò la voce, senza che uscissero delle parole vere e proprie. Poi riaprì la porta e prima di andarsene mi disse con aria triste:

«Ho molto lavoro da sbrigare oggi... È meglio se mi rimetto a sistemare gli scaffali».

***

Quando tornai in camera, mi lanciai sul letto e rimasi a fissare il soffitto.

Avevo talmente tanti pensieri in testa che non sapevo da quale cominciare.

Non mi sentivo bene, ero turbata e inquieta.

Quando stavo così, avevo la brutta abitudine di mordermi le labbra. In quel modo, almeno, potevo riconoscere il dolore che sentivo.

Continuavo a ripensare al mondo senza luna. Volevo convincermi che fosse stato un incubo, ma più ci provavo, più mi tornavano in mente le sensazioni e la paura. Sentivo ancora la cenere fra i capelli e sulle dita, come cipria per morti. Non sapevo se preferire che quel mondo fosse una degenerazione della mia malattia, del sonno, oppure che esistesse realmente.

E se esisteva, cos'era? L'inferno, il purgatorio, il paradiso dei fumatori?

Respirai profondamente.

Non credevo al soprannaturale. Mia madre mi aveva sempre insegnato a essere razionale, sostenendo che di inspiegabile c'è solo il comportamento umano. Questa era forse l'unica opinione che condividevo veramente con lei.

Ma se da un lato mi sforzavo di credere che fosse stata un'allucinazione, dall'altro sentivo che non lo era. Quelle creature, quelle mani screpolate che mi avevano afferrato le gambe, le avevo viste e le avevo sentite. Avvertivo ancora l'odore secco della cenere che mi entrava nel naso e negli occhi. Strinsi le lenzuola, come per vedere quanto potevo fidarmi delle mie mani.

Cosa dovevo pensare? Forse era meglio parlarne con mia madre. Magari lei mi avrebbe dato delle pastiglie e mi sarei dimenticata tutto. O forse mi avrebbe mandata da uno strizzacervelli. No, piuttosto avrei creduto fermamente nei folletti per il resto della vita.

Per il momento era meglio tenerlo per me, o al massimo parlarne con Christine. E poi chi mi diceva che sarebbe ricapitato? Era improbabile che succedesse di nuovo. Dovevo solo dimenticare.

Ma non avrei mai potuto cancellare quegli occhi.

Non mi era mai capitato d'essere salvata, per fortuna, ma era stata un'esperienza eccitante. La ricordavo troppo nitidamente per poter fare "control alt" e "canc".

Certo i modi del ragazzo misterioso non erano stati gentili come i suoi occhi, però aveva un certo fascino. Non è da tutti riuscire a far innervosire una persona in pochi secondi e contemporaneamente eccitarla.

Qualcosa nei suoi lineamenti mi aveva attratta e turbata. Sentivo il bisogno di saperne di più.

Incontrarlo era stato come trovarmi davanti a una porta chiusa, dalla quale si sentono provenire strani rumori. Non potevo sapere cosa avrei trovato oltre la soglia, ma la tentazione d'aprirla era troppo forte per resistere.

Non sapevo neppure come si chiamasse.

Il ragazzo, per me, aveva solo un volto.

Chiusi gli occhi, per vedere se qualche frammento della sua presenza fosse rimasto intrappolato dentro le mie palpebre. Trovai solo oscurità.

Rimasi a riflettere ancora per qualche minuto, poi mi alzai dal letto e andai alla scrivania. Aprii il cassetto dove tenevo i fogli da disegno e le matite colorate.

Se di lui non potevo avere che un breve ricordo, non volevo farlo sbiadire. Così cominciai a ritrarlo.

Lo disegnai proprio come lo avevo visto nel primo istante.

In piedi, su un treno bruciato, mentre i suoi occhi gettavano tutt'intorno riflessi iridescenti.

Ora che il ricordo si ricomponeva sul foglio, mi accorsi che era slanciato e atletico. Forse aveva anche un sorriso, nascosto da qualche parte.

Chissà che nome poteva avere, un tipo così. Come minimo doveva averne dieci, uno per ogni tonalità del suo sguardo.

Mi fermai a metà e dondolai all'indietro sulla sedia. Per la testa mi passò un pensiero assurdo. "Iris", in greco antico, significa arcobaleno.

Finii il disegno, lo appesi all'armadio con una puntina e rimasi a fissarlo.

Poi guardai il telefono sul comodino.

Non sapevo se chiamare Christine e raccontarle quello che era successo. Soprattutto dopo che mi aveva mollato nel giardino di uno sconosciuto. E se l'avessi chiamata, cosa le avrei detto?

***

Quella sera mia madre andò al ristorante cinese a prendere del cibo da asporto. Ci piaceva mangiarlo, ogni tanto, quando nessuna delle due aveva voglia di cucinare.

Nel pomeriggio mi aveva chiesto se potevo preparare qualcosa e io avevo finto di avere mal di testa.

Ci mettemmo in salotto a guardare la TV. Mia madre aveva il vizio terribile di cambiare continuamente canale e così non seguivamo mai un programma o un film, ma solo un assurdo garbuglio di immagini. Quella sera, comunque, era il problema minore. Non mi interessava vedere niente. Ero completamente assente, troppo intenta a rimuginare.

Mia madre si accorse che qualcosa non andava solo quando aprì il contenitore del pollo alle mandorle. Me lo passò e io non ebbi alcuna reazione.

«Che c'è?» mi chiese. «Non hai ancora detto una parola. Volevi quello al curry?»

Alzai appena la testa, giusto per farle capire che ero lì con lei.

«Mamma...» le domandai. «Secondo te la narcolessia... insomma, il mio problema col sonno, potrebbe causare allucinazioni?»

Lei rimase con il pollo a mezz'aria e mi fissò titubante.

«Non lo so. Non credo» disse a bassa voce. «Perché?»

Mentii, con un po' di difficoltà.

«Niente. Solo curiosità».

«Ti è successo qualcosa?» continuò lei preoccupata.

Dovevo aspettarmi una domanda del genere.

«No. Niente di particolare o di cui ti debba preoccupare».

Non riuscii a tranquillizzarla nemmeno con quella frase. Il pollo alle mandorle continuava a rimanere in sospeso fra di noi.

Trovai un sistema per chiudere la conversazione.

«Charles sembra uscito da un cartone animato».

Mia madre poggiò bruscamente la scatola del pollo sul tavolo.

«Per favore Thara» disse spostando lo sguardo sulla televisione. «Per favore...»

E cominciammo a mangiare.

Io toccai a malapena il riso.

Anche se non era laureata in medicina, sapevo che mia madre era molto competente nel suo campo. Se aveva escluso le allucinazioni, mi fidavo del suo giudizio. Nonostante ciò, era difficile capire se dovevo tranquillizzarmi perché ero ancora sana di mente o farmi assalire dal panico perché quello che avevo vissuto era reale. Per il momento scelsi il beneficio del dubbio, che mi lasciò sulla pelle una sensazione fredda e umida.

Preferii spostare l'attenzione su fatti più tangibili.

Mi versai un bicchiere di coca-cola e lo trangugiai, facendo particolarmente attenzione alle bollicine che solleticavano il palato.

Ero svenuta nel giardino di uno sconosciuto e, per puro caso, quell'uomo conosceva mio padre. Quel padre che non avevo mai potuto incontrare. Si chiamava Ray ed era morto pochi giorni dopo la mia nascita. Non lo avevo mai neppure visto in foto. Mia madre le aveva bruciate tutte, come se, così, fosse possibile cancellarne il ricordo.

Non mi importava che mia madre avesse deciso che non dovevo rivedermi con Charles: lo avrei incontrato ancora sicuramente e mi sarei fatta dire tutto.

Forse per mia madre era doloroso incontrarlo, ma per me il suo volto era nuovo.

Decisi che, il giorno seguente, sarei tornata alla villa e avrei interrogato Charles, per farmi raccontare tutti i dettagli della sua memoria.

Almeno era un buon modo per tenere la testa impegnata.

LINGUE MORTE E TAGLIENTI

Il giorno seguente le cose cominciarono ad andare storte fin dalle prime ore del mattino.

Appena alzata, la macchinetta del caffè decise di non funzionare. Scesi al bar e, mentre ne uscivo con il bicchiere di carta in mano, vidi il mio autobus abbandonare la fermata.

Mi strofinai la faccia, per scacciare la stanchezza ed evitare di strillare. Quella notte, nonostante il mio sonno perenne, avevo dormito pochissimo e male. Dovevo aspettarmelo, avrei fatto meglio a darmi per malata e rimanere a casa. Mi misi gli occhiali da sole e cominciai a correre per non arrivare in ritardo.

La conferma che la decisione di andare a scuola era stata sbagliata mi arrivò appena varcato il cancello del liceo.

Camminando lungo il vialetto e riprendendo fiato, mi accorsi che stava succedendo qualcosa di strano. Non capii subito di cosa si trattava, finché non mi resi conto che il solito vociare dei ragazzi si attenuava quando passavo io.

Alzai appena la testa, giusto per dare un'occhiata da dietro le lenti scure, e vidi che tutti mi stavano fissando. Se voltavo lo sguardo nella loro direzione, spostavano il proprio dall'altra parte e si portavano una mano alla bocca per nascondere le risate.

Una leggera frustrazione si aggiunse alla valanga di sensazioni disturbanti che mi portavo dietro, assorbendo le mie ultime e poche forze. Cosa c'era adesso? Cosa avevo fatto di così divertente?

Mentre passavo sotto il portico per non farmi notare, Jennifer Suarez spuntò fuori con le sue due amiche.

Jenny "Rossetto", come la chiamava Christine, dato che il suo rossetto era dappertutto, non solo sulle sue labbra, mi si parò davanti bloccandomi. Era sempre truccata e vestita come se dovesse sfilare su una passerella, ma appena apriva bocca sembrava un troll.

«Cosa vuoi Suarez?» le domandai cercando un modo per andarmene.

Lei mi sorrise con un ghigno e si spostò a destra bloccando anche quella via di fuga.

«Volevamo sapere se te la sei spassata...»

Ridacchiò con le sue amiche.

«Eh?» domandai senza interesse, spostandomi a sinistra.

Lei seguì di nuovo il mio passo.

«Insomma, ti sei divertita ad andare a letto con Esteban? Perché io non mi sono divertita quando l'ho saputo».

Mi fermai. Alzai la testa e la fissai, superando la barriera impenetrabile del suo fondotinta.

«Che cosa?» chiesi con un tono acido e acuto.

«Esteban ha raccontato a tutti quello che è successo l'altra sera...» continuò Jennifer con lo sguardo compiaciuto. «Lo sa tutta la scuola che ci sei andata a letto. Sai, non ti facevo una ragazza così facile. Al primo appuntamento...»

«Ma non è vero!» le urlai contro, con i nervi a fior di pelle.

Quello stronzo non doveva farlo. Strinsi le mani a pugno tanto forte, che per poco le unghie non mi bucarono la carne. Doveva aver pensato che fossi io la responsabile di quanto era accaduto alla sua moto ed ecco un buon modo per vendicarsi.

«Non ci sono andata a letto!» ripetei. «E non ci andrei mai!»

Spintonai via Jennifer Suarez e a testa bassa continuai a camminare sotto al portico.

Adesso potevo sentire gli sguardi arrivarmi addosso come frecce appuntite. Ero un bersaglio facile. Sanguinavo quasi, dalla vergogna. Avevo la pelle fredda e tremante. Dovevo trovare un modo per arginare immediatamente quella situazione, prima che peggiorasse ulteriormente.

Jennifer Suarez, non soddisfatta, mi gridò alle spalle.

«Esteban ha detto che è stato come scoparsi una bistecca!»

Digrignai i denti. Se avessi continuato, avrei potuto spaccarli.

Accelerai il passo cercando di sparire fra gli studenti, ma la mia altezza, leggermente superiore alla media, non mi rendeva le cose facili.

Entrai nei corridoi e anche lì la situazione era la stessa. Si voltavano tutti come se fossi stata nuda. E la sensazione che provavo era proprio quella di non avere vestiti. Era un incubo.

Poi vidi Esteban appoggiato al suo armadietto e altri ragazzi che lo circondavano. Con la sua giacchetta di pelle e il suo stupido atteggiamento spavaldo, sembrava stesse raccontando i dettagli piccanti del nostro incontro. Mi diede la nausea.

Andai dritta verso di lui che, quando mi vide arrivare, alzò a malapena la testa. Il suo sguardo mi bloccò. Anche gli altri ragazzi si voltarono verso di me e scoppiarono a ridere.

Tutti gli insulti che mi ero preparata in quel breve tragitto, svanirono in un istante. Avevo la gola chiusa e nessuna parola pronta. Sentivo che stavo per scoppiare a piangere, frustrata e amareggiata.

Esteban aveva fatto partire un meccanismo che non sarei mai riuscita fermare.

Christine e Leonard arrivarono all'improvviso.

«Questa la pagherai molto molto cara...» digrignò Christine facendo un passo verso Esteban.

«Ma che paura...» le rispose lui con aria di sufficienza. «Un gattino che mi minaccia...»

Leo mi parlò all'orecchio.

«Dai Thara... Andiamo via...»

Seguii il mio amico, mentre Christine continuava a litigare. Lanciai un'occhiata indietro e la intravidi mentre cercava di colpire Esteban e gli altri ragazzi la fermavano.

«Mi dispiace...» sussurrò Leo. «Vedrai che sistemeremo tutto».

Respirai profondamente.

«Guarda, non mi interessa» gli dissi mentendo spudoratamente. «Andiamo in classe e dimentichiamoci tutto».

Fortunatamente le prime ore erano di latino. In quella materia ero brava e non dovevo prestare particolare attenzione. Non ne avrei avuta.

Leo e io ci sistemammo in banchi vicini, tenendo un posto libero anche per Christine.

Il professor Calinger se ne stava dietro alla cattedra, controllando alcuni testi e ignorando il viavai degli studenti. Teneva gli occhiali calati quasi sulla punta del naso e scrutava i suoi appunti come un avvoltoio. Se ne stava curvo in avanti e spostava la testa a destra e a sinistra con piccoli scatti. Fra tutti gli insegnanti, era l'unico che conservava ancora un briciolo di umanità.

Christine entrò in aula per ultima e si sedette accanto a noi, poco prima che il professore cominciasse a parlare.

«Esteban si pentirà di come ti ha trattata, ma soprattutto si pentirà di come ha trattato me...» disse la mia amica, prendendo il libro di testo e sbattendolo sul banco.

Poi appoggiò i gomiti sul bordo e assunse un'espressione imbronciata.

In quel momento il professor Calinger si alzò in piedi, facendo stridere la sedia.

Teneva sempre una postura curva e dai nostri posti avevamo una visione perfetta della sua calvizie.

«Oggi» disse raschiandosi la gola «lasceremo stare la grammatica e parleremo di qualcos'altro. Qualcosa di più interessante».

«Alleluja» bofonchiò Christine.

Calinger alzò un dito.

«Parleremo della più grande biblioteca mai esistita. La Biblioteca di Alessandria. Qualcuno ne sa qualcosa?» domandò scrutando l'aula.

Non trovando mani alzate, fermò il suo sguardo su di me. Volente o nolente, ero la sua allieva preferita.

«Thara?» mi chiese.

Forzai un sorriso. L'ultima cosa che volevo, quel giorno, era che l'attenzione si concentrasse su di me.

«Grazie professor Calinger...» dissi a bassissima voce con un velo di sarcasmo, poi alzai il tono. «So che è andata distrutta circa duemila anni fa... Non sono molto informata».

«Esatto!» esclamò Calinger facendo il giro della cattedra. «Andò distrutta in un incendio attorno al trecento dopo Cristo. Non ci sono datazioni o fonti precise sull'argomento, ma si pensa che sia stata divorata dalle fiamme durante il conflitto fra l'imperatore Aureliano e la regina Zenobia. Seneca afferma che vennero inceneriti quarantamila libri, qualcun altro che ne andarono in fumo settecentomila...»

Calinger continuò a raccontare la storia della Biblioteca di Alessandria, in modo appassionato, per le due ore che seguirono. Per me l'argomento era molto interessante, per Christine e Leonard lo era in un altro senso.

Potevano distrarsi senza che il professore li riprendesse. Quando Calinger raccontava qualcosa a cui teneva in modo particolare, smetteva di far caso a ciò che succedeva intorno.

Alla fine delle ore di latino, raccogliemmo i nostri libri e uscimmo dall'aula. Ci aspettavano altre due ore con la

Palmer, l'insegnante di storia. Con lei non avevo un buon rapporto.

Passò anche quel supplizio e finalmente potemmo andare in mensa.

La sala era grande e molto affollata. Detestavo fermarmi a mangiare lì, ma il tempo che avevamo a disposizione prima di tornare sui banchi era troppo poco, per tornare a casa. Avevo lo stomaco completamente chiuso, quindi presi solo del caffè.

Leo, Christine e io ci sistemammo in un tavolo appartato, proprio sotto il palco che a volte veniva utilizzato per le conferenze o le riunioni di istituto. Volevo parlare ai miei amici di ciò che mi era accaduto il giorno precedente. Non sapevo come cominciare e non sapevo nemmeno se era una buona idea farlo. Mi avrebbero presa per pazza, come all'inizio avevo fatto anch'io.

Però ci tenevo alla loro opinione.

«Voi credete che ci possa essere qualcos'altro oltre questo mondo?» così cominciai, senza decidere come avrei continuato.

«Sì» rispose Leo all'istante. «Ci sei dentro fino al collo. Il liceo».

«No, parlo sul serio, credete che questa sia l'unica realtà?»

Christine mi guardò come se avessi bevuto.

«Sei più strana del solito».

Sospirai.

«Ieri... Quando sono svenuta nel giardino di Charles...»

«Lo conosci?» mi interruppe Leo.

«Ho scoperto che era un amico di mio padre. Comunque, quando sono svenuta, mi è successa una cosa davvero strana...»

Cominciai a raccontare ogni particolare, con una naturalezza che non mi aspettavo. Raccontai loro del deserto di cenere con una lucidità perfetta, soffermandomi su ogni dettaglio. E mentre le parole mi uscivano di bocca, rivivevo ogni singolo istante, ogni singolo momento di paura, di stupore e di confusione. Man mano che elencavo i fatti, mi convincevo sempre di più d'averli vissuti. Non era possibile ricordarsi di un sogno in quel modo! I sogni sono vaghi e sparsi, non seguono una linea temporale precisa, sono immagini e rielaborazioni di cose che accadono durante il giorno.

I miei amici non mi interruppero più, rimasero ad ascoltarmi protesi in avanti. Ogni tanto si fissavano, per cogliere le eventuali reazioni e controllare che non mi fossi messa d'accordo con uno di loro per fare uno scherzo all'altro.

Poi, quando arrivai a raccontare del ragazzo che mi aveva salvata, presi da una cartellina il disegno che avevo portato a scuola per loro. Lo poggiai davanti a me e finii la narrazione.

«Bene Thara...» esordì Christine. «Stai guadagnando punti nella mia personale classifica di sociopatici e potenziali assassini».

«Libera di non credermi» le risposi, riprendendo il disegno.

Avevo già messo in conto una reazione simile, ma mi infastidì comunque.

«Non ho detto che non ti credo» si corresse lei vedendo sul mio volto un velo di turbamento. «Forse è solo invidia...»

Si mise a giocare con il braccialetto che le avevo regalato per il compleanno. «Ti sei trovata il ragazzo dei sogni. È un peccato che rimanga lì!»

«Per me è una figata la parte degli uomini di cenere! Fa tanto Silent Hill» intervenne Leonard dondolandosi sulla sedia.

«Tu sei il ragazzo dei miei incubi» gli fece eco Christine.

«Ragazzi» li fermai io prima che cominciassero a litigare. «Vi sto dicendo che sono stata in un altro mondo».

Christine sorrise.

«Va bene, provalo».

«E come?» le domandai.

Christine ammiccò, scontrandomi con il gomito: «Questo tizio come ce l'aveva il fondo schiena? Magnifico, perfetto, fatto col compasso?».

Sorrisi scuotendo la testa.

Dato che era impossibile farmi prendere sul serio, decisi di stare allo scherzo. Avevo bisogno anch'io di farmi una risata.

«Sei ossessionata».

«No, no» tenne a precisare Christine. «È una questione molto importante. Sono un'esteta io. Guardo la cosa dal punto di vista artistico».

«Certo...»

La ignorai, per evitare di continuare a parlare dell'argomento. Cercai invece di portare la loro attenzione su cosa era accaduto quando mi ero addormentata.

Se riuscivo a capirlo, forse avrei potuto riprodurre le stesse condizioni e tornare in quel mondo, anche se non sapevo perché ne sentissi il desiderio.

«Vi ricordate per caso cosa stavo facendo, prima di svenire?»

Leonard si alzò il cappuccio della felpa.

«Stavi per rubare dei fiori. Forse è stata la paura di essere beccata che ti ha mandato in tilt».

«No...» dissi io pensierosa. «Credo che sia stato il profumo...»

Leonard mi guardò ammiccando.

«Siamo sicuri che quelli fossero proprio iris? Non è che il tipo coltiva delle cose un po' illegali in giardino?»

Ignorai anche lui.

«Sentite» proposi. «Vi va se, dopo scuola, passiamo a trovarlo?»

BIZZARRIE

Verso le quattro e mezza ci trovammo tutti e tre di fronte alla casa di Charles. Prima di suonare il campanello, rimasi a guardare gli iris con sospetto. Non volevo che, camminando in mezzo al vialetto, mi facessero un'altra sorpresa. O forse sì.

«Magari è meglio passare in un altro momento» dissi guardando il campanello.

«La solita...» sbuffò Christine e schiacciò il pulsantino di ottone.

Durante l'attesa, rimanemmo a osservare la casa; era grande, su due piani. Aveva una torretta e una terrazza. Mi sarebbe piaciuto vivere lì, anche se l'aspetto metteva i brividi. Il bianco della facciata, adesso, mi sembrava solo una maschera che nascondeva qualcosa di oscuro.

Sotto il portico, quando si aprì la porta, comparve Charles. Era in vestaglia e aveva i capelli sparati verso l'alto sul lato sinistro, come se si fosse appena alzato. Si sistemò gli occhiali per vedere chi fossimo e quando mi riconobbe fece un ampio sorriso.

«Dannazione! Ciao! Non scappate via questa volta, vero?»

Sbadigliando, venne ad aprire il cancello.

Christine e Leonard misero da parte la loro sfacciataggine e si presentarono educatamente. Bastarono poche parole dell'uomo e si trovarono subito in sintonia con lui.

Non si aspettavano che fosse un tipo così alla mano e sopra le righe. Quanto a pessime battute e sarcasmo, li superava di gran lunga.

Mentre ci avviavamo verso la porta di casa, ci accolse con una barzelletta terribile.

«Davvero non la conoscete? Bene. Allora... Una sera, tre vampiri si incontrano e decidono di fare una scommessa. Vogliono vedere chi riesce a succhiare più sangue. Il primo va e dopo alcune ore ritorna tutto sporco di sangue. Gli altri due gli chiedono: 'Dove sei andato?'. E il primo: 'Avete visto quella colonna, nella foresta, in mezzo alla nebbia? Sono andato a sinistra, poco più avanti c'era un paese e lì ho succhiato il sangue a tutti!'. Parte anche il secondo e anche lui dopo qualche ora ritorna pieno di sangue dappertutto. Allora gli altri due dicono: 'Wow! Dove sei andato?'. E il vampiro: 'Avete visto quella colonna, nella foresta, in mezzo alla nebbia? Eh, sono andato a destra, poco più avanti c'era un paese e lì ho succhiato il sangue a tutti'. Anche il terzo parte e dopo un po' ritorna sporco, quasi grondante, di sangue. E gli altri due: 'Wow! Dove sei andato?'. E il vampiro: 'Avete visto quella colonna, nella foresta, in mezzo alla nebbia?'. Gli altri: 'Sì!'. Il vampiro: 'Beh... io no'».

Mi sforzai di ridere mentre Leonard mi prese il braccio guardandomi con un'espressione triste:

«Perché a scuola non abbiamo cloni di Charles per rimpiazzare i professori?».

Lanciai un'occhiata agli iris, che se ne stavano immobili a crogiolarsi sotto il sole. Avevano un aria troppo tranquilla, per essere innocenti.

Appena entrati, ci fermammo. Dalla penombra della casa cominciarono a emergere strane forme. Ci guardammo intorno increduli.

Mentre stavamo ancora cercando di capire dove fossimo finiti, Charles si voltò verso di noi e aprendo le braccia disse:

«Tadan!».

Poi si accorse che la sua vestaglia si stava aprendo e si affrettò a richiuderla.

«Che figata pazzesca!» dissero quasi in coro Christine e Leonard.

Sembrava di essere entrati in un museo degli orrori e del bizzarro. Tutta la casa era un magazzino di cose strane e inquietanti.

Lungo il muro, gufi impagliati indossavano delle maschere di carnevale e dei cappellini di carta; in mezzo al salotto c'era un cannone da cui spuntavano dei giornali, su una poltrona uno scheletro che prendeva il tè. Dietro il divano, stavano un paio di armature con dei tostapane al posto degli elmetti e una serie di altre cose ancora più strane.

Nonostante la cupezza dell'arredamento, il tocco di Charles aveva reso tutto notevolmente grottesco.

Ci avventurammo nella casa, seguendo lo strano proprietario fino in cucina. Là prese una ciotola piena di caramelle gommose, che sembravano lombrichi, e ce la porse. Doveva provare particolarmente gusto a scioccare la gente, ma io non ero il tipo di persona che si scandalizzava per così poco. Apprezzavo comunque lo sforzo.

«Ne volete?» domandò ai miei amici.

Leonard e Christine non gli diedero il tempo di chiederlo una seconda volta. Io ringraziai e dissi di no, allora mi strizzò l'occhio e riempì una tazza di caffè, nero, come piace a me.

«Speravo che sareste venuti» confessò Charles.

«Anche dopo quello che ha detto mia madre?» gli domandai.

Charles mi fissò. Sembrava sforzarsi per rimanere serio.

«Soprattutto per quello...»

«Lei è proprio un grande, signor Charles!» gli disse Leo.

«Per favore, chiamatemi solo Charles».

In quel momento sulla porta della cucina comparve una donna dall'aspetto sano e ordinato. Stonava totalmente con l'assurdità della casa.

«Vi presento mia moglie Sally» disse Charles andandole accanto.

«Buon giorno ragazzi...» sussurrò la signora, muovendo lentamente una mano piccola ed esile, come se stesse salutando qualcuno da una nave. «È bello sentire delle voci giovani in giro per casa».

Charles sembrò risentirsi.

«Cosa vuoi dire, che sono vecchio?»

Prese Sally per i fianchi e la sollevò. La donna si mise a ridere e noi pure, ma io ebbi un po' più di difficoltà. Mi sentivo leggermente a disagio. Non ero abituata ai quadretti familiari.

Rimanemmo a parlare tutti insieme per un buon quarto d'ora, nel quale Leonard approfittò per ribattere alla barzelletta di poco prima. Charles sembrò apprezzare molto il senso dell'umorismo di Leo. Un leggero brivido mi attraversò le braccia. Se loro due avessero passato più tempo insieme, avrebbero saputo come spaventarmi.

A quel punto Sally ci salutò, dicendo di dover andare in giardino a prendersi cura degli iris. Era lei l'appassionata di giardinaggio.

Rimasi a guardarla, mentre si allontanava e prendeva da un armadietto un piccolo rastrello. Charles allora si strofinò le mani e ci propose di continuare il tour della casa.

Ci alzammo dal tavolo della cucina e lo seguimmo per le altre stanze. Io rimasi un po' in disparte e lasciai che Leonard e Christine gli stessero vicino per soddisfare le loro curiosità. Sembrava che volessero sapere tutto su ogni minimo oggetto. Charles si accorse del mio distacco, ma preferì fare finta di niente.

Vedemmo armi medievali, mostri che sembravano rubati da un parco divertimenti, specchi deformanti, strani marchingegni, galletti segnavento e gargoyles. Abbandonato in un angolo da chissà quanti anni, resisteva anche un albero di Natale, su cui erano appese zucche secche.

Charles ci fece vedere ogni anfratto della casa, ma, quando arrivammo alla soffitta, si fermò davanti alla porta. Mentre ci diceva che i piccioni a volte riuscivano a entrare, la chiuse a chiave.

«In soffitta ci sono solo scatoloni di libri che devo sistemare sotto le zampe di qualche tavolo, non vale la pena impolverarsi».

Mentiva. Ero sicura che stesse mentendo.

Mi lanciò un'occhiata furtiva e io abbassai lo sguardo, prima che riuscisse a leggere l'incredulità sul mio viso. Lasciò scivolare la chiave in una tasca della vestaglia e ci disse che non c'era altro d'interessante.

Non sapevo cosa volesse nasconderci, o magari tenere segreto solo a me. Ancora prima, mentre salivamo le scale, avevo notato che, facendo finta di nulla, Charles aveva tolto un quadretto dalla parete per appoggiarlo, capovolto, su un ripiano.

In ogni caso non dissi nulla.

Aspettai che Christine e Leonard ci precedessero scendendo le scale e solo allora lo fermai. Rimasi a fissare intensamente i suoi occhi grigi.

«Tu conoscevi mio padre, vero?»

Le rughe che avevano segnato il volto di Charles in anni e anni di risate, si affievolirono come la fiamma di una candela sotto un bicchiere.

«Sì» mi disse lui. «Conoscevo tuo padre».

Sorrisi cercando di metterlo a proprio agio.

«Allora ci saranno un sacco di cose che potrai raccontarmi. Io non l'ho mai conosciuto, purtroppo».

Charles si appoggiò al corrimano.

«Non credo che tua madre approverebbe. Dopo l'incidente, non ha più voluto avere a che fare con nessuno che conoscesse tuo padre. Anche se viviamo vicini, non si è più fatta vedere, ha tagliato i ponti con tutti».

Per quanto fossi davvero contrariata dall'atteggiamento

di mia madre, soprattutto perché mi aveva impedito di conoscere Charles, in qualche modo riuscivo a capirla.

L'avevo sorpresa più di una volta, chiusa in camera a piangere durante la notte. È una cosa terribile vedere la propria madre piangere.

«Ogni tanto passavo dalla farmacia, ma se c'era lei mi evitava e serviva un altro cliente. Non ha neanche mai voluto che io e te ci incontrassimo» continuò Charles. «Ora non so cosa sia giusto fare... Cosa raccontarti... Lasciami pensare. E nel frattempo non dire a tua madre che sei stata qui, ok?»

Annuii e raggiungemmo i miei amici al piano di sotto.

Salutammo Charles promettendogli che saremmo tornati presto e lui rimase sulla porta a guardarci andare via.

Mentre attraversavamo il vialetto, incontrammo di nuovo Sally, vestita per il giardinaggio, con guanti e paletta. Stava in mezzo agli iris come un pescatore in mezzo a un fiume, con le gambe immerse nei petali fino alle ginocchia. Salutammo anche lei e, poco prima di varcare il cancello, le chiesi se poteva regalarmi qualche fiore.

IL RAGAZZO DEI SOGNI

Quella sera non uscii.

Rimasi a casa da sola, dicendo a mia madre di andare tranquillamente fuori con le sue “amiche”. Le sembrò strano, perché di solito storcevo il naso quando sentivo una macchina suonare il clacson per chiamarla in strada, ma mi ero sforzata d’essere più naturale possibile.

Appena se ne fu andata, mi ritirai in camera, dove avevo sistemato gli iris di Sally. L’aria, in casa, quella sera, era strana, o forse strana ero io: sentivo gli oggetti come poco familiari.

Mi sedetti alla scrivania.

Davanti a me, oltre ai fiori, il disegno del ragazzo misterioso. Speravo che, guardandolo prima di addormentarmi, sarebbe stato più facile ritrovarlo. Lui era l’unico che potesse darmi qualche spiegazione su quello che stava accadendo.

Non sapevo di preciso cosa stessi per fare e non ero sicura che avrebbe funzionato.

Diedi un’occhiata fuori dalla finestra. Il cielo pian piano si stingeva nella notte. Era quasi il momento.

Non avevo idea del perché il tramonto e l’alba fossero gli unici momenti in cui mi sentivo bene. Nessuno era mai riuscito a spiegarmelo. Medici, enciclopedie e internet, avevano tutti sollevato bandiera bianca. Si erano arresi, e così avevo fatto anche io.

Non avrei mai saputo cosa causava il mio grande sonno. Quel problema me lo trascinavo dietro fin da quando ero piccola. Avevo passato mesi interi in ospedale alla ricerca di una cura e i ricordi che avevo dell'infanzia erano davvero terribili. Sentivo ancora l'odore di disinfettante e le punture nelle braccia.

Forse la cura ce l'avevo davanti adesso. Forse la cura era quel mondo fatto di cenere. O forse quel mondo fatto di cenere sarebbe stato la mia fine.

Feci un respiro profondo e avvicinai il volto agli iris.

Chiusi gli occhi, sentendo il profumo entrarmi dentro, serpeggiare come fumo violaceo dentro al naso, nella gola, nei polmoni, nei burroni, nei precipizi, fra gli abissi, fra le sensazioni, attraverso specchi d'ombra, brace sciolta e piogge d'inchiostro.

***

Poi la luce.

Un'enorme luce.

Come era successo nella prima caduta, gli occhi mi lacrimarono per il bianco della volta lunare.

Li riaprii, con grande sforzo, il prima possibile. Volevo assicurarmi che attorno non ci fossero creature mostruose pronte ad attaccarmi.

Ero sola.

Mi trovavo nel deserto di cenere. Non essendoci punti di riferimento, mi era impossibile sapere se ero comparsa nello stesso posto. Altissime dune mi circondavano.

Indossavo di nuovo quel vestito lungo. Lo strappai subito. Allo stesso modo tolsi le scarpe.

Mi rialzai, scrollandomi di dosso la polvere. Subito dopo, presi a salire lungo una parete grigiastra. Avevo dimenticato quanto fosse faticoso. Il terreno scivolava sotto i piedi nudi, rimandandomi indietro a ogni passo.

Arrivata sulla cresta della duna sollevai lo sguardo.

Il buco nel cielo era esattamente sopra di me, come un

gigantesco occhio cieco. L'orbita nel cranio d'un ciclope. Faceva paura, voleva inghiottire.

Riabbassai gli occhi, su orizzonti più simili a quelli che conoscevo. Sotto di me, c'era la "città", una distesa vaga di palazzi, strutture e mezzi, sparsi come spighe di un campo bruciato.

Questa volta ero più vicina.

Potevo anche intravedere le creature vagare senza meta, cadere e rialzarsi, per poi ricadere. Rabbrividii. Erano molte, ma per fortuna lontane.

Con la coda dell'occhio, vidi qualcosa di bianco muoversi in basso, sulla sinistra. Assottigliai le palpebre per guardare meglio.

Era lui.

Non potevo esserne sicura, ma quella maglia bianca me lo fece sperare.

Il ragazzo non mi vide. Si stava dirigendo verso la carcassa di una grande nave da crociera, spiaggiata come un'immensa balena di metallo. Volevo chiamarlo, ma quando mi ritrovai con la bocca aperta e tutta la forza che avevo nei polmoni, mi ricordai di non conoscere il suo nome.

«Ehi!» gridai. «Eeehii!» ancora. Ma ero troppo distante.

L'unico modo che avevo, per attirare la sua attenzione, era raggiungerlo.

Cominciai a scendere e, mentre scivolavo, lo vidi entrare dentro la nave, attraverso uno squarcio dello scafo.

Mi distrassi e ruzzolai. Fino ad allora avevo pensato che la cenere fosse qualcosa di impalpabile. La caduta mi fece cambiare opinione.

Mi rimisi in piedi massaggiando i punti dove avevo picchiato e mi diressi verso il transatlantico rovesciato.

Quando ormai ero a metà strada, fui testimone di un nuovo fatto assurdo di quel mondo.

A circa cinque metri di altezza, comparvero, d'improvviso,

delle fiammate viola. Il bagliore inaspettato mi spaventò e indietreggiai di qualche passo. Emettevano un boato sordo e crescevano.

Prestai attenzione e la curiosità vinse sul panico.

Pian piano, fra le fiamme violacee, notai che si stava generando qualcosa. La sagoma era simile a quella della coda d'un aereo di linea. Sì, era proprio un aereo di linea. Comparvero anche le ali e il muso, neri, carbonizzati, sempre avvolti dalle lingue di fuoco. Poi, le fauci incandescenti conclusero la loro opera di creazione e sparirono. L'aereo, lasciato lì, solo nell'aria, cedette alla forza di gravità e cadde. Colpì il suolo, sollevando un'onda di cenere. Mi riparai gli occhi e non respirai. Sentii la folata passarmi sul viso e sulle braccia.

Quando tutto si fu calmato, tornai a guardare il risultato. Un aereo bruciato.

Ripresi a camminare. Mi sembrò strano rimanere indifferente alla follia di cui ero stata spettatrice, ma ero troppo impaziente di entrare nella nave.

Arrivata all'apertura in cui avevo visto penetrare il ragazzo, sbirciai all'interno. Il locale era tutto nero e sprigionava un forte odore di carbone.

Se lui era entrato si doveva trattare di un luogo sicuro, perciò non mi lasciai intimorire dall'aspetto. Misi un piede all'interno e mi avventurai nell'oscurità arrugginita.

Procedetti a tentoni, affidandomi alle mani. Dopo pochi metri i miei occhi, particolarmente sensibili, cominciarono a sfruttare ogni più piccolo foro della chiglia, da cui entravano sottilissimi fili di luce, come corde dorate tese su un passato terribile.

Mi accorsi che stavo camminando sulla parete di quello che era stato un salone da ballo. Lungo il bordo vedevo accatastati tavoli, sedie e specchi rotti, avvolti da uno spesso strato di caligine.

Non ero mai stata su una nave da crociera e mai avrei

immaginato di mettere piede su una come quella. Nonostante la sua decadenza, conservava comunque un aspetto romantico.

Sul fondo del salone, vidi una luce appena più intensa.

Mi avvicinai e mi accorsi che arrivava da un portellone. Lì intorno, il suolo era stato pulito, per quanto si possa pulire qualcosa di bruciato.

Abbassandomi, scavalcai la porta inclinata e mi fu subito chiaro che in quella stanza viveva qualcuno: sicuramente il ragazzo che stavo cercando.

Decisi che lo avrei aspettato e che, nel frattempo, avrei dato un'occhiata intorno per farmi un'idea di lui.

Se era riuscito a sopravvivere in quel luogo e a costruirsi un rifugio, doveva essere davvero in gamba, dotato di una bella inventiva e di un notevole spirito di adattamento.

Alla mia destra, un piccolo letto sfatto era stato ricavato da un'imbarcazione di salvataggio.

Su un armadietto di ferro erano riposti alcuni piccoli oggetti. C'erano vasetti rotti, libri mezzi bruciati, giocattoli di legno, candele, tutte cose che non avevano alcun apparente collegamento fra di loro. Erano oggetti comuni, che io non avrei mai esibito in quel modo.

Non riuscivo davvero a capire perché si fosse premurato di ripulirli e sistemarli così. Poi ebbi un'illuminazione: non erano importanti gli oggetti in sé, ma il fatto che conservassero ancora un po' di colore.

Mi voltai e quel pensiero fu confermato da tutto il resto. Per quanto fosse difficile notarlo, fra le cianfrusaglie accumulate si potevano intravedere tinte sbiadite.

Mi rattristai un po'. Certo non doveva essere facile sopravvivere in un luogo in cui delle creature mostruose vogliono divorarti e dove non puoi nemmeno avere un minimo di sollievo guardando il cielo. Al suo posto sarei impazzita. Probabilmente, lui non poteva andare e venire dal mondo di cenere, come facevo io.

Tutto quello che vedevo mi faceva pensare che fosse intrappolato.

Notai che alle pareti erano anche appesi dei quadri. Le cornici e i vetri erano rotti e, all'interno, le immagini erano state ricavate mettendo assieme pezzi di manifesti, giornali e locandine, come in un collage.

Stavo per sedermi su uno sgabello lì vicino, quando sentii dei rumori e scattai di nuovo in piedi. Qualcuno si stava avvicinando.

Tesi l'orecchio e mi parve di individuare il suono di uno scroscio d'acqua.

Picchiettai nervosamente le dita su uno dei ripiani. Speravo che il ragazzo stesse per arrivare. Non ce la facevo più ad aspettare e quel suono mi infastidiva, lo percepivo come migliaia di gocce di centinaia di rubinetti chiusi male.

Decisi di andare a vedere se potevo fare qualcosa.

Superai il letto e mi diressi verso l'altra porta rovesciata, che dava su un lungo corridoio. Mi chinai, come avevo fatto prima e andai avanti.

All'interno trovai una serie di cabine, tutte senza porta. Eccola, dissi a me stessa. La perdita d'acqua usciva da una delle stanzette e scivolava sul pavimento inclinato. Non sembrava proprio acqua: era grigia, come cenere sciolta.

Raggiunsi il rivoletto e, aggrappandomi allo stipite, provai a dare un'occhiata.

Mi irrigidii. Rimasi immobilizzata per alcuni secondi. Non riuscii più a muovere gli occhi, come se un meccanismo si fosse inceppato.

Là dentro c'era lui.

E lo avevo visto in una circostanza che lo rendeva davvero poco misterioso: si stava facendo la doccia.

Uscii subito, sperando che non mi avesse vista, e mi appiattii contro il muro. Avevo il cuore che pompava mille battiti al secondo e il respiro affannoso.

Dovevo calmarmi.

Cercai di riprendermi. Potevo aspettarmi qualsiasi altra cosa, ma non quello. Speravo con tutta me stessa che non si fosse accorto di niente. Per fortuna era di spalle.

Tornai di corsa nella stanza da cui ero uscita e mi sedetti sul bordo del letto. Avrei aspettato lì, preparandomi all'incontro. Non volevo mostrarmi imbarazzata. Mi tastai le guance, pensando stupidamente di poter capire se erano arrossate. Lui mi era sembrato un tipo dal carattere forte e volevo mostrargli che non ero da meno.

Certo, era difficile togliersi quell'immagine dalla testa. Era quasi più difficile che togliersi quella dei suoi occhi.

Lo avevo visto passarsi le mani fra i capelli scuri, mentre un rivolo gli scendeva sul collo, sulla schiena e ancora più giù, lungo le gambe. Deglutii. Aveva un fisico tonico e slanciato, reso ancora più definito e vivo dai riflessi dell'acqua che scivolava sulla sua pelle perfetta. Una pelle chiara, lunare, attraverso cui si vedevano muscoli forti e scattanti. Sembrava una statua.

Se ce ne fossero di statue così, passerei la vita nei musei. Ma non volevo farmi intimidire o sedurre dal suo aspetto, dovevo essere superiore.

Poi il rumore dell'acqua terminò.

Respirai a fondo. Immaginavo che stesse arrivando.

"E se è ancora nudo?" pensai d'improvviso. Certo non si aspettava di avere ospiti.

Intravidi la sua ombra muoversi nel corridoio e chiusi gli occhi d'istinto. Sentii i passi avvicinarsi. Poi il silenzio.

Mi aspettavo che dicesse qualcosa, ma non aprì bocca. Attesi ancora qualche istante e allora decisi di riaprire le palpebre, con cautela.

Se ne stava in piedi, con addosso una maglietta nera e un paio di jeans. Mille colori incandescenti mi attraversarono. Dai suoi capelli e dal suo mento cadevano gocce. Mi fissava impietrito, senza muovere un muscolo.

Il suo sguardo era così intenso che quasi mi spaventava

e abbassai il mio sulle sue mani. In una stringeva nervosamente un pezzo di stoffa bruciata che forse usava come asciugamani.

Inclinò il capo e assunse un'espressione che stava fra lo stupore e l'inquietudine.

Aprì piano la bocca e con una voce profonda e calda disse:

«Allora non eri un'allucinazione».

Tentai di abbozzare un sorriso. Pensavo che in quel modo lo avrei tranquillizzato. Lui invece si portò le mani alle tempie e mi sembrò che fosse sul punto di urlare.

Fece due passi verso di me, arrivandomi molto vicino. Mi alzai in piedi di scatto. Era impossibile capire quali fossero le sue intenzioni. Mi afferrò per le spalle e strinse forte, troppo forte. Mi fece male. Lo allontanai, indietreggiando.

«Che fai?» gli urlai contro.

Ma lui venne di nuovo vicino e mi riafferrò, questa volta senza darmi la possibilità di fuggire.

Ero spaventata. Il suo bel volto, profondamente turbato, mi attraversò come una scarica elettrica. Provai a divincolarmi. Le sue mani erano decise a non lasciarmi scappare. Mi spinse all'indietro e andai a sbattere con la schiena contro lo scafo della nave. Picchiai anche la testa e questa volta gridai fortissimo. Il mio urlo si confuse con il rumore del metallo che vibrava.

Quel tipo era completamente pazzo e altrettanto pericoloso. Dovevo immaginarlo: come gli iris, era troppo bello per non nascondere qualcosa di oscuro.

Serrai forte gli occhi e i denti. I polsi mi bruciavano per la stretta delle sue dita e rimasi in uno stato di attesa. Non sapevo cosa mi avrebbe fatto. Aspettavo solo il dolore.

«Tu sei reale?» mi gridò contro, con una violenza esasperante. «Sei reale?»

Scoppiai in lacrime. Era un pianto isterico, l'unica difesa che mi era rimasta. Smisi anche di opporre resistenza e sentii le forze abbandonarmi. Le gambe mi divennero molli e lasciai cadere la testa in avanti.

Lui era così vicino che la mia fronte si appoggiò alla sua.

«Sì...» dissi piano. «Sì...»

E continuai a singhiozzare. Continuai a piangere, sempre più debolmente, finché la gola non ne poté più e mi rimase solo il silenzio.

Il silenzio e il buio.

La pressione che avevo sui polsi si affievolì. Il respiro affannoso del ragazzo, che sentivo contro la mia faccia, cominciò a calare. Divenne sempre più flebile, più tenue. La tensione enorme che si era creata nella stanza, in un istante stava pian piano svanendo.

Solo allora trovai il coraggio di riaprire gli occhi.

Le lacrime mi appannavano la vista, ma gli occhi di lui erano così vicini da sembrare universi. Penetrare il suo sguardo torvo era come tuffarsi dentro un arcobaleno.

Sentii la sua fronte distaccarsi dalla mia e lo vidi indietreggiare. Mi lasciò andare i polsi. Le mie braccia, ancora senza forze, ricaddero ai lati del corpo.

«Tu... Tu non sei di questo mondo» disse inclinando il capo.

Scossi piano la testa.

Non avevo idea di come avrebbe potuto reagire alle mie risposte. Non sapevo cosa volesse sentire.

«Allora avevo ragione...» sussurrò accennando un sorriso. «Non sono pazzo!»

Scoppiò a ridere come un ossesso, portandosi le mani fra i capelli. Ai lati della bocca gli comparvero delle piccole fossette.

«Da dove vieni?» chiese fissandomi intensamente.

Dovevo ancora riprendermi dallo shock e non ebbi la prontezza di rispondergli all'istante.

«Da dove vieni?» ripeté con maggiore calma e fermezza.

Lo fissai con rabbia.

«Dalla Terra».

Lui si lasciò cadere all'indietro, andando a finire sullo sgabello dove prima stavo seduta io.

«La Terra...» ripeté, come se avesse sentito quella parola per la prima volta.

Massaggiandomi i polsi mi spostai dal muro, sempre mantenendo una certa distanza. Lo vidi diventare pensieroso. Stava fissando il pavimento e i suoi lineamenti si erano distesi. Avrei giurato che mi stesse addirittura ignorando, come se poco prima non fosse successo niente.

«Potresti anche chiedermi scusa» gli dissi con decisione.

Lui alzò appena il capo.

«Per cosa?» mi domandò con una sincerità disarmante.

Mi infuriai.

«Per cosa? Mi hai aggredita e sbattuta contro un muro! E hai anche il coraggio di chiedermi per cosa?»

Lui alzò le spalle: era come se non capisse il mio comportamento.

«Scusa allora» rispose semplicemente.

Mi passai la lingua sulle labbra e incrociai le braccia.

Lui non parlava. Mi guardava e basta.

«Come ti chiami?» gli chiesi, anche se in quel momento non mi interessava molto. «Dovrò sapere il tuo nome, se dobbiamo avere una conversazione civile».

Lui sorrise sfacciatamente: sembrava studiare le mie reazioni senza capirle. Poi tornò serio.

«Nate... Credo di chiamarmi Nate».

Nate. Un nome che ricordava la parola "night": notte. Proprio l'opposto del suo sguardo. Gli porsi una mano. Lui la osservò senza muovere un muscolo.

«Cosa dovrei fare con quella?» mi chiese serio.

Io la ritrassi.

«Niente... Immagino che qui le convenzioni sociali contino poco» gli girai attorno sospettosa. «Beh, io sono Thara».

Il ragazzo che adesso aveva un nome girò la testa per seguire i miei spostamenti.

«Sono tornata perché volevo ringraziarti di avermi salvata, ma adesso non ne ho più molta voglia» dissi a denti stretti.

Nate si alzò dallo sgabello. Sospirò.

«Ti ho spaventata...» disse piano, facendo tornare la voce calda e profonda. «Non era nelle mie intenzioni».

Se ne andò verso l'armadietto che stava su un lato e si mise a cercare qualcosa. Lo osservai prendere una camicia stracciata e infilarla sopra la maglia.

«Per me oggi è un gran giorno. Ormai credevo che il mondo fosse una mia invenzione. E tu, che mi sei sparita fra le braccia... Ero convinto che facessi parte della follia che sento sempre più vicina... E invece è vero. Sei la prima certezza che ho da non so quanto».

Richiuse l'anta e si voltò verso di me. Il suo sguardo si incupì, come se gli stessero passando davanti delle nubi nere.

«Io non ho ricordi. Nella testa mi vagano solo immagini sparse, informazioni che non so collocare... Un grande incubo».

Lo vidi diventare improvvisamente triste e, anche se poco prima era stato feroce, sentii mutare in modo quasi tangibile la mia disposizione nei suoi confronti. Cominciai a provare un po' di compassione per lui.

Quanti anni aveva? Forse diciotto, ma l'espressione del suo volto era molto più matura. Doveva essere stato quel posto a scolpirgli il viso. Quel posto e la solitudine.

Sospirai e cercai di riflettere, prima di parlare. Se fossi stata nei suoi panni e, dopo tanto tempo, fosse apparsa una persona, non l'avrei trattata così male; ma solitudine e paura sono capaci di indurire qualsiasi carattere. Quel viso non era fatto per la rabbia. Così decisi di perdonarlo, o almeno di dargli una seconda possibilità.

«Dove siamo?» gli domandai.

Lui scosse il capo. I capelli neri, ancora un po' umidi, persero qualche goccia.

«Non lo so... Qui!» rispose. «Io lo chiamo semplicemente "il posto della cenere"».

«Il Cinerarium...» riflettei a voce alta. «Una tomba di cenere».

«Il Cinerarium... Mi piace» fece eco lui.

«E come ci sei finito?» insistetti.

«Non lo so...» rispose di nuovo lui con un tono tenebroso e affascinante. «Il ricordo più lontano che conservo... Sì, forse è di quando sono arrivato. Mi ricordo solo un grande dolore, e poi quelle creature hanno provato ad aggredirmi. Non so niente di cosa ci sia stato prima».

Infilò una mano nella tasca dei jeans e ne estrasse un oggetto ricoperto di cenere.

«E sei qui da molto?» domandai ancora.

Soffiò sopra l'oggetto e lo ripulì con la manica. Adesso lo potevo riconoscere: un piccolo portachiavi a forma di mondo. Conservava solo qualche tono di azzurro.

«Un tempo infinito. Tutta la cenere di questo deserto in una clessidra non basterebbe a misurarlo. Tu come sei arrivata?» mi domandò riponendolo su una mensola dello scaffale.

«Credo nel sonno» risposi muovendo agitatamente le mani. «In questo momento sto dormendo, nella realtà».

Lui si irritò ancora, ridendo in quella maniera sensuale e insolente.

«Questa non ti sembra realtà? Tutto questo non ti sembra dannatamente reale?»

Mi accigliai.

«Sì, purtroppo».

Nate sospirò e camminò fino alla scialuppa che gli faceva da letto. Si sedette sul bordo, portandosi le mani alle tempie.

«E io non sto dormendo nella realtà, vero?» mi chiese come se io potessi saperlo.

Speravo che sarebbe stato lui a darmi delle risposte e invece non faceva che gettarmi nuovi interrogativi.

«Non lo so».

Mi fissò e nei suoi occhi dai mille colori vidi un deserto desolato, come quello che stava fuori dalla nave.

«No, non sto dormendo» affermò in modo assoluto.

Rimasi per qualche istante in silenzio, perché non mi veniva in mente un modo per risollevare la conversazione. Così decisi di andare a sedermi con lui. Non proprio accanto, ma abbastanza vicino da fargli capire che ero ben disposta. Ero io a non capire cosa sentisse lui nei miei confronti. E questo rendeva il mio corpo un fascio di nervi, che tiravano ognuno in direzione opposta all'altro.

«Cos'è che non ti ricordi del mondo?» domandai stupidamente, guardandolo attraverso una ciocca di capelli che mi ricadeva al lato del viso.

«Se potessi dirtelo significherebbe che me lo ricordo!»

Aveva ragione. Ma, anche se le parole erano sarcastiche, il tono non era contrariato.

«Intendo, non sai nulla di te?» provai a correggermi.

«No».

«Ma... come fai a non sapere niente...» mi venne spontaneo chiedere. «Qui ci sono dei libri».

Nate mi scostò la ciocca per guardarmi bene in viso e mi fece sentire a disagio. Non mi era mai capitato che un ragazzo facesse un gesto del genere. Era piacevole, ma imbarazzante.

«Libri... Non ricordo cosa significhi questa parola».

Mi sporsi un po' in avanti per prendere un volume che era appoggiato a terra, fingendo di non aver percepito la sua attenzione verso di me.

«Questo è un libro» dissi, porgendoglielo.

Lui lo aprì tenendolo sottosopra.

«C'è scritto, vedi?» continuai indicando le righe.

«Sono segni» commentò Nate come se le parole fossero prive di significato.

Mi stupii. Fino a quel momento aveva parlato in modo perfetto, anche troppo per un ragazzo della sua età che ha passato un'eternità in solitudine. Come era possibile che non capisse?

«Non sai leggere?» gli domandai.

Provai a sorridere. Lo trovai difficile esattamente come stargli accanto. La sua vicinanza mi metteva in soggezione. Mi attraeva, eppure il suo modo di muoversi e di aggrottare la fronte sembravano dirmi di stargli lontano.

«Leggere...» ripeté senza capire cosa stava dicendo.

Evidentemente la sua amnesia, oltre ad aver compromesso i ricordi che aveva del mondo, delle persone e del suo passato, aveva anche segnato la sua capacità di comprensione.

Si era dimenticato come si fa a leggere. Le parole stampate per lui avevano perso significato. Mi sembrava assurdo.

«Nelle pagine ci sono scritte cose» lo informai cercando di rimanere più seria possibile, senza far trasparire pensieri che potessero indisporlo. «Ci sono parole come quelle che stiamo dicendo tu e io adesso».

«Sul serio?» mi domandò.

«Sì» cercai di rimanere seria.

«E puoi insegnarmi a capirle?»

«Sì...» gli risposi d'impulso, ricordandomi poi che mi sarei potuta svegliare da un momento all'altro. «Se avessi il tempo...»

Nate si allarmò in modo sproporzionato. Lo sentii quasi tremare.

«Perché? Devi andare via?»

«Succederà, mi sveglierò» fui costretta a rispondergli sentendomi in colpa.

Lui allora si alzò in piedi e scaraventò il libro contro la

parete della stanza. L'urlo che emise, di rabbia pura, mi fece fremere. La paura che avevo provato quando mi aveva presa per i polsi tornò all'improvviso e lo vidi con occhi diversi.

«Se sapevi già che te ne saresti andata, potevi non disturbarti a venire!» gridò voltandosi nella mia direzione.

Sentii gli occhi inumidirsi e la bocca piegarsi.

«Non dipende da me...» sussurrai.

In quel momento mi accorsi che anche gli occhi di Nate erano lucidi. Mi guardava come se io fossi stata la sua unica speranza. Come se la sua sola possibilità di salvarsi gli stesse dicendo che stava per scomparire.

«Insegnami a leggere, aiutami a ricordare, ti prego...» mi implorò quasi.

Mi alzai in piedi anch'io.

«Lo farò» gli assicurai con un tono di cui potesse fidarsi. «Ti prometto che tornerò presto».

«Cosa vuol dire promettere?» domandò ancora il suo bel volto, contratto dall'amarezza.

«Ti insegnerò anche quello».

In quell'istante sentii risucchiarmi all'indietro, come se qualcuno reclamasse di colpo la mia anima. Mi sentii strappare le sensazioni e poco prima di scomparire dal Cinerarium, sentii dire da Nate solo alcune parole:

«Non so ancora per quanto potrò resistere...!».

LATIN LOVER

Quando riuscii a rimettere a fuoco le cose, davanti a me c'erano solo gli iris.

Secchi.

Come se fossero stati travolti da una folata d'autunno.

Picchiai la fronte sul bordo della scrivania.

Perché mi ero svegliata proprio in quel momento?

Mi alzai e andai in cucina. Non controllai l'ora, aprii solo il frigo e presi un pezzo di pizza avanzata.

La riscaldai nel microonde e, mentre ascoltavo il ronzio elettrico, pianificai quello che avrei fatto il giorno seguente.

Sicuramente sarei tornata da Charles. Doveva raccontarmi di mio padre e io dovevo procurarmi altri iris.

Mai la mia vita era stata così piena.

***

Quella mattina, mentre andavo a scuola, mi ricordai che era il giorno delle ripetizioni. Tre ragazzi avevano risposto al mio annuncio e avevo fissato l'incontro per il primo pomeriggio. Avevano un anno in meno di me e quello che gli avrei dovuto far ripassare era molto semplice.

Per tutta la mattina, durante le ore di trigonometria e storia dell'arte, la mia mente era rimasta lontana, avvolta dalla cenere. Non riuscivo a smettere di pensare a Nate e non sarei riuscita a darmi pace finché le sue parole non fossero state chiare. Cosa aveva voluto dire con "non so per quanto ancora potrò resistere..."?

A mensa non mangiai nulla. Rimasi a giocare con una mela come fosse una pallina da tennis. Leonard e Christine si sedettero con me, ma non chiesero spiegazioni sul mio comportamento. Christine provò a instaurare un dialogo, dicendomi che aveva trovato un modo per vendicarsi di Esteban. Ottenuto solo un mio cenno del capo, disse che me ne avrebbe parlato più tardi, quando fossi tornata nel mondo degli esseri umani. Lo aveva detto per scherzo, senza rendersi conto di quanto fosse calzante la sua battuta.

A me sembrava di essere ancora là, in quella nave, con Nate che mi stringeva i polsi. Era impossibile dimenticarlo. Mi aveva dato una scarica di adrenalina così forte, che tutto il resto si era annebbiato.

Continuavo a tormentarmi, dicendomi che avevo reagito nel modo sbagliato, che forse avrei dovuto prenderlo a calci, oppure che ero stata troppo cinica verso un ragazzo con evidenti problemi di personalità.

Ero abituata a criticarmi, mai niente di quello che facevo mi sembrava giusto, eppure con Nate, il ragazzo dagli occhi arcobaleno, era diverso. Sembrava che non gli importasse dei miei errori o del mio atteggiamento, sembrava che a lui interessasse solo l'essenza, come se dovesse trovare la propria attraverso la mia.

Continuai ad arrovellarmi fino all'appuntamento in biblioteca con i tre studenti a cui dovevo dare ripetizioni. Li trovai seduti a un tavolo rotondo al centro della sala, circondati dagli scaffali. I libri erano le uniche altre presenze, oltre noi. Li salutai e ci presentammo.

La prima era una ragazza di nome Stephanie, totalmente apatica, col viso inespressivo e il carisma di un cubetto di ghiaccio. Si era seduta a diversi posti di distanza rispetto agli altri due ragazzi, come se la disgustasse star loro accanto. Potevo capirla.

Il secondo si chiamava Clive e avrebbe potuto dare lezioni di viscosità a un panetto di burro. I suoi capelli erano appiattiti dal gel e tirati da un lato. Quando ci presentammo, mi baciò la mano dicendo *ansciantè* e, quando la ritirai, mi lasciò il dorso umidiccio.

Mi premurai di ripulirmi all'istante, poco prima di presentarmi all'ultimo: Steve.

Lui non aveva assolutamente nulla in comune con il suo compagno di banco. Aveva il fisico d'un giocatore di rugby, occhi color dell'estate e un sorriso da volpe. La sua pelle era scura, abbronzata.

Mi strizzò l'occhio e scostò la sedia per farmi accomodare. Tenne a precisare che in latino andava molto bene e che quelle ripetizioni gli servivano solo per rimettersi in pari. Era stato via tre mesi per giocare non so quali partite, qualcosa di cui andava particolarmente orgoglioso.

Sorrisi allo strano gruppetto e mi sedetti, cercando di assumere un atteggiamento professionale. Non avevo assolutamente voglia di mettermi a spiegare declinazioni quel giorno, ma avevo preso un impegno e, soprattutto, mi pagavano.

Avevamo a disposizione un'ora. Cominciai svogliatamente a chiedere dov'erano arrivati e dovetti farmi ripetere le cose due volte. Ero davvero troppo assente per poter fare qualcosa di utile.

Ci mettemmo a tradurre un semplice brano, ma ben presto i miei allievi si accorsero che qualcosa non andava.

«Thara, va tutto bene?» mi chiese Steve toccandomi delicatamente un braccio. Forse voleva flirtare. Funziona sempre buttarsi alla carica con le ragazze tristi.

«Certo, tutto bene» gli dissi scostandogli la mano. «Sono solo un po' stanca».

Guardai l'orologio e mi accorsi che mancavano ancora tre quarti d'ora: avevo la sensazione di essere lì da una settimana!

Recuperai la fiaschetta dallo zaino e bevvi un sorso di caffè. Gli altri mi guardarono in modo strano. Io li ignorai e strizzai gli occhi, con l'intento di scacciare dalla mente il volto di Nate.

Non ci riuscivo, davvero. Ancora tre quarti d'ora, mi ripetevo, tre quarti d'ora di fonetica, divisione in sillabe e leggi dell'accento. Il caffè non sarebbe bastato.

Mi sforzai di ritrovare la concentrazione, rimettendomi ben dritta sulla sedia. Il vocabolario davanti a me, con tutti quei caratteri minuscoli, mi sembrava solo un ammasso di cenere.

«Facciamo qualcosa di più stimolante...» dissi a mezza voce, più per me che per loro.

Assegnai degli esercizi in base alle esigenze di ciascuno. Poi guardai ancora l'orologio. Mancava mezz'ora. Il tempo sembrava essersi fermato, solo per il gusto di torturarmi.

L'unica alternativa che avevo per distrarmi dalle visioni del Cinerarium, era concentrarmi su qualcosa. Qualunque cosa. Mi sarebbe andato bene anche fissare un chiodo su un muro bianco. Pensai che studiare i tre ragazzi mi avrebbe aiutata.

Mentre svolgevano gli esercizi, sollevai lo sguardo per osservarli meglio. Steve e Stephanie erano chini sui rispettivi quaderni, Clive invece era immobile e non stava facendo nulla.

Stava fissando me. Teneva la testa poggiata sui palmi e, sul volto, aveva un'espressione annoiata. D'un tratto, quando ricambiai il suo sguardo, gli comparve sul viso un sorriso tirato, che mi mostrò il suo apparecchio.

Venni sopraffatta da un senso di nausea e fastidio. Quel luccichio mi fece balzare agli occhi anche la sua acne, che non avevo ancora notato.

«Hai già finito?» gli domandai, sperando che quell'espressione da ebete se ne andasse.

Clive alzò le sopracciglia folte.

«Finalmente» disse con un tono nasale. «Era ora che lo notassi. Ce ne hai messo di tempo».

Mi innervosii, ma decisi di far finta di niente. Lui girò il quaderno nella mia direzione e con un atteggiamento sbarazzino, che non gli si addiceva proprio, lo fece scivolare sul tavolo.

Sulla pagina a quadretti non trovai verbi coniugati in latino, né esempi di ablativo assoluto. Lessi solo due frasi: "Posso farti una domanda? Nere di pizzo oppure rosa con i fiorellini?".

Sollevai lo sguardo sul ragazzo, con l'intenzione di fulminarlo. Sorrideva in modo orribile e sfacciato. Anche solo l'idea di litigare con lui mi disgustava e decisi di chiudere la cosa in modo diplomatico.

«Non capisco» gli risposi con un tono sarcastico. «Ma se lo chiedi al professor Calinger, chissà, ti darà un bel voto».

Clive continuò a fissarmi in un modo strisciante, ma non più negli occhi. Adesso il suo sguardo si era abbassato notevolmente.

«Le mutandine» disse a voce alta ma flemmatica, per ripicca. «Voglio sapere che tipo di mutandine porti e di che colore sono. È così difficile da capire?»

Stephanie e Steve smisero di scrivere all'istante e fissarono Clive, poi me. Si aspettavano che, da un momento all'altro, succedesse qualcosa di memorabile.

Per fortuna la biblioteca era deserta, in ogni caso non mi aveva scioccato: il mio autocontrollo, in quei giorni, si era rafforzato.

Scoppiai a ridere inaspettatamente, come se avessi appena sentito una barzelletta fantastica. Risi fin quasi alle lacrime. E non capivo se stessi ridendo per l'assurdità della situazione o per via dei nervi troppo tesi. Quando smisi mi sentivo abbastanza rilassata.

Stephanie guardò Clive più o meno come uno scienziato guarderebbe un batterio agitarsi dentro una provetta, poi riprese a scrivere sul quaderno. Lo stesso fece Steve.

Clive assunse un atteggiamento borioso. Era insoddisfatto del risultato ottenuto. Il sorriso viscido che aveva disegnato sulla faccia era qualcosa di indelebile, come un tatuaggio.

Allungò una mano sudata verso la mia. Appena la sfiorò mi ritrassi, come se mi fossi accorta di averla infilata per sbaglio in un sacchetto pieno di vermi.

«Thara...» insistette. «Forse non mi sono spiegato bene. Non potrò mai immaginarti in modo accurato quando ti penso, se non mi dici che biancheria porti».

Probabilmente avrei dovuto sentirmi offesa, ma non ce la facevo proprio. Ero totalmente disinteressata a quello che accadeva attorno a me, o nel mondo. Non potevo farci niente, sapevo che Clive si stava comportando in modo disgustoso, inaccettabile, ma non me ne importava. Era come guardare una sitcom alla TV. Mi sentivo una spettatrice, seduta su un divano di cenere.

Stavo, comunque, per cedere alla tentazione di rispondergli a tono, quando qualcuno rispose al posto mio.

«Questa domanda dovresti rivolgerla a Esteban» disse la voce. «Lui può descrivertela in modo dettagliato, la sua biancheria intima».

Non ebbi bisogno di voltarmi per sapere che Jennifer Suarez era dietro di me. La sentii avvicinarsi preceduta dal ticchettio dei suoi tacchi a spillo.

«Ciao Jennifer» risposi senza girarmi.

Lei sì che poteva darmi una buona motivazione per tornare alla realtà. Mi voltai e i nostri occhi si incrociarono. Aveva lo sguardo carico di astio e mascara.

Le sue due amiche, sempre dietro a lei di qualche passo, vestite in modo identico, con la stessa collana e lo stesso rossetto, ricordavano due cagnolini scodinzolanti con il collarino di strass. Sembravano suoi accessori.

Si spostavano in base ai suoi movimenti, pronte a compiacerla in tutto e a scuotere la testa qualunque affermazione avesse fatto.

Il profumo di Jenny, decisamente troppo carico, mi svegliò più del caffè. Sembrava un cimitero ambulante.

«Volevo solo dirti che tu e quella tua amica siete patetiche... Tanto per mettere le cose in chiaro, Esteban è venuto a letto con te solo perché ha perso una scommessa con degli amici... e non si è divertito per niente!»

Accusai di nuovo il colpo. Non ero andata a letto proprio con nessuno e venire diffamata per cose che non avevo fatto era la cosa che più di tutte mi mandava in bestia.

«Non ci sono andata letto!» urlai, alzandomi in piedi.

«Beh...» continuò la Suarez assottigliando gli occhi «allora come mai la tua amica, Christine, se l'è presa così a cuore da ricattare Esteban?».

«Che cosa?» le domandai dimenticandomi per un attimo le accuse.

«Sì, la faccenda delle foto. Vuole ricattarlo con dei fotomontaggi. Dice che li pubblicherà sul giornalino della scuola, se lui non si scusa pubblicamente. Una cosa da infami».

Jennifer era molto brava a prendere la mira, prima di scoccare frecciatine avvelenate. La avvicinai con un passo deciso, tanto che fu costretta a indietreggiare.

Sentivo la rabbia crescere a dismisura. Rabbia repressa che fino a quel momento non mi ero accorta di avere. Nei confronti di Esteban, di Clive e del casino che sembrava aver invaso la mia vita, come un camion carico di liquami che si rovescia sull'autostrada.

Cos'era quella storia delle foto? In che razza di guaio si stava cacciando la mia migliore amica, stavolta?

Cercando di trattenermi, parlai con la voce più calma possibile.

«Ragazzi...» dissi ai tre studenti seduti al tavolino «per oggi abbiamo finito. Non voglio essere pagata. Scusatemi».

Jennifer e io ci scambiammo un ultimo sguardo di delizioso odio, poi lasciai la scena.

Sentii lei e le sue amiche ridere alle mie spalle come scimmiette. "Il circo è arrivato in città" pensai.

Presi a camminare per i corridoi a passo svelto. Dovevo immediatamente trovare Christine e farmi spiegare quella storia del ricatto. Già mi trovavo in una situazione pessima, se lei avesse peggiorato ulteriormente le cose non mi sarei mai più liberata dei pettegolezzi.

Incrociai Christine davanti al suo armadietto. Le arrivai vicino visibilmente infuriata, ma lei non se ne accorse subito e mi sorrise.

«Uh! Ho una novità!» disse poco prima che la prendessi per i polsi e la sbattessi contro il suo armadietto.

«Sei fuori di testa Thara!» gridò lei indignata, liberandosi dalla mia presa.

In quell'istante, rimasi spaventata da me stessa. Come avevo potuto fare una cosa simile a Christine, senza nemmeno farmi spiegare prima la sua versione della storia?

«Ti prego, perdonami...» sussurrai, dando fondo a tutto il mio imbarazzo. «Oggi non ci sto con la testa».

«Lo vedo...» biascicò aprendo l'armadietto.

Lei sospirò e decise di dimenticare. Io non potevo.

Mi ero resa conto che quell'atteggiamento non mi apparteneva. Quello che avevo fatto era esattamente ciò che Nate aveva fatto a me. Rabbrividii.

Per un attimo sentii la sua presenza nelle vicinanze e mi guardai intorno, preoccupata. Non riuscivo davvero a togliermelo dalla testa e non capivo il perché.

Ero così ossessionata da lui che mi mettevo a ripetere i suoi comportamenti assurdi, solo per poter rivivere le sensazioni che avevo provato in sua presenza?

Se era così, non stavo per niente bene.

Christine prese dall'armadietto una cartellina e la aprì. Mi mostrò, con poca soddisfazione, alcune foto.

«Le abbiamo fatte questa notte io e Leonard. Pensavamo di aiutarti, ma a quanto pare non apprezzi il nostro stile».

Le foto in questione erano due fotomontaggi, chiaramente falsi, in cui si vedeva Esteban baciare un altro ragazzo. Sorrisi.

Era impossibile che qualcuno ci cascasse. La testa di Esteban era stata incollata su un'altra immagine come la figurina di un calciatore ritagliata.

Christine si risollevò, vedendo la mia reazione, e mi chiese se mi andava di andare da lei.

«Dai...» insistette. «Così mi racconti del tuo ragazzo immaginario senza Leonard fra i piedi».

«No...» le risposi io. «Credo che andrò a casa a riposarmi».

Stavo mentendo.

SULLE TRACCE DI MIO PADRE

Uscii da scuola insieme a tutti gli altri. Mi gettai nella calca, dando spallate a mia volta. Non mi ero mai resa conto che, in effetti, era un buon modo per scaricare lo stress.

Volevo andare a parlare con Charles. Non sapevo se con lui mi sarei potuta confidare su quanto mi stava accadendo; Charles aveva comunque un conto in sospeso con me: aveva promesso di raccontarmi qualcosa a proposito di mio padre.

Mentre mi dirigevo verso casa sua, un colpo di clacson mi fece sobbalzare. Voltai la testa, ancora infastidita dal brusco suono, e vidi un'auto che si accostava.

Alla guida c'era Charles.

«Ciao Thara! Stai andando a casa?» mi chiese sporgendosi dal finestrino. Gli sorrisi, soddisfatta per la coincidenza.

«Ciao, veramente pensavo di venire da te».

Lui ridacchiò, alzando le sopracciglia.

«Se hai voglia, lasciamo perdere casa mia e solchiamo mari più avventurosi!»

«D'accordo!» dissi facendo il giro dell'auto.

Mi sedetti e richiusi lo sportello.

«Dove si va?»

Charles ingranò la marcia sorridendo e ripartì.

***

Il posto in cui Charles mi portò non rappresentava l'idea che avevo del divertimento, ma sembrava adattissimo per parlare.

Entrammo in un bar. Sembrava che fosse rimasto chiuso per trent'anni e che, dopo tanto tempo, avesse riaperto solo per noi. Eravamo gli unici clienti.

«Non farti ingannare dalle apparenze…» disse Charles mentre ci sedevamo al bancone. «Questo è un posto in cui sono accadute cose importanti. Cose che riguardano soprattutto te».

Alla TV, appesa sopra le nostre teste, stavano dando una notizia terribile. Charles e io ci voltammo insieme al barista per ascoltare.

Nelle immagini, c'erano fuoco e fiamme che avvolgevano un liceo. La cronista parlava di un attacco terroristico avvenuto quella mattina da parte di un folle.

«Per fortuna non ha preso di mira la tua scuola…» commentò Charles ordinando una birra e una coca-cola.

Si vedevano ragazzi che piangevano, inginocchiati su un prato, circondati dalla polizia.

I pompieri stavano cercando di domare le fiamme, mentre sul tetto dell'edificio si stagliava la sagoma di un uomo che se ne stava là come se nulla fosse.

La giornalista diceva che forse era proprio l'attentatore e che se i pompieri non fossero riusciti a intervenire in tempo, le fiamme avrebbero divorato anche lui.

Charles scosse il capo e si rialzò dal bancone, prendendo i due bicchieri.

«Dove stiamo andando?» gli chiesi.

«Nel posto di cui ti parlavo prima. Questo non è solo un bar».

Si avvicinò a una porta che sembrava quella di un bagno e, con un cenno del capo, mi chiese di aprirla. Un po' perplessa abbassai la maniglia ed entrammo nell'oscurità.

«Alza gli interruttori, sono sulla destra».

Li cercai, facendo scorrere le dita sulla parete. Sembrava rivestita di stoffa. Quando li sollevai, il salone si illuminò quasi a giorno.

Mi lasciai sfuggire un'esclamazione. Certo non mi aspettavo che, dietro il muro di quel baretto insignificante, ci fosse un vecchio cinema.

«Purtroppo non ha più l'agibilità... Io e tuo padre venivamo spesso qui» disse Charles sospirando e facendomi cenno di andare avanti.

Mi insinuai fra le fila delle poltroncine guardando il grande schermo. Era bucato in più punti e macchiato dall'umidità. C'erano persino delle zone in cui la muffa disegnava forme strane, come accade quando si guardano le nuvole. Sembrava quasi che il volto di qualche attore ci fosse rimasto impresso sopra.

I sedili erano puliti. Il proprietario doveva esserci affezionato.

«Sono io che tengo in ordine tutto, se ti interessa» mi informò Charles mentre ci sedevamo, quasi mi avesse sentita.

«È bellissimo qui».

«È il mio posto segreto. L'ho comprato quando ha chiuso e ho dato il bar in gestione al mio amico Gerard».

«Quindi il cinema è tuo?» gli chiesi sorpresa.

«E tuo, se lo vuoi» ribatté sorprendendomi ancora di più. «Potete usarlo tu e i tuoi amici, come ritrovo. Ho pensato che vi sarebbe piaciuto. Il proiettore è rotto, ma possiamo rimpiazzarlo con uno digitale» continuò gesticolando. «So che adesso hanno una buona definizione e per le casse... Magari possiamo organizzare qualche concerto! Ma sì, una festa di istituto...»

Frenai il suo entusiasmo. Ero contentissima della sorpresa che mi aveva fatto, ma adesso volevo parlare di mio padre.

«Charles... grazie, la prima festa che faremo sarà per te. Adesso però...»

Charles sorrise malinconico e continuò le mie parole.

«Adesso vuoi sapere di tuo padre...»

Mi passò la coca-cola e bevve un sorso della sua birra.

«È qui che lui e Julia si sono conosciuti».

Per poco non mi andò di traverso la bibita.

«Davvero? In questo cinema?»

«Sì, proprio in questo cinema, e magari proprio dove siamo seduti tu e io adesso».

Cavoli, Charles era bravo con le sorprese e i colpi di scena!

«Ed era con me quando è successo...»

«Tu eri il terzo incomodo?» gli domandai appoggiando le braccia sul sedile davanti e guardando i lampadari sul soffitto.

«No, ero con un amico, al piano di sopra».

In quel momento mi accorsi che c'era anche una balconata.

«Ma che tipo era, mio padre?»

Charles bevve altra birra.

«Che tipo era... Un tipo... decisamente particolare!»

«Detto da te suona strano» gli risposi.

«Non aveva molto senso dell'umorismo. E non è che le donne gli cadessero ai piedi. Ma era affascinante».

«Hai delle sue foto?»

Ci pensò su.

«Foto... No, non gli piaceva farsi fotografare. Credo proprio di non averne».

Nonostante fossi molto interessata dal racconto di Charles, mi accorsi che il sonno stava arrivando. Presi la borraccia del caffè dallo zaino e ne bevvi due sorsi.

«E voi, come vi siete conosciuti?»

«Ci presentò un nostro amico scrittore. Diventammo da subito ottimi amici, quasi inseparabili. Era un uomo davvero buono. E generoso». Rise: «Ho detto subito i suoi difetti per mostrarti quanto fossero pochi».

«Sono i difetti che rendono particolari le persone» lo rassicurai.

«È vero» confermò lui. «E sono le particolarità di ognuno di noi a muovere le nostre vite, ad attrarci e a respingerci».

Quando disse quelle parole mi tornò alla mente Nate, come fosse stato un singhiozzo dei miei ricordi. Le particolarità che attraggono. I nostri occhi. E proprio di quello volli chiedere a Charles.

«Anche mio padre aveva gli occhi viola come i miei?»

Speravo vivamente che dicesse di sì e che mi raccontasse che anche lui viaggiava in un mondo fatto di cenere. Per un istante ci sperai davvero.

Sarebbe stato un bel sollievo, se qualcuno fosse stato in grado di spiegarmi tutto. Purtroppo, quel qualcuno non era Charles.

«No, quelli sono solo tuoi...» disse prendendomi una mano in un modo che immaginai paterno. «Deve essere stato difficile crescere senza un genitore. Ma tu sei una ragazza forte come una roccia. E quegli occhi sono gemme che ti sei guadagnata».

Sviai lo sguardo.

«E il sonno, anche per lui era un problema?»

«Oh sì» disse lui con profondi movimenti del collo. «Un problema, ma al contrario. Era un insonne inguaribile, non dormiva quasi mai. Forse tu stai regolando i conti che lui aveva in sospeso con Morfeo».

«Forse» risposi, continuando a sorseggiare la mia bibita, con un velo di delusione.

Rimanemmo a chiacchierare su mio padre e su tutto quello che ci passava per la testa almeno un paio d'ore. Io e Charles avevamo proprio un feeling particolare. È vero che mi trattava come se avessi cinque anni, ma in un modo innocente e gentile, e io non glielo facevo notare. In qualche momento avrei voluto addirittura che fosse stato lui mio padre e per scherzo gli chiesi se volesse fare da sostituto.

A quelle parole, però, si rabbuiò in un modo che non mi aspettavo. Cambiai argomento alla svelta e gli domandai cosa facessero lui e Ray assieme.

«Io e Ray?» sembrò trasognato.

«Sì, tu e mio padre».

«Giusto, tuo padre...»

Mi sembrò strana come risposta, ma non mi diede il tempo di rifletterci.

«Ci piaceva andare a pesca. Aveva una barca, all'epoca. Andavamo spesso al lago di Gorey. È un bellissimo posto, prima o poi ti ci porterò». Poi sembrò essersi accorto di quello che aveva detto, come se fosse stata una gaffe: «O forse no... No, meglio di no. A voi ragazzi certo non interessa l'aria fresca e prendere i pesci. Non piaceva nemmeno a me alla tua età».

«A me non dispiace la natura» gli risposi.

Charles terminò la sua birra e per qualche istante rimase in silenzio. Poi fece un grande sospiro.

«Vedremo... Vedremo».

Fece per alzarsi, ma io lo trattenni per una manica della giacca.

«E dell'incidente? Puoi dirmi com'è successo? Mia madre non me ne ha mai voluto parlare».

Lo dissi con naturalezza. Per me non era stato un trauma, ma mi resi conto che Charles accusò il colpo. Doveva aver sofferto. Guardò verso il basso, dove stavo seduta. Ebbi come l'impressione che il suo volto si fosse scolorito.

«Perché lo vuoi sapere? È meglio non parlare di certe cose».

Non pensai a niente. Rimasi a fissarlo e senza volere le mie labbra dissero:

«Perché una storia senza finale non vale la pena di essere raccontata. Per quanto triste possa essere, io devo sapere».

Mi stupii del pensiero che avevo appena avuto.

Charles si sforzò di fare un mezzo sorriso, forse per evitare di assumere altre espressioni.

«L'incidente...» mormorò lui. «È accaduto così, all'improvviso. Proprio come tutti gli incidenti. Tu eri appena nata, lui era andato a comprare dei fiori per tua madre e, mentre tornava, un'auto lo ha investito» si mise le mani in tasca. «Niente di particolare, purtroppo...»

Aggrottai la fronte.

«Ma io sapevo che era stato durante un viaggio di lavoro...»

Charles sembrò trovarsi a disagio. Si raschiò la gola.

«Sì... ora non mi ricordo bene».

«Ma come non ti ricordi?» gli domandai convinta che fosse impossibile. Come poteva non ricordare la morte del suo migliore amico?

«È che... volevo rendere più romantica la cosa. Scusami...»

Si giustificò così, ma il mio sesto senso mi diceva che qualcosa non andava.

Vedendo che non mi spostavo, Charles uscì dalle file dei sedili, passando per il lato opposto.

Rimasi seduta a fissarlo, come se fosse stato l'ultimo spettatore ritardatario d'uno spettacolo finito molti anni prima. Era strano vederlo muoversi in quel modo, sembrava che tutto il peso degli anni gli fosse piombato addosso, come se si fosse ricordato all'improvviso di non essere più giovane.

«Andiamo?» mi domandò quando arrivò alla porta.

Presi le mie cose e lo raggiunsi.

Dalle tasche tirò fuori un mazzo di chiavi, che mi mise in mano.

«Queste sono le chiavi della porta sul retro. C'è un lucchetto. Tu e i tuoi amici potete venire quando volete. Nessuno saprà niente, a meno che voi non lo diciate. E in più c'è il bar».

«Grazie Charles» gli dissi, dandogli un bacio sulla guancia.

Sperai di avergli risollevato il morale, ma, una volta fuori, non aprì più bocca.

VERSO GOREY

«Ti avevo detto che era meglio se andavamo in autobus!» mi disse Leonard mentre l'auto di sua madre sobbalzava, come se fossimo nel bel mezzo di un terremoto. «Ho preso la patente solo la settimana scorsa e questa è una dannatissima strada sterrata!»

Christine si limitò a sporgersi dai sedili posteriori e ad alzare il volume della radio.

Io ero seduta davanti, accanto a Leonard, e consultavo la cartina per vedere se andavamo nella direzione giusta. C'eravamo già persi quattro volte, nel giro di mezz'ora.

«Non c'è nessun autobus che porta a Gorey...» gli risposi. «È un paesino su un lago che avrà sì e no dieci case in tutto!»

Non ci eravamo mai spinta così fuori città senza prendere l'autostrada, e la campagna ci faceva sentire come in terra straniera.

La giornata si era fatta nuvolosa e spenta. L'aria era appiccicosa e il cielo grigio, come le mie sensazioni. L'umidità entrava in macchina attraverso le ventole, creando un cappa quasi irrespirabile.

Non so come avessi fatto a convincere Leonard a portarci in quel posto sperduto, gli occhi dolci non erano una mia specialità.

Doveva essere stata Christine, mostrando i denti.

Avevamo preso in prestito l'auto della madre di Leonard, senza che lei lo sapesse, e ci rimanevano poche ore a disposizione prima che tornasse dal lavoro.

«Mi ammazza, ve lo dico io!» esclamò Leo, mentre evitava più buche possibili. «Se trova una sola gocciolina di fango capisce tutto e mi ammazza! E voi due mi avrete sulla coscienza!»

Christine smise di dimenarsi per un attimo al ritmo della musica.

«Con tutte le formiche che ho calpestato, una in più o una in meno non mi agiterà il sonno».

Stavo bevendo un po' di caffè dalla borraccia, quando sul ciglio della strada, nascosto fra gli alberi, vidi un cartello su cui era scritto "Gorey".

«Per di qua!» dissi appena prima che superassimo il bivio.

Leonard sterzò all'improvviso, prendendo in pieno, con la ruota posteriore, una pozzanghera. Un'ondata di acqua sporca ricoprì l'auto.

«Spera nella ghigliottina...» disse Christine sporgendosi fra i sedili davanti. «Dicono sia indolore. E poi è di grande effetto».

«Credo che mia madre opterà per lo scuoiamento».

«O ti farà solo pulire la macchina...» cercai di tranquillizzarlo io.

«E la mia camera... Questo sarebbe addirittura peggio che venire sbranato dai leoni» mi rispose Leo mentre cominciavamo a vedere le prime case.

Gorey era proprio come ce lo eravamo immaginati. Una strada, lunga meno di quattrocento metri, ai lati della quale erano disposte casette di legno.

«Mi piacerebbe vivere qui...» commentò Christine storcendo il naso «se fossi un serial killer».

«Non potevamo andare al vecchio cinema che ci ha lasciato Charles?» domandò Leo mentre passavamo davanti alle verande deserte. «Sono curioso di vederlo».

«Ci andremo domani» gli dissi guardandomi intorno, sperando di trovare qualcuno.

«O questa notte...» ribatté lui maliziosamente, dando un'occhiata a Christine.

Lei lo scansò e avvicinò la sua testa alla mia.

«Fermati!» esclamai io.

Leo inchiodò, rischiando di farci prendere una testata.

Di fronte alla chiesetta in fondo alla strada, proprio alla fine del paese, un uomo annaffiava le aiuole.

«Se aspettava altri dieci minuti non ce n'era bisogno...» commentò la mia amica.

In effetti il pomeriggio si era notevolmente incupito. Grosse nubi nere si stavano raggruppando sopra di noi, facendo apparire il cielo vecchio come il paese.

Smontai dall'auto e richiusi la portiera, forse un po' troppo forte. Sentii Leonard dirmi qualcosa, ma lo ignorai. Camminai sulla strada sterrata, che stava per diventare fango, e raggiunsi l'uomo vicino alla staccionata della chiesa.

«Mi scusi...» dissi.

L'uomo posò l'innaffiatoio e si voltò a guardarmi. Aveva l'aria di chi non incontra un essere umano da secoli. Si avvicinò e continuò a scrutarmi.

«Mi scusi...» ripetei. «So che le potrà sembrare una domanda strana ma...» presi il mio cellulare e gli mostrai una foto, che avevo fatto al mattino, insieme a Charles. «Conosce quest'uomo? So che con mio padre veniva qui spesso a pescare e mi chiedevo se lei o qualcun altro...»

Non mi lasciò il tempo di finire.

«Charles!» esclamò. «Sono anni che non lo vedo. È invecchiato, ma ha sempre la stessa faccia» distolse per un momento lo sguardo dal telefono per osservare il cielo.

Alcune gocce ci caddero sulla fronte.

«Certo che lo conosco» continuò. «Ma è da anni che non si fa vedere. Era molto amico del signor Brooks e di sua moglie».

«E vivono qui a Gorey?» gli chiesi.

Lui scosse il capo.

«Beh, il vecchio Brooks è morto, mentre Rickie, la moglie... è completamente pazza. Vive nell'unica casa che c'è in riva al lago» mi informò allungando il braccio nella direzione di una stradina laterale. «Ma perché?»

«Niente... Davvero niente» dissi io.

L'uomo sorrise in modo strano. Osservai i suoi denti ingialliti un po' disgustata e decisi di tornare verso l'auto.

Rivolsi a me stessa la stessa domanda. Perché ero andata a Gorey? E come mai adesso sarei andata a cercare questa Rickie?

Forse erano state le parole di Charles a mettermi addosso tutta quella fretta. Qualcosa nel suo racconto non mi tornava. Per prima cosa, la morte di mio padre e, per seconda, quel posto, che mi sembrava aver sentito nominare anche da mia madre, una volta.

Quando riaprii la portiera, Christine e Leonard stavano parlando del pazzo che aveva dato fuoco alla scuola quella mattina.

«Altro che pazzo... Un genio!» disse Leo. «Peccato che sia andato a fuoco insieme all'edificio. Non mi sarebbe dispiaciuto se fosse venuto anche a scuola nostra».

«Ragazzi... Ho una pista» lo interruppi io, col tono del vecchio poliziotto.

«Perché, c'è un'indagine? O hai delle macchinine?» mi chiese Christine con sarcasmo.

Mi sforzai di sorridere.

«Forse».

Dissi a Leo di rimettere in moto e di prendere la stradina che l'uomo mi aveva indicato. Era stretta e i rami degli alberi che incontrammo strisciavano contro le fiancate dell'auto.

«Non potevamo andare a piedi?» domandò Leo senza che nessuno gli rispondesse.

Attraverso i tronchi radi alla nostra destra, intravedemmo il lago, una distesa d'acqua grigia su cui l'afa aveva formato una nebbia sottile. Sembrava che un enorme fantasma ci stesse aleggiando sopra.

Poi gli alberi scomparvero e la stradina cominciò a seguire la riva del lago.

Strizzai gli occhi, per vedere al di là della foschia.

Il lago di Gorey era circondato da alte colline. Su una di esse, per un attimo, mi parve di scorgere una strana costruzione. Ma potevo sbagliarmi. La foschia rendeva il paesaggio troppo indefinito, per poter distinguere qualunque cosa all'infuori dell'acqua.

In quel momento Leo fermò l'auto e mi picchiettò su una spalla. Mi voltai per guardare di fronte. La strada terminava in uno spiazzo fangoso. Non capivo perché avesse smesso di andare avanti. Diedi un'occhiata più attenta.

Tutta la strada era ricoperta di tartarughe. Centinaia, che trascinavano nel terriccio i loro pesantissimi gusci.

«Che carine...» si lasciò sfuggire Christine, mentre Leonard sembrava terrorizzato. «Non avrai mica paura di questi adorabili animaletti, vero?»

«Da piccolo...» balbettò Leo «una mi ha morso».

Ci mettemmo a ridere, poi io e Christine scendemmo dall'auto. Per far smontare anche Leo la mia amica dovette aprire la portiera, raccogliere da terra uno di quegli esserini e mostrarglielo a dieci centimetri dalla faccia.

«Se non ci segui...» disse «Miss Lattuga ti darà un bacio...».

«Ok! Ok!» ribatté Leo uscendo dal posto di guida con aria disgustata. Si guardava fra i piedi, come se fosse circondato da scorpioni velenosi.

Continuammo a camminare lungo la strada, fra le tartarughe che uscivano e rientravano dall'acqua. In fondo al viottolo, affacciata sullo spiazzo, vedemmo una casa. Sempre ammesso che, nelle condizioni in cui si trovava, si potesse ancora definire tale.

Era un ammasso di legno marcio che anche dei castori avrebbero assemblato meglio. Una parte era costruita su palafitte che sprofondavano nel fondo del lago, mentre l'altra era accasciata sul pendio e contro gli alberi. Mi riusciva difficile credere che potesse viverci qualcuno, oltre le tartarughe.

Ci avvicinammo sospettosi, quando un tuono esplose sopra le nostre teste e il cielo si aprì di luce, rovesciandoci addosso una pioggia improvvisa. Affrettando il passo, con Leo che saltellava come se si fosse trovato in un campo minato, ci riparammo sotto il portico.

«Merda... Le mie scarpe nuove!» disse Christine elegantemente.

«Ma se le hai comprate rovinate apposta» le feci notare.

«Sì, ma...»

In quel momento la zanzariera della veranda si aprì e il volto di una strega ci piombò addosso.

Urlammo.

Poi la donna mostrò un grande sorriso. Il suo aspetto trasandato e i capelli ridotti a un intrico di nodi la facevano apparire molto vecchia, più di quanto probabilmente fosse.

«Ciao...» disse trascinando le lettere.

Il suo modo di parlare ricordava l'andatura delle tartarughe.

Ci fece accomodare gettandoci sulle teste degli stracci per asciugarci. Appena si voltò ce ne liberammo cercando di non farlo notare troppo.

L'interno della casa, se possibile, era ancora peggiore dell'esterno. Le tartarughe erano anche là e si muovevano faticosamente sul pavimento, come fosse cosparso di colla.

Leo mi sussurrò all'orecchio:

«Sembra il set di un film dell'orrore...».

La strana signora si sistemò i capelli neri, quasi pensasse di potersi rendere presentabile. Non sarebbe stato carino dirle che prima era necessaria una disinfestazione.

«Lei deve essere Rickie...» azzardai per iniziare una conversazione.

«Pensavo di essere conosciuta come "la matta delle tartarughe"» rispose, guardandomi storto. «Comunque sì, quello è il mio nome. E voi chi siete?»

«Amici di Charles» le risposi prontamente.

Rickie, che era magra e sciupata, sembrò illuminarsi.

«Oh! Charles!»

Poi il suo umore tornò spento e svampito: «Che fine avrà fatto?».

Rimanemmo tutti in silenzio a fissarci. Ognuno si aspettava dall'altro qualche intervento che alleggerisse l'atmosfera.

La padrona di casa prese l'iniziativa e si accese di nuovo, agitando le braccia.

«Uh! Dovete vedere una cosa!» disse, entusiasta, sparendo in un corridoio. Noi la seguimmo, facendo attenzione a dove mettevamo i piedi. C'erano assi piene di schegge che erano pronte a infettarci con mille fantastiche malattie diverse. Le tartarughe, intanto, continuavano a vagare.

«Te li scegli proprio bene i pazzi...» mi sussurrò Christine, mentre entravamo nella stanza in cui ci aspettava Rickie.

«Guardate! Guardate!» disse con voce stridula, entusiasta, agitando un dito per farci avvicinare. Non avevo mai visto una persona riuscire a cambiare così velocemente umore da un secondo all'altro.

Raggiungemmo quella che un tempo era stata una credenza. Sul ripiano inferiore c'era della paglia e, fra le sterpaglie, chinandoci, riuscimmo a vedere dei gusci vuoti e delle piccole tartarughe che annaspavano in cerca di luce.

«Non sono un amore?» ci domandò Rickie portandosi le mani al cuore. «Sono appena nate...»

«Già... Un amore...» commentò Leo atterrito e imbarazzato.

Io mi rialzai immediatamente. Da quel mobiletto proveniva un odore nauseabondo. Se il profumo degli iris mi mandava in un universo fatto di cenere, non volevo nemmeno immaginare dove quel puzzo mi avrebbe potuto portare!

Fu rimettendomi dritta e guardandomi intorno che vidi, sulla tappezzeria, sfogliata come pelle di serpente, una foto sbiadita. Dietro il vetro incrinato della cornice, che sembrava di ghiaccio, si affacciavano quattro persone. Riconobbi immediatamente due volti. La casa sullo sfondo pareva quella di Charles. E c'era proprio lui davanti, molto più giovane. Quel farfallino e quella risata non lasciavano dubbi.

Di fianco a Charles, c'era mia madre, Julia.

Sentii un odore pestilenziale venirmi incontro. Voltai appena la testa. Si trattava di Rickie.

«Eccolo lì, Charles...» disse, indicandolo con un dito che il tempo aveva torto come una radice.

Le sorrisi.

«E questi altri due chi sono?» chiesi, riferendomi all'uomo con gli occhiali e a una quarta figura che non si vedeva bene.

Era un tizio alto e magro, senza capelli. L'umidità lo aveva quasi del tutto cancellato.

«Loro...» sussurrò Rickie portandosi un dito alle labbra «Sono Kolor e Ray».

«Ray? Qual è?» esclamai io avvicinandomi alla foto, come se potessi vedere meglio nel grumo di colori.

«Quello con gli occhiali...» disse Rickie.

Solo allora mi sentii di rivelarle la mia identità.

«Io...» le dissi con tono grave e impacciato «io sono sua figlia».

Rickie rimase perplessa. Mi squadrò da capo a piedi e poi si voltò verso i miei amici. Squadrò anche loro. Leonard, nel frattempo, sembrava aver perso il timore verso le tartarughe e ne stava accarezzando una appena nata, facendo strani versi.

Rickie allora tornò a guardarmi.
«Ma...» disse col tono di chi dubita delle proprie parole «Ray Pitbury non ha mai avuto figli».

La confusione che avevo in testa stava per raggiungere un livello tale da farmi traboccare il cervello.

Nella foto, uno scrittore che si chiamava Ray, come mio padre, ma che non aveva mai avuto figli, stava con Charles, mia madre Julia e...

«Quell'altro...» chiesi, sforzandomi di ricordare il nome. «Come ha detto che si chiama?»

Rickie mi sorrise.

«Kolor».

***

Salutammo, ringraziammo del tè, che per fortuna non ci era stato offerto, e risalimmo in macchina, lasciandoci dietro quel paesino abbandonato dal mondo il più in fretta possibile.

«Dovevi proprio portarti dietro quel coso?» domandò a un certo punto Christine a Leo.

«Non parlare così di Gerard!» rispose lui malamente aprendo il portaoggetti nel cruscotto. «Vero piccolino di papà? Che sei un amore, sei un amore...»

Leonard, prima di andare via dalla casa della pazza, aveva deciso di adottare una tartarughina, che adesso se ne stava rannicchiata dentro un bicchiere di plastica vuoto.

«Mi dai il voltastomaco...» commentò la mia amica.

Poi si rivolse a me, che stavo prendendo appunti su un foglietto.

«Allora, hai scoperto niente?»

Finii di scrivere "Ray Pitbury" e rimisi via l'appunto.

«Forse ho scoperto che mio padre era uno scrittore ma che non ha mai avuto figli!»

«Fico» commentò Leo prendendo finalmente una strada

asfaltata. «Adesso andiamo a un autolavaggio e voi due mi aiutate a pulire la macchina».

Aveva finito di piovere e, mentre tornavamo verso la città, il sole stava rispuntando da dietro le nubi.

«Se con questa scusa speri di vedermi con la maglietta bagnata ti sbagli di grosso...» ringhiò Christine.

«Se con questa scusa speri di evitarti lo shampoo al paraurti... sei tu a sbagliarti di grosso!» ribatté prontamente Leo.

MIRAGGIO VIOLA

Accompagnammo Leo a un autolavaggio, ma riuscimmo ad astenerci dal pulire la macchina. Christine finse un'allergia al sapone per auto e io venni chiamata da mia madre. Voleva che andassi a casa a registrare la sua soap opera preferita: era dal commercialista e non sarebbe tornata in tempo per vederla.

Mi feci perdonare da Leo, dicendogli che gli avrei tenuto la tartaruga, se un giorno fosse andato in vacanza. Sorrise e provò a spruzzarci con l'acqua mentre ci allontanavamo.

Salutai Christine all'incrocio, lei avrebbe fatto un salto in fumetteria, mentre la strada per casa mia era nella direzione opposta.

Quando arrivai, controllai l'ora e inserii la cassetta nel videoregistratore. Non riuscivo ancora a capire perché mia madre si ostinasse a usare quel pezzo d'antiquariato. Mi ero offerta più volte di scaricarle le serie da internet, ma non c'era verso di farle comprendere che il dvd era una grande conquista del genere umano.

Avviai la registrazione e andai in camera mia. Accesi il computer. Avevo intenzione di fare una ricerca su quel tale di nome Ray Pitbury. Digitai il suo nome su Google, ma ottenni poche informazioni. Non ero bravissima a frugare fra i siti internet e fu una delusione. Sembrava che quello scrittore non fosse mai esistito.

Un po' sconfortata, controllai la posta elettronica. Mi erano arrivate un paio di email. Entrambe arrivavano da un certo Mr. Spectre, ma erano vuote. Le cancellai. Il mondo di cenere occupava troppo spazio nella mia testa per riuscire a pensare in modo chiaro a qualcos'altro.

Fino a quando ero stata fuori casa, le immagini grigie erano rimaste lontane, ma adesso, sola davanti a un monitor, si stavano pian piano insinuando in camera mia. Per un attimo ebbi l'impressione che stessero entrando da sotto la porta, come fumo.

Tornai su Google e, socchiudendo le palpebre, scrissi con un dito "mondo di cenere". Schiacciai "invio". Vennero fuori numerosi risultati, nessuno dei quali sembrava avere a che fare con me.

Lasciai subito perdere anche questo approccio e spinsi con i piedi. La sedia su cui stavo si allontanò dalla scrivania e girò su se stessa.

Pensai che la cosa migliore da fare, per quanto riguardava Ray Pitbury, era andare a chiedere in libreria, mentre per il Cinerarium l'unica possibilità che avevo erano gli iris.

Lanciai un'occhiata ai fiori che stavano lì accanto, quelli che avevo usato il giorno prima. Erano secchi. In qualche modo, durante i miei "viaggi" li consumavo.

Volevo andare nel Cinerarium il prima possibile e incontrare Nate. In due, forse, saremmo riusciti a mettere insieme qualche informazione utile. E poi mi andava di rivederlo. Avevo come la sensazione che avessimo lasciato qualcosa a metà. Non riuscivo a capire se si trattasse di un litigio o di altro.

Guardai l'ora e mi accorsi che era troppo tardi per cercare un fioraio aperto. Sembrava che dovessi arrendermi quando mi accorsi che, vicino alla scrivania, sul pavimento, c'era un iris.

Lo raccolsi in fretta e mi sentii improvvisamente bene. Doveva essermi caduto il giorno prima. Era molto sciupato e aveva bisogno d'acqua. Accarezzai i petali che sembravano pezzetti di carta bagnata.

Non sapevo se avrebbe funzionato, così avvicinai il fiore al naso, per vedere se conservava ancora un po' di profumo.

Quel gesto spontaneo mi scagliò lontano, verso un altro universo.

***

Quando riaprii gli occhi sentivo ancora l'aroma dell'iris che mi solleticava la pelle. Mi aspettavo una grande luce, ma questa volta mi accolse l'oscurità. Dovevo essermi risvegliata dentro un edificio.

Tossii. La fuliggine impestava l'aria.

Mi rialzai dal terreno e tentai di capire in che razza di posto fossi finita. Per poco non persi l'equilibrio. Le orecchie mi fischiavano, forse ero caduta dall'alto.

Non era la nave di Nate. Avrei preferito che lo fosse, almeno ci saremmo incontrati subito. I muri che mi circondavano sembravano fatti di mattoni.

Era una sfortuna che non potessi scegliere dove apparire quando viaggiavo nel Cinerarium.

Mi guardai attorno. Quasi speravo di vederlo lì seduto, ad aspettarmi. Sapevo che mi stava aspettando.

In quell'istante mi chiesi se il tempo funzionasse in modo simile a quello del mondo reale. Chissà, forse la mia giornata era durata anni nel Cinerarium. Forse Nate si era dimenticato di me o forse era morto.

Tossii ancora e cacciai via quei pensieri inutili.

L'unica luce presente penetrava attraverso le persiane bruciate. Nell'aria turbinava un pulviscolo scuro. Cenere, come tutto il resto.

Avevo la sensazione di trovarmi nella rete di un ragno gigante.

Nate aveva detto di non sapere per quanto ancora sarebbe riuscito a resistere. Resistere a cosa? Non potevo fare a meno di chiedermelo. Resistere a chi?

Al risveglio, gli uomini di cenere non mi avevano attaccata. Forse qualcosa che abitava lì dentro, qualcosa di molto più minaccioso, li spaventava. Ebbi l'impulso di uscire dall'edificio il più velocemente possibile, quel posto metteva i brividi. Iniziai a muovere qualche passo incerto.

Camminavo lentamente, stando attenta a non fare neppure il più piccolo rumore e guardandomi continuamente alle spalle. Davanti a me comparve un lungo corridoio, pieno di porte cadute, disseminate sul pavimento. Lo percorsi evitando di calpestare i detriti.

Alla fine scorsi una rampa di scale, o quel che ne restava. Mancavano interi gradini, e l'oscurità che l'avvolgeva sembrava volersene impadronire a ogni costo. Ero a pochi metri, quando avvertii dei passi provenire dal piano superiore. Rabbrividii.

Qualcuno stava scendendo.

Il tremore che mi percorse costrinse il mio corpo a fermarsi e mi impedì di pensare in modo lucido. Voltai di scatto la testa in tutte le direzioni, per studiare l'ambiente che mi circondava e trovare un posto dove nascondermi. Stavo ormai per accelerare, quando un volto comparve sulle scale.

Era Nate.

Fu come un pugno nello stomaco. Qualcosa di inaspettato, che mi sollevò e mi fece male.

I suoi bellissimi occhi apparvero nell'oscurità come quelli di un gatto famelico. Brillavano di una luce pericolosa, che mi fece sentire indifesa. Erano inquieti e potenti. Bloccavano i miei pensieri, come le sue mani avevano fatto col mio corpo l'ultima volta che c'eravamo incontrati.

«Thara...» disse quasi in un sussurro.

Era immobile. Si era fermato appena mi aveva vista. La sua voce tremava. Balbettai qualcosa, senza sapere di preciso cosa avrei detto. Ero sollevata dal fatto che fosse lui, ma il modo in cui era comparso mi aveva lasciata impietrita. Alla fine abbozzai un sorriso per smorzare la tensione.

«Come va? Ciao...» dissi facendo un timido passo in avanti.

Nell'oscurità vedevo solamente i mille colori dei suoi occhi e non riuscivo a capire la sua espressione.

Lui non mi rispose e non si mosse.

Qualcosa non andava.

Improvvisamente mi resi conto che mi ero creata delle aspettative su quel terzo incontro. Non speravo in un abbraccio, ma in qualcosa di amichevole sì. Le reazioni di entrambi si stavano rivelando molto diverse da come le avevo immaginate.

Qualcosa, in quel ragazzo, mi faceva venire voglia di girarmi e scappare, qualcosa di velenoso.

«Nate...» lo chiamai ancora.

Stavolta alzai leggermente il tono della voce. Lui continuò a tacere e a fissarmi. Non riuscivo a capirlo.

L'ultima volta che ci eravamo incontrati, non voleva che me ne andassi. Il suo comportamento sembrava non seguire alcuna logica. E se ce n'era una, io non ero in grado di capirla.

Se ne rimaneva immobile, come un animale che sta per sferrare un attacco. Per un attimo ebbi paura che non fosse lui.

Proprio nel momento in cui mi decisi ad andargli incontro, Nate si mosse di un millimetro.

Vidi un bagliore metallico vicino alla sua mano. Stringeva un oggetto. Sembrava affilato. Fui assalita dalla paura di essere presa in trappola, come la volta precedente sulla nave, quando, con pochi gesti, mi aveva tagliato tutte le vie di fuga. Ricordavo ancora le sue mani che mi stringevano con forza per trattenermi, come se fossi stata qualcosa di suo. E in effetti, per un attimo, la mia vita era stata completamente in suo potere. L'avevo odiato perché era stato capace di farmi sentire così e avevo odiato me stessa, perché non ero stata in grado di impedirglielo.

Ora potevo sentire quello stesso dolore muto muoversi sotto la pelle: qualcosa di simile all'adrenalina, ma più caldo e amaro. Sconosciuto. Premeva contro le pareti delle vene e rimbombava nelle orecchie.

«Nate...» dissi agghiacciata «cosa hai intenzione di fare?»

Ancora una volta ero incapace di prevedere le sue reazioni e ancora una volta non avevo armi per contrastarle. Indifesa, di nuovo, davanti a quegli occhi.

Il mio respiro divenne affannato. Ero stata io a cercare il pericolo.

Nate uscì definitivamente dall'ombra.

Era armato. Stringeva un coltello.

Feci un passo indietro, fu una reazione istintiva. Non avrei dovuto andare a cercarlo.

In quell'istante un raggio di luce che proveniva dall'esterno lo colpì in pieno volto, e in quell'istante tutti miei timori si trasformarono in pena.

Non mi avrebbe fatto alcun male.

Aveva la stessa espressione di quando ero scomparsa dalla nave, solo che adesso il suo volto sanguinava. Era rigato di rosso: una maschera di sangue e qualche lacrima.

Il coltello gli scivolò dalle mani.

«Ti ho cercata dappertutto...» disse con un filo di voce, poco prima di cadere in ginocchio, senza forze.

Provai ad avvicinarmi per aiutarlo a rimettersi in piedi, ma lui si rialzò prima che potessi raggiungerlo.

«Ti ho cercata dappertutto...» continuò Nate a fatica. «Speravo di non trovarti. Hai fatto molto male a venire qui, Thara...»

Gli passai una manica sulla fronte per tamponarlo. Il sangue gli copriva la fronte pallida e non riuscivo a capire quanto fosse grave la ferita.

«Che cosa ti è successo?» dissi, facendo uscire il fantasma di un suono dalla gola secca.

Nate non stava ricambiando il mio sguardo, teneva la testa girata di lato, voleva chiaramente impedirmi di vederlo in faccia.

«Sto bene» rispose con un tono che mi paralizzò, freddo e distante.

Sembrava volesse implorarmi di non toccarlo, di stargli lontano.

«Stai sanguinando, Nate».

Non mi rispose e si ritrasse, allontanando il viso dalla luce.

«Sto bene» ripeté. «È solo un graffio».

Mi osservai le maniche. Non c'era traccia di sangue. Solo cenere.

Quando, stupita, tornai a guardare Nate, vidi che nemmeno sul suo volto bianco erano rimaste tracce di sangue. La sua pelle era di nuovo liscia e integra, solo incrostata di cenere. Come se ci si fosse lavato il viso.

Come era possibile? Avevo viste le ferite e avevo visto il sangue. Lo guardai senza capire, senza sapere cos'altro dire. Lui mi sorrise.

«Visto?» disse «Era solo un graffio».

Lo guardai attentamente negli occhi per leggere la verità dentro i suoi colori. Mi dissero soltanto che aveva pianto.

Iniziai a calmarmi. Lui sta bene.

Sta bene e non vuole uccidermi.

Erano due punti di partenza non male.

Mi stava sorridendo. In un modo dolcissimo, assolutamente in contrasto con tutto il resto. Non capivo. Sorrideva. Non credevo che sarei riuscita a fare lo stesso, eppure sentii gli angoli della bocca sollevarsi contro la mia volontà.

In quel momento udii dei lamenti alle mie spalle. I battiti del cuore mi aumentarono di colpo. Era una di quelle creature di cenere, ne ero sicura.

«Fai silenzio...» sussurrò piano Nate. «I grigi non possono vederti... Basta solo non fare rumore...»

Deglutii e con la coda dell'occhio sorpresi una figura raccapricciante spostarsi lungo il corridoio. Vagava come uno spirito irrequieto, come una mummia senza bende. Faceva davvero impressione.

Fu allora che le forze mi abbandonarono, le gambe cedettero e caddi all'indietro.

Chiusi gli occhi solo per un momento.

Quando li riaprii, mi trovavo su un tetto. Dovetti richiuderli per il chiarore improvviso.

Ero ancora nel Cinerarium. Che cosa era successo e perché adesso ero all'esterno?

«Sei svenuta» rispose la voce di Nate, quasi avesse letto nella mia mente.

Lo cercai con gli occhi ancora socchiusi per la luce intensa. «Com'è possibile che sia svenuta? Se sto dormendo nel mondo real...» mi corressi «nel mio mondo».

Nate non mi rispose.

Mi sentivo confusa e mi faceva male la testa.

Quando riuscii a rimettere a fuoco le cose, lo vidi lontano da me. Se ne stava seduto su un cornicione, con lo sguardo carico di amarezza, perso oltre un orizzonte che non potevo vedere.

Nate non si voltò nppure quando mi rimisi in piedi.

«Mi hai portato tu qui sopra?» chiesi, sperando che mi guardasse.

«Sì» rispose, ma continuò a contemplare la luna nera, o qualcosa che stava al di là.

Mi avvicinai lentamente, con cautela. Non sapevo davvero come comportarmi, con lui. Quando gli fui dietro, si voltò, ma solo per un istante. Giusto il tempo di assicurarsi che non stessi fuggendo. O almeno, io ebbi quell'impressione. Poi tornò a concentrarsi sulla non-luna. Adesso il suo viso era pulito.

«Ti va...» dissi timidamente «di dirmi come stai? Cos'è successo quando sono andata via?».

Cercai di pronunciare quelle parole il più lentamente possibile. Non avevo ancora capito cosa fosse a muoverlo. Quali istinti. Dovevo fare molta attenzione con lui. Qualcosa ribolliva dietro la sua calma apparente. Qualcosa che poteva esplodere da un momento all'altro.

Corrugò le sopracciglia e tornò sereno. Quando aveva quell'espressione era di una bellezza da mozzare il fiato.

Mi sedetti accanto a lui sul cornicione e osservammo la non-luna per un tempo che probabilmente si perse nell'eternità. Speravo di trasmettergli, in qualche modo, quello che iniziavo a provare per lui. Non sapevo cosa fosse, ma sentivo che era potente e speravo che la mia presenza gli desse un po' di sicurezza.

Dovetti reprimere l'impulso di dirglielo in modo diretto. Sapevo che le cose non funzionavano mai così, non nel mio mondo, almeno. Per farlo stare bene in quel preciso momento, potevo solo lasciargli il suo spazio. Tutto quello che gli serviva.

Fu lui a rompere il silenzio per primo. Lo fece all'improvviso.

«Portami via da questo posto, T'hara» disse con serenità, quasi sapesse che era inutile chiedermelo.

Lasciai vagare il mio sguardo sul deserto infinito.

«Non so se potrò farlo, Nate. Non so niente di come funziona questo posto».

«Lo so...» disse lui, lasciando trasparire una leggera frustrazione «ma io devo andare via di qui. Adesso so cosa vuol dire promettere. Me lo sono ricordato. Tu hai fatto in modo che me lo ricordassi. E me lo hai promesso».

«Va bene...» dissi.

Cercavo le parole adeguate per fargli capire che avrei fatto del mio meglio, ma che doveva aiutarmi, perché il mio meglio potesse bastare.

«Perché te ne andavi in giro con un'arma affilata?»
«Arma?»
Ebbi l'impressione che questa volta avesse capito, ma che cercasse una scusa per non rispondermi.
«Ti riferisci all'oggetto che avevo in mano?»
Feci segno di sì con la testa.
«Mi aveva attaccato uno dei grigi» disse. «Dovevo difendermi. Stavo cercando te. Se ti avessi trovata avresti avuto bisogno di difenderti anche tu, forse...»
Mi fu difficile credergli.
«Da cosa? Nate, gli uomini cenere non possono vederti e non credo che un coltellino riuscirebbe a fermarli, comunque. Sono fatti di cenere. Non hanno sangue nelle vene, si ricompongono, li ho visti...»
Qualcosa nelle mie stesse parole mi disturbò. Ma non ebbi il tempo di pensarci, Nate aveva ripreso a parlare.
«Ma se sanno che sei lì, davanti a loro... Meglio se sei armata, fidati».
Non mi fidavo.
Sembrò accorgersene. Aveva letto la mia espressione dubbiosa. Con dolcezza posò le mani sopra le mie spalle. Erano calde, ma un brivido mi corse lungo la schiena.
«Ricordati...» mi disse come una preghiera «hai promesso. Mantieni la promessa, Thara. Oppure ti supplico, non cercarmi mai più».
Scandì le ultime parole, come per rafforzarne il significato. Il mio cuore accelerò di colpo.
«Se non riuscirai a portarmi con te, non dovrai tornare mai più qui, Thara. Devi giurarmelo» ripetè.
Non gli risposi subito.
Come altre volte mi era capitato, le parole necessarie sembravano nascoste in angoli bui. Quando vide che non parlavo, mi spinse via e si ritrasse come un ragno.
Quella reazione mi ferì profondamente. Tutti i mondi che conoscevo mi giravano vorticosamente attorno. Mi ve-

deva solo come un'ancora di salvezza? Soffocai il rancore sul nascere, e mi calmai. Dovevo concentrarmi su come aiutarlo. Era vero, gli avevo fatto una promessa.

Lui stava soffrendo le pene dell'inferno, in un luogo che forse era anche peggiore dell'inferno.

Alzai lo sguardo su di lui. Il suo viso mi terrorizzò. Aveva i lineamenti di chi è terrorizzato dall'inevitabile.

«Ho paura di farti male, Thara. Non siamo uguali, posso diventare un pericolo».

Qualcosa nel tono della sua voce mi allarmò, ma allo stesso tempo mi fece stare meglio. C'era un motivo per cui non mi voleva. Ed era la sua preoccupazione per me.

Sembrava tutto sempre più assurdo. Lui mi diceva che ero in pericolo, che lui era il pericolo, e io mi sentivo meglio. Come funzionava la mia mente? Forse non funzionava affatto.

Non gli feci altre domande. Dovevo aspettare che fosse pronto a spiegarmi. Gli dissi una cosa, però.

«Sei la prima persona che incontro ad avere qualcosa in comune con me, da quando sono nata».

«In che senso?» mi domandò distrattamente.

«Beh...» risposi «innanzitutto, siamo entrambi completamente squilibrati».

«Cosa significa?» mi chiese.

«Questo!» risposi io.

Mi tornò il sorriso, era una cosa che avrebbero potuto dire Christine o Leo.

«Niente, lascia stare...» continuai vedendo che non mi capiva. «Ti sto confondendo».

«No, mi interessa quello che dici... Cos'ho di particolare che mi rende simile a te?»

«È che... non avevo mai visto nessuno con gli occhi strani quanto i miei, prima di conoscerti».

«Perché?» mi chiese. «Come dovrebbero essere gli occhi per essere normali?»

Mi venne da ridere. Per anni mi ero fatta problemi riguardo la stranezza dei miei occhi, ma con lui, grazie alla sua amnesia, era l'ultima cosa di cui mi dovevo preoccupare.

Sembrò leggermi nei pensieri.

«Adesso comincio a ricordare» mi disse. «Dopo che sei andata via mi sono tornati in mente oggetti e luoghi».

«Sul serio?» gli domandai sorpresa, forse le cose stavano migliorando.

«Mi sono ricordato il mare» disse, poi tornò a spostare lo sguardo verso l'orizzonte e si alzo di scatto.

La sua espressione cambiò. Si dimenticò del mare e alzò un dito per indicare le dune.

«Sta per succedere...» lo vidi agitarsi in modo quasi euforico. «Devi vederlo».

Mi alzai in piedi anch'io.

Il suo sguardo era perso in un passato che stavamo cercando insieme e in un presente che voleva condividere.

Cercai di studiare la sua espressione, per capire se dovevo spaventarmi. I suoi lineamenti erano più rilassati. Sembrava felice di quello che voleva mostrarmi.

Notando che ero concentrata su di lui e non su quello che stava accadendo lontano, mi passò di nuovo una mano fra i capelli, per scostarmi una ciocca. Stava quasi diventando un'abitudine.

Ritrasse la mano. Probabilmente mi aveva vista arrossire. In quel mondo grigio, anche la più piccola sfumatura della pelle si notava come un pavone tra i pinguini.

Qualunque fosse il motivo, si avvicinò al mio orecchio e, con una dolcezza che non avrei mai immaginato, mi sussurrò una frase, come un segreto che nessuno doveva sentire:

«Scusa, mi sono ricordato... Certe attenzioni possono mettere in imbarazzo. Ma è stato più forte di me».

Mi sentii avvampare.

Sentivo il suo respiro sul collo, chiusi gli occhi per trattenere quella sensazione. Le sue labbra mi avevano quasi sfiorata. Si scostò lentamente e tornò a indicare lontano.

«Guarda...» disse, e i miei occhi seguirono il suo dito.

Là, davanti a noi, sulle distese di cenere, stava comparendo qualcosa.

Enormi fiamme viola si divincolavano, come se stessero tessendo: enormi forme vaghe si stavano componendo dal nulla. Era fantastico. Davanti ai nostri occhi si stava generando un'intera foresta grigia che, incenerita, stava nascendo dall'incendio violaceo.

«È meraviglioso!» mi lasciai sfuggire.

Nate accennò un sorriso e abbassò la testa per guardarmi.

«Immaginavo che ti sarebbe piaciuto...»

Centinaia e centinaia di alberi stavano apparendo, proprio come l'aereo che avevo visto la volta precedente. Le fiamme esplodevano e, un attimo dopo, quando si diradavano, là dove non c'era niente, comparivano tronchi e chiome.

Sorrisi, come stava facendo Nate. Lo spettacolo che mi stava offrendo era la cosa che in quel mondo si poteva avvicinare di più a un tramonto o a un'alba.

Rimanemmo a fissare il rogo per un tempo che mi sembrò interminabile. Poi le fiamme si diradarono, si divisero in gruppetti sempre più deboli e l'enorme chiarore violaceo, che aveva tinto il panorama fino a poco prima, scomparve. "Proprio come appassiscono gli iris" mi trovai a pensare.

Nate non disse niente, rimase a fissare la foresta, anche se il fuoco era scomparso. Nemmeno io avevo il coraggio di dire nulla, temevo che le parole avrebbero spezzato l'incantesimo e trascinato nuovamente entrambi dentro un camino, a spazzare cenere.

«Mi piace quando accade...» disse piano Nate. «Quel colore... sembra quasi di sentirselo addosso».

Si voltò verso di me e ci fissammo. Non stava parlando delle fiamme, lo sapevo. Mi sentii stringere il petto da una sensazione che avevo paura potesse scomparire da un momento all'altro.

«È stato bello...» gli dissi, con la voce che mi tremava.

«Già...» rispose mentre un ciuffo di capelli ondeggiava davanti allo sguardo, creando gli stessi giochi di un'aurora boreale.

«Anche i tuoi occhi sono viola» sussurrò, inclinando la testa e sollevandomi il mento per guardarli meglio. Era di nuovo così vicino.

«Sì...» confermai io, come una completa idiota.

Mi diedi della stupida. Forse aveva scambiato il mio imbarazzo per fastidio, perché lentamente si allontanò.

«Non so come succede, né da dove arrivano» disse dopo un po'.

«Nel mio mondo succede l'inverso... Il fuoco le cose se le porta via» gli risposi. «In questo posto sembra che tutto funzioni al contrario. Perché, secondo te, compaiono quelle fiamme?»

«Non ne ho idea... Accade e basta. Quest'edificio, per esempio...» continuò lui, indicando con un cenno del capo il tetto su cui ci trovavamo «è comparso proprio oggi...».

Ebbi un sussulto. Mi ero accorta in quel momento che, alle spalle di Nate, c'era un'asta e una bandiera bruciata.

Mi sporsi dal cornicione per guardare giù.

Un brivido tiepido mi attraversò la pelle. Anche se era capovolta e ricoperta di fuliggine, la scritta sulla facciata era molto chiara: riportava il nome del liceo che al telegiornale avevo visto incendiarsi.

Mi rimisi dritta, guardando Nate. Lui ricambiò con un'espressione perplessa.

«Ma certo!» dissi. «Ti prego, cerca di capire quello che sto per dire. Ho appena scoperto una cosa fondamentale riguardo a questo posto. Ti sarà utile» la mia voce tremava per l'agitazione. «Sarà utile a entrambi». Scesi dal cornicione e continuai.

«Ho visto questo edificio andare a fuoco nel mondo dal quale forse provieni anche tu».

Gesticolai, convinta di riuscire a farmi capire meglio.

«Era al telegiornale...»

Vedendo che l'espressione di Nate si faceva più confusa, cercai altre parole.

«Credo di aver capito. Tutto quello che brucia là... finisce qui. Come se il fuoco fosse una porta tra le cose che esistono e le cose che non esistono...» rallentai le parole, soppesandole «che non esistono... più».

Nate mi fissò impietrito.

Improvvisamente mi resi conto di quello che avevo detto. E se quello che avevo detto era vero, significava che Nate...

«Io sono morto...» mi anticipò lui. «Sono morto bruciato...»

Ero sicura che da un momento all'altro si sarebbe messo a piangere.

«No!» lo frenai con una convinzione che non avevo. «La morte è il nulla, Nate! Qua mi sembra che qualcosa ci sia...»

Nate sembrò valutare molto attentamente quello che avevo detto. Anch'io lo feci. La mia mente lavorava velocemente. Non potevo affermare niente con sicurezza, ma potevo iniziare a scartare idee ed elaborarne altre. A capirci qualcosa insomma. Parlavo a voce alta.

«Le fiamme...» dissi, cercando di riflettere «le fiamme... le fiamme...» ripetevo come una scema. «Le fiamme sono un portale...». Era una via di mezzo tra una domanda e un'affermazione.

Presi in esame quel particolare. Sembrava plausibile.

«Ok» dissi a Nate facendolo sedere e mettendomi al suo fianco. «Credo che le cose stiano così: il fuoco è un portale tra i nostri due mondi. Il fuoco rosso, che distrugge e il fuoco viola, che crea... Viola come i miei occhi. Viola come gli iris...»

Che ci fosse un collegamento fra quelle cose? Che i miei occhi avessero qualcosa in comune con quelle fiamme premurose? Che fosse proprio grazie a quel colore che ero in grado di vedere, di muovermi in quel mondo che agli esseri umani era sconosciuto e inaccessibile?

«Pensi che potrei passare nel tuo mondo, attraverso il fuoco?» mi chiese.

«Non lo so» risposi «ma so con certezza che tu non sei morto. Questo mi sembra evidente, come il fatto che entrambi siamo del tutto fuori posto, qui. Guardami, Nate. Io sono viva. Eppure sono qui. E non sono fatta di cenere. Proprio come te. Inoltre abbiamo in comune i colori. Entrambi siamo le uniche tracce di colore vero che questo mondo ancora sopporta. Sei sicuro di non aver mai visto nessuno come noi?»

Colsi un bagliore sinistro brillare da qualche parte, in lontananza, nei suoi occhi. Mi domandai se avevo detto qualcosa che l'avesse turbato.

«Scusa...» dissi, senza sapere bene perché. «È che pensavo agli uomini cenere e a te... È evidente che loro sono finiti qui bruciati, magari sono anime dannate, che ne so, ma tu...»

Nate mi interruppe e socchiuse gli occhi.

«Quegli esseri, prima erano persone» sospirò malinconicamente. «Arrivavano dalle dune spaventati, senza sapere da dove venissero e come avevano fatto a finire qui. Anche a me è successa la stessa cosa».

«Per me è diverso...» mi lasciai sfuggire, ma non volevo interrompere il racconto di Nate.

«Loro hanno cominciato a perdere la speranza, a lasciarsi morire... Erano disperati... Immagino tu possa cominciare a capirli. Questo posto logora dentro».

Non sapevo se farlo o meno, ma la mia mano era appoggiata sul cornicione proprio dietro la sua schiena. Forse avrei dovuto farla risalire un po', appoggiarla sulle sue spalle, per dargli un po' di conforto. Ma pensai troppo lentamente e nel frattempo lui si scostò.

«Questo è un luogo di morte. Un luogo che non dovrebbe esistere» continuò Nate. «Io mi sto sforzando di resistergli. Non voglio farmi assorbire. Mi piace troppo vivere. Ma non ce la faccio, Thara. Perdonami».

Sentii un fastidio all'altezza dello stomaco. Mi succedeva quando non riuscivo a capire qualcosa.

«Ho continuato a cercare appigli, a collezionare oggetti che mi ricordassero qualcosa di familiare, ma il Cinerarium si prende tutto. Partendo proprio dai ricordi».

«Ti aiuterò io» lo interruppi. «Farò in modo che i tuoi ricordi ti vengano restituiti. Uno a uno. Questa è la prima cosa che dobbiamo fare...»

Lo vidi incupirsi.

«Devo confessarti una cosa, Thara...» disse lui frenando il mio discorso. «Quando prima ci siamo incontrati... Non mi aveva attaccato nessun grigio. Sono stato io a ferirmi».

La sua voce divenne fredda.

«Che cosa stai dicendo?» riuscii a chiedergli.

«Non sono più un essere umano, Thara».

«Che dici?» ripetei io.

«Non sono un essere umano» disse ancora. «Volevo vedere se dalle mie vene usciva ancora una goccia di sangue e invece... Ormai c'è solo cenere».

«Nate, non capisco...»

Non era vero, capivo eccome.

«Ho smesso di resistere...» spiegò semplicemente.

«Non capisco...» non riuscivo a dire altro.

«È questo il motivo per cui non voglio che tu torni qui, se non riuscirò a uscirne anch'io».

Abbassò lentamente lo sguardo e con le mani cominciò a slacciare i bottoni della camicia. Rimasi assorta a guardarlo.

Nate sospirò e, quando ebbe finito, sfilò le maniche, lasciando cadere a terra quel pezzo di stoffa bruciata.

Sotto aveva una maglietta bianca. La afferrò alla base e, sempre molto lentamente, cominciò ad alzarla.

La pelle chiara che ricopriva i muscoli del suo torace apparve poco a poco, mentre il suo viso si incupiva.

La maglia saliva ancora e quando superò l'altezza dell'ombelico, cominciai a notare delle venature scure. Continuò a sfilarla, finché la tolse del tutto e vidi il suo cuore.

Lo vidi battere in mezzo al torace, come un tizzone fra la cenere.

Era la brace che lo teneva in vita?

«Mio Dio...» dissi portandomi una mano alle labbra.

Nate lasciò ricadere le braccia e voltò la testa su un lato.

«Lo sapevo...» sussurrò senza osare incrociare il mio sguardo. «Non avrei dovuto... Adesso mi vedi come un mostro... Ma forse è meglio così. Almeno non verrai più e non potrò farti del male».

Ero rimasta così impressionata da quella visione, che mi accorsi di quello che aveva detto solo dopo parecchi secondi. Sentii di dover ribattere subito. Non mi spaventava davvero il suo cuore.

«Nate...» gli dissi dolcemente. «Non è così».

Solo allora lui si voltò, un poco, verso di me.

E per mostrargli che non pensavo assolutamente nulla di quello che lui aveva detto, alzai la mano e l'avvicinai al suo petto. Mentre le mie dita si spostavano verso di lui, avvertii il calore che emanava. Vedevo i battiti aumentare di intensità, ma non mi fermai. Continuai, finché la mia mano si poggiò proprio sul suo cuore.

Un tepore mi scivolò sul braccio fino ad avvolgermi la testa. Era una sensazione strana e bellissima. Era come stare abbracciati per una notte intera e dimenticarsi dell'alba.

«Ti porterò via da questo posto...» gli promisi per la seconda volta. «Non lasciarti morire. Adesso ci sono io».

Nate poggiò la sua mano sulla mia. Mi guardò e capì che non stavo mentendo.

«Sto diventando come loro… Sto diventando uno dei grigi».

IL RIFUGIO

Mentre Nate si riabbottonava la camicia, io mi strinsi nelle braccia, riflettendo su tutte le cose di cui avevamo parlato. Rimasi a scrutare la foresta, per evitare di distrarmi. Anche se la vista del cuore che pulsava nel torace era stata uno shock, il suo corpo rimaneva comunque qualcosa di indescrivibile.

Il fuoco era davvero un portale tra i due mondi? E Nate poteva sul serio rivelarsi pericoloso a causa della trasformazione che lo stava logorando, o i suoi scatti erano dovuti solamente all'amnesia?

Sospirai corrugando la fronte. Non c'era mai un soffio di vento in quel dannato posto e la luna nera mi faceva sentire osservata.

«Andiamo?» domandò Nate a un certo punto.

Mi voltai, ancora frastornata.

«Dove? Alla nave?»

Lui sorrise, come se avessi fatto un'osservazione particolarmente stupida.

«Stai scherzando? È appena apparsa una foresta, andiamo a vedere se troviamo qualcosa».

«Giusto...» gli risposi, fingendo che fosse scontato anche per me.

Lo raggiunsi. Stava aprendo una porta che conduceva all'interno.

Scendemmo le scale di quella che adesso sapevo essere una scuola, ma non servì a rassicurarmi. Durante il tragitto pericolante, Nate mi precedette, avvertendomi ogni volta che qualcosa poteva essermi d'intralcio. Mi diceva dove mettere i piedi per non inciampare e scrutava i corridoi per assicurarsi che i grigi non fossero nei paraggi.

Andò tutto liscio e, camminando sulle macerie, raggiungemmo l'uscita. Scendemmo gli scalini del portone principale e ci fermammo.

«Allora è questo quello che fai per impegnare il tempo?» gli domandai pulendomi dalla cenere che mi aveva ricoperto i vestiti.

Mi fermai. In quell'istante mi accorsi che addosso non avevo più il vestito viola. Avevo un vestito di quelli che usavo tutti i giorni. Precisamente il mio preferito. Pensai che forse, nei miei viaggi nel Cinerarium, apparivo con indosso le cose che in quel momento mi rappresentavano di più.

«Non ho altro da fare» mi rispose Nate.

«Come?» domandai distratta dalle mie riflessioni.

«In questo posto non c'è altro da fare».

«Deve essere divertente...» dissi un po' sarcastica.

Lui prese sul serio l'affermazione e si voltò sorridendo.

«In due sarà fantastico!»

Sorrisi anch'io e ci allontanammo dall'edificio in direzione della foresta. Mentre camminavamo mi guardai alle spalle, per assicurarmi che nessuno ci stesse seguendo.

La scuola era proprio identica a quella che avevo visto bruciare al telegiornale.

A quel punto non avevo più dubbi. Dalla porta principale vidi uscire alcuni uomini di cenere, ma erano troppo lenti e troppo lontani perché riuscissero a raggiungerci. Non era necessario avvertire Nate.

Continuando ad attraversare la distesa di cenere non parlammo. Io non avevo argomenti e Nate doveva essere così abituato alla solitudine da non farci caso.

All'improvviso lui si mise a fischiettare una musichetta.

Prima ancora che potessi domandargli qualcosa, si fermò e si voltò a guardarmi.

«Cos'è questo... Che sto facendo?» mi chiese quasi allarmato.

«Stai... fischiettando un motivetto» gli spiegai stupita quanto lui.

«Ah...» rispose riaccendendo un sorriso incerto. «Mi piace!»

E riprendemmo a camminare. Quando faceva così sapeva essere buffo e mi faceva dimenticare persino dove eravamo. Conoscevo quella canzone, era un pezzo che si chiamava "The sound of silence", così decisi di unirmi a lui aggiungendo le parole.

«*Hallo darkness my old friend...*» cantai sulle note. «*I've come to talk with you again...*»

La canzone parlava di visioni notturne, che lasciano i loro semi nel sonno e poi crescono nella mente.

Vidi Nate voltarsi senza smettere di fischiettare.

Sembrava che con quel piccolo gesto lo avessi reso tremendamente felice. Le fossette ai lati della bocca gli comparvero di nuovo.

Per tutta la strada che ci separava dalla foresta, continuammo a cantare quella ed altre canzoni. Nate era davvero felice e io mi sentivo bene. Non avrei mai pensato che canticchiare delle canzoni mi avrebbe dato quelle sensazioni.

Gli insegnai le parole e a un certo punto ci mettemmo anche ad abbozzare una coreografia. Non mi sentivo per niente stupida. In quel posto non c'erano regole e neppure Nate sembrava averne.

Mi sentivo libera, come se potessi fare tutto.

Smettemmo di cantare solo quando arrivammo al bosco.

Ci fermammo fra i primi tronchi e, nel momento in cui le nostre voci tacquero, scese un silenzio che non mi aspettavo. In una foresta normale ci sarebbero stati i cinguettii degli uccelli e il rumore delle foglie mosse appena dal vento. Là, invece, esisteva solo il silenzio. Un silenzio enorme che mi allarmò.

Nate si accorse della mia preoccupazione, per il modo in cui mi guardavo attorno. Avevo la sensazione che qualcosa fosse acquattato fra gli alberi.

«Stai tranquilla...» mi disse, facendo qualche passo davanti a me e voltandosi. «I grigi non vengono, quando appare qualcosa. Le fiamme viola li spaventano».

Tirai un sospiro di sollievo, ma rimanevo inquieta. Anche se Nate mi aveva dato un po' di sicurezza, qualcosa mi allarmava comunque.

Alzai la testa per vedere la volta lunare attraverso i rami degli alberi. Piccoli pezzetti di cenere si staccavano dai rami e cadevano sopra di noi, come neve.

Decisi di sorridere per mostrare a Nate quanto apprezzassi la sua attenzione. Aveva ragione, non c'era assolutamente niente in quella foresta bruciata.

Camminammo fra i tronchi grigi e screpolati. Da alcune radici si levavano ancora volute di fumo, probabilmente strascichi delle fiamme violacee.

Nate si aggrappava ai tronchi e si spostava qua e là, esaminando il terreno. Io non mi unii alla sua ricerca, lo seguii solamente, studiando i suoi movimenti. Era interessante vedere la sua tecnica, come se sapesse dove andare a frugare. Sembrava quasi un animale selvatico.

«Vieni a vedere!» esclamò a un certo punto.

Lo raggiunsi. Stava accucciato vicino a un grosso tronco.

Quando si rialzò, fra le mani teneva un aquilone. Conservava ancora qualche tono dei colori sgargianti da cui, un tempo, doveva essere abbellito.

Me lo porse.

«Cos'è?» mi domandò.

«Un aquilone. Lo usano i bambini per divertirsi. Lo fanno volare» gli risposi distrattamente.

Allora lui piegò la testa.

«Che cosa vuol dire divertirsi?»

La sua domanda richiamò la mia attenzione.

«Divertirsi…» balbettai, sfregandomi le mani. «Le persone si divertono quando fanno qualcosa che le fa star bene».

Nate sorrise, come se d'improvviso avesse capito tutto.

«Allora tu sei divertente» mi disse, ridendo con gli occhi.

I colori che nuotavano nel suo sguardo mi accarezzarono il viso. Mi lasciò senza parole. Forse arrossii ancora, ma questa volta lui fece finta di non notarlo. Rise e si rimise a cercare.

«Ehi!» dissi ad alta voce. «Non lasciarmi qui da sola!»

Nate si era allontanato per continuare a esplorare. Lo vidi voltarsi e alzare una mano per farmi segno di raggiungerlo.

Scavalcai le varie radici, facendomi aria davanti al viso con le mani. La cenere, che continuava a cadere lenta, mi entrava negli occhi e nella gola.

Quando raggiunsi Nate, lo trovai che fissava la cima di un albero. Alzai anch'io la testa e rimasi sorpresa.

C'era una casetta in legno. Una di quelle piccole casette che i bambini usano come rifugio. Era stata costruita utilizzando due grossi rami come sostegni e, sul fondo, aveva una botola alla quale si poteva accedere attraverso una scaletta.

Un fruscio improvviso mi fece voltare.

«Cos'è stato?» domandai a Nate, che era rimasto incantato a guardare il rifugio.

Scrutai con attenzione tra i tronchi. Non si muoveva niente, forse me l'ero immaginato. Stavo per tornare tranquilla, quando un altro movimento mi fece nuovamente allarmare. Se non era vero, questa volta erano stati gli occhi e non le orecchie a ingannarmi. Avevo visto un'ombra. Qualcosa che, fino a quel momento acquattata a terra, era saltata sulla cima di un albero.

«Nate!» gridai.

Lui si voltò.

«Thara! Sarà un ramo che si è spezzato. Non avere paura, non c'è niente».

Volli pensare che avesse ragione.

«Andiamo dentro alla casetta, però» gli dissi, avvicinandomi.

«Ok».

Ci arrampicammo sui pioli che erano stati fissati contro al tronco.

Quando Nate fu entrato, tese una mano per aiutarmi. Mi sentii sollevare come una piuma. Non mi mi ero resa conto che fosse tanto forte.

Passai attraverso la botola e la richiusi.

Ci sedemmo a terra, appoggiando le schiene a due pareti diverse.

Nate sembrava tranquillo e si stava guardando intorno con interesse.

«Qui ci sono un sacco di oggetti colorati...» disse osservando i giochi che erano andati distrutti nell'incendio.

Io speravo solo che nessun bambino ci fosse andato di mezzo.

Nate raccolse da terra una trottola e la esaminò, come fosse stato il pezzo di una navicella aliena. Era terribilmente assorto. Chissà in quali meandri della sua memoria stava scavando.

Poi la appoggiò di nuovo al suolo, arreso. Io me ne accorsi e allora gli chiesi, con un gesto, di passarmela. La sistemai nel verso giusto e schiacciai la parte superiore.

Il piccolo oggetto cominciò a girare e Nate rimase affascinato a osservarlo, finché non si fermò.

«È una trottola!» esclamò.

«Sì» dissi io, con una certa soddisfazione.

«Me lo ricordo!»

L'affermazione di Nate, sgorgata come una fonte di montagna, dissetò entrambi. In realtà la mia influenza era necessaria solo perché lui potesse aiutarsi da solo.

Riponemmo la trottola dove l'avevamo trovata, come se qualcuno potesse ancora farne qualcosa, e passammo in rassegna gli altri oggetti. Erano tutti giocattoli, tranne un libro.

Quando Nate lo vide, si alzò e lo prese. Passò una mano sulla copertina per tentare di togliere lo strato di fuliggine che la nascondeva. Apparvero due parole: "Peter Pan".

«Io questo lo conosco...» disse, sedendosi questa volta accanto a me.

Appoggiò il suo fianco al mio e posò il libro sulle mie gambe.

«È una favola» gli spiegai. «Anche se io l'ho sempre trovata inquietante... Come tutte le favole, del resto».

Provai ad aprire il libricino. Sembrava molto fragile, le pagine erano quasi nere e trasparenti ma, con mio grande stupore, non si disintegravano.

Era come se la cenere del Cinerarium avesse la proprietà di diventare qualsiasi altra cosa. Di sembrare qualsiasi altra cosa. Ne avevo già avuto diverse prove. Poteva sembrare un palazzo, un albero e persino acqua. O una persona.

«Ti va di leggermene un po'?» mi domandò Nate, alzando le sopracciglia.

Il suo sguardo multicolore sembrò riverberare per tutta la casetta di legno.

«D'accordo» gli risposi cercando le prime pagine. «Dunque...»

Non era facile vedere le lettere su quella carta scura. Mi aiutai tenendo il segno con il dito.

«*Tutti i bambini crescono, tutti meno uno. Tutti i bambini sanno molto presto che cresceranno; Wendy lo seppe in questo modo. Un giorno (aveva due anni) stava giocando in un giardino, colse un fiore e trotterellò con quello dalla mamma. Immagino che avesse un'aria molto carina, perché la signora Darling si mise una mano sul cuore ed esclamò: 'Oh, perché non puoi restare così per sempre!'*»

Alzai gli occhi e guardai Nate. Si era rannicchiato con le mani sulle ginocchia.

«Che c'è?» gli domandai accigliata.

Lui alzò le spalle.

«Niente... Pensavo al fatto che io rimango sempre uguale».

«Cosa vuoi dire?»

Nate scosse piano la testa.

«Che sono sempre stato così. Adesso mi sono ricordato che le persone possono anche invecchiare».

Non avevo pensato a quell'aspetto.

«Vuoi dire che non hai la mia età?»

«La tua età?» mi domandò, un po' stralunato.

«Io ho diciassette anni, tu quanti ne hai?»

Nate rimase in silenzio a fissarmi. Per qualche istante sembrò che fosse sul punto di rispondermi, quasi avesse dentro di sé la verità, anche se un po' arrugginita. Poi abbassò lo sguardo e non disse nulla. Capii che era meglio non insistere su quell'argomento.

«Vuoi provare tu?» gli domandai, spostando il libro sulle sue gambe.

Per un istante poggiai il dorso della mano sui suoi pantaloni e avvertii i muscoli contrarsi sotto la stoffa.

«Non sono capace» disse, facendo per scansarmi.

«Dai, prova, ti aiuto».

Tentennò, ma alla fine, quasi indipendentemente dai pensieri, le sue mani afferrarono i bordi del libro. Si chinò in avanti in un modo che mi fece sorridere. Sembrava che stesse esaminando qualcosa di microscopico, anche se, in realtà, le lettere sulla carta erano molto grandi.

Scegliemmo una nuova pagina a caso.

Imitò il mio gesto utilizzando un dito per tenere il segno, solo che lo appoggiò sopra un disegno. Sorrisi ancora, ma evitando di farlo sentire in imbarazzo, e glielo spostai sulla prima riga. Le sue mani erano lisce e calde.

«Questa è una "enne"» gli dissi. «Questa è una "o"...»

«Non» disse lui precedendomi.

«Esatto...» esclamai, stupendomi della sua capacità d'apprendimento.

Effettivamente non stava imparando, stava solo rispolverando qualcosa tenuto nella soffitta dei suoi pensieri.

Gli feci ripassare tutte le altre lettere della frase, e andai a cercare quelle mancanti per completare l'alfabeto. Nate annuiva, facendo piccoli movimenti con la testa. Si concentrava molto e i risultati ottenuti mi lasciarono davvero di sasso. Pochi minuti dopo era in grado di leggere un intero paragrafo.

Lesse fluidamente un altro brano e, quando terminò, respirava faticosamente, come se avesse fatto uno sforzo sovrumano, come se avesse scalato le pareti verticali di una montagna.

«Incredibile...» mi lasciai sfuggire.

«È tutto merito tuo» sussurrò Nate, sorridendo debolmente.

Fui quasi tentata di accarezzarlo, o di scostargli un po' quei capelli scuri dagli occhi, come aveva fatto lui con me. Preferii trattenermi e provai a cercare un altro modo per fargli capire quanto fossi contenta.

«Questa casetta...» dissi guardando il soffitto composto di travi «potrebbe diventare il nostro rifugio, come quello dei bambini smarriti».

«Sì...» disse Nate unendosi a me. «Ma cos'è un rifugio e chi sono i bambini smarriti?»

«Un rifugio è un posto segreto...» gli spiegai «in cui stare al sicuro».

Nate fece segno d'aver capito.

«E i bambini smarriti... Nella storia del libro sono quei bambini che vengono abbandonati nelle carrozzine. Se dopo una settimana sopravvivono, finiscono su un'isola "che non c'è"».

«Ancora non capisco» disse questa volta Nate.

Era comprensibile. Non dovevo confondergli la mente con cose inventate.

«Sono bambini che si sono persi, ecco tutto».

«Persi...» ripeté lui. «Cosa significa?»

«Che non conoscono più la strada di casa. Che non possono tornare».

Nate piombò in un profondo silenzio. Non mi aspettavo una reazione simile e non seppi come intervenire. Mi grattai nervosamente una guancia.

«Io sono un bambino smarrito?» mi domandò lui d'improvviso.

Quella nuova domanda fece sparire del tutto le mie poche parole.

«E questa è l'isola "che non c'è"?» aggiunse sempre Nate.

Lo guardai, sperando che capisse. Non avevo risposte. Per quanto ne sapevo poteva anche avere ragione.

«No, Nate» dissi d'istinto. «Forse eri perduto. Ora che ti ho trovato, non lo sei più».

Sorrise e si alzò in piedi.

«Grazie, Wendy» mi rispose in modo inaspettato, come se si fosse ricordato d'un tratto tutta la storia.

Mi rialzai anch'io e gli andai accanto. Stava guardando fuori dalla finestrella. Il bosco grigio era immobile e silenzioso. Non c'erano più movimenti strani fra i tronchi, solo la cenere che cadeva lenta.

TUTTI I COLORI DEL BUIO

Il giorno seguente passai le prime ore di scuola lontana dai miei amici. Quello era l'unico giorno della settimana in cui le nostre lezioni non combaciavano. Solo nelle ultime due ore riuscii a incontrare Christine, durante il corso che più detestavo, la ginnastica. In realtà non mi dispiaceva l'esercizio fisico e a volte andavo a correre da sola nel parco, quello che mi disturbava era la competizione e l'idea di far parte di una squadra.

Quando giocavamo a pallavolo, finiva sempre che mi sentivo responsabile per gli altri e l'agitazione mi faceva sbagliare tutto. Vedevo la palla scendere dal soffitto verso di me e a quel punto succedevano due cose: o continuavo a seguirla rimanendo immobile finché non si schiantava a terra, o provavo a ribatterla, con risultati simili a quelli che avrei ottenuto se mi avessero tirato contro un melone maturo.

In più, Jennifer Suarez non mancava di considerarmi un bersaglio per le sue schiacciate.

Quel tormento finì segnato dal fischietto del professore di ginnastica, a mio parere l'unico rumore sensato che uscisse dalla sua bocca. Ci ritirammo negli spogliatoi e approfittai della pausa per parlare con Christine. Ci sedemmo su una panchina.

Mentre lei si slacciava le scarpe, presi la borraccia col caffè. Dopo ginnastica avevo sempre un calo di energie che, se non l'avessi contrastato, mi avrebbe fatta collassare. Una volta mi ero addormentata negli spogliatoi senza che nessuno se ne accorgesse e mi ero risvegliata da sola, nel pomeriggio.

«L'ho rivisto» le dissi, fingendo una conversazione casuale.

«Chi?» mi domandò Christine, mentre guardava con disprezzo alcune ragazze che ci passavano davanti.

«Il ragazzo del Cinerarium. Si chiama Nate».

«Ah, sì...» mi rispose svogliatamente.

Bevvi un sorso di caffè.

«Guarda che dico sul serio» le risposi un po' indispettita: almeno la mia migliore amica doveva credermi! «Ho anche scoperto come andare in quel mondo».

«Beh, la prossima volta prendi due biglietti» rispose lei, rimettendosi in piedi e sfilandosi la maglietta.

Scossi la testa. Non mi stava ancora prendendo seriamente.

«Sono gli iris. Non so perché, non so dove sia questo posto o cosa sia, ma so che esiste e che ci sono stata».

Christine sospirò e mi mise una mano sulla spalla.

«Guarda che è Leonard il patito di X-files, non io...»

Gliela tolsi in malo modo. Non mi piaceva essere presa per pazza. Capivo che pretendevo un po' troppo, era difficile da credere quello che mi stava accadendo, ma mi bastava solo che ascoltasse senza prendermi in giro. Io non addestravo un circo di tartarughe e non avevo mai detto cose assurde. Christine sapeva che a lei non avrei mai mentito. Forse per ripicca, cercai di dire qualcosa che la mettesse altrettanto in imbarazzo.

«Mi sa tanto, allora, che Leo ti vede come un episodio della serie...»

«Eh?» esclamò lei, dandomi improvvisamente tutta la sua attenzione.

«Sì... dai! Si vede lontano un miglio che vi piacete».

Christine alzò le sopracciglia innervosita e si sistemò i codini.

«Ma per favore... Io e quell'ameba... Ho standard più alti».

La avvicinai facendomi complice e abbassando la voce.

«E dai... dillo che un po' ti piace...»

Christine si girò di scatto.

«E va bene! E va bene! Ti credo! Annusi dei fiori e piombi in un mondo fatto di cenere dove c'è un ragazzo bellissimo con gli occhi colorati! Credo a tutto, basta che la finisci!»

Mi rialzai soddisfatta.

Sapevo che non diceva sul serio, ma almeno avevo avuto una piccola rivincita sul suo scetticismo. Prima o poi sarei riuscita a portarle delle prove.

«Dopo, ti va di accompagnarmi in libreria?» le domandai. «Vorrei cercare qualche libro di quel Ray Pitbury».

Christine si infilò una maglietta pulita.

«Ma avevamo promesso a Leo di andare al cinema di Charles».

«Lo faremo un'altra volta, o questa sera, dai...» insistetti.

«E va bene» rispose lei arrendendosi. «Tu hai un padre da trovare e io una tessera per lo sconto del venti per cento da utilizzare. Meglio di così!»

Mentre attraversavamo i corridoi Christine scrisse un messaggio a Leo, dicendogli che eravamo impegnate e che ci saremmo sentiti più tardi. A un angolo, appoggiato all'armadietto, vidi Clive che si soffiava il naso. Distolsi lo sguardo disgustata, ma i nuovi personaggi su cui lo incrociai non erano migliori. Esteban stava parlando con la Suarez. Sembrava che fra quei due ci fosse del tenero, se del tenero poteva esserci fra due terminator.

Christine ringhiò nella loro direzione, ma quando ci guardarono, si misero a ridere.

«Vedrai come riderà quando quelle foto finiranno misteriosamente in giro per la scuola...» bisbigliò Christine.

Incrociammo il professor Calinger, poco prima di uscire,

e feci in modo di evitare una conversazione con lui. Se mi avesse chiesto come erano andate le mie ripetizioni non avrei saputo cosa rispondergli.

Ci allontanammo dalla scuola e salimmo su un autobus che ci portò in centro.

***

Le porte scorrevoli della libreria si aprirono senza bisogno di parole magiche. Era la più grande della città. Se cercavi un libro, quello era il posto in cui era più probabile trovarlo.

Scendemmo al piano di sotto e ci avvicinammo alla cassa. A servirci venne un ragazzo che aveva poco più della mia età e che dei libri sembrava conoscere a malapena le copertine.

«Ray Pitbury...» gli dissi, mostrandogli il mio appunto. «Guarda, è scritto così...»

Si passò una mano sulla fronte e con l'altra digitò il nome dell'autore sul computer.

Mi misi in punta di piedi per sbirciare il monitor, lui lo scostò leggermente per impedirmelo.

«Niente. È tutto fuori catalogo. Ma è appena uscito "Il bracconiere di deltaplani" se le interessa» mi disse.

Ringraziai socchiudendo gli occhi e ce ne andammo. Da quel tipo non avrei accettato neanche un'indicazione per il bagno.

Ci ritrovammo in strada e decidemmo di provare con le altre due grosse catene che erano in zona, ma anche per loro tutti i libri di questo Ray Pitbury erano archiviati fino alla fine dei tempi.

Vedendomi sconfortata, Christine mi suggerì di andare a controllare alla libreria dei portici. Quella era l'ultima opzione che ci rimaneva.

Si trovava in una galleria poco più avanti. Da quando

ne avevo memoria i vetri erano sempre stati impolverati ed esponevano grossi tomi di cui non si leggevano i titoli.

Le dissi che ero d'accordo e ci avviammo verso la libreria dimenticata.

Quando ci trovammo sotto i portici e spingemmo la porta, una campanellina di ottone trillò sopra le nostre teste. Quasi contemporaneamente, intuimmo la presenza di un uomo dietro il bancone. C'erano così tanti libri appoggiati sopra il ripiano, che riuscivamo a malapena a intravederne i capelli.

Il proprietario spuntò al nostro fianco facendo il giro. Sembrava quasi cieco, da quanto spessi erano i suoi occhiali.

«Se posso esservi utile...» ci disse, porgendo le sue dita ossute.

Mi premurai di mettergli in mano il foglietto, prima che gli venisse in mente di stringere la mia.

L'uomo abbassò leggermente gli occhiali sul naso adunco.

«Ray Pitbury...»

Sembrò assaporare le parole, come fossero qualcosa che gli piaceva.

«Ma certo... Avevate in mente qualcosa in particolare? Ho tutta la sua bibliografia».

Christine e io ci voltammo a guardarci nello stesso istante, compiaciute.

Ci fece strada fra gli scaffali che pendevano pericolosamente in avanti per via dell'enorme peso dei libri. Sembrava che stessero per caderci addosso da un momento all'altro.

Poi l'ometto si fermò, prese una piccola scala e provò ad aprirla. Le sue esili braccia non ce la facevano, così intervenne Christine.

«Faccio io» disse, prendendo la scaletta e aprendola di colpo.

Il libraio le sorrise. Aveva tre denti d'argento.

Posizionò l'arnese sotto uno scaffale e ci mostrò il ripiano in cui guardare.

«Là ci sono tutti» disse.

Salii i tre scalini e mi trovai di fronte una serie di libri ricoperti di polvere. Vi passai sopra le dita: uno dopo l'altro, apparvero titoli come "Cronache Saturniane", "233 Celsius", "Paese d'Aprile" e altri. Molti altri. Sembrava uno scrittore davvero produttivo.

Ma ci fu un titolo in particolare che mi colpì.

Si trattava di "Tutti i colori del buio".

Lo presi con cura. La copertina era nera e dorata, un tempo doveva esserci incisa una figura.

Lo aprii per leggere la trama.

Si trattava di una specie di autobiografia surreale. Nella presentazione si leggeva:

"L'ultimo romanzo dello scrittore Ray Pitbury, prima della sua uscita dal mondo dell'editoria. La falsa storia vera di un uomo che diventa amico di un suo personaggio. Mai nessuno, prima d'ora, aveva scritto così bene della propria morte".

La premessa era interessante, anche se la storia era falsamente vera. Forse quel libro mi avrebbe fatto scoprire qualcosa di più su quel Pitbury che, probabilmente, nonostante quanto sosteneva Rickie, era mio padre.

Se non erano i suoi occhi a essere strani, allora lo erano le sue idee.

Scesi dalla scaletta con il vecchio volume.

«Ottima scelta...» mi disse il libraio sfregandosi le mani.

Christine sbirciò il titolo e dal rumore che emise sembrò approvare la mia decisione.

Pagai il mio acquisto e l'ometto si premurò di fasciarlo con cura in un vecchio giornale.

Non mi permisi di dirgli che non era necessario. Forse ero l'unica cliente della settimana o dell'intero mese, mi sembrava giusto lasciargli un po' di soddisfazione.

«Scusi» gli chiesi per fare conversazione «sa se Ray Pitbury è ancora vivo?».

Gli occhi del libraio, ingigantiti dalle lenti, mi fissarono.

«Oh no mia cara, Ray Pitbury purtroppo è morto già da parecchi anni» disse sospirando. «E non ne sono più arrivati di scrittori come lui. Il libro che hai scelto è stato l'ultimo che ha scritto. Racconta della sua vita e persino della sua morte... Quasi avesse avvertito che l'angelo nero stava per raggiungerlo».

Per un attimo avevo sperato che il trafiletto avesse mentito. Mi era passata per la testa la stupida idea di poterlo incontrare.

Presi il libro e assicurai all'ometto che sarei tornata presto a comprarne altri.

«Se sopravvive per altri due giorni...» commentò sotto voce Christine, spingendo la porta.

La ringraziai per avermi accompagnata, ma le dissi che sarei tornata a casa per restare sola.

Ero stanca, veramente stanca, e poi avevo un libro da conoscere. Un padre da leggere.

«Ci vediamo questa sera?» domandò, prima di andarsene.

«No, scusati con Leo, ci vediamo domani a scuola».

Christine alzò le spalle, ma in cuor suo mi capì.

Mi diede un bacio sulla fronte, dicendomi di comportarmi bene. Le promisi che avrei fatto la brava bambina.

***

Non tornai a casa.

Avevo mentito. Più o meno. Volevo stare da sola a leggere, era la verità. L'unica differenza rispetto a ciò che avevo detto a Christine, era che avevo deciso di andare al vecchio cinema. In fondo era stata lei a provocarmi. Il suo scetticismo riguardo il Cinerarium aveva fatto deviare il mio comportamento, come spinto da venti astiosi.

Sulla strada mi fermai in un negozietto di fiori e comprai degli iris. Più tardi avevo intenzione di fare un altro viaggio nel mondo delle ceneri. Lo pensai con naturalezza, come se si fosse trattato di uscire la sera.

Arrivata alla porta sul retro, presi le chiavi. C'era poca luce e mi aiutai con il monitor del telefonino.

Feci scattare il lucchetto, sfilai la catena e abbassai la maniglia. Mentre spingevo, sperai che non scattasse nessun antifurto. Non suonò nulla, tranne i cristalli del grande lampadario che si agitavano nell'oscurità.

Camminai a tastoni lungo il muro, cercando di ricordarmi dove fossero gli interruttori. Li trovai e alzai le leve.

Il cinema si risvegliò d'improvviso, come in un'alba artificiale, e mi fece sentire importante.

Tutto un cinema per me.

Con una buona dose di soddisfazione e l'impressione di avere tutto il tempo e lo spazio dell'universo, mi infilai fra i sedili, cercando proprio il centro della sala.

Contai i seggiolini alla mia destra. Erano quindici.

Contai i seggiolini alla mia sinistra. Erano quindici.

Mi lasciai cadere all'indietro.

Non avevo i popcorn e mi accontentai di una mezza borraccia di caffè. La presi e la sistemai accanto a me, insieme agli iris.

Poi estrassi il libro dalla busta di plastica.

Lo scartai.

Era un momento importante.

Feci scivolare via il giornale e mi ritrovai fra le mani quella copertina nera dalle bordature dorate.

Le pagine erano un po' incollate e incurvate. Feci molta attenzione nell'aprirlo. Sentii una specie di scatto, come se avessi appena girato la chiave di una porta che non avrei mai dovuto attraversare.

A condurmi per il corridoio che mi avrebbe portato alla storia vera e propria, trovai Oscar Wilde.

Lessi: "*Colui che vive più di una vita, dovrà morire più di una morte*". Deglutii.

Voltai il foglio.

Prologo:

"*Questa è una fiaba... E, come ogni fiaba, anche un racconto del terrore. Non importa da quale dei due generi inizi la storia, penso che, per entrambi, si possa cominciare partendo da un castello...*"

E caddi nel libro.

La storia raccontava di Ray, uno scrittore che da anni viveva su una barca e che, per caso, era finito al lago di Gorey.

Assurdo che fossi stata là proprio il giorno prima.

Il lago era pieno di mucche morte e nessuno sapeva perché. Ray aveva deciso di fermarsi e, durante la permanenza, aveva intravisto fra le cime dei colli un castello.

Allora non mi ero sbagliata! Al lago di Gorey c'era un castello.

Lo aveva trovato ed era entrato. Si trattava solo di vecchi ruderi, ma all'interno aveva scoperto qualcosa di molto strano. Di molto più spaventoso di un pugno di vermi. Aveva trovato un Nocturno. Un essere immortale.

I Nocturni, spiegava il libro, sono figli della paura della morte, e, per sfuggirle, sono capaci di bloccare il proprio invecchiamento.

Il Nocturno che abitava il castello era un uomo magro, alto, calvo, dall'espressione malinconica.

Il suo nome era Kolor.

Sussultai. Mi tornò in mente la foto che avevo visto nella casa sul lago.

Poi proseguii la lettura.

Lo scrittore aveva stretto amicizia con il Nocturno e lo aveva convinto a tornare con lui in città. Aveva una vecchia casa in cui non viveva da molto tempo...

La villa di Charles! Pensai elettrizzata. La vecchia villa

tornata dalla polvere! Proprio così la chiamava Ray nel libro. La storia si faceva interessante...

E qualche pagina dopo, ecco comparire proprio Charles da giovane! Non potevo crederci, era una cosa pazzesca. Mi misi a ridere. E quel Nocturno... Non era malvagio, aveva persino deciso, contro la sua natura, di non nutrirsi di carne e sangue umani. Si era ritirato nel castello a lasciarsi morire di solitudine, per non fare del male a nessuno... Faceva tenerezza... Aveva dimenticato tutto e tutti lo avevano dimenticato.

Superate le prime cento pagine feci una pausa. Ero presissima dalla storia, ma non volevo finire il romanzo in una volta sola. E poi che ora era?

Controllai sul display del cellulare.

Erano già le sette di sera. Ecco perché mi sentivo in forma, fuori c'era il tramonto.

Gli occhi, forse attratti dal loro stesso colore, scivolarono sugli iris. Sorrisi. Avevo voglia di parlare con qualcuno di quello che mi stava accadendo.

Sopra di me c'erano i rami.

E dai rami cadeva la cenere, come polline che mai avrebbe fatto sbocciare un fiore. Socchiusi le palpebre, per evitare che il pulviscolo mi entrasse negli occhi.

Il grande buco nel cielo sembrava vociferare profezie maledette.

Mi misi a sedere. Per una volta avevo capito dove mi trovavo. Fino a quel momento ero convinta che non ci fosse una logica nelle mie apparizioni, ma adesso cominciavo a pensare che esistesse una relazione o con l'ultimo posto in cui ero stata o con la vicinanza di Nate.

Usai delle radici contorte come supporto per rimettermi in piedi. Davanti a me, gli alberi sembravano colonne di un tempio. Camminai fra i tronchi, guardando le fronde. La foresta non era poi così grande e non doveva essere troppo difficile rintracciare la casetta.

A un certo punto la vidi, ma la mia attenzione fu piuttosto attratta dall'aquilone. Era ai piedi dell'albero su cui era costruito il rifugio. Forse Nate aveva provato a farlo volare.

Mi avvicinai e vidi che sulla tela era stato scritto il mio nome. Sorrisi. Voleva dire che Nate non solo si era ricordato come leggere, ma anche come scrivere.

Afferrai saldamente i pioli della scala e raggiunsi la botola. Bussai per non spaventare il ragazzo, che probabilmente era all'interno, intento a leggere.

Non mi rispose e decisi di entrare.

La casetta era vuota. Dentro feci attenzione a non raddrizzare del tutto la schiena: il soffitto era basso e dovevo muovermi a quel modo se volevo evitare di prendere una testata.

In terra c'era il libro di Peter Pan. Lo raccolsi e quasi mi commossi, nel notare la pagina su cui era aperto. In quel passo si raccontava che un aquilone aveva salvato la vita a Wendy, una volta. Una delle frasi del romanzo che mi piaceva di più era stata sottolineata: "*La morte può essere un'avventura terribilmente importante*".

Non ebbi il tempo di pensare: alle mie spalle, dalla finestrella, spuntò Nate, proprio come Peter Pan.

«Ehi!» mi disse con tono gioviale. «Vuoi ricucire la mia ombra?»

Gli sorrisi, mostrando un po' di risentimento per lo spavento che mi aveva fatto prendere.

«Ci sto provando con i tuoi ricordi».

Nate saltò dentro e mi prese delicatamente il libro dalle mani. Sfogliò qualche pagina indietro.

«Dimmi se questo ti fa venire in mente niente...»

E lesse:

«*'Bisogna cucirla' disse Wendy. 'Che vuol dire cucirla?' domandò Peter. 'Sei ignorante in un modo incredibile!'. 'No che non sono ignorante'. Ma lei era felice di quell'ignoranza*».

Nate mi guardò con una certa espressione appagata. Dovetti arrendermi.

«Sì, è abbastanza vero...»

Ridemmo e lui tornò a essere adulto, appoggiandosi al muro e incrociando le braccia.

«Sai...» gli dissi «sto leggendo anch'io un libro. Sono quasi sicura che lo abbia scritto mio padre».

«Perché quasi sicura?» domandò lui.

Alzai le spalle.

«Non l'ho mai conosciuto, è morto quando ero piccola» risposi, cercando di non rattristarmi.

Fu Nate a incupirsi al posto mio.

«Chissà chi saranno stati i miei genitori. Chissà se ne ho mai avuti».

Sospirò e mi sembrò diventare triste. Dissi le uniche cose che potevo dire.

«Sono sicura di sì e sono sicura che ti volevano bene».

Rimase a guardarmi per qualche istante con un'intenzione che non riuscii a decifrare.

«Sai cosa ho scoperto...» ricominciò lui, cambiando improvvisamente espressione al suo volto.

Io non provai a menzionare l'aquilone.

«Quest'albero è cavo, proprio come quello dei bambini smarriti».

«Sembrerebbe che chi ha costruito la casetta fosse un vero e proprio fan» aggiunsi io.

Mi spostai verso di lui. Nate non si mosse, lasciò che lo facessero i colori dei suoi occhi. Erano come un sole che illuminava soltanto me.

«Non ti chiedo cosa vuol dire fan» disse facendo spuntare una di quelle fossette. «Però c'è una parte del libro che non ho capito bene».

«Quale?» gli chiesi porgendoglielo.

Lui lo aprì.

Un po' di cenere si staccò dalle pagine. Lo maneggiava, con una naturalezza tale che mi diede da pensare lo avesse letto almeno dieci volte.

«Questa» disse cominciando a leggere.

«*'Saprai almeno che cos'è un bacio, spero?' disse Wendy sbalordita. 'Lo saprò quando me lo avrai dato' rispose asciutto Peter. E per non mortificarlo, Wendy gli diede un ditale. 'E ora' disse lui 'devo darti un bacio anch'io?' 'Se vuoi...' rispose lei con una certa affettazione. E offrì la gota, chinandosi verso di lui; Peter semplicemente le fece scivolare in mano un bottone*».

Nate richiuse il libro.

«Cosa c'è che non capisci?» gli chiesi inclinando la testa sospettosa.

«Un bacio non è un ditale o un bottone, vero?» domandò lui con serietà.

Io mi sentivo nervosa.

«Stai scherzando, vero?»

«Scherzare...» ripeté lui, dubbioso.

«Ok...» lo interruppi mettendo le mani avanti «vuoi sapere cos'è un bacio?».

In quel momento non riuscivo a capire se mi stesse prendendo in giro o se stesse facendo sul serio.

L'imbarazzo sul mio volto doveva essere evidente, perché notai in lui un certo divertimento. O forse no, forse aspettava solo una spiegazione. Ma era davvero complesso trovare le parole giuste. Come avrei fatto a spiegargli, senza disagio, cos'è un bacio?

«Beh, un bacio... un bacio è quando due persone... insomma...» farfugliai, intrecciando le mani «quando due persone che si piacciono, avvicinano le labbra e...».

«Avvicinano le labbra?» mi interruppe Nate, come se avessi detto qualcosa che non stava né in cielo e né in terra.

«Sì...» continuai con il cuore che aveva preso a battere più forte. «Le avvicinano e le fanno toccare».

Nate rimase a fissarmi, forse chiedendosi come mai mi agitassi tanto. Probabilmente non conosceva neanche il significato della parola amore.

«Non capisco ancora» ripeté. «Perché due persone dovrebbero fare una cosa simile?»

Spalancai gli occhi nel tentativo di gettare più luce sui miei pensieri.

«Ecco, lo fanno perché fa star bene».

«Come divertirsi?» aggiunse Nate ricordando l'aquilone.

«No, è diverso».

«Diverso come?» domandò voltando la testa del tutto nella mia direzione.

«È diverso...» sussurrai, perdendomi a scrutare i suoi lineamenti.

Aveva un volto così fine e leggero. Così disponibile. Ogni centimetro della sua pelle liscia e chiara sembrava che mi chiedesse di essere toccato.

Le sue labbra si mossero piano.

«Puoi baciarmi?» mi domandò debolmente «Così potrò capire…».

Me lo aveva chiesto davvero.

Mi aveva chiesto di baciarlo.

Il mio cuore cominciò a battere tanto forte da frastornarmi. Cercai di sviare lo sguardo dal suo volto in cerca di una risposta, ma i confini segnati dai suoi zigomi me lo impedivano. Non sapevo se volevo davvero baciarlo. Non sapevo se la sua richiesta era dovuta a un sentimento che provava nei miei confronti o soltanto alla curiosità. E in entrambi i casi, dopo, non sapevo come avrei reagito. Non mi aspettavo che succedesse così. Era troppo. In realtà non mi aspettavo affatto che succedesse.

E infatti non successe.

Dietro alle spalle di Nate intuii muoversi qualcosa. Attraverso la finestrella, avevo visto una sagoma sgattaiolare nel bosco. Nate si accorse che la mia attenzione si stava rivolgendo altrove e si voltò.

«Che c'è Thara?» domandò scrutando tra i tronchi.

«Ho visto una bambina…» sussurrai.

Ne ero sicura, avevo proprio visto una bambina.

«È impossibile…» ridacchiò Nate. «Devi esserti sbagliata».

«Ti giuro che l'ho vista!» insistetti leggermente seccata.

Era stata la tensione di poco prima a farmi reagire così.

Dall'atteggiamento di Nate era chiaro che non mi credeva, ma si sporse lo stesso per accontentarmi. Io gli andai dietro e sbirciai da sopra la sua spalla. Sentii il suo corpo sobbalzare.

In terra, sotto al nostro rifugio, c'era qualcosa.

Nate mi fissò senza dire niente. Io alzai le sopracciglia,

come per fargli notare che era meglio darmi retta, quando parlavo.

Ci precipitammo giù per le scalette e raggiungemmo l'oggetto misterioso. Nate lo raccolse e me lo mostrò. Era un coniglietto di pezza.

Qualcosa si mosse di nuovo fra gli alberi. Feci giusto in tempo a vedere dei capelli biondi ondeggiare e scomparire.

«Qui si passa da una favola all'altra...» sussurrai fra me e me.

Nate scattò.

«Fermo! Così la spaventi!» gridai, ma lui aveva già cominciato a correre.

Lo seguii, cercando di stargli dietro. Non avevo la sua stessa agilità nello schivare le radici e nell'evitare i rami. Riuscii comunque a stargli dietro e a vedere la bambina.

«Fermati!» provai a gridare con un tono che sembrasse amichevole, ma la bambina non si voltò nemmeno.

La vidi uscire dalla foresta e correre verso l'altura di una duna. Nate si fermò un istante per aspettarmi e quando lo raggiunsi riprendemmo l'inseguimento.

La cenere schizzava intorno ai nostri piedi e la camicia di Nate, svolazzando, perdeva piccoli pezzetti neri. La bimba scomparve oltre la duna, ma non avremmo perso le sue tracce: era sufficiente seguire il percorso dei suoi piccoli piedi sulla cenere per ritrovarla.

Rispetto a noi era avvantaggiata. Anche se eravamo più forti, il suo peso leggero le permetteva di sfrecciare sopra la sabbia grigia senza sprofondare.

Superammo l'altura e un paesaggio del tutto nuovo ci apparve all'improvviso.

La bambina era già lontano e si stava dirigendo verso un Luna Park. Voltai la testa verso Nate. Tutti i suoi muscoli erano tesi per la corsa.

«Ne sapevi qualcosa?» gli domandai.

«No» rispose lui secco, come a dirmi di lasciargli le forze.

Arrivati ai piedi della duna continuammo a seguire la piccola fuggiasca e la vedemmo varcare il cancello. Era troppo lontana per riuscire a capire quali sarebbero stati i suoi spostamenti una volta all'interno, poteva rifugiarsi ovunque.

«Dobbiamo trovarla!» dissi a Nate. «Se i grigi la scoprissero prima di noi... Non voglio neanche immaginare cosa le farebbero».

Lui non rispose e fece accelerare il ritmo delle sue gambe.

Poco dopo, ci trovammo di fronte all'entrata del Luna Park.

Nate si fermò bruscamente e stese un braccio per bloccarmi.

«Che c'è?» gli chiesi scrutando il suo volto.

Aveva un'espressione sospettosa.

«C'è qualcosa che non va...» disse piano.

Alzai lentamente lo sguardo sul cartello che stava sopra il cancello. Una volta doveva esserci scritto proprio "LUNA PARK", ma adesso si leggeva quello che sembrava un inquietante surrogato. Il fuoco aveva corroso la vernice e cancellato la gambetta della P, trasformando la scritta in "LUNA DARK".

Riabbassai la testa. Oltre il cancello c'erano vecchie giostre e stand di giochi a premio. Tutti i colori sgargianti delle decorazioni erano stati spazzati via, come se qualcuno avesse ridipinto quel posto di nero. Era inquietante, trasudava un'atmosfera lugubre. In mezzo a tutto spiccavano una ruota panoramica che il calore aveva fatto accartocciare su se stessa e delle montagne russe che adesso apparivano come gigantesche croci malfatte.

«Dobbiamo trovarla...» ripetei a Nate.

Lui fece un segno di assenso con la testa e mosse i primi passi oltre il cancello. Una volta all'interno, l'aria malsana di quel posto ci piombò addosso violentemente. Nate era abbastanza coraggioso per ignorarla, io provai soltanto a concentrarmi su quello che dovevamo fare.

«Bimba!» chiamai ad alta voce, senza urlare. «Siamo amici, vieni fuori!»

I cavalli del carosello ci fissavano con occhi carbonizzati, congelati in espressioni che sembravano di dolore puro.

Sentivo il rumore di ogni singolo passo sul terreno e avevo l'impressione che ci fosse qualcun altro a seguirci, qualcuno particolarmente attento a far coincidere i propri spostamenti con i nostri.

Le porte del tunnel dell'orrore si spalancarono con un rumore metallico, come se fossero state calciate. Dall'interno uscirono due clown. Entrambi brandivano armi rudimentali, simili a maceti. Urlai e mi nascosi dietro a Nate, mentre quelle due figure scendevano di corsa dall'attrazione. Saltarono le ringhiere e ci piombarono davanti.

I loro volti spettrali, uno sorridente e sciolto, l'altro triste e corroso, ci puntarono minacciosamente. Non sapevo se Nate avesse intenzione di combattere, ma era teso e il suo respiro si era fatto affannoso.

Stavo per chiudere gli occhi e aspettare il peggio, quando uno dei due clown si tolse la maschera.

Era una ragazza.

Tutta la tensione che si era accumulata nel mio corpo, schiacciandomi contro una parete invisibile, sparì. In un attimo inspirai una quantità d'aria che in situazioni normali avrei consumato in diversi minuti.

Anche l'altro clown si tolse la maschera e apparve il volto di un uomo sui quarant'anni, segnato da diverse cicatrici. Lui continuava a squadrarci, tenendo l'arma alzata, ma la ragazza gli fece segno di abbassarla.

Lei non doveva avere più di vent'anni e i suoi capelli biondi portavano una ventata di luce in quel luogo oscuro.

«Clayton, non mi sembrano pericolosi...» le sentii dire.

L'uomo lasciò cadere il braccio, un po' troppo velocemente per i miei gusti. Nate dovette infatti indietreggiare per essere sicuro di non venire colpito.

«Chi siete?» domandò Nate rimanendo immobile, quasi indifferente.

La ragazza sospirò e fece un gesto per scusarsi.

«Sono Susan e lui è Clayton. Dovete perdonarci, ma con tutte quelle creature che girano qui intorno... Non pensavamo ci fossero altre persone».

«Non lo pensavamo neanche noi...» ribattei sempre tenendo d'occhio i movimenti di quello che si chiamava Clayton. «C'era una bambina nel bosco, l'abbiamo seguita pensando fosse in pericolo».

«Mia sorella» ci informò Susan mettendosi le mani sui fianchi. «Le avevo detto di non allontanarsi. Era convinta che qualcuno le avesse rubato il suo coniglietto».

Poi si voltò a chiamarla: «Penny!».

Mi guardai fra le mani. Avevo ancora quel pupazzetto.

«Questo intendi?» dissi mostrandoglielo.

Susan spalancò gli occhi.

«Dove l'hai trovato?»

«Era in terra...»

Non mi chiese altre spiegazioni, anche perché, in quel momento, fece capolino la bambina che stavamo inseguendo. Spuntò da dietro un bidone a forma di pagliaccio con passetti timidi, tenendo la testa inclinata in avanti. Doveva aver paura di ricevere una sgridata.

Quando arrivò accanto a Susan la ragazza si chinò per baciarla.

«Promettimi che non lo farai più» le disse dolcemente.

La bambina le afferrò una gamba e la strinse forte.

Clayton allora parlò con un tono poco amichevole.

«E voi chi sareste?»

«Io sono Nate».

«Io Thara» rispondemmo.

Clayton sembrò grugnire. «Non ho chiesto i vostri nomi».

Susan guardò male il suo compagno.

«Clayton, per favore, sii un po' più cortese».

L'uomo sputò in terra e si voltò.

Susan si sentì in dovere di scusarsi per lui.

«È un tipo strano...» disse quando si fu allontanato. «Ci siamo conosciuti qui. Ci protegge».

Le feci un cenno con la testa, per dirle che capivo. Subito dopo ci invitò a seguirla e andammo fino alla giostra dei cavalli.

Clayton ci stava dietro, in disparte, e notai che Nate continuava a tenerlo d'occhio. Non si sentiva a proprio agio.

Susan e io ci sedemmo sul bordo della giostra, mentre la piccola Penny saltò in groppa a uno dei cavalli. Nate ci venne vicino, appoggiandosi a un palo. Si era fatto stranamente silenzioso e cupo.

«Come mai siete qui, intendo in questo Luna Dark?» le chiesi mentre lei giocherellava con la maschera da clown.

«Lo abbiamo trovato fra le dune» disse lei rigirando il volto grottesco fra le mani. «Ho pensato che stare qui avrebbe fatto sentire meglio Penny... Anche se tutto è nero, lei sembra non farci caso. E poi è un posto sicuro».

«Sicuro...» ripeté Nate con un tono pungente aggrottando la fronte.

Lo guardai in malo modo e lui spostò i propri occhi multicolore da un'altra parte, su Clayton. Quei due sembravano proprio non sopportarsi.

«Dopo l'incidente» continuò Susan «l'unica cosa che abbiamo saputo fare è barricarci».

«Incidente?» le domandai sorpresa. «Voi vi ricordate cosa vi è successo prima di arrivare qui?»

Susan si stupì almeno quanto me.

«Sì... Io e Penny eravamo in macchina con i nostri genitori, quando un camion ci è venuto addosso».

Quell'affermazione mi fece gelare il sangue. Significava

che erano morti? Che quello era l'aldilà? Mi sembrava impossibile. Se fosse stato così avrebbero dovuto esserci anche i loro genitori e un sacco di altre persone.

Susan sembrò leggere nei miei occhi.

«Non credo che siamo morte...» disse a bassa voce per evitare che Penny ci udisse. «Forse siamo in una specie di coma collettivo... Non lo so, è tutto così assurdo».

«E Clayton? Come mai lui è qui?» le domandai.

«È uno scalatore. Stava facendo free climbing ed è precipitato».

Guardai l'uomo che, in disparte, se ne stava a lucidare l'arma improvvisata, forse rubata all'interno del tunnel dell'orrore a qualche mostro di plastica.

«Voi non ricordate come siete arrivati qui?»

Ero distratta. Stavo cercando di capire se Nate avesse sentito cosa aveva appena detto Susan. Forse anche lui era in coma. Aveva sentito, perché rispose.

«No» disse Nate.

Susan rimase perplessa.

«Per me è diverso» le dissi richiamando la sua attenzione. «Io posso andare e venire da questo posto, noi lo chiamiamo il Cinerarium».

A quelle parole Clayton sembrò riattivarsi. Voltò la testa verso di me con uno scatto e mi parlò bruscamente, decisamente minaccioso.

«Che cosa? Sai come andartene?» gridò, tanto da spaventare la bambina. «Allora facci uscire di qui! Facci uscire subito o giuro che ti ammazzo!»

Sapevo che non stava parlando sul serio, che le sue parole e il suo modo arrogante e virile di porsi erano solo provocati dalla paura, ma Nate si mise fra noi. Lo spintonò senza pensarci due volte.

«Se non ti ammazzo prima io...» disse socchiudendo gli occhi. Per un attimo riprese quella stessa espressione selvaggia e pericolosa che aveva avuto con me nella nave.

«Calmatevi voi due!» esclamò Susan. «Thara adesso ci spiega tutto».

La fiducia eccessiva che aveva riposto in me svanì pian piano, mentre raccontai.

«Non posso portarvi con me» le dissi dispiaciuta. «Io arrivo qui addormentandomi nel mondo reale. Vedi i miei occhi viola?»

Lei socchiuse i suoi per osservarmi. In un mondo di assurdità passavano facilmente inosservati.

«Credo che abbiano qualcosa in comune con le fiamme che appaiono qui» terminai.

A quella notizia Clayton perse interesse nei miei confronti e tornò a ignorarci. La cosa non mi dispiaceva.

Anche Nate si era rilassato un po'.

«Beh… buon per te» commentò Susan stringendosi nelle spalle. «Allora ti chiedo un favore, se tornerai».

Mi disse con precisione come erano andati i fatti dell'incidente. Mi spiegò dove era avvenuto e mi disse il suo cognome, Digger. Mi chiese se potevo controllare come stavano le cose nel mondo reale, se erano sopravvissute, se i loro genitori stavano bene e qualunque altra informazione potesse tornargli utile.

Le promisi che lo avrei fatto. L'incidente non era capitato nemmeno troppo lontano da dove vivevo.

Mi stavo alzando, quando lei mi fermò.

«Se il tuo amico vuole restare con noi… Ci fa piacere» disse indicando con gli occhi Clayton, come se nemmeno lei si fidasse troppo.

Clayton sembrò sentirla e si voltò.

«Se vuole stare qui, la testa calda deve seguire le mie regole».

Già da quella frase capii che Nate non avrebbe accettato.

Infatti, lo mandò al diavolo e si allontanò in direzione dell'uscita.

Istintivamente mi mossi per raggiungerlo, ma Susan mi trattenne.

«Ti rivedremo?»

«Certo» le assicurai, restituendo un pupazzetto a Penny.

Quando tornai a voltarmi, avevo perso le tracce di Nate. Sospirai: quanto ancora poteva essere profonda la tana del bianconiglio?

FUMO NEGLI OCCHI

«Ringraziami» sentii dire in modo seccato.

«Come?» domandai sbadigliando e stirando le braccia intorpidite.

«Ringraziami!» ripeté Christine, questa volta prendendomi di peso e rimettendomi in piedi. Riaprii gli occhi a fatica, come se le ciglia si fossero incastrate.

Insieme a lei c'era Leonard. Il mio amico si stava guardando intorno con l'espressione di un maniaco. Quel luogo era la terra promessa, per un amante del cinema trash come lui. Christine invece mi guardava male, con le braccia incrociate. Solo allora notai gli zaini sulle loro schiene e, dalla luce che filtrava attraverso la porta, capii che non poteva essere sera.

Mi ripresi d'improvviso.

«Oh mio Dio! Oh mio Dio! Oh mio Dio!» ripetei freneticamente prendendo il cellulare. Erano le dodici e mezza e sul display c'erano almeno venti chiamate perse. Erano tutte di mia madre. Stavo per cadere vittima d'un attacco di panico. A quel punto il sadismo di Christine sembrò soddisfatto.

«Mi devi un favore» disse. «Ho detto a tua madre che ti eri fermata a dormire da me».

La abbracciai pensando alle conseguenze terribili che mi aveva fatto evitare.

«Grazie!» urlai tanto forte da farla diventare sorda.

«Questo posto è una bomba!» mi fece eco Leo.

Christine smorzò il nostro entusiasmo.

«No… Sembra solo che ce ne sia esplosa una».

Non mi era mai capitato di dormire così profondamente e altrettanto a lungo, dalla sera fino a mezzogiorno. Il profumo degli iris ogni volta sembrava farmi più effetto.

Per fortuna avevo dato a Christine l'indirizzo del cinema quando avevamo pianificato di venirci insieme.

Presi il libro e i fiori, che si erano seccati.

«Appuntamento galante?» mi domandò Christine. «Ma non dovrebbero essere i ragazzi a portare i fiori?

Le sorrisi svogliatamente e mi diressi verso l'uscita. Non era quello il momento di parlare. Lo avremmo fatto più tardi. Leonard si allarmò.

«Ma come? Andiamo già?» domandò.

«L'ultimo spegne le luci» gli diede Christine come risposta.

***

Usciti dal cinema ci avviammo per la strada che portava alle nostre case. I miei amici continuarono a parlare, ma io non li ascoltavo. Ero distratta e decisamente disinteressata alla vita scolastica. Li seguii stringendo il libro al petto e rimanendo in silenzio.

Christine si accorse di quanto ero pensierosa ma, sapendo bene che qualsiasi cosa avesse detto alle mie orecchie sarebbe suonata come una battuta, preferì lasciarmi stare.

Leo, come al solito, non si accorse di nulla e, senza che glielo chiedessi, mi informò su cosa era successo quel giorno a scuola. Disse che non mi ero persa niente e che non sarei diventata un essere umano peggiore. Gli sorrisi sperando che la finisse lì. Non avevo voglia di sentire le sue chiacchiere confuse, non quel giorno, e desideravo che se ne andasse il prima possibile.

Volevo parlare con Christine da sola e questa volta seriamente. Forse avevo trovato il sistema per fornirle le prove sull'esistenza del Cinerarium. Doveva darmi la possibilità di spiegarle quello che avevo scoperto su Nate.

Pensai che avrei potuto cominciare raccontandole del libro di mio padre, e poi avrei sviato il discorso.

Era davvero strano che due misteri così grandi mi fossero piombati addosso contemporaneamente; se fossi stata un po' più attenta, avrei capito da subito che erano collegati. Ma ero sciocca a quel tempo, e me ne servì un altro perché mi si schiarissero le idee.

Eravamo appena usciti dal parco, quando Leonard si accorse che, nell'aria, c'era odore di bruciato.

Da dietro alle cime degli alberi saliva un fumo denso e nero, che aggiungeva al cielo una nuvola del colore sbagliato.

Fu subito chiaro che stava divampando un incendio.

Accelerammo il passo e presto ci rendemmo conto che il fumo arrivava dai palazzi. Usciti dal parco continuammo a seguire la nostra cupa stella cometa lungo il marciapiede, finché vedemmo le auto della polizia, la folla e le fiamme.

Un'altra scuola andava a fuoco.

Non era il nostro liceo, ma avrebbe potuto esserlo.

Le finestre del secondo piano esplosero davanti ai nostri occhi. Sentimmo un boato e i vetri saltarono ovunque, cavalcando bagliori incandescenti.

Leonard e Christine arretrarono per lo spavento. Io non ebbi nessuna reazione. Rimasi a fissare quello spettacolo orribile, mentre i pompieri stavano ancora facendo evacuare alcune persone dal portone centrale.

La gente gridava, mentre venivano sparati potenti getti d'acqua contro il rogo.

Non so cosa mi passò per la testa: mossi qualche passo verso l'edificio.

«Fermati!» mi gridò Christine, ma io passai sulle sue preoccupazioni proprio come i miei piedi sopra i vetri sparpagliati sull'asfalto.

A quel punto mi fermò un poliziotto. Se non fosse stato per lui, chissà fin dove mi sarei spinta.

Mentre mi diceva qualcosa e mi scuoteva, i mie occhi si perdevano a frugare fra le fiamme e il fumo.

Immaginavo che una scena simile apparisse anche agli occhi di Nate in quel momento. Immaginavo che l'edificio stesse comparendo nel Cinerarium, avvolto da folgori violacee.

Di una cosa ero sicura; quello che stavo vedendo non era frutto della mia immaginazione.

Sul tetto dell'edificio, tra le fiamme, si stagliò una figura umana. Non mi fu possibile vederlo bene. C'era troppo fuoco, troppa fuliggine. L'aria vibrava per il gran calore. Nessuno avrebbe potuto resistere in quella situazione senza bruciare, eppure quella figura se ne stava in mezzo al rogo impassibile, immobile. Anche i poliziotti lo notarono e gli puntarono contro le pistole. Non aveva senso farlo, ma erano scioccati quanto me. Uno di loro prese il megafono e gridò: «Arrenditi!».

Lo gridò e poi lo ripeté a bassa voce. Era inutile. Non aveva senso continuare. Non aveva senso minacciare un morto.

Sì, un morto, perché quella figura era la stessa che aveva dato fuoco all'altra scuola e che avevo visto bruciare al telegiornale. Non poteva essere sopravvissuto. Era lui. Per quel poco che ricordavo, aveva lunghi capelli e un lunghissimo cappotto elegante, mosso dal vento bollente.

Anche se le immagini venivano distorte dall'aria calda, ero assolutamente certa di quello che stavo vedendo e altrettanto terrorizzata.

Quella figura, immobile sul cornicione, con l'inferno alle spalle, stava alzando una mano.

La alzò per indicare me.

❋❋❋

I miei amici mi riportarono a casa facendo finta di non badare allo stato confusionale in cui ero caduta. Christine mi disse di chiamarla se volevo parlare con qualcuno e non se ne andò finché non mi vide risalire le scale.

Mia madre era in farmacia e aveva lasciato un appunto sul tavolo, dicendomi che avrei dovuto avvertirla. Accartocciai il foglietto e lo buttai nella spazzatura in camera mia.

Accesi il computer. Dovevo controllare una cosa.

C'era anche una email nuova che lampeggiava nell'angolo dello schermo. La aprii. Era sempre di quel Mr. Spectre. Questa volta non era vuota, ma comparivano quattro segni che mi sembravano scritti a caso. Due punti, un trattino, una parentesi chiusa e un uguale. La cestinai.

Fu a quel punto che ripresi il cellulare e chiamai Christine.

«Torna qui, da sola» le dissi con un tono freddo e serio.

Quando riaprii la porta che dava sulla strada, lei era già lì. Forse non si era nemmeno allontanata. Mi conosceva troppo bene.

«Cosa c'è?» disse, tentando di guardare oltre il velo di inquietudine che sentivo addosso come un lenzuolo.

«Posso provarti che è la verità».

«Che cosa?» mi chiese, come se non avesse capito.

Aveva capito eccome.

«Il Cinerarium, il mondo di cenere, Nate...»

Sospirò, cercando di buttare subito la cosa sul ridere.

«Senti Thara, capisco che vedere l'incendio possa averti dato fastidio, ma non chiedermi di accompagnarti nella follia».

«Ho le prove!» ribattei.

«E quali sarebbero?»

La guardai nel modo più intenso di cui fui capace.

«Se ti fidi di me, se sei mia amica, seguimi senza fare domande».

Christine rimase per qualche istante a pensare.

Sembrava che il mio atteggiamento le desse molto fastidio. Non era abituata a vedermi così. Probabilmente fu per quello che accettò. Sperava che, portandola a vedere quelle che sostenevo essere le prove, mi sarei tradita, e sarebbe finito tutto.

«Al diavolo...» disse, mordendosi le labbra.

Un quarto d'ora più tardi uscimmo dal metrò e ci trovammo davanti alla stazione centrale. Sopra le nostre teste, la sopraelevata che permetteva ai treni di arrivare nel mezzo della città, lanciava una lunga ombra scura.

«Dove stiamo andando?» mi chiese Christine mentre guardavo il semaforo.

«Fra un'ora lo saprai».

Per un momento ebbi l'impressione d'aver giocato troppo con la sua pazienza. Christine si guardava le spalle nervosamente, come se stesse prendendo seriamente in considerazione l'idea di andarsene. Non lo fece.

Attraversammo la strada per arrivare al piazzale da cui partivano gli autobus. Mi avvicinai ai cartelli su cui erano scritte le destinazioni di ciascuno. Quello che interessava a noi era il numero otto.

Ci sedemmo ad aspettarlo, e notai che la mia amica ebbe due volte la tentazione di rivolgermi altre domande. Io finsi di non accorgermene e presi la borraccia per bere altro caffè.

Quando l'autobus si fermò alla nostra banchina le porte si aprirono con uno sbuffo esausto.

«Forza, andiamo» incitai Christine, che appariva sempre meno convinta.

Ci sistemammo nell'ultima fila, in modo da non essere disturbate e da poter tenere sotto controllo quello che accadeva nel veicolo. Quando tutti i passeggeri furono a bordo, l'autista richiuse le porte e partì.

Rimanemmo a guardare fuori dai finestrini i palazzi che si abbassavano man mano che ci allontanavamo. Anche il traffico si sfoltì e, quasi senza accorgercene, ci ritrovammo presto a viaggiare su una strada provinciale.

Solo a quel punto comunicai a Christine la nostra meta. Adesso non avrebbe potuto più scendere, quella era la prima fermata.

«E cosa andiamo a farci in quel buco?» mi domandò stizzita.

Si riferiva alla cittadina in cui eravamo dirette.

«Penny e Susan Digger» le risposi guardando davanti a me.

C'era un uomo che stava dando da mangiare al suo cane, alcuni sedili più in là.

«Chi sono?»

«Le ho incontrate nel Cinerarium».

Christine fece un suono che voleva dire "come no", poi rispose:

«E se sono in questo... Cinerarium, come fanno a essere anche da un'altra parte, si addormentano come te? Fate il club del posacenere?».

Sorrisi amaramente. Mi infastidiva ancora il suo scetticismo, ma presto si sarebbe dovuta arrendere all'evidenza.

L'autobus ci lasciò nel centro della cittadina. Non era un mucchietto di case come Gorey: almeno si vedeva qualcuno passeggiare per le strade.

Diedi un'occhiata ai cartelli. Una freccia indicava la strada che mi interessava.

Avevo controllato in internet, prima d'uscire di casa. In quel posto c'era un solo ospedale; se Susan e Penny erano ricoverate, dovevano trovarsi lì. L'incidente di cui mi aveva parlato era avvenuto nelle vicinanze.

Raggiungemmo la struttura in pochi minuti, un casermone bianco, con un ampio giardino sul davanti. Alcune ambulanze erano parcheggiate vicino all'entrata. Mentre ci avvicinavamo, il sole, riflettendosi sulle finestre specchiate, ci colpì proprio negli occhi.

«Se vuoi farti ricoverare, appoggio pienamente la tua iniziativa» commentò Christine, poco prima che attraversassimo le porte scorrevoli.

Al bancone dell'accoglienza un'infermiera di colore, era impegnata in una conversazione telefonica. Quando ci notò, concluse rapidamente il dialogo e riagganciò il telefono.

«Buongiorno» ci disse. «Cosa desiderate?»

«Sono ricoverate qui Penny e Susan Digger?» le domandai in modo naturale.

La giovialità con cui l'infermiera ci aveva accolto calò, come liquido in una siringa.

«Siete loro amiche?»

Facendo quella domanda si guardò attorno. Non sapevo quale fosse la tattica migliore da adottare. Era impossibile capire se l'infermiera fosse ben disposta, ma sapere con certezza che loro erano lì mi diede una boccata di ossigeno.

«Sì» risposi.

La donna sospirò e appoggiò una cartellina sul banco.

«Mettete due firme qui, per favore».

Sorrisi e presi la penna che mi porse. Scrissi il mio nome e feci scivolare il foglio verso destra. Christine non si muoveva. Sembrava impietrita. La fulminai con lo sguardo per dirle di non rovinare tutto.

Lei firmò con la mano leggermente tremante. Dovevo averla impressionata.

«Vi accompagno alla loro camera» disse l'infermiera ritirando i documenti.

La seguimmo per i corridoi, leggermente in disparte.

«Questa è una delle cose più assurde e agghiaccianti...» sussurrò Christine fissando gli zoccoli dell'infermiera battere sul linoleum.

«No Christine» la rassicurai. «È solo la verità».

L'infermiera si fermò davanti la porta di una camera e si voltò verso di noi.

«Non potrei farvi entrare» disse alzando un sopracciglio. «È permesso solo ai parenti stretti, ma date le circostanze…»

Abbassò la maniglia e ci fece entrare.

L'entusiasmo che avevo avuto poco prima grazie alla mia intuizione venne sostituito da un vento gelido. Il pavimento sembrò scricchiolare sotto i nostri piedi, come ghiaccio. L'odore di disinfettante nella stanza mi fece riaffiorare alla memoria il periodo orribile della mia infanzia passata negli ospedali. Là, davanti a noi, in due lettini immacolati, vidi Susan e Penny. Erano entrambe in coma.

Ai lati dei lettini, macchine per monitorare la loro condizione. La piccola Penny sembrava serena, qualcuno le aveva messo accanto un coniglietto di pezza.

Susan invece era in condizioni più gravi: un tubo di gomma le entrava nella gola e una pompa di plastica le permetteva di respirare.

Mi strinsi nelle spalle. I capelli biondi che le avevo visto al Luna Dark lì erano trasandati e spenti.

L'infermiera mi venne accanto.

«Povere ragazze… I loro genitori sono morti nell'incidente. Non si è fatto vivo nessuno, nell'ultima settimana».

«Capisco…» dissi piano.

«Voi siete le uniche persone a essersi presentate, oltre il ragazzo di quella più grande».

In quel momento notai un mazzo di rose gialle, appoggiato sul tavolino oltre la tenda.

«Si riprenderanno?» chiesi alla donna.

Lei sembrò non volermi rispondere e dosò le parole.

«Per la piccola sarà più facile».

***

Durante il viaggio di ritorno fu Christine a non parlare. Si teneva le mani sulla bocca, come se in quel modo potesse giustificare il suo mutismo. Non sapevo con precisione cosa l'avesse impressionata di più, se il fatto che quelle due ragazze fossero in coma o che io sapessi dove si trovavano due perfette sconosciute. In ogni caso non mise in dubbio che quella fosse la verità, non le passò neanche lontanamente per la testa che potessi aver organizzato tutto. Quello ormai non poteva più essere uno scherzo, se ne rendeva conto.

Quando scendemmo dall'autobus, la invitai ad andare a casa. Doveva riprendersi ed era meglio che lo facesse da sola. Se aveva delle domande, era importante che prima capisse quali, solo dopo avrebbe potuto rivolgermele e comprendere anche le risposte.

Prendemmo un taxi e la feci lasciare di fronte a casa sua. Non era poi così lontana dalla stazione, ma preferii che non andasse a piedi. Per la prima volta, da quando la conoscevo, aveva un'aria debole.

Anche io non mi sentivo bene. La vista di Susan e Penny in quei due letti d'ospedale, e il sapere che le loro "anime" erano sparse chissà dove per l'universo, mi aveva stremato. Per fortuna, a casa avevo il libro di mio padre da leggere, quello mi avrebbe distratta per un po'.

Quando aprii la porta di casa, trovai mia madre che stava cucinando.

Mi disse qualcosa sul fatto che avrei potuto avvertirla, ma la mia testa non aveva spazio per ospitare le sue parole di rimprovero.

Lasciai cadere la cartella sul divano e me ne andai in bagno.

Aprii l'acqua fresca e mi lavai la faccia. Nello specchio avevo l'aspetto di un cadavere. Forse, un po' di caffè mi avrebbe risollevata. Durante il viaggio avevo finito la borraccia.

Quando uscii dal bagno per andare in cucina, mi accorsi che qualcosa non andava.

Mentre mi spostavo lungo il corridoio, non sentii più

alcun rumore. Mi parve di avvertire odore di bruciato, ma forse era solo il brutto ricordo dell'incendio tornato a tormentarmi.

Entrando in cucina capii che non era così.

C'era mia madre, immobile vicino ai fornelli. Era in lacrime, di quelle che fanno male, silenziose, e mi fissava come se avessi appena commesso il più orribile dei crimini.

«Perché... Thara?» disse con un filo di voce.

Non c'erano singhiozzi nel suo pianto.

Mi sentii improvvisamente imbarazzata e colpevole. Era da tanto che non vedevo mia madre in quelle condizioni. Mi parve impossibile che si riferisse ancora alla nottata che lei credeva avessi passato con Christine. Mi sforzai di pensare a cosa potevo aver fatto per causare quel turbamento, ma niente poteva averla sconvolta a quel punto.

«Come hai fatto a scoprirlo...» si passò una mano sul volto, dandomi l'impressione che volesse cancellare tutto.

Vicino a lei, si alzò una fiammata. Spostai gli occhi sul fornello. Avvolto dalle fiamme c'era un libro, quasi del tutto ridotto in cenere.

Mi voltai di scatto verso il divano. La mia cartella era rovesciata al suolo.

«Mamma... io...» dissi voltandomi nuovamente verso di lei.

Ma mia madre aveva ormai ceduto al dolore, un dolore che non sapevo da dove venisse, e stava piangendo troppo forte per potermi ascoltare.

La vidi trascinarsi e appoggiarsi al tavolo, prendere il suo cappotto rosso e cercare le chiavi nella borsetta, come se stesse scavando in una tomba.

Non ebbi il coraggio di muovermi. Riuscii appena a guardarla. Lei voltò il capo ancora una volta verso di me. Adesso mi fissava come se fosse stata lei ad aver commesso il peggior crimine possibile e come se io l'avessi appena scoperta.

«Perché?» singhiozzò ancora.

Poi aprì la porta e cominciò a scendere le scale, senza richiuderla. La vidi scomparire, uno scalino alla volta. Dal modo in cui scendeva, avrei giurato che quelle scale non portassero in strada, ma in un luogo oscuro e pericoloso, in cui avrebbe passato il resto dell'eternità.

Rimasi immobile e impassibile, proprio come avevo fatto davanti all'incendio della scuola, fissando quella sagoma sul tetto. Ma questa volta ero io la figura fra le fiamme.

Il fumo mi fece tossire e mi ricordai del romanzo.

Corsi verso i fornelli e spensi il fuoco. Presi anche uno strofinaccio e, dopo averlo bagnato, lo gettai su quello che rimaneva del libro.

Aprii le finestre, continuando a pensare a quello che era successo. Perché mia madre aveva reagito così? Cosa c'era di così terribile in quelle pagine?

Tolsi lo straccio da sopra i fornelli e presi delicatamente fra le mani le ceneri bagnate del romanzo. Mi bastò tentare di aprirlo, che si dissolse. Cadde in mille foglie nere.

Senza provare a capire i miei sentimenti, sentii il volto contrarsi e scoppiai a piangere. Forse era quella l'unica cosa in cui ero simile a mia madre.

Sapevamo piangere bene.

LA BIBLIOTECA INUTILE

Mia madre non tornò nelle ore seguenti. Immaginai che fosse andata a cercare rifugio da qualche suo nuovo amante. Anche io avevo bisogno di un rifugio, ma il mio si trovava in un mondo fatto di cenere.

Uscii e tornai al negozietto di fiori. Presi qualche iris, gli ultimi che erano rimasti. Appena rientrata in casa, ne misi qualcuno in frigo. Avevo letto che quei fiori si conservano più a lungo se tenuti a basse temperature. Ne portai in camera con me solo un paio. Ormai avevo capito che non era la quantità a stabilire il tempo a disposizione nel Cinerarium.

Per questo viaggio avevo in mente un esperimento. Ero decisa a capire come funzionava la questione delle apparizioni. Respirai a fondo, prima di annusare i fiori.

Desideravo rivedere Nate e dovevo assolutamente dirgli che era in coma, ma trovavo più responsabile e giusto avvertire prima Susan. Lo avrei evitato volentieri: l'idea di informarla riguardo alla morte dei suoi genitori mi faceva tremare le mani, a un punto tale che non sapevo se sarei riuscita ad avvicinare gli iris al volto. In ogni caso, dovevo andare. Mi concentrai sul Luna Dark e mi tuffai nei pollini. La spirale di petali mi trascinò in un gorgo di luce.

Quando riaprii gli occhi, l'insegna scrostata ciondolava sopra di me. Avevo ragione. Ero io a decidere come apparire e dove apparire.

Mi rimisi in piedi.

Oltre il cancello si vedeva il cielo lunare con quel buco

nero nel mezzo. Sembrava quasi fatto apposta. Lo attraversai con cautela.

Non volevo che Clayton mi sparasse addosso qualche freccia, scambiandomi per uno dei grigi.

Quel silenzio nero aleggiava fra le giostre come la volta precedente. In giro non vidi nessuno. Non si sentiva neanche un cigolio; le catene dei seggiolini sembravano di metallo, ma sapevo che non lo erano.

Passai davanti alla giostra dei cavalli, superai un tirassegno in cui le anatre erano sciolte, su uno sfondo pitturato male, e mi fermai davanti al tunnel dello spavento. Immaginai che gli ospiti del Luna Dark fossero chiusi lì dentro.

Stavo per salire la rampa e andare a bussare, quando un fischio mi fece voltare nella direzione opposta. Assottigliai le palpebre.

Intravidi la sagoma di un uomo che mi faceva segno di avvicinarmi. Era Clayton. Si era arrampicato sulla ruota panoramica e ora se ne stava su uno dei seggiolini più alti, a fare da vedetta.

Non avevo voglia di incontrarlo, anche se lo avevo messo in conto. Fortunatamente, quando mi avvicinai, l'uomo non si mosse dalla sua postazione. Rimase là a scrutare l'orizzonte, in cerca di movimenti sospetti.

Ormai doveva aver capito che io non lo avrei potuto tirare fuori da quell'inferno spento. E non lo avrei nemmeno chiamato per dargli la buona notizia; buona rispetto alla morte.

Nel seggiolino più basso della ruota, trovai invece sedute Penny e Susan. La bimba era in braccio alla sorella maggiore e teneva fra le mani un libro. Un libro che conoscevo. Mi avvicinai. Era Peter Pan.

Susan si era accorta di me e mi sorrise, ma non smise di leggere a voce alta. Io mi fermai davanti a loro, prendendomi le mani. Susan capì che avevo qualcosa da dirle. Qualcosa da dirle da sola.

«Va bene Penny, continua tu, io devo parlare con Thara» disse sollevando la piccola e facendola sedere al suo fianco.

Penny mi salutò con la mano. Io le risposi allo stesso modo. Mi faceva tenerezza. Non riuscivo a capire come Susan riuscisse a mantenere i nervi saldi in una situazione simile e soprattutto dove trovasse la capacità di far sentire la piccola al sicuro, in un posto che sembrava una clessidra in bilico su un burrone.

Mi venne accanto e abbassai la voce.

«Ciao, Susan».

Appena la bambina tornò a leggere Peter Pan, il sorriso sereno sulla faccia di Susan scomparve. Ecco dove trovava la forza, nella menzogna.

«Ti prego Thara...» disse con uno sguardo spento «dimmi che hai saputo qualcosa».

Tutte le mie buone intenzioni sembrarono girarmi le spalle e andarsene in punta di piedi. Sentii la gola stringersi, l'immagine di Susan che avevo davanti si sostituì con quella di lei in un letto d'ospedale. Non riuscivo a smettere di immaginarla con il respiratore che le usciva dalla bocca.

«Siete in coma. Avevi ragione» dissi alla fine, cercando di non far trasparire il dispiacere. «Le vostre condizioni sono buone».

Mentii. Non potevo far altro. La voce dell'infermiera mi tornò a ronzare nella testa e la sentii pungere: "Per la piccola sarà più facile"... Tentai di abbozzare un sorriso. Non potevo dirle il resto. Era già troppo duro quello che dovevano affrontare. Forse mi avrebbe odiata, se un giorno fosse riuscita a tornare nel suo corpo, ma dovevo mentirle fino in fondo.

«I vostri genitori stanno bene».

Susan, che sembrava tesa in avanti solo in attesa di quella risposta, sembrò rilassarsi. Il suo sorriso questa volta fu vero.

«Sia ringraziato il cielo...» sospirò.

Ma il cielo, là, era una cupola dura del colore che hanno le ossa.

Mi sentii un'infame per aver fatto un'affermazione tanto grave. Una voce dentro di me diceva di ritrattare tutto, di urlare e raccontarle la verità, ma la mia bocca rimase chiusa, serrata.

«È anche venuto a trovarti il tuo fidanzato. Ti ha lasciato un mazzo di rose gialle...» continuai.

Pensavo che chiudere quella farsa con una verità mi avrebbe fatta sentire meglio.

Susan invece mi guardò storto.

«Fidanzato?» disse sorpresa. «Io non ho un fidanzato».

Quella notizia mi lasciò perplessa e mi fece vacillare. Sembrava quasi lo avessi detto per dimostrare che anche tutto il resto era falso, ma ero sicura delle parole dell'infermiera. Forse era stata la donna, a sbagliarsi.

«Scusa, devo aver capito male...» ritrattai.

Lei alzò le spalle.

«Sembra che allora non ci rimanga altro da fare che aspettare».

Feci di sì con la testa. Probabilmente aveva ragione.

«Quel libro» dissi, indicando appena Penny «ve lo ha dato Nate?».

Susan sembrò illuminarsi.

«Sì, è tornato qui apposta. È stato davvero dolce. Lo ha portato per la mia sorellina».

Le sorrisi. Non mi aspettavo che Nate facesse un gesto del genere e ne ero contenta, ma allo stesso tempo non mi piaceva molto il modo in cui Susan parlava di lui.

«È un ragazzo così affascinante. Riservato, solitario... Non avevo mai conosciuto un tipo così. E quegli occhi...»

La fermai. Fu abbastanza istintivo.

«Sì, sembra che io sia l'unica con cui va d'accordo».

Susan ridacchiò.

«Ok, ok, ho capito... Stai tranquilla, che non te lo tocco».

Sobbalzai.

«Cosa? No, non intendevo dire quello...» farfugliai agitandomi senza capire il perché.

«Certo...» ribatté Susan con un tono allusivo.

Mi sentivo un po' imbarazzata. Fra me e Nate non c'era niente. Non riuscivo nemmeno a spiegarmi perché avevo reagito in quel modo.

«Sai dov'è adesso?» le chiesi per deviare la conversazione.

Susan pensò per qualche istante.

«Parlava di una biblioteca... Diceva che là avrebbe trovato delle informazioni su questo posto, ora che sa leggere...» alzò le spalle. «Certo che è un tipo strano».

Non le stetti a spiegare la situazione. Mi piaceva che i segreti fra me e Nate rimanessero tali. Avevo come la sensazione che parlarne con altri avrebbe reso il nostro rapporto meno intenso.

«È andato in quella direzione, comunque» concluse Susan, indicando un punto oltre le montagne russe.

La ringraziai e decisi di abbracciarla.

Se fossi stata al suo posto, se mi fossi trovata nella situazione di non potermene andare, probabilmente mi sarei lanciata fra le mandibole cadenti degli uomini cenere. Per questo volevo farle capire che avrebbe sempre potuto contare sul mio appoggio.

Stavo per andarmene, quando la piccola Penny, dopo avermi salutato, disse qualcosa a cui avrei dovuto prestare più attenzione.

«È stato capitan Uncino a rubarmi il coniglietto. Sembrava che avesse mangiato lui il coccodrillo».

Le sorrisi e guardai Susan, immaginando che lei potesse spiegarmi cosa volesse dire la sua sorellina. Lei scosse solo la testa, dicendo di non farci caso.

Le salutai e lasciai il Luna Dark, dirigendomi nella direzione che mi era stata indicata. Non sapevo quanto avrei dovuto camminare fra le dune. Davanti a me, non si vedeva niente per centinaia di metri ma, dalle esperienze che avevo avuto in quel posto, ero quasi sicura che avrei trovato la biblioteca. Sembrava che le cose ti apparissero davanti quando le cercavi, come se lo spazio fosse solo una presa in giro.

Infatti, pochi minuti dopo, la biblioteca si mostrò come un miraggio.

Era nascosta in una piccola vallata, interamente circondata dalle dune, come se fosse sprofondata. Sembrava proprio che la cenere, da un momento all'altro, potesse slittare ai lati e sommergerla del tutto.

Quando scesi il pendio per raggiungere l'entrata principale, sentii una fitta al cuore.

Mi bastò dare un'occhiata alla costruzione per capire che biblioteca fosse.

La Biblioteca.

«Mio Dio...» sussurrai guardando le sedici sfingi che costeggiavano la strada.

Sul fondo, davanti a un muraglione alto almeno venti metri, mi sovrastavano due statue gigantesche di faraoni seduti sui loro troni, che sorvegliavano l'entrata con sguardi impassibili.

Era la Biblioteca di Alessandria.

«Non posso crederci...» dissi a bassa voce, non riuscendo a contenere lo stupore.

Io ero la prima dopo migliaia di anni a poter visitare quel luogo mitico. Là dentro, c'era tutto il sapere degli antichi sapienti di civiltà ormai scomparse. Avevo l'impensabile possibilità di frugare fra documenti ormai scomparsi dalla faccia della terra.

Avanzando oltre l'arcata, i brividi dell'eccitazione mi facevano poggiare malamente i piedi.

Passai fra le enormi strutture del portico, sovrastata da una potenza immensa.

Appena al di là, mi si aprì un cortile sconfinato, circondato da colonne che sembrava impossibile contare.

Pensare che quella meraviglia era stata avvolta dalle fiamme e distrutta in secoli dimenticati, era uno sforzo sovrumano. Sembrava solida come la roccia, si potevano ancora scorgere i geroglifici su ogni singolo pezzo di muro.

Una risata isterica accompagnò i miei passi nella Biblioteca delle Biblioteche. Ero così emozionata che avrei voluto lasciarmi cadere a terra. Ma mentre mi deliziavo e gongolavo nel decidere quale ala avrei visitato per prima, qualcosa mi colpì al fianco.

Mi voltai di scatto. Non mi preoccupai, perché avevo anche sentito una risata.

«Nate!» gridai sorridendo mentre lui si nascondeva dietro una colonna.

«Ne arriva un'altra!» urlò lui, spuntando fuori di nuovo e lanciandomi una palla di cenere.

Mi colpì su una gamba.

«Ehi!»

Nate rise di gusto.

«Non si fanno queste cose in una biblioteca» gli dissi scherzando.

Mi accorsi che stava preparando un altro po' di cenere per tentare un nuovo attacco.

«Va bene, se vuoi la guerra...» lo avvertii chinandomi.

Questa volta schivai il suo lancio e risposi al fuoco.

Nate rotolò in terra come se si fosse trovato su un campo di battaglia.

«Stai fermo! Così non riesco a prenderti!»

Gli andai incontro con l'idea di girare dietro la colonna e colpirlo alle spalle ma, quando arrivai, lui non c'era già più. Una palla di cenere mi colpì alla schiena.

«Forza, un po' di impegno...» mi derise lui.

Accettai la sfida.

Cominciammo a correre fra le colonne e le antiche statue egiziane tirandoci manciate di cenere, come se avesse appena nevicato. Nate era particolarmente di buon umore. Era da un paio d'anni che non facevo più a palle di neve e mi divertii un sacco a rincorrerlo e a evitare i proiettili che mi tirava. Sembravamo due bambini irrispettosi, ma non sarebbe arrivato nessuno a dirci di smettere. Fu una battaglia all'ultima brace. Continuammo finché non ci sentimmo sfiniti. Finché io non mi sentii sfinita. Nate sarebbe andato avanti chissà quanto.

«Ti arrendi?» gridò la sua voce da dietro una statua di Anubi.

«Mi arrendo, mi arrendo...» risposi alzando una mano, prima che un'altra palla mi arrivasse in volto. «Magari facciamo qualcosa di più rilassante, tipo un pupazzo di cenere...»

Nate uscì fuori, sorridendo in modo sfrontato.

Fu a quel punto che, a tradimento, presi la palla che tenevo nascosta dietro alla schiena e lo colpii su una spalla.

Lui si fermò e continuò a sorridermi. Quelle fossette gli apparvero ai lati della bocca.

«Mi hai beccato» constatò.

Poi si chinò in avanti e scrollò via la cenere dai sui capelli neri.

«Devo farti vedere una cosa» disse, rimettendosi in piedi. «Io non riesco a leggere questi libri, sono in lingue che non conosco, ma c'è una stanza».

Ripulii anch'io i miei vestiti.

«Una stanza?»

«Dai, vieni».

Nate andò sotto al portico e si voltò facendomi segno di seguirlo. Nell'ombra delle arcate i suoi occhi brillavano come scarabei egiziani.

Lo raggiunsi e mi condusse in una sala immensa. La luce

filtrava in un modo magico e sospeso da alcuni lucernari sul soffitto. Ogni piccolo passo là dentro risuonava come un ruggito di leone, e i muri erano pieni di scaffalature su cui riposavano rotoli di papiro e tomi.

«È incredibile...» commentai, guardando quel paesaggio.

Era impossibile pensarlo come una stanza.

«Lascia perdere» disse Nate in modo sbrigativo. «È di sotto quello che devi vedere».

Raggiungemmo delle scale anguste che mi fecero pensare si trattasse d'un passaggio segreto. Forse ci stavamo inoltrando in una zona proibita della biblioteca.

Ci insinuammo in un passaggio stretto, quasi totalmente oscuro, e continuammo a camminare.

Nate mi precedeva e, ogni tanto, si voltava lanciando bagliori colorati nella mia direzione, come per dirmi "ci siamo quasi".

A un certo punto il camminamento si allargò e comparve una porta circolare.

«Che razza di architettura...» dissi, studiandone la forma. «Non ho mai visto niente del genere, nei libri».

Nate sorrise e passò oltre.

Lo seguii.

All'interno della stanza, vidi un solo oggetto.

Al centro, illuminata da un fascio di luce verticale, si ergeva una statua.

Sentii le forze venirmi meno. La bocca mi si seccò.

La statua raffigurava una ragazza che teneva un libro, ma gli occhi della statua, a differenza di tutto ciò che ci circondava, a differenza di tutto ciò che si poteva trovare nel Cinerarium, erano viola.

La statua aveva occhi viola come i miei.

Una sensazione, come se qualcuno stesse soffiando sul mio corpo nudo, mi spaventò. Era un brivido lento e accennato, che non finiva. E non sarebbe finito.

Fra i capelli della statua spuntavano due iris e, alle sue spalle, sul muro, era dipinto un grande sole al tramonto.

«Ho pensato che ti sarebbe piaciuta...» disse Nate, guardando la mia espressione che superava di gran lunga lo sconcerto.

Non dissi niente. Avrei voluto dire qualcosa, ma non dissi niente. Mi avvicinai alla statua, per osservarla meglio.

Solo a quel punto capii che il libro non era parte della scultura. Era un libro vero.

Feci per prenderlo.

«Aspetta, ti aiuto» disse Nate avvicinandosi.

Le nostre mani si appoggiarono contemporaneamente sul grosso tomo e si toccarono.

Quella volta, non fu come le altre.

Non sentii nessun calore attraversare la pelle di Nate. Quella volta, sentii un dolore immenso, che mi fece ritrarre la mano di scatto e urlare.

«Che succede?» esclamò Nate, allarmato.

Mi stavo ancora stringendo la mano al petto.

«Fammi vedere...» insistette lui.

Allora gliela mostrai.

La punta delle mie dita era diventata di cenere.

Il mio cuore prese a battere forte e Nate sembrò diventare ancora più pallido di quanto non fosse già.

Si avvicinò per fare qualcosa, prestarmi soccorso ma, quando mi prese delicatamente il polso, quel dolore tornò ancora ed entrambi potemmo vedere ciò che accadeva. Era il suo tocco. Era Nate a farmi quello.

La mia pelle cominciò a screpolarsi, cambiare colore e spaccarsi, come se avessi messo il braccio in una fornace. Strinsi i denti e inghiottii un urlo che avrebbe potuto farci crollare addosso la biblioteca.

Nate si ritrasse spaventato.

«Thara... mi dispiace, io non volevo...»

Ma il dolore era troppo intenso, quel processo sembrava

non volersi arrestare. La mano intera mi si stava incenerendo e dalla punta delle dita cominciarono a staccarsi piccoli pezzetti.

Mi piegai in due, per la sofferenza, e solo a quel punto la sentii sfumare. Il dolore rallentò la sua corsa verso i miei nervi e la pelle riprese pian piano colore. Riuscii di nuovo a muovere le dita e, qualche secondo dopo, ero tornata normale. Rimasi ad ansimare con gli occhi sbarrati, finché restò solo il terrore. Fu quello il mio sollievo.

Non riuscii a voltare del tutto la testa, ma lo feci quel tanto che bastava per guardare Nate negli occhi.

«Stai tranquillo...» gli dissi, vedendo l'agitazione che lo tormentava. «Forse è stato il libro...»

«No!» esclamò lui indietreggiando. «Sono stato io... L'ho visto!»

Mi rialzai dolorante.

«Va bene... Forse sei stato tu, ma il libro deve entrarci in qualche modo, non è mai successo prima... Prendilo!» gli dissi, cercando di ignorare le ultime fitte.

Nate tentennò, forse temendo che, se avesse toccato il manoscritto, sarebbe accaduto di peggio, ma alla fine lo tolse alla statua.

Lo aprì.

Io gli andai accanto, ma Nate si scostò per evitare che ci toccassimo ancora. Finsi di non notarlo.

Nella pagina che teneva aperta c'era un disegno complesso. Non avevo la concentrazione sufficiente per interpretarlo, ma capii immediatamente che parlava del Cinerarium. La raffigurazione del mondo di cenere era chiara.

La mia attenzione trovò improvvisamente appigli quando vidi che le diciture erano scritte in latino.

«Nate...» dissi piano «questo potrebbe chiarirci molte cose».

«Sei in grado di leggerlo?» mi chiese.

«Credo di sì».

Diedi un ultimo sguardo alla statua, che ricambiò con il suo tenue sorriso custodito dal tempo e chiusi gli occhi.

Dover ritornare faceva forse più male.

FUOCO CAMMINA CON ME

Per tutte le prime ore della mattina, rimasi a guardarmi la mano, come se non fosse più parte di me. Avevo ancora la sensazione che potesse sgretolarsi, preferendo il vento alle mie ossa.

Riavvicinai Leonard e Christine solo verso l'ora di pranzo. Durante le altre lezioni me ne ero stata volutamente in disparte. Sicuramente la mia amica avrebbe voluto farmi delle domande e io non ero pronta a risponderle.

Ci trovammo in mensa e ci sedemmo al solito tavolo, quello sotto il palchetto.

Quel giorno mangiai come tutti gli altri e bevvi poco caffè. Volevo mantenermi in una situazione di sonnolenza, per evitare di pensare. Facevo così quando mi sentivo davvero male. Forse avrei fatto meglio a restarmene a casa.

«Thara...» disse Christine a un certo punto, giocando con il polpettone che aveva nel piatto. «Ho ripensato a quello che mi hai fatto vedere... A quello che è successo l'altro giorno. Ne ho parlato anche con Leo».

Guardai il mio amico. Aveva un'espressione seria, come quella di Christine.

«Ti crediamo» continuò lui. «E vogliamo farti sapere che hai tutto il nostro appoggio».

Quella frase mi fece stringere il cuore e sentii gli occhi inumidirsi appena. Erano davvero gli amici migliori che potessi desiderare.

«Grazie ragazzi... In questo momento ne ho davvero bisogno».

Christine mi sorrise. Forse stava per dirmi qualcos'altro, forse stava per farmi delle domande a cui adesso avrei risposto volentieri, ma il fischio di un microfono ci fece portare le mani alle orecchie.

Il brusio della mensa si agitò più del normale.

Ci voltammo tutti per vedere cosa stesse accadendo e, quando lo scoprimmo, ripiombò il silenzio.

Esteban era sul palco.

Stava stringendo il microfono e lanciava occhiate agitate ai tavoli.

Non si capiva cosa avesse in mente, che genere di annuncio stesse per fare, ma visti i precedenti, non doveva essere niente di buono.

Scorsi Jennifer Suarez che sorrideva. Forse sperava in una dichiarazione d'amore. Io mi preparai al peggio.

Esteban picchiettò sul microfono per assicurarsi che tutti sentissero e, dalle casse ai suoi lati, provennero boati che fecero tremare i bicchieri.

«Mi... mi sentite?» disse con la voce che gli tremava.

Strano. Non era proprio il tipo da lasciarsi intimidire dalla folla.

Leonard si mise comodo per gustarsi la scena.

«Devo dire a tutti una cosa» continuò Esteban grattandosi la testa, in completo imbarazzo. «Tutto quello che ho detto su Thara è falso».

Saltai sulla sedia come se mi avessero dato una scarica da diecimila volt. Cosa diavolo gli stava passando per la testa? La stessa reazione sembrò averla la Suarez, solo che lei non si riprese.

«Non è vero che ci sono andato a letto...» Esteban si morse la lingua e guardò alle sue spalle, come se qualcuno gli stesse puntando contro un fucile. «Lei è una brava ragazza. Io sono un piccolo...» era sul punto di piangere «io sono un piccolo porcellino con la diarrea».

Appena finì di dire quelle parole, si portò le mani sulla

faccia. La sua carriera di bullo era finita. Si era rovinato davvero per bene. Mi faceva quasi pena.

Christine fece in tempo a voltarsi verso di me e a dire: «Visto? La faccenda delle foto ha funzionato».

Poi scrosciò un applauso. Tutti i ragazzi presenti in mensa si alzarono per battere le mani e fischiarlo. Erano grida di scherno. Esteban scese dal palco avvilito e scomparve da qualche parte.

Mentre tornavamo nelle aule, sentii il rombo di una moto che si allontanava. Probabilmente una moto su cui Christine aveva inciso dei cuoricini.

Leonard ci aveva abbandonate per andare a seguire una lezione di biologia nel laboratorio di scienze al terzo piano, mentre a noi toccava storia con la signorina Palmer. Christine aveva un'espressione decisamente compiaciuta; io, invece, mi sentivo quasi estranea a quello che era successo. Era come se ormai non me ne importasse più niente. Esteban era l'ultima delle mie preoccupazioni. Non era niente in confronto al mondo di cenere che volevo e dovevo affrontare.

Una volta sedute in classe, mi ricordai che quel giorno la Palmer ci aveva promesso lacrime e sangue, come Winston Churchill agli Inglesi. Il nome che venne casualmente estratto fu il mio.

Non ero proprio dell'umore adatto per farmi interrogare, ma usare come scusa quello che mi stava capitando sarebbe stato controproducente.

La signorina Palmer mi stava fissando e batteva la penna sulla cattedra, come se fosse stata un cronometro.

«Allora?» mi disse con la sua voce tagliente. «Vuoi rispondere o stai aspettando che scoppi una nuova guerra civile per raccontarmela?»

Diedi uno sguardo indifferente alla classe. Stare lì, in piedi, davanti a tutti, senza dire una parola, avrebbe dovuto essere imbarazzante, ma non sentivo niente.

Christine faceva degli strani versi che secondo lei erano suggerimenti. Neanche uno scimpanzé sarebbe stato capace di capirli.

«Vede signorina Palmer...» uscì dalla mia bocca «ho avuto dei problemi recentemente...».

«Tutti abbiamo dei problemi» mi rispose lei con un sorriso irritante. «Domani devo andare a pranzo da mia suocera, oggi devo portare il cane dal veterinario perché mi continua a vomitare sul tappeto e ieri si è rotta la lavatrice. Ma adesso sono qui e non sto parlando dei miei problemi. Cerco solo di fare il mio dovere». Sbatté la penna come il martelletto di un giudice: «Quindi, signorina Thara, lei veda di fare il suo».

Credo che, se avessi avuto ancora qualche secondo a disposizione, le avrei risposto proprio quello che pensavo: "non mi importa". Ma non ebbi nemmeno modo di pensarlo.

In quel preciso istante, un suono inquietante fece tremare la scuola.

Sembrava un'esplosione.

La signorina Palmer si alzò in piedi preoccupata e disse alla classe di rimanere seduta. Seguì qualche istante di agitazione, poi si azionò l'allarme antincendio e in un istante il panico dilagò.

La signorina Palmer cominciò a strillare, a dire di uscire compostamente, ma i miei compagni erano come passeri dopo uno sparo. Gridavano e si accalcavano verso l'uscita. Dopo quello che tutti avevamo visto al telegiornale, l'agitazione era comprensibile.

Solo Christine era rimasta seduta.

Quando mi voltai verso la Palmer, lei non c'era più.

Allora avvicinai la mia amica e vidi che stava usando il cellulare. Si interruppe.

«Leonard è nel laboratorio di scienze!» mi disse preoccupata. «È rimasto bloccato all'interno».

«Sei sicura?» le chiesi.

«Sì. Mi ha mandato un messaggio!»

Un brivido mi attraversò la schiena. Ero sicura che non si trattava di una prova antincendio. Fuori dalla finestra si vedevano nuvole nere.

Ci precipitammo fuori dalla classe.

Non era per niente uno scherzo. Sul soffitto il fumo serpeggiava già come un ruscello capovolto.

«Ma perché questo dannato impianto non entra in funzione!» gridò Christine. «Dio... se capitasse qualcosa a Leo...»

Ci mettemmo a correre per i corridoi, spintonando gli altri ragazzi che stavano cercando l'uscita come topi impazziti. C'era troppa confusione e correvamo anche il rischio di venire calpestate.

Ci prendemmo per mano, non potevamo assolutamente perderci. Ci dirigemmo verso le scale, da cui provenivano urla e bagliori rossastri. L'incendio si stava propagando.

«Dobbiamo salire!» gridò Christine.

Il laboratorio si trovava al terzo piano.

Stavamo per imboccare le scale, nella direzione opposta a quella che seguivano gli altri, quando la signorina Palmer afferrò Christine per un braccio.

«Ragazze! Che state facendo?»

Christine la strattonò, ma lei non voleva saperne. Provammo a dirle di Leonard, ma c'era troppo rumore. Mi ricordo soltanto che mi arrivarono alle spalle alcuni ragazzi e mi schiacciarono al muro. Quando riaprii gli occhi, Christine era scomparsa. La Palmer doveva averla portata via. Io ero la sola a sapere di Leo, dovevo continuare a salire.

Quando arrivai al terzo piano i corridoi erano quasi vuoti. Gli ultimi ragazzi mi passarono accanto urlando e si precipitarono ai piani inferiori.

Io accelerai il passo e mi coprii la bocca con una manica. L'aria stava cominciando a diventare irrespirabile.

Fuori dalle finestre vedevo le persone radunarsi in giardino. Arrivarono anche alcune macchine della polizia, cosa che non mi tranquillizzò affatto.

Quando raggiunsi il laboratorio di scienze spinsi la porta con tutte le mie forze. Si spalancò e io caddi all'interno. Non mi aspettavo di trovarla aperta.

Mi rialzai e e guardai ovunque. Di Leo nessuna traccia.

«Leo!» gridai.

Nessuno mi rispose. Andai alla cattedra, pensando che si fosse riparato dietro, ma non era nemmeno là. Non vedevo altri posti in cui avrebbe potuto nascondersi. Se fosse stato dentro un armadio mi avrebbe sentita. Forse era riuscito a scappare. Mi sentii un po' sollevata, ma subito dopo mi resi conto che adesso ero io quella bloccata al terzo piano. Le fiamme non ci avrebbero messo molto a raggiungermi.

Appena uscita dall'aula, sentii come se la mia ombra venisse disintegrata, quasi si staccasse dai piedi proseguendo la sua corsa mentre io ero pietrificata e non potevo più fare un passo.

Davanti avevo l'inferno e qualcuno che sembrava il diavolo lo precedeva.

In fondo al corridoio, circondata dal fuoco, mi apparve quella figura.

Immobile.

La potenza di quell'immagine era devastante. Ipnotica e terribile.

Era un giovane uomo.

Lo vidi aprire le dita, una a una. Il cellulare di Leonard cadde a terra, fracassandosi. Il calore era tanto forte che la plastica si sciolse ai suoi piedi.

Era scalzo.

Poi alzò la testa, lentamente, e mi fissò.

Aveva labbra grandi e nere, come neri erano i suoi occhi e nero era il suo modo di esistere.

Al collo portava un foulard rosso, che confusi con una ferita aperta.

Avanzò verso di me.

Ondeggiava leggermente e stava curvo in avanti. Sembrava quasi perplesso. I lunghi capelli neri, dalle ciocche rosso vivo, gli coprivano il viso come zampilli di sangue. Potevo solo vedere il cappotto nero muoversi a ogni suo passo. L'interno della fodera, di raso rosso, era incandescente.

Quando si fermò, come se si fosse all'improvviso ricordato qualcosa, ci separavano ancora dieci passi. A me sembrava di averlo già addosso.

Sul suo volto aleggiava un'espressione dissennata. Contraeva la fronte come se non riuscisse a seguire il filo dei propri pensieri. Quella bocca, che non aveva ancora parlato, quella bocca larga e nera, mi aveva inghiottito il respiro.

Il suo volto sembrava una maschera.

Inclinò il capo e tutti i capelli gli ricaddero da una parte. Aveva un viso sottile e carismatico, a suo modo affascinante, ma che sapeva emanare un'inquietudine enorme.

Il fuoco alle sue spalle era diventato un ribollire incontenibile.

Fece ancora un passo. I suoi piedi nudi potevano calpestare la brace.

Io non mi mossi.

In quel momento, mi accorsi che sulla spalla aveva delle fiamme. Anche lui se ne accorse ma, senza smettere di fissarmi, le spense appoggiandovi sopra la mano.

Poi mi parlò.

«Thara» sibilò. «Thara».

Sapeva chi ero. Il mio cuore batté contro la schiena, come se avesse voluto sfondarla.

«Avrei riconosciuto il tuo odore ovunque… È uguale al suo…» disse ancora l'essere che camminava col fuoco.

«Hai fatto male a venire nella cenere. Male per te. Bene per me...»

Non so dove trovai la forza, ma se quelli erano i miei ultimi istanti di vita, volevo almeno sapere chi era, e perché voleva uccidermi.

«Chi sei?» chiesi.

Le fiamme si gonfiarono improvvisamente alle sue spalle, come se fossero state una tenda attraverso cui soffiava il male.

L'uomo che camminava col fuoco fece un altro passo verso di me. Adesso lo potevo vedere bene. Potevo distinguere bene le sue labbra scure, che nascondevano due file di denti piccoli e taglienti.

«Ludkar. Lo dovresti sapere...»

Mi appoggiai alla parete. Lui incrociò le braccia dietro la schiena e inclinò il capo dall'altra parte, facendo ricadere i capelli sul viso.

«No... Perché dovrei?» sussurrai appiattendomi al muro.

«Io e tuo padre abbiamo un conto in sospeso» rispose con astio. «Digli che adesso so chi sei e dove trovarti...»

Che cosa? Cosa c'entrava quell'essere con mio padre? E cosa voleva insinuare?

«Mio padre è morto!» gridai.

Ludkar si fermò. Vidi le sue spalle tremare. Mi sembrava che stesse ridendo. Sì, stava proprio ridendo.

Rialzò la testa e increspò la fronte.

Il suo volto bianco che profumava d'incenso si accostò al mio. I suoi occhi nerissimi, spalancati, presero a scrutare i miei lineamenti. Si passò la lingua sulle labbra, mentre osservava le mie reazioni, come fossi stata una preda già spacciata.

«Certo...» mi sussurrò come fanno gli incubi. «Come se tuo padre potesse morire».

Non riuscii più a trattenermi. Chiusi gli occhi e urlai.

Sentii la pelle raggelarsi e immaginai che fosse quella la

sensazione che si prova quando si muore ma, quando li riaprii, capii che si trattava solo dell'impianto antincendio.

Ludkar era scomparso e l'acqua stava cadendo nel corridoio, mostrandomi la strada per salvarmi. Cominciai a correre senza guardarmi indietro. Temevo che quell'essere arrivato dall'inferno mi stesse seguendo, che volesse torturarmi ancora, prima di finirmi.

Trovai la porta antincendio e la spalancai. Le scale esterne di metallo risuonavano a ogni mio passo. Scesi più in fretta possibile e non mi accorsi di piangere, finché non arrivai a terra.

Un pensiero mi attraversò, rendendomi incerta anche la paura. Ludkar era il portatore di morte e terrore più attraente che potessi immaginare. Se era vero che i demoni erano angeli caduti, allora conservavano la bellezza del loro passato.

Barcollai verso gli altri radunati in cortile. Le gambe mi reggevano malamente, mi sentivo come trascinata da fili. Tutti i ragazzi della scuola erano riuniti vicino alle autopompe e le stavano osservando sparare acqua sull'edificio.

Mi voltai.

Il fuoco stava divorando l'intero liceo.

Le fiamme guizzavano dalle finestre e per un istante mi parve di rivedere Ludkar camminare sul cornicione facendo l'equilibrista.

Poi sentii delle braccia stringermi forte.

Erano Christine e Leonard.

«Oh Thara...» disse la mia amica con le lacrime agli occhi. «Pensavamo che non ce l'avresti fatta...»

«Grazie di essere venuta a cercarmi...» continuò Leo. «Ma non ho scritto io quel messaggio».

«Lo so...» dissi asciugandomi il volto.

Era stato Ludkar.

«Stai bene?» mi domandò Christine passandomi le mani fra i capelli bagnati. «Per fortuna è finita...»

Solo allora la guardai negli occhi, con una fermezza che la spaventò.

«No» le dissi. «È appena cominciata».

LE VERITÀ

Era già da un po' che la mia vita non era più la stessa, ma ci vuole sempre del tempo prima di accorgersi di un cambiamento. Ti rendi conto che le cose sono mutate, e non potranno mai più tornare quelle del passato, solo quando ormai ci sei dentro fino al collo.

Il giorno in cui la nostra scuola prese fuoco e incontrai per la prima volta Ludkar, decisi che gli enigmi erano troppi. Il tassello più importante del puzzle sembravo essere io, perciò decisi che avevo diritto a un po' di verità. Non mi interessavano più le conseguenze, non mi interessava più come sarebbero andate a finire le cose con mia madre, o con Charles, Nate, Ludkar...

Volevo solo un po' di banalissima verità.

Senza nemmeno preoccuparmi di asciugarmi, mi diressi verso il cancello.

«Dove stai andando?» mi domandò Christine.

Mi fermai per un momento e mi voltai.

«A scoprire chi sono» le dissi. «Venite con me?»

Durante il tragitto che portava a casa di Charles raccontai ai miei amici quello che era successo. All'inizio dubitavano, ma poi si arresero al fatto che, spesso, la verità è proprio la cosa più difficile da credere.

Trovammo il cancello della villa aperto. Sally, la moglie di Charles, stava annaffiando gli iris. Mi guardò preoccupata, forse perché ero bagnata fradicia, ma non fece niente per impedirmi di entrare. Mi fermai sulla porta e sentii una voce familiare. Era quella di mia madre.

«Ragazzi, vi dispiace aspettarmi fuori? Potrebbero esserci delle complicazioni» chiesi.

Sbuffarono, ma mi lasciarono entrare da sola.

Seguii le voci in punta di piedi. Origliare non era il mio passatempo preferito, ma se ero stata tenuta all'oscuro di qualcosa che mi riguardava così profondamente, forse era l'unico sistema per venirne a capo.

Attraversai il corridoio cercando di evitare le cianfrusaglie di Charles. Per poco non feci entrare in funzione una scimmietta meccanica che batteva i piatti. Mi fermai proprio sulla soglia del salotto. Era là che mia madre e Charles stavano discutendo. Era una conversazione piuttosto animata.

«Come ti è venuto in mente di darle il libro?» gridò mia madre.

«Ma non c'entro niente io...» si difendeva Charles. «Non ho davvero idea di come se lo sia procurato...»

«Eravamo d'accordo Charles... Eravamo d'accordo tutti e due di non far sapere mai niente a Thara!» diceva mia madre con una ferocia che mai le avevo sentito uscire di bocca. «È andato tutto bene per diciassette anni! Non mandiamo a monte tutto!»

«È naturale che alla sua età i ragazzi siano curiosi...»

«Charles!» lo zittì lei. «La curiosità va bene, ma non possiamo permettere a quella ragazza di rovinarsi la vita! Si sente già abbastanza strana senza bisogno di sapere...» fu in quel momento, che lo scoprii. «...Di sapere che suo padre è un maledetto Nocturno!»

Su quelle parole sentii mi mancare i sensi.

Non stava scherzando.

Allora quel libro non era un romanzo di finzione. Ora si spiegavano un sacco di cose. I miei occhi, il sonno che mi tormentava.

Mi scivolò un braccio, non riuscivo davvero più a reggere quella situazione e andai a cadere contro la porta.

Senza che me ne accorgessi, mi ritrovai in salotto.

Davanti a me, esterrefatti almeno quanto me, Charles e mia madre mi fissavano.

Nessuno disse una parola. Rimanemmo così. A fissarci.

Mi mossi lentamente guardandoli come se fossero stati due estranei. Tutto stava cambiando. Tutta la mia vita era stata una menzogna. Anche loro facevano parte di quella grande bugia.

Andai a sedermi sulla poltrona libera, accanto allo scheletro. Li fissavo e loro fissavano me.

Sul viso di mia madre non c'era un'ombra. Sul viso di Charles potevo vedere un po' di commozione. Mi passai una mano sulla fronte per scostare i capelli bagnati.

«Dunque...» dissi sorridendo, perché non sapevo davvero come dirlo «... dunque mio padre... sarebbe un Nocturno».

Mia madre svenne.

***

Un quarto d'ora più tardi mia madre tornò in sé. Insistemmo perché stesse seduta, ma lei volle lo stesso alzarsi.

«Tutto questo non doveva succedere...» ripeteva come se volesse svegliarsi da un brutto incubo. «Tutto questo non doveva succedere...»

Io guardai Charles, ma lui non riuscì a sostenere il mio sguardo. Doveva sentirsi terribilmente in colpa nei miei confronti. Gli sorrisi e sembrò rasserenarsi.

«Cosa facciamo adesso...» chiese mia madre, forse a una persona che non era nella stanza.

«Stai tranquilla mamma» le dissi. «Sono appena scampata a un incendio. Non credo di poter più rimanere scioccata oggi».

Non era vero, ma era quello che lei aveva bisogno di sentirsi dire.

«Oh Thara...» sospirò. «Vuoi davvero sapere la verità?» mi chiese. «E quando la saprai, riuscirai a perdonarmi?»

Io le andai vicino e le misi una mano sulla spalla.

«Sei mia madre...» dissi dolcemente. «Mi fido di te».

Lei mi guardò e sorrise, come se non mi avesse mai vista prima.

«Allora è il caso d'andare di sopra».

Charles si alzò dalla poltrona e si mise le mani nelle tasche dei pantaloni.

«Bene...»

Con molta lentezza, uscì dal salotto e aspettò che lo raggiungessimo. Arrivammo alle scale e cominciammo a salire in silenzio. Uno scalino alla volta. Ogni scalino era una montagna.

Avevo l'impressione che la casa fosse diventata enorme e buia. Sembrava che gli strani oggetti ci stessero fissando e non sentivo più odore di gioco e di scherzo nell'aria.

Rimasi a fissare la schiena di Charles che ci precedeva e lo vidi estrarre un mazzo di chiavi.

Arrivammo davanti alla porta della soffitta e ci fermammo.

La stessa porta davanti alla quale ci eravamo fermati Christine, Leonard e io la prima volta. La stessa porta dietro cui, aveva detto, non c'era nulla di interessante.

Inserì la chiave nella toppa e la girò tre volte.

Una volta.

Due volte.

Tre volte.

I meccanismi della serratura risuonarono per tutta la casa come se fosse stato appena aperto il portone su un altro mondo.

Charles appoggiò la mano sulla maniglia e lo sforzo che fece per abbassarla mi sembrò sovrumano.

Qualcosa che era stato chiuso per quasi vent'anni stava per tornare alla luce.

La porta si aprì.

Charles si scansò per lasciarmi passare. Al di là vedevo solo un'oscurità sonnolenta.

«Entra...» mi disse.

Appena misi un piede all'interno, sentii le assi scricchiolare e un'eco di voci lontane, ma era solo la mia immaginazione. La luce si accese.

Apparve una camera. Una camera piena di scatoloni e un piccolo letto. Era tenuta in ordine, ma l'odore di chiuso era pungente.

Mia madre mi arrivò accanto. Aveva le mani sulla bocca.

«Non posso credere che tu abbia tenuto tutto...» sussurrò a Charles.

Lui sorrise e passò tra noi, mettendosi accanto a un comò. Aprì un cassetto e tirò fuori una foto. Tornò da noi e me la mise in mano.

Era la stessa che avevo visto al lago di Gorey, una copia identica, ma in ottime condizioni.

C'erano Charles, Ray, lo scrittore, mia madre e... Kolor. Mio padre.

«Allora è lui» dissi passando un dito sul vetro.

Era magro, con un'espressione triste, eppure sembrava felice di stringere mia madre. Non aveva capelli e le sue mani erano bianche e affusolate.

«Riesci a crederci?» disse mia madre con un filo di voce.

«Sì» le dissi io. «Adesso si spiegano molte cose. Non tutte, ma molte».

Chiaramente non mi spiegavo la capacità di andare nel Cinerarium, ma riuscivo a capire i problemi che avevo col sonno. Ero figlia di un Nocturno e di un'umana. Il mio corpo doveva avere qualcosa di entrambi. Ecco perché stavo bene solo al crepuscolo e all'alba, momenti di passaggio tra la vita degli esseri notturni e quella dei diurni.

«È ancora vivo?» le domandai lentamente.

Mia madre si strinse ai fianchi e abbassò lo sguardo. Prese

a camminare lungo i muri della stanzetta. Osservava gli oggetti malinconica. Dovevano ricordarle molte cose dolorose.

«Probabilmente».

«E dov'è adesso?» continuai.

Mi madre non riuscì a rispondere.

«Forse al castello di Gorey» disse Charles, subito zittito da un'occhiata terribile di Julia.

«Forse» disse lei. «Forse molto più lontano».

Mia madre si fermò vicino alla serranda dell'abbaino e rimase a fissare l'esterno attraverso i piccoli spiragli di luce.

«Io lo amavo» cominciò, con un tono che sembrava dimenticato quanto la storia. «Lo amavo davvero. Kolor era meraviglioso. Riuscivamo a fare una vita abbastanza normale, dopotutto» si voltò lentamente. «A quell'epoca, vent'anni fa, viveva qui, in questa stanza... In questa casa, insieme a Ray, lo scrittore del libro che stavi leggendo. Era un nostro caro amico ed è stato grazie a lui e Charles che ho conosciuto Kolor...»

Passò una mano sul mobile che le stava accanto. Le dita scavarono solchi nella polvere come un aratro nella terra.

«Kolor era un Nocturno, è vero, ma non aveva mai fatto male a nessuno. Si era cibato solo di animali e per il periodo in cui siamo stati insieme, non aveva nemmeno più avuto bisogno di quel sangue. Gli bastava il mio amore».

Sentivo che mi stavo commuovendo, ma non lasciai che i miei occhi si inumidissero. Una reazione di quel genere avrebbe potuto interrompere il racconto e non farlo riprendere mai più.

«Tutto sembrava andare per il meglio. Finché un giorno...» prese fiato «scoprii di essere incinta».

«Di me?» domandai.

«Di te».

Strinse i pugni.

«Ero spaventata. Non glielo dissi. Non sapevo cosa fare. Non sapevo se avremmo potuto avere una vita insieme...»

Una lacrima le scese sul viso.
«Cerca di capirmi Thara... Non sapevo cosa sarebbe potuto venire al mondo. Non volevo che mia figlia soffrisse...»
Doveva far molto male tornare indietro nei ricordi. Le stavo facendo disseppellire un dolore che ormai credeva dissolto.
«Decisi di lasciarlo» continuò. «Gli dissi che era finita».
Charles abbassò il capo.
«Lui impazzì» disse mia madre cancellando ogni sentimento. «E fece una cosa terribile».
L'atmosfera divenne gelida.
Il mondo esterno scomparve per qualche istante.
C'era solo quella stanzetta.
«Uccise delle persone. Poi sparì».
Nella soffitta non si mosse un filo d'aria. Anche la polvere che stava fluttuando nella luce si fermò. Non potevo credere che mio padre fosse un assassino. Anche se era nella natura di un Nocturno. Ma in quel libro avevo letto che era una creatura gentile, non poteva aver fatto del male così brutalmente.
Sentii singhiozzare alle mie spalle.
Mi voltai e vidi Charles andarsene e scomparire nel corridoio. Sentii il rumore della porta di camera sua aprirsi e richiudersi.
«Adesso capisci...» disse mia madre asciugandosi gli occhi e diventando estremamente seria.
Io annuii.
«Ma lui... ha mai saputo di me?»
Mia madre scosse il capo.
«No. E credo sia meglio così».
Non mi sentii di dire niente. Non avevo intenzione di commentare qualcosa che non avevo vissuto. Neppure volevo dare preoccupazioni ulteriori a mia madre raccontandole delle mie cadute nel Cinerarium o di quel Ludkar che

mi aveva minacciato. Per il momento bastava così. Le chiesi solo se c'era altro che dovessi sapere.

«No» disse lei. «La storia è tutta qui. Nelle parole che ti ho detto e in queste vecchie scatole. Le avrei dovute bruciare».

Si avvicinò a me e alla porta.

«Vuoi sapere altro?» mi chiese, anche se avevo capito che non aveva nessuna voglia di continuare a raccontare.

«Ludkar...» sussurrai senza accorgermene, forse rimuginando fra i pensieri.

«Come?» chiese lei.

«Niente... niente».

Uscimmo, richiusi la porta e scendemmo le scale.

IL RAGAZZO DEGLI INCUBI

Uscita da casa di Charles, mia madre non salutò i miei amici e nemmeno Sally. Percorse il vialetto e la vidi allontanarsi lungo la staccionata.

Mi dispiaceva averle fatto del male, ma era stato necessario. Raggiunsi Leonard e Christine che avevano quasi finito di imparare tutto sul giardinaggio. Sally gli stava spiegando come trattare i bulbi, quando li interruppi.

«Ragazzi dobbiamo andare».

Sally mi abbracciò e all'orecchio mi disse due parole.

«Sii forte».

Tagliò un paio di fiori per me e la ringraziai. Ne avevo davvero bisogno. Dovevo assolutamente parlare con Nate. Ma prima volevo spiegare anche ai miei amici come stavano le cose.

Salutammo e ce ne andammo.

Con l'agitazione che avevo addosso, un caffè era l'ultima cosa di cui avevo bisogno, ma neppure bere alcolici era mia abitudine. Avevamo bisogno di un posto tranquillo in cui parlare e per fortuna avevamo le chiavi del vecchio cinema. Decidemmo di andare là.

***

«Sono figlia di un Nocturno».

Christine e Leonard mi guardarono senza battere ciglio.

«Thara...» disse il mio amico «forse oggi hai avuto un po' troppa adrenalina in corpo o...».

«È la verità» lo interruppi e tirai fuori dalla borsetta una cornice.

Senza che mia madre e Charles se ne accorgessero avevo preso in prestito la foto in cui era ritratto mio padre.

Dopo un'attenta osservazione, sia Christine che Leo dovettero ammettere che quell'essere aveva poco di umano.

«Interessante...» disse Leo appoggiando i piedi sulla fila dei sedili che aveva davanti.

Gli raccontai tutta la storia e mi stupii nel vederli commuoversi.

«Mi dispiace che sia andata così. Una storia finita davvero male» cercò di consolarmi Christine.

«Per me non è finita affatto. Devo ritrovarlo a tutti i costi».

«E dove?» mi domandò Leo.

«Forse al castello di Gorey».

«Vuoi tornare in quel posto?» chiese Christine. «Magari Leo torna con un alligatore, questa volta».

«E magari Thara torna con un Nocturno!» gli rispose Leo contrariato.

Non avevo voglia di sentirli litigare. Avevo già troppi pensieri per la testa.

«Sentite» li interruppi. «Io ci andrò domani, con o senza il vostro aiuto. Devo ritrovare Kolor, non solo per me, ma anche perché quel Ludkar dice di avere un conto in sospeso con lui. Non voglio avere vite sulla coscienza. Non voglio vedere altri palazzi andare in fiamme». Li guardai intensamente: «Non so come, ma tutte queste cose sono collegate. Mio padre, Ludkar, il Cinerarium e Nate... O scoprirò la verità e metterò a posto le cose o, molto probabilmente, morirò».

Christine mise una mano nella mia borsetta e ne tirò fuori la borraccia del caffè. Tolse il tappo e diede due sorsi.

«Cosa fai?» le chiesi.

«Se dovremo tenere i tuoi ritmi... ne avremo bisogno anche noi».

***

Tornai a casa da sola come un automa. Ero sicura di andare in tilt prima di trovare l'insegna della farmacia. Gli iris ciondolavano al mio fianco nella mano chiusa.

Mio padre era un Nocturno. Questo ormai era stato detto e non mi era stato difficile assimilarlo. Anzi, lo avrei dovuto dare per scontato da molto tempo. Solo, non sapevo ancora bene cosa erano i Nocturni. E soprattutto io che cos'ero? Ero umana? Di sicuro non avevo mai avvertito l'impulso di bere il sangue di un altro. Tranne che con Jennifer Suarez, ma era un caso a parte. E Ludkar? Era anche lui un Nocturno?

Dovevo parlare con lui e fermarlo prima che commettesse qualcosa di davvero terribile. Mi era sembrato un tipo piuttosto squilibrato.

Non avevo mai saputo niente di quel passato. E quel giorno, come se fosse rimasto ammucchiato a crescere come una muffa, aveva sfondato la porta arrivandomi addosso tutto assieme.

Rientrai in casa e capii subito che mia madre non c'era. Le serrande erano chiuse e in salotto la luce veniva solo da un piccolo acquario. Aprii il frigo per vedere come stavano gli iris. Mia madre non li aveva toccati. Richiusi lo sportello e mi sedetti al tavolo.

La testa mi pesava come un macigno.

Dovevo fare il punto della situazione o sarei crollata.

Mio padre era un Nocturno.

Io ero la figlia di un Nocturno e di un'umana. Gli iris mi avevano dato la capacità di viaggiare in un mondo fatto di cenere. In quel mondo di cenere finivano le anime delle persone con uno stato di vita sospesa, come sapevo essere Susan, Penny e Clayton.

Nate era ancora un'incognita, ma probabilmente anche lui era in coma.

In quel mondo di cenere apparivano tutte le cose che bruciavano nella realtà. Un essere di nome Ludkar, che aveva proprio l'aria di essere un Nocturno, diceva di avermi vista nel Cinerarium. Diceva di avermi riconosciuta grazie all'odore, lo stesso di mio padre.

Fin qui era tutto abbastanza chiaro.

Ma io avevo visto Ludkar nella realtà, insomma, aveva dato fuoco alla mia scuola. Come era possibile che si trovasse nel Cinerarium e nella realtà? Forse poteva viaggiare anche lui addormentandosi, come me.

Sospirai e appoggiai la fronte sul tavolo.

Aveva un conto in sospeso con mio padre e mi aveva minacciata. Probabilmente non riusciva a trovarlo e pensava che io sapessi dove fosse.

Dovevo chiedergli spiegazioni. Anche se il suo modo di fare era stralunato e decisamente poco amichevole, sembrava che sapesse perfettamente quello che faceva. Era stato lui a rubare il cellulare di Leo e a mandarmi quel messaggio. Ma la cosa che mi preoccupava era che lui sapesse anche quello che facevo io, sia nel mondo che nel Cinerarium. E se era così importante trovarmi, come mai non lo aveva fatto prima?

Ruotai leggermente la testa e appoggiai una guancia sul tavolo, l'iris davanti a me.

"Va bene" mi dissi, e respirai l'essenza viola.

Pensai al rifugio.

Mi ritrovai davanti alla casetta sull'albero.

«Nate!» esclamai rimettendomi in piedi.

Il bosco era silenzioso in modo rassicurante e il nevischio grigio cadeva lento. Per me era diventato un luogo di quiete. Nonostante mi sentissi protetta, ero però ancora pensierosa e preoccupata. Mentre mi aggrappavo alla scaletta e iniziavo a salire, mi ricordai quello che era successo l'ultima volta. Nate mi aveva toccata e il mio braccio era diventato di cenere. Nemmeno con lui, adesso, potevo essere spensierata. Al minimo tocco, il dolore avrebbe attraversato la mia carne e il Cinerarium se ne sarebbe impossessato.

Quel posto era una macchina pensata per fare impazzire. Non mi stupivo che la maggior parte di quelli che finivano là si trasformassero in grigi quasi subito. Quando sollevai la botola per entrare, Nate non c'era. Pensai che fosse all'interno dell'albero cavo ma, controllando, trovai solo il buio.

In compenso, appoggiato su un piccolo sgabello c'era il manoscritto che avevamo trovato nella Biblioteca di Alessandria. Nate lo aveva portato là in modo che potessimo consultarlo con attenzione. Lo avrei voluto sfogliare insieme a lui, ma la situazione era troppo critica per potermi permettere di aspettarlo. Lo sollevai e mi stupii della sua leggerezza. Nonostante la dimensione, la cenere di cui era composto lo rendeva particolarmente leggero.

Mi sedetti in un angolo, portandolo con me. Forse Nate sarebbe arrivato entro pochi minuti: sapeva che sarei tornata presto e quello era il nostro posto speciale.

Sospirai e mi sforzai di non rattristarmi. La fronte tirava con forza e voleva corrugarsi. Desideravo tanto un abbraccio in quel momento, avevo bisogno di sentire Nate vicino. Ma anche se fosse stato lì accanto a me, sapevo che ormai non era più possibile. Un abbraccio avrebbe significato la morte.

Il libro. Dovevo concentrarmi sul libro.

Passai una mano sulla copertina. Il titolo era illeggibile, dipinto con strani geroglifici.

Lo aprii sulla pagina dell'illustrazione. Questa volta la avrei esaminata con attenzione.

Sul disegno apparivano tre sfere, una sopra l'altra, in comunicazione, come una clessidra.

Nella prima era rappresentato il mondo reale. C'era una piramide e una persona sdraiata, probabilmente in coma.

Nella seconda c'era il Cinerarium. Il mondo di cenere.

Era interessante notare come dalla testa della persona nella sfera sopra, partiva un raggio che terminava nella sfera del Cinerarium con la luna nera, il buco nel cielo.

L'ultima sfera, invece, era quasi completamente nera. C'era solo della sabbia che cadeva dal Cinerarium.

Forse rappresentava la morte, il nulla assoluto.

Cominciai a leggere, cioè a tradurre le iscrizioni in latino. Fortunatamente il linguaggio era molto semplice e le informazioni erano divise in modo chiaro. C'era scritto questo:

"La Grande Cenere è un mondo situato nel mezzo. Sta fra il mondo dei vivi e il mondo dei morti".

Passai oltre. Quello ormai lo avevo capito.

"Nella Grande Cenere cadono le anime delle persone il cui corpo è ancora vivo nel mondo dei vivi".

Parlava chiaramente di chi era in coma.

"Le anime raggiungono la Grande Cenere passando attraverso un tunnel oscuro, al cui termine si vede una luce intensa. Una volta nella Grande Cenere, le anime potranno vedere l'uscita del tunnel come una luna dal colore nero".

Mi stava venendo la pelle d'oca. Ma certo! Il tunnel e la luce. Molte persone che si sono riprese dal coma ne hanno parlato, pensando di andare verso il paradiso. In realtà, la luce che vedevano era quella che proviene dal Cinerarium. Mi sorse spontaneo chiedermi se era possibile percorrere il tunnel al contrario, entrando nella luna nera.

Il paragrafo seguente mi rispose.

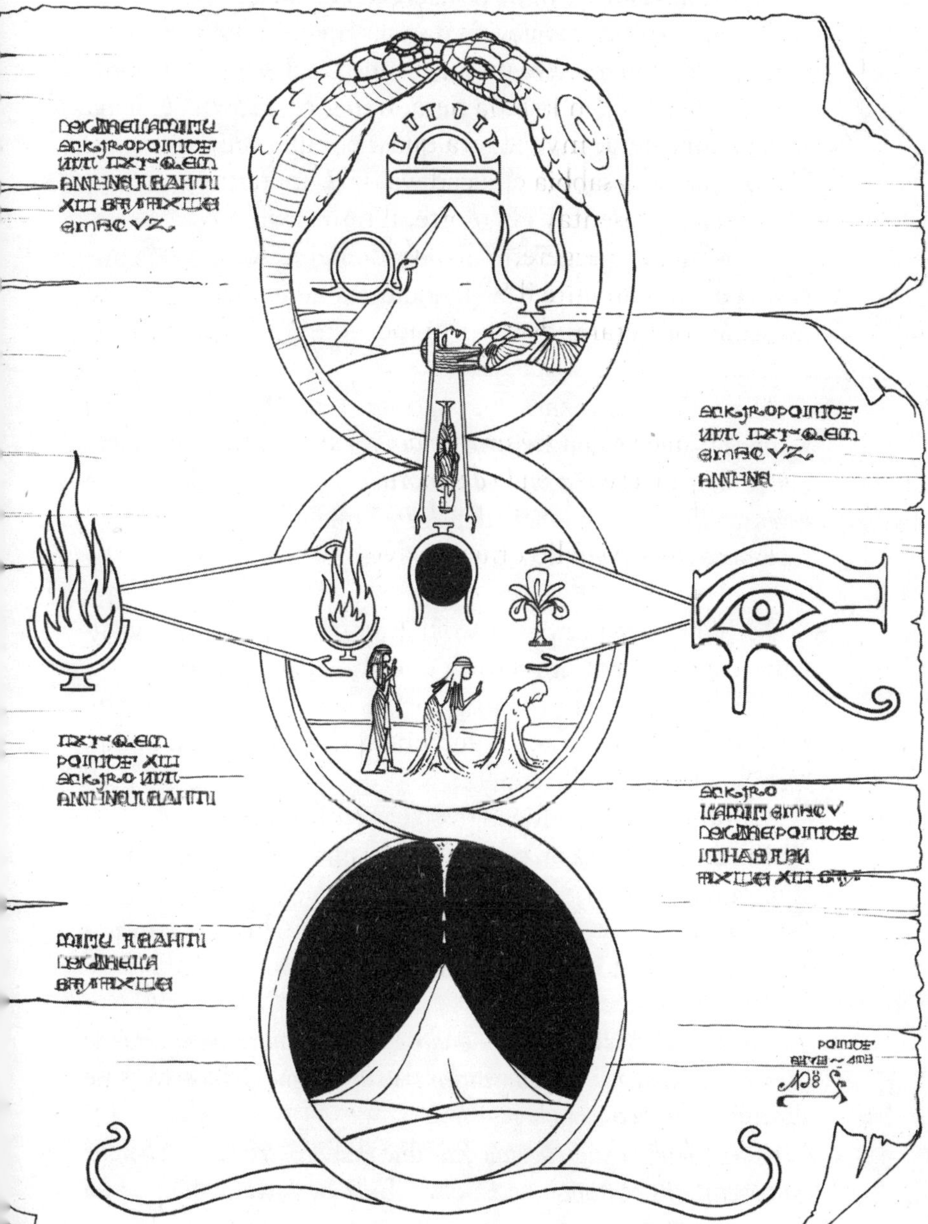

"Un'anima rimane intrappolata nella Grande Cenere fintanto che il corpo vive nel mondo. Se il corpo muore l'anima viene inghiottita dalla cenere e sprofonda nel nulla, nel mondo dei morti, dal quale mai più farà ritorno. Se il corpo torna in forze, l'anima si solleverà e attraverserà la luna nera per riprendere il proprio giusto posto".

Leggere quelle parole fu un vero sollievo. Allora c'era ancora speranza per tutti. Ma gli uomini cenere, i grigi? Non ne aveva ancora parlato.

"Se un'anima rimane intrappolata per troppo tempo nella Grande Cenere e non è valorosa, la Grande Cenere la prenderà con sé. L'anima diventerà una creatura di polvere e perderà la sua essenza. Quando un'anima di polvere torna nel corpo, noi conosciamo questo come pazzia".

Mi sfuggì un mezzo sorriso. Il manuale del provetto viaggiatore del Cinerarium si stava rivelando davvero utile.

Tornai a guardare l'illustrazione e questa volta notai che oltre al fascio che univa la luna nera alla mente dell'uomo, c'erano altri due collegamenti.

Il primo era fra un fuoco rosso e un fuoco viola.

Il secondo era fra un occhio viola e un fiore dello stesso colore, simile a un iris.

Cercai le didascalie che riguardavano quelli che sembravano altri due modi di accedere al Cinerarium.

"Le cose che bruciano nel mondo dei vivi appaiono nella Grande Cenere. Il passaggio avviene attraverso le fiamme. Il fuoco rosso le distrugge, il fuoco viola le rigenera.

Questo è il secondo portale fra i due mondi. Accade ciò, perché gli oggetti non possono andare oltre. Essendo privi di anima, mai avranno accesso al mondo dei morti".

Era adesso che veniva la parte interessante, quella che mi riguardava più da vicino.

"Il terzo portale è unicamente dote dei Crepuscolari. Gli esseri dagli occhi viola. Queste pagine sono scritte da uno di loro".

Vidi il foglio cominciare a fremere. Le mie braccia non riuscivano a rimanere salde. Le mie dita non riuscivano a stringere.

I Crepuscolari.

Io ero una Crepuscolare? Noi eravamo figli di umani e Nocturni? Creature a metà?

Tornai a leggere febbricitante. Non riuscivo quasi a mettere a fuoco le scritte.

"I Crepuscolari sono in grado di distaccare la loro anima dal corpo annusando iris viola. I loro occhi, come il fuoco e i fiori, sono composti della medesima sostanza..."

Il paragrafo continuava, ma dovetti interrompermi. Ero troppo agitata per riuscire a tradurre in modo corretto. Avrei letto quella parte più tardi. C'era tutta una sezione del libro unicamente dedicata ai Crepuscolari.

Respirai a fondo.

Credevo di avere un carattere più forte.

Volevo solo un'ultima informazione prima di perdere del tutto la concentrazione. Volevo capire perché mi trasformavo in cenere quando Nate mi toccava.

Sfogliai velocemente le pagine, senza preoccuparmi di poterle rovinare, finché trovai un disegno in cui compariva la situazione che avevo vissuto con Nate. Una persona ne toccava un'altra e la trasformava in grigio.

Sotto c'era scritto:

"Nella Grande Cenere i sentimenti sono fonte di male. È

bene non provare niente verso chi è imprigionato. Il tocco di chi ama è uguale alla folgore. Le anime perdono forze quando provano sentimenti forti e accelerano il processo di trasformazione in creatura di polvere".

Il libro mi scivolò dalle braccia e si richiuse fra le mie gambe con un tonfo.

Quello che il libro diceva era che Nate mi amava.

Lasciai che i miei occhi si chiudessero, come mi stavano implorando di fare.

Nel buio dei pensieri, percepii un sapore amaro. Strinsi le mani sul petto. Mi sentivo piccola e fredda. Mi abbracciai le gambe e rimasi a tremare. Il cuore batteva lento e regolare, ma con una potenza devastante. Credevo che sarebbe esploso. Il libro aveva ragione. Anche io mi ero innamorata di Nate. Per lui provavo sentimenti profondi e indescrivibili, che erano rimasti nascosti come un gigante fra le montagne. Ogni momento che avevamo trascorso assieme era stato indimenticabile e intenso. E sentivo che avrebbero potuto essercene ancora molti, addirittura infiniti. La sua presenza mi riempiva di gioia e mi faceva tremare. Ogni volta che c'eravamo sfiorati avevo avuto la sensazione che mi prendesse in braccio e mi portasse lontano, nel grande mistero chiuso dentro ai colori dei suoi occhi. Lo amavo davvero. Sentivo che, con lui, avrei potuto passare tutto il tempo dell'universo senza mai smettere di desiderarlo. Non ero stata capace di riconoscere quei sentimenti come amore, perché non avevo mai provato qualcosa di così intenso. Mi trovavo bene come con un amico, ma allo stesso tempo mi faceva sentire protetta, unica, preziosa. E quel sorriso che mi regalava ogni volta... lo diceva chiaramente. Diceva chiaramente "ti amo". Perché non ero stata capace di ascoltarlo?

Non riuscii davvero più a trattenere il pianto. Sentivo gli occhi umidi e la gola tesa. Dalla mia voce provenne un lamento leggero. Un gemito appena udibile. Ecco quale era il conto spietato che quel mondo ci presentava. Un amore da non poter vivere. Ci aveva permesso di far nascere qualcosa solo per poi privarcene.

Ma avrei dovuto capirlo. Dovevo capirlo da subito. Dalle ceneri non nascono i fiori.

Un rumore mi fece singhiozzare. Alzai la testa. Proveniva dalle scale.

Doveva essere Nate di ritorno. Richiusi il libro all'istante e cercai di asciugarmi le lacrime.

Ero un'illusa, se credevo che non avrebbe capito quanto stavo soffrendo. Tirai su col naso e mi rimisi in piedi, cercando di mantenere un certo contegno. Non volevo che mi vedesse così. Forse, quando il suo incantevole volto sarebbe apparso, sarei scoppiata a piangere e non sapevo se sarei riuscita a trattenermi dall'abbracciarlo.

Sentivo che quei sentimenti erano una cosa difficile da tenere sotto controllo.

La botola si sollevò lentamente. Dovevo essere pronta.

Trattenni il respiro in attesa dei suoi occhi dai mille colori.

Ma non apparve nessun bagliore.

Apparvero lunghi capelli neri dalle ciocche rosso vivo.

Mi colse impreparata. Ero così tesa a trattenere la pena, che non seppi reagire in alcun modo all'apparizione di Ludkar.

Sbarrai gli occhi, mentre la fronte bianca precedeva il suo sguardo inquietante. La grande bocca scura mi sorrise appena.

«Ciaaaaao» disse, trascinando la "a" in una cantilena.

Poi con un salto entrò nella casetta. Il suo cappotto nero sobbalzò. I suoi piedi scalzi fecero scricchiolare le assi.

Piegò la testa su un lato.

«Aspettavi qualcuno?» mi chiese con un tono che doveva suonare innocente.

Indietreggiai, ma presto mi resi conto che c'era un muro.

Ero in trappola; un uccellino chiuso con un cobra in una scatola.

«Fermati... Per favore, non farmi del male» lo supplicai ingoiando una boccata d'aria.

Il suo sguardo nero, che vagava attorno a me senza mai fermarsi, mi dava l'impressione che stesse tracciando dei confini dai quali non potevo uscire.

«Mi vedi agitato per caso?» domandò lui alzando le braccia.

Quell'atteggiamento suonava come un preludio a qualcosa di terribile, come la notizia buona prima della cattiva.

«Devo parlarti!» dissi per frenare quello che ormai mi sembrava inevitabile.

Ludkar si passò un pollice fra i capelli e si leccò le labbra.

«Sono venuto qui apposta. Per parlare» alzò le sopracciglia e guardò il soffitto con un'espressione frastornata. «Niente fuoco. Niente fiamme, questa volta. Non ce n'è più motivo, adesso».

La mia paura divenne perplessità. L'istinto diceva di stare attenta, ma Ludkar non aveva l'aria di volermi minacciare. Quello sembrava essere il suo modo di fare normale. Strano, decisamente strano e grottesco.

«Perché? Prima c'era un motivo?» gli domandai.

«Decisamente» rispose lui fermando gli occhi su un punto imprecisato, forse le mie spalle.

«Quale?»

Poi mi fissò. Era come se passasse da uno stato di confusione completa a uno di lucidità perfetta e oscura.

«Hai parlato con tuo padre?» mi chiese abbassando la voce.

Sospirai.

«Senti... che tu mi creda o no, io non sapevo chi fosse mio padre quando ci siamo incontrati. E soprattutto non sapevo di avere un padre Nocturno».

«Ci credo» rispose subito, secco. «Capisco quando le

persone mentono. Producono un odore fastidioso» arricciò il naso e assottigliò lo sguardo. «E tu profumi».

«Stai lontano, per favore» lo fermai vedendo che si stava sporgendo verso di me.

Piegò la testa dal lato opposto, in modo esagerato. Stava sempre curvo in avanti.

«Hai ancora paura?» mi chiese.

«Non sei proprio il genere di persona a cui chiederei un passaggio» ribattei.

«Così mi offendi» disse lui senza pensarlo davvero.

Sembrava che scherzasse, ma il suo tono rimaneva serio, sempre. Ogni tanto lo forzava in modo innaturale.

«Avresti potuto fare delle vittime. Dovevi pensarci, prima di incendiare una scuola».

Ludkar storse le grandi labbra nere.

«Avevo preso le mie precauzioni. Era tutta scena. E poi non sei contenta? Per un po' niente schiena curva sui banchi».

«Vieni al punto» lo incitai.

«Non c'è più nessun punto» rispose lui risentito, brutalmente. «A me interessa tuo padre e tu non lo conosci» e si voltò. «Addio».

Stava per saltare all'interno della botola e andarsene, quando qualcosa dentro di me lo bloccò.

«Fermo!»

Lui fece come gli avevo chiesto, ma non si voltò del tutto. Ruotò solo la testa. Aveva un profilo perfetto. «Senti, deciditi, prima vuoi che stia lontano e adesso vuoi che non me ne vada?»

«Ho solo qualche domanda da farti» mi giustificai.

Lui si voltò alzando le sopracciglia in modo esagerato.

«Che bello! Adoro i quiz».

Sembrava davvero sull'orlo della pazzia. O forse della crudeltà.

«Molto spiritoso» gli dissi, trovando un po' di sicurezza.

«Sì, ho un discreto senso dell'umorismo» aggiunse lui facendo tornare la faccia inespressiva, come la maschera di un carnevale infernale.

«Sei anche tu un Nocturno?» gli domandai con decisione.

Ludkar si sistemò il foulard rosso, che portava al collo come una cravatta.

«Non si nota? Devo mettermi un cartello?»

«Non mi capita spesso di vederne».

«E se ti capitasse non sarebbero belli come me».

Ridacchiò in tono freddo.

«L'aggettivo che avrei usato è folle» gli risposi.

In realtà aveva ragione. Per quanto inquietanti fossero le sue espressioni e spiazzante il suo modo di fare, il suo volto era seducente. Anche il gilet che portava metteva in risalto il suo fisico asciutto.

«Perché hai dato fuoco a tutte quelle scuole?» gli domandai, smettendo di concentrarmi su dettagli inutili.

«Per trovarti» mi rispose come se fosse ovvio.

«Non potevi chiedere il mio numero a qualcuno?»

Pensai che usare una battuta a quel punto fosse pertinente.

«Volevo spaventarti» precisò lui senza capirla.

Mi sembrava strano. Insomma, faceva finta o era davvero pazzo?

«In questo caso ti garantisco che ci sei riuscito».

«Chiedo perdono» replicò, accennando un inchino.

Io rimasi impassibile, incrociai persino le braccia.

«Le scuse le dovresti all'istituto».

Si rialzò e allargò le braccia, gesticolando in modo agitato.

«Devi capire che è da molto che cerco tuo padre. Dovevo andare sul sicuro» si picchiettò con l'indice una tempia. «Pensavo che con la paura ti avrei spinta a convincerlo. Così sarebbe venuto allo scoperto».

«Ci saresti riuscito se io lo conoscessi».

Le sue braccia piombarono ai fianchi del corpo. Rigide.

«Immagino di sì...» disse, concentrandosi in modo eccessivo. «Sai, ti ho seguita e ti ho studiata... Sia qui nel... come lo chiami... "Cinerarium"»

«Sì».

«Sia nel Cinerarium che nel mondo reale. Sei una ragazza interessante. Mi piace il tuo modo di fare».

«È un po' tardi per i complimenti».

Per un attimo lasciò schiudersi le labbra e gli vidi di nuovo i denti. Erano tutti molto piccoli e appuntiti.

«Non ti ha divertito quello che ho fatto fare a quel ragazzo? Come si chiama... Esteban?»

Tornai a concentrarmi sulla sua figura intera.

«Sei stato tu a fargli dire quelle cose?» esclamai, lasciandomi scappare una risata.

«Sì, gli ho detto che altrimenti gli avrei staccato la testa» disse Ludkar, trovando le proprie parole esilaranti.

«Molto gentile...» commentai. «E perché lo avresti fatto?»

«Non mi erano piaciute le voci che aveva messo in giro su di te. Una ragazza deve essere libera di andare a letto con chi vuole, senza passare per sgualdrina» rispose.

«Non ci sono andata a letto!» urlai come se fosse importante precisarlo.

«Ah no?» disse Ludkar corrugando la fronte bianca. «Per me non fa differenza».

«Per me sì».

Inclinò la testa dal lato opposto e tutti i capelli rossicci ricaddero alla sua destra.

«Comunque, mi serviva soprattutto come diversivo, per prendere il cellulare del tuo amico» precisò, leccandosi le labbra. Sembrava una specie di tic.

«Sei diabolico, lo sai?» scherzai.

Ludkar alzò le spalle.

«Si fa quel che si può».

«Ma perché sei venuto a cercarmi solo adesso?» gli chiesi, ripescando fra le domande che mi ero fatta prima di venire nel Cinerarium. «Perché non lo hai fatto già da tempo?».

«Prima che tu arrivassi nel Cinerarium non sapevo che Kolor avesse una figlia» rispose lui, guardando da un'altra parte.

Non capivo perché provasse improvvisamente interesse per l'architettura della casetta, ma probabilmente non lo sapeva neppure lui.

«Anche se mi hai visto nel mondo reale, io sono intrappolato qui. Posso viaggiare nella tua dimensione ma solo per breve tempo» proseguì Ludkar.

«Cosa… Quindi sei in coma per colpa di mio padre?»

«In coma?» esclamò con veemenza. «No. Noi Nocturni non possiamo andare in coma. Ma se il nostro corpo viene tenuto in condizione di non potersi rigenerare, la nostra anima finisce qui, in attesa di tornare»

I suoi occhi divennero spiritati.

«Tuo padre deve avere trovato un modo di impedirmelo…»

Stavo cominciando a sentirmi quasi a mio agio.

«E perché lo avrebbe fatto?»

«Non ho voglia di raccontarti tutta la storia» rispose Ludkar inaspettatamente, facendo un gesto come per scacciare una mosca. «Adesso non mi sei più di nessun aiuto».

Si avvicinò alla finestra e mise un piede sul bordo.

Non temeva che le schegge potessero ferirlo.

«Buona vita» disse e saltò.

«Ehi!» esclamai.

Ma era già sparito.

«Mi devi delle spiegazioni!» gridai affacciandomi. «Come hai fatto a venire nella realtà?»

Guardai in basso.

Di lui non c'era più traccia.
«Ludkar! Anch'io sto cercando mio padre!»

I CASTELLI

Dai finestrini abbassati dell'auto entrava un vento fresco. Leonard, Christine e io ci stavamo dirigendo a Gorey.

Durante il viaggio, rimasi a pensare a tutto quello che stava accadendo e a come continuasse a cambiare.

Due punti erano chiari.

Ludkar non era più un pericolo, ma era tante altre cose.

Occupai la maggior parte del tempo ad abbozzare un suo profilo psicologico. I migliori criminologi avrebbero avuto materiale interessante su cui lavorare per anni.

A lui non importava delle proprie azioni e dei propri comportamenti, era un anarchico dei rapporti umani. Andava a ruota libera e non si voleva frenare. Lo faceva per spiazzare e confondere, per avere sempre un vantaggio. Conosceva bene le regole del gioco e sapeva sfruttarle al meglio. Gli piaceva essere un foglio bianco, come bianca era la sua faccia, sulla quale poteva comparire qualsiasi espressione da un momento all'altro.

Il Cinerarium, che all'origine era un luogo di devastazione e solitudine, stava diventando sempre più popolato. Fino a qualche settimana prima non credevo nemmeno all'anima e adesso mi trovavo costretta a rapportarmi con personaggi che non esistevano nemmeno nei libri.

Fra i miei piedi, sotto i sedili, mi ero portata due degli iris che conservavo in frigo.

Una volta arrivati al castello, se non avessi trovato mio padre, volevo parlare con Nate. Al mattino non ne avevo avuto la possibilità. Mi ero accorta che non potevo viaggiare nel Cinerarium a piacimento, dovevo far passare un certo lasso di tempo, perché il processo funzionasse di nuovo.

Volevo raccontargli di Ludkar, chiedergli se lo conosceva e informarlo di quanto avevo letto nel manoscritto egiziano. Sospirai. Forse non gli avrei detto proprio tutto. Non sapevo che parole usare, per spiegargli che non potevamo toccarci a causa dei nostri sentimenti. Non potevo dirgli che ci amavamo. Ci avrei pensato quando sarebbe venuto il momento.

Durante il viaggio eravamo tutti molto pensierosi. Avevo aggiornato i miei amici quasi su ogni dettaglio e adesso stavano cercando di mettere ordine nelle informazioni. Era difficile per me, che avevo vissuto l'esperienza, potevo immaginare lo sforzo che stavano facendo loro. Eravamo così tesi che non ci accorgemmo che la radio era spenta. Leonard sembrava essere diventato persino una persona seria.

«Quindi, Thara...» mi disse senza togliere gli occhi dalla strada «questo Ludkar, non ti minaccia più?»

«No» gli dissi io. «Era tutto un bluff per impaurirmi. Credo che abbia perso interesse nei miei confronti».

«Ma gli hai detto che stiamo cercando tuo padre?» intervenne Christine.

«Ci ho provato, ma e andato via prima che glielo dicessi».

«È un peccato però...» sentii commentare da Christine.

«Che cosa?»

«Che sia stato lui a far dire quelle cose a Esteban».

Leo si voltò per sorriderle.

«Dai, alla fine la cosa delle foto non era venuta tanto male!»

Poi guardò me: «Ma questo Nocturno, secondo te, quanti anni ha?».

«Non lo so…» risposi alzando le spalle. «Forse trenta, forse mille. Ha il volto pallido, quasi bianco... È molto attraente, anche se i suoi tratti sono molto marcati, come dipinti».

«E credi che venga dal Cinerarium?» domandò Leo.

«Sì, dice di sì. Ha detto di aver riconosciuto il mio odore mentre mi trovavo là».

«Quindi è possibile uscire da questo Cinerarium…» bofonchiò Christine aggiustandosi i codini. «Lo hai già detto a Nate?»

«Ho intenzione di farlo appena saremo al castello» le risposi.

Impiegammo mezz'ora ad attraversare la campagna, poi ecco che comparve il cartello del paesino.

Decidemmo di lasciare l'auto nello spiazzo del distributore di benzina. Il proprietario non c'era e l'aspetto del posto suggeriva fosse abbandonato da un bel pezzo.

Scendemmo e attraversammo la strada principale, fino a raggiungerne il fondo, dove si trovava la chiesetta.

«E adesso dove si va?» chiese Christine. «Dove sarebbe questo castello?»

Non le risposi e cominciai a costeggiare la chiesetta. Leonard alzò le spalle e mi seguì. Appena oltre l'edificio c'era il lago. Camminammo fino a raggiungere l'acqua. La superficie si estendeva come una tavola azzurra. Quel posto era totalmente diverso con il bel tempo.

Mi tolsi gli occhiali da sole che avevo indossato prima di partire e cominciai a scrutare le colline, alla ricerca di un tetto.

Nel frattempo Leo aveva raccolto dei ciottoli e stava provando a farli saltare sull'acqua.

«Eccolo là!» esclamò Christine indicando un punto nei boschi. Fra le cime degli alberi secchi spuntava appena una torretta.

Ci incamminammo lungo la costa e ricavammo tre bastoni da una radice che si era arenata sui ciottoli. Ci sarebbero stati utili più avanti, nel cammino. Il terreno che avremmo dovuto scalare non sembrava molto accessibile.

Quando arrivammo nel punto più agevole per iniziare a salire, ci accorgemmo che c'era un piccolo molo di legno, ormai quasi del tutto divorato dall'acqua. Non c'era nessuna barca attraccata, solo alghe.

Prendemmo a salire il pendio ricoperto di foglie marce. Mi sembrò strano: sembrava autunno. I colori spenti e il profumo di terriccio si fondevano in un'unica sensazione.

Ci facemmo strada fra gli alberi, aggrappandoci ai tronchi screpolati e usando i nostri bastoni.

Leo cercava una strada più comoda e io gli risposi che, se anche ce ne fosse stata una, non era la nostra.

Alzando la testa si potevano vedere i rami secchi intrecciarsi fra loro come fili di una gigantesca ragnatela nera. Nessuno di noi lo ammise, ma tutti e tre provavamo una certa paura. Christine scacciava via infastidita gli insetti, mentre io spostavo la testa da una parte all'altra, cercando di individuare qualche traccia.

Poi, ecco che apparve. Quasi all'improvviso, come emerso dal terreno. Come una nave di pietra.

«Cavoli...» disse Leo arrivando al mio fianco e alzando la testa.

Davanti a noi c'era il castello.

O meglio, quello che rimaneva del castello.

La grande costruzione di pietra nera si ergeva in modo imponente. Tutt'intorno, sparse sul terreno, c'erano statue, mura crollate, tegole, colonne.

«Dev'essere andato distrutto in qualche incendio...» notò Christine. «Molti anni fa. Sembra che il fuoco ci perseguiti. Ma che razza di posto...»

«Sì... Sembra proprio che ci perseguiti...» ripetei io.

«E tu pensi che tuo padre viva qui?» domandò Leo.

«Ci viveva prima di incontrare mia madre. Così ha detto

Charles e così ho letto in "Tutti i colori del buio". Forse ci è tornato dopo che mia madre lo ha cacciato, quando è impazzito».

«Pensi che possa essere pericoloso?» domandò Leo.

«È meglio che vada dentro da sola».

Christine mise le mani sui fianchi.

«Ehi! Non puoi mica chiederci di aiutarti e poi lasciarci sempre fuori!»

Le sorrisi.

«D'accordo» risposi e ci dirigemmo verso quello che una volta doveva essere il portone d'entrata; adesso ne rimaneva solo metà.

Appena lo varcammo, ci abbracciò una sensazione oscura. Tutta la storia del castello venne fuori sussurrando dalle ombre in piccoli e impercettibili dettagli. Sentimmo dei brividi freddi risalirci le gambe, come se dal pavimento fossero spuntati grossi spilli.

Anche all'interno era rimasto poco della grandiosità che doveva avere, in origine, la costruzione. I soffitti erano quasi del tutto crollati e, attraverso i grossi buchi, intravedevamo il cielo. Da lì scendevano verticalmente stanchi fasci di luce, che sembravano sostituire le colonne frantumate sul pavimento. Disegnavano un percorso sopra il marmo dissestato e pensammo fosse prudente seguirlo.

Nel cupo silenzio che ci circondava risuonarono alcune parole di Leo, che smorzarono, involontariamente, la tensione:

«Me la sto facendo sotto».

Mi fermai e mi voltai.

«Forse è il caso di dividerci» dissi.

«Stai scherzando?» esclamò lui con un tono di voce un po' troppo alto.

Per effetto dell'eco si staccarono alcune pietre dal soffitto che ci precipitarono accanto.

Christine gli lanciò uno sguardo truce.

«Sono d'accordo... È il caso di dividerci» esclamò a denti stretti.

«Ecco...» aggiunse Leo con tono più basso. «Succede sempre così nei film dell'orrore. I protagonisti si dividono e poi il mostro li fa fuori uno a uno...»

«Vorrei ricordarti che stai parlando del padre di una tua amica» bisbigliò Christine, prendendolo per un braccio. «Thara, ci ritroviamo qui, quando abbiamo finito».

Le dissi che per me andava bene e rimasi ad aspettare che si allontanassero. Quando scomparvero dietro le colonne, mi voltai.

Dietro di me si trovava una grande vetrata gialla e viola.

Mi fece tornare in mente Nate. Forse era il caso di parlare subito con lui. Del resto, da quando eravamo entrati nel castello, avevo avuto la sensazione che mio padre non si trovasse lì e che il castello fosse disabitato. Se Kolor era un Nocturno, come Ludkar, avrebbe sentito di sicuro il mio odore e sarebbe venuto lui.

Così avvicinai gli iris al volto pensando a Nate. In quel modo ero sicura di apparire nel posto in cui lui si trovava. Li guardai. Erano splendidi. Come avessero potuto dei fiori tanto incantevoli trascinarmi in un incubo, era un mistero.

Il profumo mi trafisse le tempie.

***

Precipitai dentro me stessa.

Riaprii piano gli occhi.

Mi trovavo dentro il castello.

Proprio dentro lo stesso castello, anche se sembrava diverso. C'era tutto quello che nel mondo reale mancava. Christine aveva ragione a proposito dell'incendio.

Mi guardai intorno per studiare l'ambiente. Il pavimento era rimasto nel mondo reale, sostituito nel Cinerarium dalla solita sabbia grigia, la cenere. Del soffitto apparivano tutte quelle parti che nel mondo reale erano dei fori. E poi le scale, le travi, i mobili.

Insomma, ciò che era andato in fumo.

Erano i due pezzi dello stesso puzzle. Se si fossero accostati i frammenti del Cinerarium con quelli del mondo reale, si sarebbero incastrati alla perfezione.

Mi misi a cercare Nate. Doveva trovarsi là: avevo pensato a lui prima di addormentarmi.

Attraverso le pareti si vedevano le dune e gli altri edifici. Mi stavo muovendo verso l'uscita, pensando di cercarlo all'esterno, quando un fruscio mi fece girare. Sembrava la pagina di un libro che veniva voltata.

Seduto sulle scale c'era proprio lui.

Alzò piano la testa e i mille colori dei suoi occhi mi sorrisero.

«Nate...» dissi andandogli incontro, trascinando i piedi sulla cenere. «Cosa ci fai qui?»

Quando arrivai più vicina, mi accorsi che fra le mani teneva un libro. Era proprio "Tutti i colori del buio".

«Come... come fai ad averlo?» gli chiesi, spalancando gli occhi. Era impossibile che lo avesse trovato quando mia madre gli aveva dato fuoco. Avrebbe potuto apparire ovunque.

«Mi è praticamente comparso in mano» disse lui alzando le spalle, come se quella cosa lo divertisse. «Ti giuro, stavo tornando dal Luna Dark e le fiamme mi sono apparse davanti alla faccia».

Rimasi in silenzio. Pensavo che la comparsa degli oggetti fosse del tutto casuale. Probabilmente ero stata io a far sì che ciò accadesse. Ero presente nel momento in cui il libro bruciava. Non potevo escludere che la mia presenza avesse avuto una qualche influenza sul passaggio. In quegli istanti avevo desiderato intensamente di non perderlo e forse, proprio come accadeva per la scelta dei posti in cui apparire, il mio desiderio si era prolungato sull'oggetto.

E Nate era l'unica persona che potesse salvarlo.

Non comunicai a Nate quello che stavo pensando. Gli sorrisi soltanto.

«Che coincidenza...» sussurrai.

«Siediti qui» mi disse appoggiando la mano sullo scalino.

Rimasi a guardare le sue dita sottili. Un piccolo brivido mi portò alla mente quello che avevo letto. E quello che sentivo verso di lui. Mettermi là avrebbe significato avvicinare una moneta a una calamita. Non volevo parlare con lui di quella cosa comunque, non ero ancora pronta, così mi sforzai di fare come diceva.

Mi sedetti accanto a lui. Non troppo vicina, per evitare di toccarci inavvertitamente. Anche lui si scostò senza farmelo notare. Era terribile dover fare esattamente il contrario di quello che sentivamo. Mi accontentai del suo profumo. Aveva un buon odore, anche se attorno a noi era tutto bruciato.

«Sai» disse riuscendo a distrarmi «ho come la sensazione che questo libro mi sia familiare, come se lo avessi già letto».

«Davvero?»

Quella era un'altra coincidenza notevole.

«Sì, mi ricordo i personaggi».

Nate sorrise e sul suo volto comparvero quelle piccole fossette che mi avevano incantata da subito.

«Quel Nocturno è davvero simpatico».

«È mio padre» dissi io sollevando gli angoli delle labbra, contagiata dal suo sorriso.

«Tuo padre?» mi domandò con un velo di perplessità. «Tuo padre è il Nocturno di questo libro? Credevo fosse finzione».

«Già, Kolor» gli risposi. «L'ho scoperto solo ieri. Pensavo fosse morto quando ero piccola e decisamente non immaginavo che fosse un Nocturno».

Non sembrava particolarmente sorpreso di quello che gli avevo appena detto. Ma del resto era abituato a convivere con creature mille volte più orribili.

«Sai che questo è proprio il castello del libro?» gli dissi.

«Davvero?» sussurrò sfogliando le pagine. «Sono venuto qui perché ho visto le illustrazioni e mi sembrava simile. Ma non pensavo fosse proprio lo stesso».

La sua voce dolce e calda mi metteva a disagio. Stargli così accanto era peggio che stargli lontana mille miglia.

«Già. Bizzarro» dissi distrattamente.

Dovevo tenere la mente occupata, se volevo resistere alla tentazione di sfiorargli anche solo il gomito. Mentre gli guardavo le braccia muoversi, mi morsi le labbra. Avevo immaginato che la nostra attrazione sarebbe stata qualcosa di difficile da tenere sotto controllo, ma non pensavo fino a quel punto. Era sfiancante resistere.

«Sono stata al rifugio» dissi a un certo punto.

Lui smise di sfogliare.

«Ero qui a leggere, mi dispiace».

«Non importa» gli risposi passandomi le mani sui pantaloni. Le sentivo umide e calde.

«Hai trovato il libro della biblioteca? L'ho lasciato lì per te».

«Come?» avevo capito. «Sì, il libro... L'ho trovato».

«E c'è qualcosa di interessante?»

«Direi tutto».

Cominciai a raccontare a Nate quello che avevo tradotto. Gli raccontai dell'illustrazione utilizzando un bastoncino per disegnarla nella cenere davanti a noi. Mentre tracciavo i piccoli solchi, spiegandogli che il Cinerarium era un mondo fra la vita e la morte, Nate si sporse in avanti incrociando le braccia sulle ginocchia. Gli spiegai come era possibile finirci e allora mi interruppe. Ebbe il gesto istintivo di prendermi la mano, ma quando ormai la nostra pelle si stava per toccare, la ritrasse velocemente. Provai un freddo intenso.

«Quindi credi veramente che io sia in coma».

«Ne sono assolutamente sicura» confermai abbassando la voce. Avrei voluto che mi toccasse, anche se sapevo quanto male mi avrebbe fatto.

«Sono stata all'ospedale in cui Penny e Susan sono ricoverate» aspettai di vedere una reazione sul suo volto, ma forse non aveva capito cosa fosse un ospedale. «Ho visto che hai dato alla piccola Peter Pan» dissi alla fine.

Nate divenne ombroso. Forse aveva capito, o stava riflettendo.

«Volevo assicurarmi che stessero bene».

Feci di sì con la testa in segno di approvazione.

«Comunque, non c'è altra spiegazione del perché ti trovi qui» dissi pensando di rassicurarlo.

«E allora come mai loro ricordano cosa gli è successo e io no?»

Ruotò leggermente la testa nella mia direzione.

«Non lo so» quella domanda mi lasciò spiazzata. «Ma se riesci a darmi anche solo un indizio sul tuo passato... Potrei fare una ricerca, vedere come stai nel mondo reale...»

Nate abbassò le palpebre facendo spegnere lentamente i colori del suo sguardo.

«Mi spiace. Dietro a questi occhi c'è solo il vuoto».

«Non lo puoi credere davvero».

Rimanemmo in silenzio per qualche istante. Mi stavo quasi illudendo che non mi avrebbe chiesto dell'ultima cosa, quella che avevo omesso, quando le sue labbra si mossero nell'unico modo che temevo.

«Hai scoperto cosa ci è successo l'altra volta?»

Deglutii.

«Cosa?» ero una stupida se speravo di evitare di rispondergli.

«Thara... Ti ho quasi trasformata in un grigio».

Ritardare non sarebbe servito a molto.

«Ah... intendi quello» mi grattai nervosamente la base del collo. «Veramente sì».

Pregai i miei pensieri di trovare un sistema intelligente per dirglielo. Non ce l'avrei fatta da sola a raccontare la verità. Per paradosso, anche se si trattava di sentimenti intensi e reciproci, mi sembravano nudi e crudi. Dirlo così avrebbe forse significato distruggere la loro essenza.

«È stato il libro?» mi chiese, vedendo che continuavo a tacere.

«No» gli dissi piano. «Siamo stati noi».

«Io?»

Abbassai lo sguardo.

«No, noi».

Sentivo che il collo faticava a reggere la testa. Le tempie mi stavano pulsando. Avevo come la sensazione di poter perdere i sensi, che sarebbe successo dopo qualche secondo, ma non succedeva mai. Rimanevo in bilico, come con un ago che punge senza mai entrare nella carne.

«Allora?» insistette Nate richiudendo "Tutti i colori del buio" e poggiandolo nello spazio che c'era fra di noi.

Feci un respiro profondo e tentai di usare parole che mi salvassero dall'imbarazzo. Anche se "imbarazzo" era una parola fuori luogo, per la circostanza.

«È qualcosa...» balbettai. «È qualcosa che ha a che fare con i sentimenti».

«Con la nostra amicizia?» domandò subito Nate.

Quell'affermazione mi strappò dai polmoni gli ultimi respiri che mi erano rimasti. Amicizia. Nate aveva detto amicizia. Cosa significava? Voleva usare quella parola con un'altra intenzione? O aveva tracciato un confine indelebile fra di noi? Non era possibile. Il libro aveva detto che chi ama diventa... Ero io allora. Ero io la sola ad amare? No, anche lui mi amava, ne ero certa. Non sapeva come dirlo. Questa era la risposta. E come risposta, amara e sbiadita, gli dissi:

«Sì, la nostra amicizia...».

Nate si accorse che qualcosa in me non andava. Avevo

la testa ancora china in avanti e vidi la sua mano sollevarsi appena, come se avesse voluto accarezzarmi la schiena. Alzai gli occhi, ma non abbastanza per guardarlo in faccia.

Gli sentii dire questo:

«Sei l'unica persona che incontro da anni... E sei così gentile con me... Mi fai stare bene. Ho anche avuto la sensazione che la ferita sul mio cuore si sia un po' rimarginata, da quando ti ho conosciuta» si interruppe per vedere se reagivo. «È davvero orribile non poterti più abbracciare».

Quella piccola premura in realtà ebbe qualche effetto positivo sul mio stato d'animo, ma non abbastanza da farmi sollevare con un sorriso smagliante. Ruotai il capo e gli dissi con dolcezza.

«Anch'io ti voglio bene».

I suoi occhi colorati mi risposero socchiudendosi appena.

Mi alzai in piedi lentamente. Non ce la potevo fare a stare ancora seduta accanto a lui.

Nate rimase immobile con un'espressione serena sul volto. Era dispiaciuto, ma riusciva a stare tranquillo. Lo invidiavo e insieme lo odiavo.

«Ho scoperto una cosa importante» gli dissi stringendomi nelle braccia e cercando di non pensare. «Ho scoperto che si può uscire dal Cinerarium. E non solo tornando nel proprio corpo».

«Lo hai letto nel libro della biblioteca?» domandò lui stendendo una gamba.

Il suo piede cancellò il disegno e creò un piccolo mucchietto di cenere.

«No. Ho incontrato una persona nel mio mondo... In realtà è un Nocturno, che viene da qui» mi persi a guardare l'architettura nera e cadente dei soffitti. «Si chiama Ludkar».

A quelle parole sentii Nate alzarsi in piedi di scatto.

«Stagli lontana».

Mi voltai all'istante.

Il volto di Nate era diventato duro e teso.

«Lo conosci?» dissi stupita, sia per il modo in cui mi aveva parlato, sia per il fatto che non aveva mai accennato a quel nome, prima.

«Stagli lontana» si limitò a ripetere.

«D'accordo...» risposi abbassando la voce. «Ma non ti scaldare».

«È pericoloso...» continuò Nate facendo un passo verso di me, correndo il rischio di toccarmi. «I grigi scappano da lui quando lo vedono».

«Per forza» risposi alzando un sopracciglio. «È un Nocturno. E poi è solo un po' pazzo».

In effetti Ludkar aveva dato fuoco alla mia scuola e ad altre due, prima della mia, ma mi sembrava strano reagire a quel modo solo sentendone pronunciare il nome.

«Ti ha fatto qualcosa di male?» gli chiesi.

Nate sembrò fare retromarcia. Le sue labbra tremarono, come se non capisse davvero cosa stava dicendo.

«No... veramente no» tartagliò.

«E allora?» gli domandai, aspettandomi una spiegazione più soddisfacente, che però non arrivò. «Sicuramente ne sa più di noi su questo posto, dovremmo chiedergli aiuto per farti uscire di qui».

Prima che Nate potesse replicare, nel castello entrò un forte odore di incenso. La cenere si mosse in piccoli turbini ai nostri piedi e ci voltammo entrambi verso l'uscita.

Sulla soglia c'era il Nocturno, Ludkar.

«Potrei farlo...» rispose alla domanda che non gli avevo davvero rivolto.

Notai che Nate stava stringendo i pugni.

«Non voglio niente da te» disse, con la chiara intenzione di farlo andare via.

Non mi piaceva il modo in cui Ludkar era arrivato, interrompendoci, ma trovavo sbagliato anche l'atteggiamento di Nate. In quanto a stranezze, se la giocavano alla pari, con carte diverse.

«E allora nulla avrai» rispose Ludkar senza sorridere, poi voltò la testa verso di me. «Se Thara invece vuole il mio aiuto...»

I suoi occhi neri mi toccarono quasi. Quello sguardo era così intenso da sembrare fisico. Non pensavo che lo avrei rivisto dopo l'ultima volta e una parte di me era stranamente contenta che fosse tornato.

Doveva provare una certa simpatia nei miei confronti, perché era lì, nonostante non sapesse che stavo anch'io cercando Kolor. Per questo rimasi infastidita ancora di più dal modo di fare di Nate.

«Vedo che siete in buoni rapporti...» commentò Nate incrociando le braccia.

Non volli pensare che si trattasse di gelosia, certo ne aveva molto l'aspetto. Quando Ludkar gli rispose: «È vero, lo penso anch'io», Nate sembrò letteralmente bollire di rabbia.

Il Nocturno non era uno stupido, anche se faceva di tutto per sembrarlo. Mi resi conto, dal modo in cui storse le sue labbra nere in un sorriso impercettibile, che si era accorto della gelosia di Nate. Aveva deciso che quello era un buon metodo per divertirsi.

Non volevo che la situazione diventasse pesante per una sciocchezza e provai a dire qualcosa che tranquillizzasse Nate e che non offendesse troppo il Nocturno.

«L'altra volta te ne sei andato senza neanche salutare».

Ludkar fece qualche passo verso l'interno del castello. I suoi piedi scalzi affondavano nella cenere. Camminava, rimanendo curvo in avanti e tenendo la testa storta.

«Impegni...» disse scherzosamente.

«Se avessi aspettato un minuto in più...» gli dissi mentre si scostava i capelli rossicci dal volto «ti avrei detto che anche io mi sono messa sulle tracce di Kolor».

Ludkar si fermò e, congiungendo le mani, fece un piccolo e veloce applauso, fingendo d'essere entusiasta.

«È bello vedere che si hanno degli interessi in comune» alzò le sopracciglia per enfatizzare l'ultima parte della frase. «Qualcosa che si può fare assieme».

Nate era così teso che mi voltai nella sua direzione ancora prima che parlasse. Lo vedevo profondamente turbato e i suoi occhi stavano virando verso tinte calde e aggressive. Si sentiva minacciato o sentiva che Ludkar poteva essere pericoloso per noi?

«Thara, è un essere malvagio» disse faticosamente, rendendosi conto che non aveva argomentazioni più solide.

«Ecco, il solito benpensante...» gli rispose Ludkar senza dargli davvero peso. «Solo perché sono un Nocturno. Questa si chiama discriminazione».

«A meno che Thara non abbia interesse a diventare amica di un assassino...» continuò Nate, diventando decisamente cupo «non vedo cosa potrebbe condividere con uno come te».

Ludkar dondolò la testa da un lato all'altro, facendo ciondolare i capelli.

«Affermazioni spericolate...» si avvicinò a me, ma continuando a parlare con Nate. «Sai che suo padre è un Nocturno? Thara ha molte più cose in comune con il sottoscritto che con la tua persona. E mi sembra che la parte del malvagio la faccia chi rinchiude, non chi viene rinchiuso».

Si stava riferendo chiaramente a mio padre. In effetti mi sentivo un po' responsabile per la sua condizione e apprezzavo che non provasse risentimento nei miei confronti.

«Avrà i suoi motivi chi ti ha rinchiuso» sottolineò Nate, seguendo con gli occhi gli spostamenti del Nocturno.

L'impermeabile nero di Ludkar ondeggiava, dando l'impressione che il Nocturno potesse perdere l'equilibrio da un momento all'altro.

«Certo» replicò quello, mentre il forte odore d'incenso

mi arrivava alle narici. «La bestialità». Alzò gli occhi verso il soffitto. «Scusa Thara... Mi piace essere obbiettivo».

A quel punto avevo l'impressione che continuando su quella strada non saremmo mai arrivati a nulla.

Ludkar e Nate avrebbero potuto continuare a lanciarsi frecciatine all'infinito.

Non avevano motivo di odiarsi.

L'unico motivo potevo essere io, ma mi sembrava davvero ridicolo, così li fermai.

«Sentite» dissi facendo un gesto secco. «Io voglio aiutarvi entrambi». Guardai Ludkar, che sembrava essersi perso a scegliere la prossima espressione da usare. «Cercherò mio padre nel mondo e ti dirò dov'è, ma tu spiegami come fai a uscire dal Cinerarium».

Osservai Nate, immaginando la sua approvazione. Mi sembrava di aver detto qualcosa di pertinente e ovvio.

Ludkar invece alzò un dito e lo mosse come un metronomo.

«No. No. No. Non è così che si gioca» guardò Nate senza far trasparire la minima intenzione di sfida, che a me era chiara. «Te lo dirò, quando avrai trovato tuo padre. E il mio corpo».

«Lascia perdere, Thara» rincarò Nate.«Preferisco stare qui che essere in debito con lui».

Sospirai. Ero davvero stanca di perdere tempo e forze per tenerli a bada. Non saremmo arrivati a quel punto, se Nate fosse stato zitto. Gli lanciai un'occhiataccia. Stavo solo cercando di aiutarlo, in fondo. Ludkar era il nostro asso nella manica.

Il Nocturno tornò ad avere quell'inquietante aria perplessa, che teneva proprio quando gli era chiaro cosa fare.

«Non capisco...» sibilò mentre il suo bel volto si contraeva. «Dovresti provare simpatia nei miei confronti, alla fine condividiamo la stessa pena e lo stesso carnefice».

Ecco. Era arrivata la freccia. La sentii trapassarmi e attraversare ogni parte del mio corpo.

«Lo stesso carnefice?» domandai facendo un passo verso di lui.

Cosa voleva dire con quell'affermazione? Aveva poco di ambiguo, oltre al tono.

«È stato tuo padre a uccidere questo ragazzo» disse Ludkar con naturalezza.

Nate sembrò lasciare un attimo da parte l'astio, per cercare di capire.

«Uccidere?» domandò.

«Nate è in coma, non può essere morto» dissi per mostrare a Ludkar che sapevamo come andavano le cose in quel mondo.

Ludkar sembrò compiacersi della mia osservazione.

«Sei una ragazza intelligente» disse rimanendo per qualche istante su una gamba sola, senza motivo, come una ballerina senza scarpe. «In un certo senso è vero. Ma Nate è un caso a parte» si bilanciò allargando le braccia. «Lui è stato vittima di un Nocturno. Quando uno come noi uccide un essere umano, l'anima di quell'uomo finisce nel Cinerarium, perché, in realtà, continua a vivere dentro di noi. Il suo sangue ci rimane in circolo. Per sempre» si bloccò in una posizione che nessuno avrebbe mai potuto mantenere. «La prova? Sicuramente non ha più ricordi».

Nate rimase per qualche istante in silenzio, come ero rimasta io.

«È vero, ma...» provò a interromperlo.

Il Nocturno riprese all'istante, per il gusto di essere lui a troncare il dialogo.

«Questo perché la sua mente, luogo in cui l'anima abita, è andata ormai distrutta» rimise i piedi a terra, e mi guardò sporgendosi in avanti. «Nate è cibo in bara per i vermi».

La testa di Ludkar ruotò su un lato, di scatto, come fanno certi animali per osservare meglio quello che hanno di fronte. Ero così confusa che non sapevo più cosa controbattere. Quello che aveva detto aveva una logica. Era plausibile e scioccante. Questo significava che per Nate non c'erano più speranze. Non avrebbe mai potuto andare via di lì. E prima o poi sarebbe diventato un uomo di cenere. Stavo quasi per farmi prendere dal panico, quando mi ricordai che Ludkar riusciva a uscire dal Cinerarium in qualche modo, anche senza il suo corpo reale.

Stavo per chiedergli qualche spiegazione in più, quando Nate mi guardò con un'espressione aspra, che andava oltre lo sconforto. Un bagliore trasparì da sotto la sua maglietta. Il suo cuore stava bruciando.

«Tuo padre...» sussurrò con gli occhi che non guardavano niente. «Tuo padre mi ha ucciso?» fece muovere le labbra senza emettere un suono e poi finì: «È per questo... È per questo che me lo ricordavo leggendo il libro?».

Nate voleva delle risposte che non potevo dargli. Era tutto una scioccante novità anche per me. Una novità di cui avrei fatto volentieri a meno.

«È impossibile!» dissi violentemente a Ludkar, per mostrare a Nate che stavo reagendo. «Mio padre è un essere mite».

Il Nocturno socchiuse i suoi occhi neri e si passò la lingua sulle labbra.

«Lo era, finché non è impazzito» disse gustandosi la nostra tensione. «Ne sono stato testimone. Io ero là quando lo ha ucciso».

Nate rialzò la testa di scatto.

«Come sono andate le cose?» domandò, impaziente di avere indietro qualche pezzo del suo passato, anche se si trattava della sua morte.

Ludkar lo guardò in modo dubbioso e indifferente.

«Hai detto che non volevi niente da me. E nulla avrai».

Adesso Ludkar stava esagerando. Per quanto strano fosse, non poteva torturare psicologicamente così Nate. Aveva accennato qualcosa di troppo grave per non dire il resto.

«Dillo a me allora. E finiamola qui».

Speravo di essere stata chiara. Gli scherzi erano finiti. Ma non per Ludkar.

«Non sono bravo a raccontare le barzellette» rispose mentre il suo volto si increspava di rughe che avevano qualcosa di sadico.

«Se fossimo solo tu e io?» insistetti.

«Se fossimo soli potremmo fare altro» rispose Ludkar maliziosamente.

Gli piaceva davvero creare problemi alle persone. Stavo per rispondergli male e probabilmente per mettergli le mani addosso, quando Nate urlò.

«Bene! Allora vi lascio!»

Mi voltai di scatto. Anche il mio cuore stava bruciando dal dispiacere. Nate si stava dirigendo verso l'uscita, come un cane bastonato e rabbioso. Ero così frustrata e impotente, che mi sfogai in modo sbagliato.

«Nate, tu non ti rendi conto della situazione» esclamai.

Nate si fermò sollevando una zaffata di cenere. Si voltò lentamente. Il suo sguardo dai mille colori era quasi più nero di quello del Nocturno.

«Sei tu che non ti accorgi più di quello che dici!» urlò.

Ma perché diavolo si stava comportando così? Se fosse rimasto zitto, sarei riuscita a farmi dare le informazioni che ci servivano.

Spalancai gli occhi, senza che Ludkar mi vedesse, per sottolineare a Nate che stavo bluffando. Davo per scontato che capisse quale era il mio piano. Era necessario assecondare l'atteggiamento provocatorio di Ludkar, se volevamo estorcergli qualcosa.

Nate sembrò non recepire il messaggio. Era convinto che lo stessi abbandonando a se stesso.

«Se vuoi stare al suo gioco divertiti!» esclamò con una voce fredda.

Uscì dal castello dando un calcio a un pezzo di legno.

Sentii il cuore stringersi e mi voltai verso Ludkar con

determinazione. Il Nocturno era indifferente, ma sapeva bene cosa aveva fatto.

«Ti piace il bridge?» mi chiese.

Lo mandai al diavolo.

UNA VERITÀ DIMENTICATA

Quando mi risvegliai, tutte le sensazioni orribili che avevo provato nel Cinerarium erano con me. Mi rimisi a sedere. No, non poteva essere vero. Ludkar aveva mentito. Nate non poteva essere davvero morto. Non doveva!

Il dubbio era così persistente, che non riuscivo a convincermi nemmeno se continuavo a ripetermelo. Neppure se lo avessi urlato per il castello. E poi, come faceva Nate a conoscere Kolor? Dovevo chiederlo a Charles appena tornata.

Ma l'incertezza e l'ansia di sapere la verità, vennero schiacciate da un nuovo pensiero altrettanto orribile. Se Ludkar aveva ragione, se mio padre era diventato una belva e aveva ucciso Nate, poteva ancora essere un pericolo. Forse mi ero sbagliata e Kolor viveva ancora nel castello. In quel caso i miei amici stavano correndo un pericolo enorme.

Il mio corpo era diventato freddo dopo essere rimasto a lungo sul pavimento e nel momento in cui mi rialzai i brividi aumentarono ancora.

Stavo per gridare il nome di Leonard e Christine, quando li vidi venire verso di me. Camminavano tranquillamente fra le colonne e chiacchieravano. Non avevano l'aria di aver incontrato un Nocturno sanguinario.

«Dormito bene?» mi chiese Leo vedendo la mia faccia provata e gli iris secchi accanto ai miei piedi.

«No, affatto» risposi stropicciandomi gli occhi. «Ho visto Nate e ho anche incontrato Ludkar».

Christine mi venne accanto e mi aiutò a sorreggermi. Avevo ancora le vertigini.

«Sembrerebbe... che mio padre abbia ucciso Nate».

«Ma non avevi detto che nel Cinerarium finivano solo...» domandò giustamente Leo.

«Lo so cosa ho detto!» risposi un po' troppo bruscamente, tornando del tutto allo stato di veglia.

I miei amici rimasero a guardarmi aspettandosi delle spiegazioni.

«Non so se è vero che Nate è morto e se lo ha ucciso mio padre» ritrattai. «Forse è solo in coma come Penny e Susan. Ma Ludkar ha detto una cosa che potrebbe essere vera. Ha detto che quando un Nocturno uccide un essere umano, il sangue della vittima gli rimane nel corpo per sempre. In questo modo l'anima finisce nel Cinerarium; perché una parte del tizio ucciso rimane ancorata alla realtà. Ok?»

«Un po' contorto...» osservò Christine.

«E Nate non ha più ricordi perché la sua mente è andata distrutta».

«Effettivamente sta in piedi» disse Leo, sfregandosi il mento.

Avevo bisogno di un po' di tempo per assimilare tutte quelle informazioni: avrei pensato a tutto quello più tardi.

«Voi avete scoperto qualcosa?» dissi per cambiare discorso.

Christine fece di sì con la testa.

«Di tuo padre non c'è traccia, ma...»

Mi condussero attraverso lunghi corridoi e scendemmo per delle piccole scale a chiocciola, che erano state scavate nel terreno.

Arrivammo in quelle che sembravano le segrete, o più probabilmente le cantine: quel castello non poteva avere più di trecento anni.

Camminammo nella quasi totale oscurità, finché Leo spinse la porticina di una stanza.

«Guarda» mi disse, andando verso il muro di destra e inginocchiandosi.

Per terra c'era una piccola scatola di metallo. Sembrava piuttosto recente, o almeno sembrava avere l'età del castello.

«Vieni più vicino» mi invitò Leo.

Mi inginocchiai e allora riuscii a leggere la scritta incisa sulla parte superiore: "Kolor".

La presi fra le mani e mi rialzai. Era molto più pesante di quanto immaginassi.

«Cosa credi ci possa essere dentro?» mi chiese Christine.

«Non lo so, avete provato ad aprirla?»

«È chiusa a chiave» mi fece notare Leo.

Era vero e il fatto che fosse interamente di ferro rendeva impossibile aprirla.

«Avete guardato in giro se c'è una chiave?» domandai.

«I topi dicono di no» rispose Christine con sarcasmo.

«Beh, troveremo il modo di aprirla».

Uscimmo dal castello e portammo la scatola misteriosa con noi. Il ritorno fu decisamente più semplice per me e Christine. Leo, che si era offerto di portare il cofanetto, ebbe qualche difficoltà in più. Durante la discesa inciampò e ruzzolò giù per il pendio.

Arrivati alla macchina, diedi un ultimo sguardo alle colline che circondavano il lago. Da lì non si scorgeva il castello, ma immaginai che mio padre mi stesse osservando dalla torre più alta. Chissà quanti tramonti e quante lune aveva visto da quella cima.

Salimmo e ce ne andammo da Gorey.

I misteri si stavano infittendo e le nostre risposte ci stavano aspettando altrove.

***

Tornati in città, Leo lasciò Christine a casa e poi accompagnò me. Si stava facendo sera e nonostante gli avvenimenti della giornata mi sentivo nel pieno delle forze.

Lo salutai e, con la scatola sottobraccio, salii le scale. Mi preoccupai di sentire se mia madre fosse dentro, prima di entrare. Non volevo che, vedendo la scatola, avesse una reazione simile a quella che aveva avuto con il libro. Per fortuna la casa era vuota.

Arrivata in camera mia, appoggiai il cofanetto sulla scrivania e mi misi a osservarlo con più attenzione. Non c'era proprio modo di aprirlo. Probabilmente anche usando una fiamma ossidrica ci sarebbero state delle difficoltà, per non parlare del rischio di bruciarne il contenuto. Decisi di metterla nell'armadio, nascondendola sotto ai maglioni. Mia madre non ficcava mai il naso lì dentro. Ero riuscita a convincerla che le cose importanti le nascondevo sotto al letto. Per il momento la mia scatola era al sicuro, e anche io. Non avevo idea di cosa contenesse, né del perché fosse stata lasciata nel castello, ma doveva essere importante. La voglia di trovare mio padre adesso era ancora più forte. Lo avrei fatto anche per Nate. Dovevo assolutamente provargli che Ludkar mentiva. Dovevo provarlo a lui, e soprattutto a me stessa.

Adesso non sapevo proprio più come muovermi. Il castello aveva dato i suoi frutti, ma dovevano maturare. L'altra fonte alla quale avrei potuto attingere erano gli scatoloni nella soffitta di Charles.

Aspettai che mia madre tornasse dal lavoro. Le avevo preparato la cena, per farla sentire meglio. Non ero sicura che avesse capito che non ce l'avevo con lei.

Quando rincasò, mangiammo insieme in soggiorno. Avevo messo un po' di musica, per evitare che il silenzio ci avvolgesse. Era una melodia lenta, dolce, che le piaceva, ma mentre stava mangiando il pollo che avevo preparato, cominciò a singhiozzare. Le posate le caddero di mano, tintinnarono, e un attimo dopo scoppiò in lacrime. Le andai vicino e la abbracciai. Era davvero sconvolta. Io riuscii a trattenermi, solo perché i miei pensieri erano altrove.

Poi si alzò e andò in camera sua, sempre senza dire una parola. Sospirai. Forse avrei dovuto consolarla, ma non me la sentivo.

Spensi la musica, bevvi una tazza di caffè e mi preparai per uscire. Non dissi niente, nemmeno di quello, a mia madre. Uscii senza far rumore.

Camminando sul marciapiede, guardai l'ora. Erano le dieci di sera. Era improbabile che un tipo come Charles stesse già dormendo e mi diressi a casa sua.

Quando suonai alla porta, mi aprì Sally. Stava guardando la televisione e fu molto felice di rivedermi.

«Come stai?» mi chiese facendomi accomodare.

«Bene... credo».

«Vuoi una tazza di caffè?»

Risposi di sì e andammo in cucina. Mi guardai attorno.

«Ma Charles?»

Sally si interruppe, mentre versava il caffè nelle tazze.

«È fuori» mi rispose serenamente.

«Mi chiedevo se potessi dare un'occhiata alle scatole che sono di sopra».

«Ma certo cara...» continuò sorridendo Sally mentre si voltava e appoggiava i caffè caldi sul tavolo. «Charles mi ha raccontato tutto».

Per un istante divenne seria e poi sorrise di nuovo.

«Sì, vorrei saperne qualcosa di più. Tu lo hai conosciuto?»

«Oh, sì» rispose lei senza sedersi. «Sì. Ora scusami, ma torno di là a finire di vedere il film...» e se ne andò lasciandomi lì da sola.

Era proprio una donna bizzarra. Alzai le spalle e rimasi a sorseggiare. Beh, era la moglie di Charles, qualcosa di strano doveva averlo anche lei.

Finito di bere mi alzai e andai verso le scale. Cercai l'interruttore del piano superiore sul muro, ma non riuscii a trovarlo. Non volli disturbare ancora Sally, così decisi di salire al buio. Ero convinta di ricordarmi bene la strada. Arrivata al piano superiore cercai di orientarmi a tastoni. C'erano troppi oggetti in giro, avventurarmi a toccare i muri avrebbe significato di sicuro far cadere qualcosa.

Poi, ecco che trovai la maniglia che mi interessava.

Spinsi. Questa volta trovai subito l'interruttore.

Avevo sbagliato stanza.

La camera in cui mi trovavo era quella di Charles e Sally. Stavo per uscire, quando gli occhi mi caddero sul comodino.

Le gambe mi cedettero.

Dovetti appoggiarmi per restare in piedi.

Quello che provai in quell'istante non era nemmeno lontanamente paragonabile al terrore che avevo provato la prima volta che avevo incontrato Ludkar.

Sul comò c'era una foto e nella foto non c'era mio padre. No. C'era Charles. C'era Sally.

E c'era Nate.

Sì. Nate.

Fra Charles e Sally c'era Nate.

Mi precipitai al piano di sotto, percorsi il corridoio e andai in soggiorno, dove si trovava Sally.

La sorpresi in lacrime davanti alla TV.

Non c'era nessun film sullo schermo, c'era una cassetta di famiglia in cui si vedevano lei, suo marito e Nate in vacanza sul lago di Gorey.

Stavano facendo un barbecue.

Insieme a loro, stesi sulle sdraio a prendere il sole, salutavano la telecamera anche mia madre e Kolor.

In quel momento non prestai attenzione al fatto che mio padre si stesse crogiolando al sole con indosso un paio di occhiali scuri, in quel momento stavo solo guardando Nate.

Sally si voltò verso di me.

«Capisci adesso... perché abbiamo voluto dimenticare?».

«Dov'è Charles?» le chiesi con la voce che mi tremava.
«Sulla tomba di nostro figlio. Come ogni sera».

***

Presi un taxi.

Quando arrivai al cimitero trovai il cancello aperto e l'auto di Charles parcheggiata appena fuori. Non mi avevano mai messo paura i cimiteri, non erano i morti a spaventarmi, ma quella sera fu un'eccezione.

Il solo pensiero di trovare una lapide su cui fosse scritto il nome di Nate mi faceva orrore.

Camminai fra le tombe stringendomi nelle braccia. L'aria non era fredda, ma io gelavo dentro. Sentivo l'erba sotto ai piedi e le risate di Ludkar fra i rami degli alberi. Il Nocturno aveva ragione. La sua terribile insinuazione era vera. Mio padre aveva ucciso Nate.

Nate era morto.

A bassa voce continuavo a ripetermelo, sperando che prima o poi le mie parole cambiassero. Cercavo di concentrarmi sui rumori lontani delle auto, ma non bastò. Come avrei fatto a convivere con me stessa, adesso? Mio padre aveva ucciso il ragazzo che amavo. Forse mia madre aveva fatto bene a cacciarlo. Forse non avrei mai dovuto cercarlo.

I miei pensieri si interruppero solo quando vidi una debole luce provenire da dietro una cappella. Mi avvicinai in silenzio e mi sporsi.

In piedi, con le mani giunte, c'era Charles.

Non sapevo cosa fare, se farmi avanti o aspettare che finisse di pregare, o qualsiasi altra cosa stesse facendo, ma fu lui ad accorgersi di me.

«Vieni pure, Thara» mi disse tranquillo.

Lo avvicinai cautamente, sempre tenendo gli occhi fissi su quel pezzo di pietra che sporgeva dal suolo. Che brutto modo di ricordare chi si è amato, le lapidi.

Quando raggiunsi Charles, gli misi un braccio attorno al busto.
«Mi dispiace...»
Charles sorrise.
«È stato» sussurrai a fatica «mio padre?».
Lui rimase in silenzio, poi voltò la testa verso di me. Sorrideva malinconicamente.
«Io non ero lì quando è successo. Non posso saperlo».
Lo guardai.
«Tutti credono che sia stato lui: Sally, mia madre...» dissi piano.
«Io non voglio crederlo» mi rispose Charles con gli occhi più lucidi del normale, illuminati appena dalle candele che erano sulla tomba.
«Non sei arrabbiato con lui allora...»
«Gli volevo bene» disse, prendendo un fazzoletto dal taschino della giacca e passandoselo sul volto. «Avresti dovuto conoscerlo, Nate... Aveva la tua età quando ci ha lasciati. Vi sareste piaciuti senz'altro».
Fissai la foto sopra alla lapide.
«È proprio di questo che vorrei parlarti...»
«Di cosa?» mi chiese lui.
«Io...» soppesai le parole, non era una cosa facile da dire «io... lo conosco».
Charles rimase a fissarmi come se non avesse capito quello che stavo dicendo.
«Se è uno scherzo... lo trovo di cattivo gusto».
Lo voltai bruscamente verso di me.
«Non è uno scherzo Charles. Non lo è affatto».
Dal modo in cui lo guardai, capì che non lo stavo prendendo in giro e che i miei occhi avevano una storia da raccontargli. Una storia a cui sarebbe stato difficile credere, soprattutto per lui.
Non volevo dargli false speranze, ma doveva sapere. Doveva sapere del Cinerarium, di Nate e di Ludkar.

Charles lentamente si sedette per terra. Io lo imitai.
«Va bene Thara. Ti ascolto» mi disse.
E io cominciai a raccontare.
Quella notte di primavera, seduti sulla tomba di Nate, raccontai a Charles tutto quello che mi era successo.

L'ISOLA CHE C'È

Charles e io rimanemmo seduti a parlare per lunghissimo tempo, finché le candele sulla tomba di Nate non si spensero per una folata di vento.

Cercai di raccontargli tutto nel modo più chiaro possibile, anche se di chiaro avevo ben poco in testa. Quando finii si offrì di riaccompagnarmi a casa con la sua auto.

Durante il tragitto non riuscii a capire bene cosa occupasse i suoi pensieri. Gli avevo appena detto che suo figlio, un figlio che credeva morto da quasi vent'anni, era ancora vivo. O comunque che esisteva, in qualche modo, in qualche posto.

Fermò l'auto davanti alla farmacia. La luce verde della croce faceva apparire e scomparire il suo volto, dandomi l'impressione che un momento fosse lì con me e che un momento dopo fossi da sola.

«Ti credo» mi disse alla fine. «D'altra parte siamo noi, io e tua madre, ad averti mentito per tanto tempo. Il minimo che possa fare per rimediare è crederti».

«Grazie Charles» risposi mettendogli una mano sulla spalla.

Aver raccontato tutto quello a un adulto e non essere stata presa per pazza mi aveva dato un po' di sicurezza.

«Non dire niente a Julia...» sospirò. «È meglio non darle altre preoccupazioni. Questo sarà il nostro segreto».

Feci di sì con la testa. Io stavo per dirgli la stessa cosa.

«Ma questo Ludkar...» continuò Charles, socchiudendo gli occhi «è ancora intenzionato a farti del male?».

«Decisamente no. Anzi, gli chiederò aiuto per ritrovare mio padre».

Charles mi frenò.

«Attenta, è un tipo pericoloso».

«Ma allora lo conosci?»

Charles scosse il capo.

«No. Lo avevo sentito nominare da tuo padre, forse una volta. Erano amici quando ancora vivevano in Europa. Mi ricordo solo che lo descrisse come un essere orribile» mi guardò dubbioso. «Ma se lui può uscire dal Cinerarium, non lo può fare anche Nate?»

Alzai le spalle.

«È disposto a dirmi come, solo se ritrovo il suo corpo e mio padre».

Charles sembrò rimuginare sulle cose che gli avevo detto.

«Tutto quello che brucia in questo mondo finisce nell'altro...» ripeté a bassa voce.

«Sì» confermai.

Poi si fermò e mi guardò come se volesse implorarmi.

«Tu che puoi, Thara... Digli che suo padre gli vuole bene e che non lo ha mai dimenticato. Digli che lo aspetto. Digli che di te può fidarsi».

Gli diedi un bacio sulla guancia e lui sembrò quasi non accorgersene.

«Ci vediamo domani al vecchio cinema» gli dissi, aprendo la portiera.

«Porta la scatola» mi ricordò lui mentre scendevo.

«E tu porta degli iris».

Richiusi lo sportello e lo salutai con la mano, mentre metteva in moto e si allontanava. Mi faceva pena. Vedere un uomo così allegro in quello stato faceva sembrare che al mondo non esistesse speranza. Cercai le chiavi nella borsetta e aprii la porta che dava sulle scale. Salii ed entrai nell'appartamento. La casa era ancora come l'avevo lasciata.

Accostai l'orecchio alla camera di mia madre, per sentire se era ancora sveglia. Dormiva. Meglio così.

Andai in camera mia e mi spogliai. Avevo l'impressione che i miei vestiti si fossero impregnati di tutte le sensazioni orribili che la mia pelle aveva provato durante il giorno. Svestirmi non mi bastò. Decisi di fare una doccia.

Fu proprio mentre ero sotto l'acqua, mentre tenevo gli occhi chiusi e lisciavo i capelli all'indietro, che ebbi un'idea. Potevo sperimentare la mia ipotesi sul modo in cui gli oggetti finiscono nel Cinerarium e chiedere contemporaneamente scusa a Nate. L'idea era quella di scrivere una lettera.

Volevo assicurarmi che lui non se la fosse presa troppo per quanto era accaduto nel castello con Ludkar. Aver visto la sua tomba mi aveva scosso notevolmente. Ero stata davvero troppo brusca.

Inoltre, volevo scoprire se, con la mia volontà, potevo decidere dove far apparire le cose che passavano attraverso il fuoco.

Uscii dalla doccia, mi misi l'accappatoio e senza nemmeno asciugarmi la testa tornai in camera mia. Mi sedetti alla scrivania e rimasi a guardare le gocce che cadevano sul ripiano.

Presi un foglio pulito e la penna stilografica che mi aveva regalato Christine per il mio compleanno. Pensavo fosse adatta a quello che stavo per fare. Bagnai la punta nell'inchiostro e la appoggiai sulla prima riga.

Questo è quello che scrissi:

"*Caro Nate.*

Ti scrivo dal mondo che hai lasciato e che, come il tuo, mi sembra ormai una prigione senza confini.

Di solito i naufraghi affidano i loro messaggi d'aiuto a una bottiglia vuota che poi lanciano nel mare, io invece lo affiderò al fuoco, con la speranza che tu lo trovi in quell'oceano di cenere.

Ho sofferto molto per quello che è successo l'ultima volta che ci siamo incontrati. Devi credermi, il mio cuore bruciava almeno quanto il tuo. Credo che tu abbia equivocato il mio comportamento. Sono stata brusca con te perché non mi era piaciuto il modo in cui eri prevenuto nei confronti di Ludkar, ma soprattutto perché pensavo di ottenere, se lo assecondavo, le informazioni che ci servivano. Immaginavo che te ne rendessi conto, ma dalla tua reazione ho capito che mi ero sbagliata.

Per favore, scusami. Ti voglio troppo bene per ferirti.
In questo momento vorrei poterti stringere fra le braccia e averti vicino per tutta la notte; per tutte le notti che verranno. Vorrei guardare dentro i tuoi occhi e raccontarti la tua storia fatta di mille colori, i colori della tua meravigliosa anima. Ma sono qui, seduta davanti a un pezzo di carta che non mi promette nulla e che tace, se non lo macchio d'inchiostro.

Oggi però ho scoperto una cosa che spero possa valere il tuo perdono. Ho scoperto chi è tuo padre. Sembrerebbe che scoprire chi sono i padri delle persone sia ormai una mia specialità. Si chiama Charles Addams e vive vicino a casa mia. Era un amico di mio padre e ti manda un messaggio.

Dice che ti vuole bene, che non ti ha mai dimenticato, neanche per un giorno. Dice che sono passati quasi vent'anni da quando sei scomparso, ma che ti devi fidare di me. Era destino che ci incontrassimo.

È vero che in questo mondo il tuo corpo è morto, ma il fatto che tu possa leggere vuol dire che continui a esistere. Lui ti aspetta, come ti aspetto io.

Vogliamo che torni, Nate. Supererò le barriere della morte se sarà necessario.

Promettimi che mi penserai.

Io ti penserò.

Thara

Un giorno qualunque. Un posto qualunque".

Una piccola goccia cadde sul foglio.

Non me ne ero accorta, ma stavo piangendo.

Rilessi quello che avevo appena scritto e mi alzai lentamente.

Aprii la finestra. All'esterno la luce della farmacia illuminava la notte di bagliori verdastri.

Presi i fiammiferi dalla cucina e mi appoggiai coi gomiti al davanzale. Ne sfregai uno sul bordo della scatoletta. La fiamma si accese con una piccola scintilla.

Chiusi gli occhi e pregai che quel messaggio arrivasse a Nate, poi avvicinai il fiammifero al foglio e un attimo dopo stava bruciando.

Le fiamme divorarono la carta come insetti famelici che si avventano su una foglia. In un attimo lo vidi diventare grigio e disintegrarsi in minuscoli pezzetti.

Un soffio di vento mi strappò la lettera e rimasi a guardarla volare fuori dalla finestra. Mentre finiva di bruciare sembrava una stella cadente che viaggiava in direzione contraria, verso il cielo, verso chissà quale meta sconosciuta.

E mentre la città si stava assopendo, mi arresi al fatto che anche io ero una sua abitante. Un po' di riposo, sempre che ci fossi riuscita, mi avrebbe forse alleggerita dai pesi troppo grandi che gravavano su di me.

TEMPESTE DI CENERE

Ero così stanca che quella notte non ebbi sogni né incubi; quelli mi attendevano nel mondo reale.

La prima cosa che feci, quando mi svegliai, fu chiamare Christine e Leonard e raccontare loro di Nate e di Charles. Gli dissi di raggiungermi il prima possibile al vecchio cinema e che avremmo provato ad aprire la scatola.

Mi vestii, bevvi tutto il caffè che era avanzato dalla sera prima e presi la scatola di metallo.

Uscendo, mi accorsi che mia madre stava ancora dormendo. Quando arrivai al nostro punto di ritrovo, erano già tutti lì.

Christine e Leonard stavano parlando con Charles. Avevano l'espressione di due cani assetati.

«È assurdo...» disse Christine venendomi incontro.

«Lo sono anche i miei occhi» le risposi andando accanto a Charles. «Hai portato gli iris?» gli chiesi.

Fece di sì con la testa.

«È questa la scatola» disse Leo.

«L'hai mai vista?» gli chiesi io.

Charles la prese in mano e la squadrò da cima a fondo. «No. Mai prima d'ora. Entriamo».

Andammo a sederci in prima fila. Charles si mise la scatola sulle gambe e continuò a guardarla e scuoterla, mentre Leo prendeva il mazzo di iris.

«Ho scritto una lettera a Nate, questa notte» dissi.

Charles alzò la testa. Aveva un'espressione frastornata. Probabilmente era lui a non aver dormito, quella notte.

«E a che indirizzo l'hai spedita?» domandò Christine sorridendo.

«L'ho bruciata. Spero solo che sia riuscito a trovarla. Ha un sesto senso per trovare le cose».

L'attenzione di tutti e quattro si spostò nuovamente sulla scatola.

«Sembrerebbe proprio che senza chiave non si possa far nulla» osservò Charles. «È stata fatta a mano. È tutto saldato. Provare a forzarla sarebbe inutile. Usare una fiamma... Si rischia di bruciare il contenuto».

Era la stessa cosa che avevo pensato anche io.

«Beh, mentre voi cercate di sbloccarla io vado nel Cinerarium. Spero che Nate abbia reagito bene» dissi mentre Leonard mi passava gli iris.

«Dagli un bacio da parte mia» mi disse Charles sorridendo.

«Lo farò» risposi.

Lo avrei voluto fare davvero. Avrei voluto baciarlo, come il profumo degli iris baciava il mio volo verso il Cinerarium.

***

Cenere.

Nient'altro che cenere.

E io sdraiata sulle dune.

Mi misi a sedere.

Davanti a me c'era la grande nave in cui viveva Nate. Prima di partire avevo pensato, accidentalmente, a quel luogo anziché a lui. Credevo che avesse cercato rifugio in un posto familiare dopo la discussione che avevamo avuto.

Mi rimisi in piedi e mi avvicinai allo squarcio che permetteva di attraversare la chiglia. Una volta all'interno chiamai il suo nome.

«Nate!»

Non ebbi risposta. Camminai lungo la fiancata fino all'entrata della sua stanza e bussai contro la lamiera bruciata. Niente. Decisi di proseguire lo stesso. Ero convinta che non rispondesse di proposito. Immaginavo di trovarlo seduto sul letto che aveva ricavato da una scialuppa e invece trovai la stanza vuota. Prestai attenzione ai rumori. Sembrava proprio che non fosse là. Forse era un buon segno, magari mi stava aspettando al rifugio.

Stavo per andarmene, quando mi accorsi che sul piccolo scrittoio c'era la mia lettera. L'aveva trovata. Le mie ipotesi su come spedire gli oggetti nel Cinerarium erano fondate.

Mi avvicinai allo scrittoio con una leggera soddisfazione, quando mi accorsi delle condizioni del foglio, e tutto il buon umore scivolò a terra, per mischiarsi alla cenere.

La lettera era stracciata a metà.

Provai un fastidio di cui non conoscevo l'origine. Era profondo e denso. Spostai lo sguardo sul resto della scrivania e mi accorsi che era vuota. Tutti gli oggetti prima appoggiati sopra erano al suolo, come se qualcuno li avesse spinti via con forza, in un momento di rabbia.

Pensavo che con quella lettera i nostri malintesi fossero ormai chiariti, ma evidentemente mi sbagliavo. Nate non era la persona così matura e buona che credevo. Sentii il collo ritrarsi. Avevo la sensazione che quello squarcio non fosse su un pezzo di carta, me lo sentivo addosso, come se mi avessero legato per le braccia a due cavalli imbizzarriti e poi li avessero fatti tirare.

Che razza di reazione era quella? Le scuse si ascoltano sempre e io non avevo molto di cui chiedere perdono.

In quel momento desiderai intensamente di uscire dal Cinerarium e di non farvi mai più ritorno. Non valeva davvero la pena di perdere tempo e rischiare la vita per uno così. Chiusi gli occhi e utilizzai la mia rabbia per concentrarmi. Strinsi forte le palpebre e i pugni con un ringhio di frustrazione, ma non riuscii a scomparire. Quando li riaprii ero ancora là. Avrei dovuto aspettare il tempo che gli iris avevano deciso per me.

Con un passo decisamente pesante rispetto al solito, percorsi la strada a ritroso, camminando sulla fiancata della nave, fino a trovare l'apertura della chiglia.

Una volta all'esterno, quasi che le pareti interne della nave avessero contenuto la mia rabbia, mi lasciai esplodere. Mi fermai e gridai. Gridai tanto forte che la mia voce, forse, si udì anche ai confini del Cinerarium.

Ripresi fiato tenendo lo sguardo fisso sulla sabbia. La prossima volta, quando avessi incontrato Nate, non sarei stata tanto gentile. E non avrei avuto timore di toccarlo. Se verso di lui avevo provato dei sentimenti, ormai erano sepolti come lo era il suo corpo.

Non sapevo che fare. L'unica alternativa al rimanere là era camminare e camminai.

Scelsi una direzione senza alcuna ragione, volevo solo allontanarmi da quel posto. Mi strinsi nelle braccia e attraversai il deserto. Dovevo aspettare un altro po' e sarei tornata al vecchio cinema. Non sapevo cosa avrei raccontato a Charles. Probabilmente nulla. Gli avrei potuto dire che questa volta non aveva funzionato, che mi ero solo addormentata... ma non avevo decisamente voglia di pensare, in quel momento. Mentre camminavo sulle dune, inciampando, volevo solo scaricarmi.

Non ricordo quanto tempo passò, forse pochi minuti, forse un'ora; la tempesta arrivò all'improvviso.

La raffica mi colpì alle spalle.

Un forte vento si sollevò in tutto il deserto. La cenere si alzò dalle dune, come se fossero stati insetti che avevano deciso di prendere il volo.

Socchiusi gli occhi per evitare le schegge impazzite. Dovetti anche ripararmi la bocca con la manica, per riuscire a respirare.

Il pallore lunare che aleggiava sempre sopra il Cinerarium si smorzò gradualmente, oscurato dalle gigantesche nubi che si muovevano nell'aria impazzita. L'atmosfera era piena di pulviscolo frenetico. Mai prima di quella volta avevo assistito a un evento tanto potente.

Cominciai a girare intorno, alla ricerca di un luogo in cui ripararmi. La corrente mi spingeva e dovetti accucciarmi per non perdere l'equilibrio.

Fu solo allora che capii da dove proveniva tutta quella furia. In lontananza potevo vedere nitidamente quello che sembrava un tornado. Si era generato proprio sopra il Luna Dark.

I miei pensieri corsero prima delle mie gambe. Penny! Susan! Mi rialzai e cominciai a muovermi goffamente verso la tromba d'aria. Era estremamente difficile procedere e, più andavo avanti, più il vento mi spingeva indietro con forza. La cenere diventava fittissima e sembrava volermi entrare dentro. Mi sentii come investita da migliaia di moscerini. Anche il rumore era terrificante. Il frastuono si propagava, cavalcando il deserto in ogni direzione.

Mi feci forza e cominciai a correre. Le gambe cercavano avidamente il terreno. Fui costretta a chiudere gli occhi e a proseguire alla cieca. Li riaprii soltanto dopo alcuni minuti, quando ormai mi trovavo vicino al Luna Dark.

Il tornado era a un centinaio di metri da me. Vederlo così dal basso era davvero impressionante: una colonna nera che ruotava su se stessa e che oscillava scompostamente. Un titano della distruzione.

Rimasi stupita dal fatto che una volta varcato il cancello, la forza del vento diminuisse notevolmente. Credevo che mi sarei dovuta aggrappare da qualche parte per evitare di essere risucchiata e invece potevo camminare quasi normalmente.

Vidi Susan e Penny che si riparavano dietro un chiosco. Susan era inginocchiata e teneva stretta la piccola. Clayton non era con loro.

Spalancai gli occhi. Clayton era al centro del tornado. All'interno. Lo vidi, oltre il muro di cenere, spalancare le braccia e urlare. La sua bocca restava aperta e la sua gola contratta, ma il frastuono era troppo intenso per sentirlo.

Fu allora che cominciò a salire. I suoi piedi si staccarono dal suolo e lo vidi sollevarsi all'interno del turbine. Cominciò a innalzarsi come se per lui la forza di gravità fosse una legge ignota. Si innalzò, diventando sempre più difficile da individuare. Il mio stupore si dilatò. Da quella prospettiva potevo anche vedere dove terminava il tornado: nella luna nera.

Ecco di cosa si trattava! Come avevo letto nel libro, Clayton stava facendo ritorno. Stava per percorrere il tunnel al contrario e riprendere il suo corpo.

In un lampo oscuro venne inghiottito dal grande buco e il tornado cessò all'istante. La cenere si propagò in un ultimo enorme spruzzo e il vento scomparve.

L'aria divenne quieta e sul Cinerarium cominciò a calare una finissima neve d'ombra. Pian piano il chiarore della volta tornò a far impallidire le dune e alla fine arrivò anche il silenzio. Del grande tornado non rimase traccia, se non qualche minuscolo frammento che si depositava al suolo, in ritardo sugli altri.

«Thara!» sentii esclamare.

Ancora un po' frastornata, con le orecchie che mi fischiavano, mi voltai verso Susan.

Lei e la bambina si erano sporte timidamente.

«È finita?» mi domandò.

«Sì» risposi, cercando di mostrar loro un po' di fermezza «Sì, è finita».

Allora Susan si rimise in piedi e io le andai incontro.

«Cosa... Che diavolo è successo! Dov'è Clayton?» mi chiese con il panico che le annebbiava lo sguardo.

«Non gli è accaduto niente di male» la tranquillizzai. «È tornato nel suo corpo».

Susan tirò un sospiro di sollievo.

«Grazie a Dio... Credevo che... Non lo so cosa credevo».

Le sorrisi e passai una mano sui capelli della piccola. La bimba stringeva al petto il suo coniglietto. Gli occhi erano ancora arrossati dalla cenere e da un pianto finito da poco.

«Succederà anche a voi quando tornerete. Non è una cosa brutta» dissi a Penny, asciugandole la guancia da una lacrima.

La bimba si strinse alla gamba della sorella e rimase ad ascoltarci.

«Però, adesso...» sussurrò Susan facendo vagare lo sguardo in modo preoccupato «chi ci proteggerà? Non voglio rimanere qui da sola con lei. Tu credi...» mi domandò con aria speranzosa «credi che Nate accetterà di stare con noi, adesso che Clayton è andato?».

Trasalii. Non avevo ancora pensato a quel dettaglio enorme. Sarei voluta rimanere io con loro, ma sapevo che non era possibile. L'idea che Nate le proteggesse era la migliore, anche se dopo che si era dimostrato così immaturo, non sapevo se fosse saggio dargli la responsabilità delle due ragazze.

«Glielo chiederò» dissi d'istinto. Non volevo che si sentissero perdute più di quanto non fossero: «Cercate di rimanere al sicuro, nel frattempo».

«Non puoi dirglielo subito?» insistette Susan.

«Non so dove sia» risposi.

Se avesse fatto ancora qualche domanda avrei dovuto raccontarle quello che era accaduto e non mi andava.

«Ma come fai a sapere che passando attraverso la luna nera si torna nel corpo? Lo hai già visto accadere altre volte?»

La sua nuova domanda mi trascinò via dai dubbi. Quella era una delle poche certezze che avevo.

«No, l'ho letto in un libro che ho trovato qui» spiegai.

Avrei voluto continuare a raccontarle i dettagli, per darle almeno la sensazione di non essere del tutto persa e di tenere la situazione un po' più sotto controllo, ma qualcosa ci interruppe.

Dietro alle nostre spalle, sentimmo un verso rauco, disperato.

Ci voltammo all'istante e vedemmo l'orrore. Una creatura di cenere stava facendo la sua macabra comparsa. La vedemmo uscire dalla giostra dei cavalli, da dentro uno dei cavalli. Metà del suo corpo carbonizzato si divincolava per far fuoriuscire anche le gambe. Si stava componendo dalla cenere della giostra. Era una scena davvero raccapricciante.

«Oh mio Dio! No, non ora...» balbettò Susan.

La piccola Penny si strinse ancora di più alla sua gamba e cominciò a piangere.

Io rimasi a guardare mentre il grigio spingeva con le braccia, come se fosse rimasto incastrato. Alla fine si districò dalla materia che componeva il cavallo e cadde al suolo. Strisciò in avanti, con le gambe inerti e solo quando uscì dalla piattaforma tentò di rimettersi in piedi.

Sentimmo un nuovo latrato e il nostro sguardo si spostò sul tetto della giostra. Una scena simile si stava ripetendo sopra al carosello. Altre tre creature stavano emergendo come morti da un cimitero, dando la sensazione di essere rimaste seppellite là dentro da sempre.

Indietreggiammo. D'istinto mi misi davanti alle ragazze. Sapevo che non avrei potuto fare niente, ma sentivo il dovere di provarci.

I grigi ruzzolarono dal tetto inclinato del carosello, ricadendo a terra simili a tappeti polverosi.

Pensammo di fuggire, ma altre creature stavano spuntando anche dietro di noi. Alcuni grigi strisciarono fuori dal tirassegno delle oche, arrampicandosi sul bancone, altri passarono attraverso i muri del tunnel dell'orrore.

«Che cosa facciamo Thara!?» gridò Susan.

Non lo sapevo, ma le volli rispondere.

«Le montagne russe!» gridai.

Ci mettemmo a correre verso la grande costruzione bruciata. La mia idea era quella di arrampicarci. Quando ero salita sul vagone del treno, la prima volta, i grigi non erano riusciti a raggiungermi.

Penny era troppo spaventata per muoversi e Susan fu costretta a prenderla in braccio. Mentre correvamo, vedevamo le braccia dei grigi chiuderci la strada. Dovevamo muoverci a zig zag per non essere prese e la strada risultò molto più lunga.

Quando finalmente arrivammo alla base delle montagne russe, mi resi conto che era stata un'idea totalmente sbagliata. Non c'erano appigli per arrampicarsi. Le travi erano troppo in alto. Dei binari non c'era quasi più traccia, la maggior parte era distrutta.

«E adesso!?» mi chiese Susan disperata.

Ci voltammo a guardare il Luna Dark. Era pieno di grigi.

Si muovevano fra le attrazioni contorcendosi con le mandibole spalancate. La loro carne carbonizzata cadeva dalle ossa e nonostante tutto continuavano ad avanzare con l'intenzione di divorarci.

Non sapevo davvero cosa fare, finché sentii una risata familiare.

Spalancai gli occhi e mi voltai. Feci arrampicare lo sguardo sulle impalcature che sembravano croci e allora lo vidi.

Ludkar se ne stava là, in alto, a osservarci. In piedi su una trave pericolante sembrava un corvo su un ramo.

Lo intravidi incrociare le braccia dietro la schiena e lasciarsi cadere in avanti.

Precipitò senza controllo, con il cappotto che svolazzava dietro di lui. Piombò al suolo, di faccia. Si schiantò come un macigno e rimase là disteso per qualche istante. Fissai i suoi piedi nudi che si puntavano nella cenere per rialzarsi.

Susan mi guardò sconcertata.

Il Nocturno si tirò su svogliatamente e si scrollò di dosso la polvere che lo aveva coperto, poi si voltò verso di me. Nessun'espressione compariva sul suo volto bianco, eppure esprimeva rimprovero.

Ludkar si avvicinò poi a un uomo di cenere e gli mise una mano sulla testa. Richiuse le dita, con forza, frantumandogli il cranio.

Rimasi esterrefatta.

I mostri di cenere stavano lì a farsi schiacciare la testa da lui, uno dopo l'altro. Solo pochi tentarono di fuggire, senza riuscirci. Il Nocturno li raggiunse con tranquillità e riservò loro il medesimo trattamento. Ne lasciò sopravvivere un paio, che se ne andarono sprofondando nella sabbia.

Quando Ludkar ebbe finito il massacro, si sfregò le mani una contro l'altra.

«Fastidiosi...» disse «come le mosche».

Socchiusi gli occhi.

«Ci hai aiutate...» bisbigliai.

«No» rispose lui passandosi la lingua sulle labbra scure. «È il mio passatempo».

Mi sorrise appena, poi tornò serio e si voltò. Se ne stava andando, con la testa piegata da un lato e il cappotto che ciondolava a ogni suo passo.

Susan mi prese per una spalla.

«E quello chi diavolo è?»

«Lascia perdere...» le risposi.

«E adesso se ne va?» domandò ancora.

«Lascia perdere...» risposi ancora e restai qualche secondo in silenzio. «Dovrei andare a parlargli».

Susan fece di sì con la testa.

«Vai» mi disse. «Ringrazialo da parte nostra».

Le sorrisi appena.

«Voi trovate un rifugio sicuro. I grigi non riescono a raggiungere i posti alti».

Ci abbracciammo e le promisi che sarei tornata appena possibile. Avrei chiesto a Nate di raggiungerle, anche se fra di noi c'era tensione.

Diedi un bacio alla piccola e mi allontanai verso l'uscita del Luna Dark. Quando arrivai al cancello, Ludkar era già lontano.

«Ehi!» gli dissi, ma lui non si fermò. «Dove vai?»

Affrettai il passo finché riuscii a raggiungerlo. Camminava velocemente e, per quanto mi sforzassi, non riuscivo a vedergli il viso.

Rimasi sempre un po' indietro rispetto a lui, mi sembrava di parlare con i suoi lunghi capelli rossicci.

«Grazie per averci aiutate, potevi anche rimanere».

«I bambini mi mettono a disagio. Non si sa mai cosa possono fare da un momento all'altro».

Mi lasciai sfuggire una risata. Sembrava che stesse parlando di se stesso.

Immaginai che lo avesse detto di proposito.

«E se le creature dovessero tornare?» gli domandai.

«Non accadrà. Se sanno che quello è un mio territorio, staranno alla larga».

La notizia mi traquillizzò. Ludkar rallentò un poco.

«Perché sono arrivati così all'improvviso?» gli chiesi.

«Qualcuno deve essere tornato nel proprio corpo» mi rispose. «Ho visto il tornado. Le creature di cenere sono attirate da quella roba come le falene dalla luce».

Si interruppe bruscamente, dandomi l'impressione di non voler più parlare. Inclinò la testa verso il mio lato e i capelli gli coprirono il profilo. Forse gli dava fastidio averci aiutate. Era la prima volta che lo vedevo a disagio.

Continuammo a camminare sulle dune per molto tempo, finché vidi spuntare una grossa fiamma violacea. Capii di cosa si trattava solo quando arrivammo in cima.

Era la fiamma di una ciminiera.

Sotto c'era un'intera fabbrica, composta da un intrico

di tubi, passerelle e strutture di metallo bruciato. Più precisamente era una raffineria; me lo spiegò Ludkar mentre la avvicinavamo. Era uno stabilimento in cui lavoravano la benzina, andato a fuoco ma poi ricostruito. Questo era il motivo per cui, dalla ciminiera, continuava a uscire il fuoco violaceo: nel mondo reale la raffineria era ancora in funzione.

Scendemmo fino a raggiungere la complessa struttura industriale. Ludkar arrivò a una passerella e con un salto di almeno tre metri salì sopra un tubo. Io dovetti prendere le scale per raggiungerlo.

Lo seguii sul camminamento sospeso, fino a quando si fermò e decise di prestarmi attenzione.

«Io vivo qui» disse, bloccandomi con i suoi occhi scuri che, in mezzo a quel volto bianco, sembravano come la luna che non c'era, sopra di noi. Due buchi neri che inghiottivano tutto ciò che guardavano. Due abissi.

Ludkar fece un passo verso di me. Mi fece provare una strana agitazione, ma non era paura.

«Non ti ho invitata» osservò.

«Potevi fermarmi prima» gli feci notare.

Lui sorrise appena, ruotò su un piede solo e riprese a camminare. I suoi passi risuonavano sul metallo della passerella, anche se non portava scarpe. Lo seguii osservando la sua strana andatura.

«Sei una ragazza intelligente» rispose, ma non capii se mi stava facendo un complimento o prendendo in giro.

«Hai promesso di raccontarmi come andarono le cose con Nate, se fossimo stati soli».

Ludkar questa volta non rispose e cominciò a scendere una scaletta che portava all'interno di un deposito.

Il capannone era grande e buio. Negli angoli c'erano macchinari storpiati dalle fiamme, che sembravano giganteschi ragni morti. Ludkar ci passò in mezzo e quando ne trovò uno che intralciava il suo percorso lo spostò senza difficoltà, come io avrei spostato una sedia. Aveva una forza incredibile.

Dietro c'era la rete di un letto e nient'altro, tranne qualche bidone di metallo.

Ludkar si sfilò il cappotto e lo lasciò cadere per terra. Questa volta sotto aveva una camicia molto larga di seta nera, attraverso la quale si vedeva il suo fisico forte e ben scolpito.

«E così… vivi qui» dissi mentre si toglieva il foulard.

Interruppe il gesto per un istante.

«Dobbiamo fare conversazione?» mi domandò.

«Se ti va».

«Non ho altro da fare» rispose senza entusiasmo.

Allora avvicinai uno dei bidoni e mi ci sedetti sopra.

«Vuoi sapere della mia infanzia difficile?» mi chiese Ludkar ironicamente.

Gli sorrisi allo stesso modo.

«Come sei diventato Nocturno? Una maledizione?» azzardai.

Lui alzò le sopracciglia e contrasse la fronte.

«Maledizioni!» scoppiò a ridere in modo furioso, tanto che sobbalzai. «Credi davvero a queste leggende? Non c'è niente di esoterico o di fantastico in noi Nocturni, o in questo cazzo di posto! Vuoi che mi metta a farti una lezioncina?» mi domandò facendo roteare gli occhi.

Aspettai che si calmasse.

«Non ho altro da fare» gli risposi facendo il verso a quello che aveva detto poco prima.

«Se ti guardassi…» bisbigliò cominciando a girarmi intorno. «Se gli esseri umani vedessero!» disse lasciando cadere la testa all'indietro. «È così evidente che la realtà è composta da strati…»

Mi si avvicinò e passò furtivamente una mano sul mio collo. Rimasi immobile, irrigidita. Non capivo se la cosa mi desse abbastanza fastidio da scostarmi.

«Strati...» sussurrò in modo provocante. «Come la tua pelle... Ma questi sono tutti concetti di fisica...» mi guardò in modo particolarmente stralunato. «Di quantistica. Non te li sto a spiegare».

E tornò a uno stato di tranquilla insanità mentale.

«Io non...» dissi piano, per tastare quale era la condizione del suo umore.

Ludkar afferrò una catena che pendeva dal soffitto e la strattonò. Vidi dei ganci staccarsi dall'intonaco e precipitare al suolo, portandosi dietro pezzi di muro.

«È tutto finto! È tutto vuoto!» sproloquiò come un pazzo, poi vide cosa aveva fatto. «Beh... tanto volevo cambiare l'arredamento».

Tornò a fissarmi con intensità. Mi sforzai di rimanere calma. Nel magazzino si era alzato un polverone.

«È nebbia, capisci? La materia non è altro che nebbia. E quella che chiamiamo anima è solo parte di quella materia, parte della nebbia...» si interruppe per aggrottare la fronte.

Usava quel gesto quasi come un intercalare.

«Ma davvero ti interessa parlare di questo?»

Alzai le spalle. Forse con una battuta sarebbe tornato a trattenersi.

«Non sono mai stata un genio nelle materie scientifiche... Parlami di te».

«Fantastico...» sospirò Ludkar sedendosi sulla rete del letto. «Adesso abbiamo anche la psichiatra».

«Psicanalisi col Nocturno» dissi sorridendo forzatamente.

Ludkar si leccò le labbra nere.

«Di vero c'è solo che abbiamo bisogno di sangue o di carne viva per poter rigenerare il nostro corpo» incrociò le dita e allargò i pollici. «Una volta ero un essere umano. Avevo paura della morte. Difficile da credere, vero? Una paura enorme. Talmente grande che non riuscivo a godermi la vita. È stato questo a farmi diventare ciò che sono».

Scesi dal bidone.

«Sarò anche intelligente...» borbottai.

«È così...» continuò lui mentre mi avvicinavo alla rete del letto. «È stata la paura che mi ha fatto cambiare, che ha fatto cambiare il mio corpo» respirò a fondo. «Temevo così tanto di potermene andare dal mondo che le mie cellule hanno reagito, hanno interrotto il processo di invecchiamento e mi hanno permesso di rimanere. Tutti possono diventare Nocturni. Basta solo essere terrorizzati dalla morte. Nessuna maledizione, se non la vita stessa».

Guardavo la sua larga bocca aprirsi leggermente mentre parlava e mostrare quei piccoli denti appuntiti.

«E i tuoi denti...» dissi facendo piccoli passi nella sua direzione.

«Per rigenerare il nostro corpo abbiamo bisogno di bere sangue o mangiare carne viva. Il nostro corpo cambia in base a quello che mangiamo... Diventa quello che mangiamo» prese un'espressione infastidita. «Inizialmente, quando mi accorsi di essere diventato un Nocturno, mi nutrivo solo di animali, non mi sarebbe mai venuto in mente di mangiare un essere umano... Ma mangiando animali, il mio corpo e la mia mente diventavano sempre più simili a quelli di una bestia, finché non riuscii più a controllarmi, e allora...»

«Allora uccidesti delle persone» dissi io, sedendomi accanto a lui.

«Andò proprio così. Uccisi e bevvi il sangue di parecchie persone e poi tornai in me. Quando mi resi conto di quello che avevo fatto per poco non impazzii».

«Un po' ci sei riuscito...»

Ludkar mi ignorò. Ero stata fuori luogo.

«Era un circolo vizioso, capisci. Se mangiavo animali diventavo un animale e poi uccidevo gli uomini, se bevevo sangue umano tornavo anch'io umano e poi riniziava da capo».

«È una cosa triste...» sussurrai.

Adesso iniziavo a capire come mai il suo comportamento fosse tanto sregolato.

«Da quel giorno ho scelto di uccidere solo persone che se lo meritassero» continuò Ludkar. «O che fossero gravemente malate o estremamente vecchie. Sono un mostro...» disse con tono freddo.

«Sei quello che sei» lo rassicurai io, appoggiando una mano sulle sue.

Erano gelide. Non le ritrasse.

Adesso mi piaceva ancora meno il modo in cui Nate lo aveva trattato.

Ludkar non era davvero malvagio. Sì, certo, si comportava come uno psicopatico, ma potevo comprenderlo visto quello che il suo corpo lo costringeva a fare.

«Esistono molti Nocturni al mondo?» chiesi.

«Non credo, io conosco solo tuo padre... E Aracmill».

«Mio padre...» non prestai caso al secondo nome. «Ma come sono andate le cose con lui?»

Ludkar mi guardò dritto negli occhi. Ci si poteva davvero perdere. Così, da vicino, senza il fuoco che lo circondava, era bello e profumava d'incenso. Quella bocca non era poi così orribile, era carnosa, sensuale.

«Io e tuo padre eravamo amici, quando stavamo in Europa. Poi un giorno decise di andarsene. Non so perché mi lasciò da solo» piegò la testa facendo ricadere i lunghi capelli rossastri. «Ho passato anni a cercarlo, a seguire il suo odore, poi, finalmente, lo ritrovai. Viveva in un vecchio castello. Provai ad avvicinarlo per parlargli, ma era fuori di sé, una vera belva. Al suolo c'era il corpo di quel ragazzo... Nate. Si scagliò contro di me e senza probabilmente riconoscermi mi fece a pezzi» sospirò profondamente.

Sorrisi, anche se provavo un notevole dispiacere. Mio padre sembrava aver causato solo del male, durante la sua esistenza. Ludkar, con la scusa di raccontarmi di lui, mi aveva anche rivelato cosa era successo a Nate. Aveva mantenuto la sua parola. Un'intelligenza come la sua non poteva averlo detto casualmente.

«Adesso capisco la tua reazione, quando hai sentito il suo odore in questo mondo... Intendo il mio» dissi, guardando altrove.

«I tuoi occhi...» disse Ludkar sfiorandomi le guance, senza che io me ne accorgessi. «I tuoi occhi viola».

Sentii freddo sul volto, ma contemporaneamente un grande calore risalirmi il collo. Era una sensazione piacevole. Tornammo a guardarci.

«Sono fatti della stessa sostanza della vita. Come i fiori» fece scivolare le dita sulle mie labbra. «Non avevo mai conosciuto una Crepuscolare. Al contrario di noi Nocturni tu hai la forza della vita che gioca al tuo fianco. Tu puoi guardare oltre i confini della morte senza avere paura... È grazie a questo, che vieni nel Cinerarium, come io vengo nel mondo reale passando attraverso il fuoco...»

Un fremito mi attraversò i pensieri, come uno stormo nel cielo notturno.

«Tu passi attraverso il fuoco?» gli domandai.

Ero stata così scossa da quella notizia, che non mi accorsi di quanto i suoi modi si fossero addolciti.

«Sì, attraverso le fiamme della ciminiera. Ma posso farlo per poco. Il corpo che appare nella realtà è fittizio, è fatto di cenere».

«Ma io...» gli dissi piano, senza ritrarmi «non ho ancora ritrovato il tuo corpo, perché mi hai detto già come fai a passare?».

Ludkar inclinò la testa, ma lo fece in una maniera delicata.

«Forse è meglio che tu non cerchi tuo padre. Potrebbe essere pericoloso» mi disse con un tono di voce più umano. «La prima volta che ti ho vista sono rimasto... Non lo so, incantato. Ho centinaia di anni, ma non ho mai incontrato una donna come te. E con Nate, al castello... ho provato invidia. Io non ho nessuno...»

«Non importa» gli dissi in modo gentile.

Forse lui, più di tutti, più ancora di Nate, aveva sofferto la solitudine e l'orrore.

Ludkar rimase immobile per qualche istante, poi, senza preavviso, mi afferrò la testa e mi baciò.

Spalancai gli occhi. Mi mancò il fiato. Non mi aspettavo assolutamente che succedesse qualcosa di simile. Sentii un unico e gigantesco battito e il suo volto gelido travolgermi come un vento invernale. Non ricambiai quello che stava facendo, ma non ebbi neanche il tempo di impedirglielo. E quel bacio non fu affatto spiacevole. Non sentii i suoi denti appuntiti, ma solo un sapore speziato e delle braccia che mi stringevano dolcemente.

Trattenni il respiro e, quando si allontanò, rimase a guardare il mio volto che non sapeva parlare.

«Scusa...» disse piano.

«Va bene» risposi.

Ma il frastuono, che quel gesto aveva provocato in me, cresceva sempre di più. Mi alzai lentamente dalla rete.

«Ora... ora devo andare» dissi tornando a respirare.

L'ISTINTO

Riaprii gli occhi a fatica. Quello che era successo poco prima nel Cinerarium mi aveva lasciata frastornata.

Non mi trovavo più nel vecchio cinema. Quella era l'auto di Charles. I miei amici dovevano avermi trasportata mentre dormivo e messa sui sedili.

Mi massaggiai il collo e mi guardai attorno. Ero sola e la macchina era parcheggiata nel vialetto della villa di Charles. Scesi dall'auto e costeggiai la casa fino al garage. Il portellone era aperto. All'interno sorpresi Leo, Christine e Charles a un banco da lavoro. C'era ogni genere di attrezzatura meccanica, all'interno. Charles doveva essere un appassionato delle riparazioni. Su un lato, coperta da un telo di plastica, si trovava anche una moto.

«Ecco la nostra bella addormentata negli iris» disse Christine voltandosi.

Li raggiunsi al bancone e vidi che Charles aveva fissato la scatola con un morsetto.

«Forse ci siamo...» disse infilando delle bacchette di metallo nella serratura.

Armeggiò per un po', mentre noi lo osservavamo con grande ansia.

«Ci siamo quasi...» ripeté.

Poi sentimmo uno scatto.

Era riuscito a sbloccare la serratura!

Ci sporgemmo tutti e quattro in avanti per vedere cosa avrebbe rivelato il coperchio, ma, quando tentò di sollevarlo, era ancora bloccato.

«Dannazione!» esclamò Charles lasciando cadere i ferri.

«Non è che l'hai incasinata di più?» domandò Leo, vincendo un'occhiataccia da parte di Christine.

Charles si afflosciò sullo sgabello che stava davanti al banco.

«Mi spiace ragazzi... Dovremmo aspettare ancora». Poi alzò la testa verso di me. «Allora, hai parlato con Nate?»

Deglutii. Non sapevo cosa dire. Certo non potevo raccontare la verità, così mi inventai qualcosa di abbastanza credibile.

«Sì...» dissi. «Ha detto di salutarti. Che ti vuole bene anche lui».

Vidi Charles sorridere in estasi.

«E ha detto...» continuai «che non si ricorda di come sia morto. Ma che non è stato Kolor a ucciderlo».

Quella era la bugia più grande che avessi mai pronunciato, ma sapevo che gli avrebbe fatto bene.

«Lo sapevo!» esclamò lui rimettendosi in piedi. «E ha scoperto come fare a tornare?»

«Ci stiamo lavorando...» dissi io imbarazzata.

«Splendido...» ribatte Charles. «Sarà magnifico! Non vedo l'ora di potergli far vedere come ho tenuto in sesto la sua moto per tutti questi anni».

Si avvicinò al telo e lo tolse con un unico e ampio movimento.

«Wow!» esclamò Leo vedendo la moto.

Era davvero bella. Cromata di nero con dei riflessi multicolori. Sembrava fatta apposta per lui.

In quell'istante il bacio di Ludkar mi tornò in bocca. Sentii la gola stringersi, per non farlo passare. Finché parlavamo e la scatola catturava la mia attenzione, era andato tutto bene, ero rimasta distratta, ma adesso...

«Posso andare di sopra, Charles?» gli chiesi. «Vorrei dare un'occhiata agli scatoloni».

«Certo» disse lui. «Conosci la strada».

I miei amici mi dissero che sarebbero rimasti con Charles a sperimentare nuove idee per aprire la scatola. Fu una fortuna, perché quello che veramente desideravo era rimanere da sola a pensare.

Entrai dalla cucina e salii al piano di sopra, aggrappandomi al corrimano. Mi sentivo non solo frastornata, ma anche in colpa e codarda. Che diavolo era successo...

Arrivata alla porta della soffitta, che questa volta potevo vedere bene, entrai. Per prima cosa, aprii le persiane dell'abbaino e feci entrare un po' d'aria e un po' di luce. Quel posto ne aveva bisogno e soprattutto ne avevo bisogno io.

Presi una scatola a caso e mi sedetti in terra. Non l'aprii subito. Non era importante farlo, per il momento. Dovevo prima capire me stessa, per poter poi capire altro.

Ludkar mi aveva baciata. Era una verità che non si poteva cambiare. Ma quel bacio cosa significava? Poteva voler dire tante cose, magari era giusto, i baci sono tutti giusti, solo che era stato dato dalla persona sbagliata.

Dopo i sentimenti profondi che il mio cuore aveva avuto per Nate, come avevo potuto lasciarmi baciare da Ludkar? Proprio lui, che aveva confessato d'essere un assassino. Era stata la compassione a permettermi di lasciarlo fare o un'attrazione di cui non mi ero accorta prima?

Non sopportavo di essere messa con le spalle al muro. Controllare le persone era impossibile, ma almeno dovevo essere capace di controllare me stessa. Quello che mi era successo... quello che mi stava succedendo, era qualcosa di molto disturbante: non ero più in grado di tenere a bada i miei sentimenti.

Provavo dolore pensando a Nate. Quando avevo visto la mia lettera distrutta ero stata assalita dalla paura. Paura di non sopportare quel dolore. Così avevo deciso di fingere che fosse rabbia. Avevo permesso che succedesse qualcosa di cui già sapevo mi sarei pentita. Avevo permesso a Ludkar di penetrare quella barriera che mi ero costruita, fino a toccare la sofferenza che era nascosta sotto. E infatti il dolore era arrivato. Adesso.

Avevo perso il controllo, esattamente come era accaduto a Nate, al castello. Lui lo aveva sguinzagliato, io mi ero fatta legare. Mi morsi le labbra. Mi sentivo triste e malinconica. Ero pentita di non avergli detto cosa causava realmente la mia trasformazione in cenere. Forse, se lo avesse saputo, se avesse saputo che lo amavo, non avrebbe reagito in quel modo.

Serrai le mani con forza. Ludkar si era presentato proprio mentre la mia delusione era al massimo. In più mi aveva salvata e si era aperto, raccontandomi tutto di lui e anche molto di me.

Ma era chiaro come il sole, o scuro come la luna del Cinerarium, che fra me e lui non avrebbe mai potuto nascere niente.

Ludkar si era confinato nella solitudine, molto tempo prima, per scelta. Sarebbe stato sempre solo, in un incubo da sveglio. Lo avrei aiutato, se fossi riuscita a trovare il suo corpo e mio padre, ma poi ci saremmo salutati.

Io avrei vissuto la mia vita e lui avrebbe vissuto la sua eternità.

Lo compativo. Provavo attrazione. Ma non lo sognavo.

Nate era la persona che viveva nella mia anima. E ora stava cercando di svanire, come era già svanito dal mondo. Cosa avrei fatto adesso? Ero solo una ragazzina davanti a cose più grandi di me. Non potevo saperlo. Erano stati gli eventi a portare avanti la mia storia fino a quel momento. Adesso mi si chiedeva di prendere in mano la situazione e di scrivere.

In quel momento sentii bussare alla porta aperta. Mi voltai. Era Christine.

«A me la vuoi raccontare la verità?» disse entrando.

«Come hai fatto a capirlo?» sussurrai.

«Se non riuscissi a capire quando sei in difficoltà, che migliore amica sarei?»

Le sorrisi e la invitai a sedersi in terra, accanto a me. Lei preferì prendere una seggiola.

Le raccontai cosa era successo nel Cinerarium. Dell'atteggiamento di Nate e del bacio che Ludkar mi aveva dato. Lei non mi derise, né mi accusò, e lo apprezzai molto. Avevo bisogno di qualcuno con cui potermi confidare senza essere giudicata. Probabilmente, aveva letto nei miei occhi che avevo riacquistato la capacità di farlo da sola.

«Thara, io credo che non si commettano mai "errori": le cose che si fanno hanno delle conseguenze, tutto qui».

Sapevo che lo pensava davvero. Non stava mentendo per addolcirmi la pillola.

Le sorrisi.

«Pensavo che la prima cosa che mi avresti chiesto sarebbe stata com'è baciare un Nocturno» dissi sforzandomi di ridere.

«Rimango volentieri nel dubbio».

Christine scese dalla sedia e decise che alla fine non era così importante sporcarsi di polvere i pantaloni. Si mise vicino a me.

«Una cosa però...» disse strizzando un occhio. «Se si diventa Nocturni per paura della morte... E poi se si mangiano animali si diventa simili a loro e aggressivi... Hai chiesto a Ludkar se mangiando scatolette per cani si diventa un licantropo?»

Le diedi un colpetto dietro alla testa.

«Questa è una battuta che avrebbe dovuto fare Leo!»

«Ma Leo non è qui. Dovevo rimediare».

«Sembrate sempre di più una vecchia coppia sposata da almeno cinquant'anni» dissi, preparandomi a schivare un pugno.

E invece Christine disse:

«Già...».

Allora c'era davvero del tenero fra quei due.

«E secondo te adesso... Che cosa dovrei fare?» le chiesi.

«Questo è chiedermi di vivere la tua vita. Devi domandartelo da sola e poi devi fare la cosa ovvia: darti una risposta». Poteva sembrare ironica come affermazione, ma la sua voce e l'espressione del suo viso non lo erano per niente.

«Mi consola sapere che i miei amici sanno sempre come risolvermi i problemi quando ne ho bisogno» le risposi con lo stesso tono e lo stesso sguardo.

«Vuoi sapere cosa farei io? Parlerei. Cercando di dire la verità possibilmente. Questo di solito non peggiora le cose» disse aggiustandosi i codini.

«Questa non è una situazione molto "solita". Parlare... Con chi per primo, con Nate o con Ludkar?»

«Prova a parlare con te, tanto per cominciare. Chiediti che cosa provi nei confronti di Nate e metti il bavaglio a ogni timore, prima di risponderti».

«Christine, ti ho detto già che cosa provo per Nate... Il libro me l'ha detto. Divento di cenere se lo tocco».

«Tu permetti a un libro di spiegarti che cosa provi per questa o quella persona?»

In quel preciso momento mi fu tutto più chiaro. Christine aveva ragione. Per questo non avevo detto a Nate cosa succede a due persone che si amano nel Cinerarium. Non avevo paura di dichiararmi, avevo paura di sentirmi dire "ti amo", in latino da un libro incenerito e dimenticato. Io volevo sentirmelo dire nella mia lingua da un ragazzo che forse era in parte di cenere, ma che mai avrei dimenticato. Doveva capirlo da solo, di essersi innamorato di me. Non volevo risparmiargli l'imbarazzo. Doveva dirmelo guardandomi negli occhi. Non volevo perdermi quel momento e regalarlo al Cinerarium.

Provai una fitta di dolore fortissima. L'avevo tradito.

«Christine» dissi. «Ho fatto una cosa terribile».

Lei mi sorrise.

«Allora lo ami. Ti sei risposta da sola proprio adesso. Questo era il primo passo, ora dovresti informare anche Ludkar».

Sospirai, cercando di liberarmi dall'ansia. Aveva ragione.

***

Quel pomeriggio rimasi con Christine e Leo a casa di Charles a frugare negli scatoloni, ma non trovammo nulla di interessante, niente che potesse minimamente condurci sulle tracce di mio padre. C'erano solo oggetti accumulati negli anni e vecchie foto. Nessun indizio su dove potesse essere finito.

All'ora di cena ci salutammo dandoci appuntamento per il giorno dopo. In un modo o nell'altro dovevamo scoprire dove fosse mio padre.

Rincasai quando il tramonto stava tingendo la città di arancione e prima di entrare mi voltai a guardarlo. Una volta mi faceva stare bene. Adesso non mi accorgevo quasi neppure che ci fosse.

Mia madre stava davanti alla televisione, quando aprii la porta. Era stranamente allegra. Non indagai, la salutai soltanto e andai in camera mia. Meglio per lei se stava bene. O forse fingeva solo di stare bene ai miei occhi.

Mi distesi sul letto e per un po' rimasi a fissare gli iris che avevo dipinto sul soffitto. Dovevo andare da Nate e fare quello che mi aveva consigliato Christine. Dovevo parlargli e dirgli la verità. Io lo amavo e sentivo che anche lui amava me. Ci saremmo perdonati a vicenda. E poi lo avrei convinto a passare attraverso il fuoco.

Non avevo fame e non cenai. Gli iris mi avrebbero saziato con il loro profumo. I miei occhi, come api, si sarebbero nutriti del loro nettare.

Presi i fiori dal frigo senza farmi notare e, una volta tornata in camera mia, li avvicinai lentamente al viso. Volevo capire quale fosse il loro segreto. Ludkar mi aveva detto che i Nocturni si cibano di morte e che io mi cibavo di vita. Che era grazie a questa capacità che potevo fare il salto nel quasi mondo, nel Cinerarium.

Chissà se era la verità. Ma il sonno invase il mio pensiero.

IL FRASTUONO DEL SILENZIO

Nel Cinerarium il silenzio era infinito come lo era il grigio. Arrivata dall'altra parte non sentivo soffiare un filo di vento.

Avevo pensato a Ludkar prima di addormentarmi. Se si era fatto delle idee su di me, era meglio fermarlo sul nascere. Mi alzai e la prima cosa che riuscii a mettere a fuoco fu la fiamma viola sulla sommità della ciminiera.

Non avevo idea di come prendessero quelle cose i Nocturni, ma Ludkar doveva averne passate di peggiori nei secoli, il piccolo rifiuto di una ragazza non avrebbe dovuto innervosirlo. Almeno, così speravo. Io in fondo ero comparsa nella sua vita solo da qualche giorno. Non ci sarebbero state conseguenze. No, nessuna conseguenza.

Mi diressi verso la complessa struttura da cui era formata la raffineria e, man mano che mi avvicinavo, i tubi mi sembravano sempre di più una rete in cui sarei potuta rimanere intrappolata come una mosca. Poi alzai lo sguardo e vidi Ludkar.

Se ne stava in piedi, sulla scala di metallo che si attorcigliava alla ciminiera. Sopra di lui il fuoco viola ardeva come un gigantesco iris fantasma.

Se ne stava lì, immobile, a fissarmi. Non riuscivo a definire la sua espressione. Da quella distanza il suo volto era una maschera sorridente. Riuscivo solo a vedergli il foulard e l'interno di raso rosso del cappotto. Non si mosse. Pensai che stesse aspettando che lo raggiungessi.

Così cercai un cammino fra gli intrichi di tubi, finché

trovai le scalette che mi avrebbero portata da lui. Ero più agitata del previsto. E se quando gli fossi arrivata davanti avesse provato a baciarmi ancora?

Salendo lungo la ciminiera, la raffineria si allontanava sempre di più e potevo vedere il deserto grigio estendersi a perdita d'occhio. Deglutii. Non avevo idea di quanti passi mi distanziassero da Ludkar. Alzando la testa vedevo la fiamma sopra di me, ma non capivo quanto stesse in alto. E quella scala a chiocciola era sempre uguale, sembrava di non fare neanche un passo.

Poi, quando meno me lo aspettavo, ecco che, da dietro la curva, comparve Ludkar.

Era lì, esattamente nella stessa posizione in cui l'avevo visto da sotto; la testa piegata di lato, con i capelli lunghi e rossastri che cadevano a piombo, nascondendogli metà della bocca.

«È bello rivederti» disse, spostando solo gli occhi nella mia direzione.

Non dissi nulla. Lui sembrò odorare l'aria.

«Qualcosa non va» sibilò.

Feci ancora un passo nella sua direzione.

«Devo parlarti» gli dissi senza riuscire a sostenere il suo sguardo.

«Anch'io» ribatté lui, passandomi una mano fra i capelli.

Evidentemente si accorse della mia freddezza e la ritrasse lentamente.

«Ludkar...» cominciai io. «Quello che è successo fra di noi... Credo che sia stato uno sbaglio».

Lui incrociò le dita e voltò tutto il busto verso di me.

«Uno sbaglio...» ripeté lui perplesso. «Mi era sembrato che ti piacesse abbastanza, per essere uno sbaglio...»

Mi strinsi nelle braccia.

«Il fatto è un altro...» dissi provando a guardarlo, ma nemmeno questa volta ci riuscii. «Io amo Nate. Mi sembrava giusto dirtelo».

«Anche tu mi vedi come un mostro...» continuò lui prendendo un'espressione turbata.

«No, Ludkar. Non sei affatto un mostro» lo rassicurai io mettendogli una mano sul braccio. «Per favore, perdonami».

Lui non si mosse. Come non si muove chi è morto.

«Thara. È stato solo un bacio».

«Lo so...» dissi io mortificata.

«Non sono arrabbiato o deluso» replicò con un tono gelido. «Ho passato ben altre sofferenze in passato. Sofferenze atroci, che non riusciresti nemmeno lontanamente a immaginare. Il bacio di una ragazza, per quanto splendida e dolce, riuscirò a dimenticarlo».

Mi sorrise appena.

Io ricambiai.

«Grazie Ludkar... Speravo che saresti riuscito a capirmi. È stata la rabbia verso Nate che hai baciato, non me. Purtroppo me ne sono accorta troppo tardi».

«Era proprio di Nate che volevo parlarti» mi interruppe. «L'ho visto».

Mi allarmai.

«Non gli hai detto quello che è successo fra di noi, vero?»

Scosse il capo, facendo ondeggiare i capelli.

«No. Non gli ho detto nulla. Lui ha detto una cosa a me».

«Che cosa? Cosa ti ha detto?»

«Ti farà male Thara» mi avvertì.

Io sentii un brivido correre sotto pelle.

«Ha detto...» continuò Ludkar «che non può perdonare tuo padre per quello che gli ha fatto. E che non può perdonare te per aver preso le mie difese». Mi passò una mano fra i capelli e questa volta glielo lasciai fare, impietrita. «Mi dispiace Thara, ma ha detto che non vuole rivederti mai più».

Alzai i miei occhi viola e guardai quelli di Ludkar. Erano neri, come le notti di un intero anno. Nate aveva detto quello? Sentii le forze abbandonare le mie gambe. Il Nocturno se ne accorse e mi sostenne.

«Thara...» aggiunse «adesso capisci quanto fa male».

Poi mise un piede sulla ringhiera della scala e ci salì sopra. Si voltò verso di me. Per la prima volta vidi il suo volto bianco commuoversi.

Poi si lasciò dolcemente cadere in avanti e l'ultima cosa che vidi di lui fu l'interno rosseggiante del cappotto svolazzare. Mi sporsi per guardarlo precipitare dalla ciminiera ma, quando mi affacciai, lui non c'era più.

Mi appoggiai alla parete di metallo. Quello che aveva detto Ludkar non poteva essere vero. Era impossibile che Nate avesse deciso di non rivedermi mai più. Non era successo nulla di così grave. Doveva esserselo inventato per farmi stare male. Non gli era riuscita bene, però, come menzogna. Di solito era più bravo a giocare con la mente delle persone.

Forse aveva accusato il colpo più di quanto non credessi. Aveva insistito troppo sul fatto di aver passato momenti peggiori. Dovevo parlare con lui ancora un po' e farlo ragionare. Ludkar era troppo pazzo per lasciarlo da solo in uno stato di inquietudine. I modi in cui avrebbe potuto reagire potevano essere tragici.

Cominciai a scendere le scalette, avvicinandomi sempre di più all'intrico di tubi. Mi addentrai nella giungla metallica, cercando l'entrata per i capannoni della raffineria.

Era complicato orientarsi, ma alla fine riconobbi la passerella su cui avevo camminato la prima volta. La seguii e trovai la scala che portava al magazzino in cui viveva Ludkar.

Entrai e con cautela passai in mezzo ai grandi macchinari morti. Dietro agli ultimi, si trovava la rete del letto.

Quando la raggiunsi non trovai il Nocturno. Per un

istante, pensai che avesse sentito il mio odore e fosse fuggito via, ma forse aveva solo preferito vagare fra le dune per riflettere e allontanarsi.

Così mi sedetti sulla rete metallica e decisi che lo avrei aspettato. Speravo solo di non svegliarmi all'improvviso come succedeva di solito. La seduta di psicanalisi col Nocturno stava durando più del previsto.

Poi, nel grande silenzio, avvertii un fruscio.

Ludkar, pensai. Ma non era lui e di sicuro non era un topo. Mi alzai per andare a vedere di cosa si trattasse. Seguii i rumori fin dietro i giganteschi ingranaggi di una macchina nera e quando arrivai a scoprire cosa li stava provocando, ebbi così tante sensazioni violente che non reagii in nessun modo.

Il corpo mi si svuotò di tutto. Rimase solo la pelle, come cristallizzata.

Legato a un bidone, imbavagliato e con il corpo che riportava lunghe ferite grigiastre, c'era Nate. I suo occhi erano spalancati e fremevano. Il suo cuore pulsava luminosamente attraverso la stoffa della maglia.

Quando tornai in me, corsi verso di lui e gli tolsi il bavaglio.

«Oh mio Dio... Nate!» gridai con gli occhi, che mi dolevano prima ancora d'aver cominciato a piangere.

Lui si liberò dalla stoffa con uno scatto della testa.

«Oh mio Dio...» ripeté lui. «Stupida ragazzina! Ti avevo avvertita!» mi urlò contro. «E tu... ci sei cascata...»

Nate rise per il nervosismo.

«Nate!» ripetei con la faccia che si contraeva in spasmi, e le lacrime che mi scavavano le guance.

«Slegami! Cosa stai aspettando!»

Anche se mortificata andai dietro al bidone e, afferrando un oggetto tagliente, segai i nodi delle corde. Mentre stavo tagliando i legacci, Nate non smise di parlare.

«Com'è stato baciare il mostro, allora? O vi siete scambiati un bottone? Ti è piaciuto? Beh, sappi che, quando te ne sei andata, a lui è piaciuto molto torturare me!»

Il mio cuore stava pulsando molto più forte di quanto non potesse sostenere. Nate aveva visto tutto... Mi aveva vista baciare Ludkar. Quel bastardo!

Non avevo trovato Nate nella nave perché Ludkar lo aveva già catturato. Il mio bel ragazzo dagli occhi d'arcobaleno aveva trovato la mia lettera, ma non aveva potuto aspettarmi... Mio Dio, cosa avevo fatto e cosa mi aveva vista fare...

Finii di liberare Nate e lo aiutai a rimettersi in piedi.

«Nate... Non potevo saperlo...»

Si liberò dalle mie braccia con uno strattone e rischiò di cadere a terra. Ludkar doveva avergli fatto cose orribili. Il suo corpo era segnato e martoriato. Potevo vedere grossi tagli attraverso la maglietta stracciata. Grossi tagli da cui cadeva cenere.

«Certo Thara!» urlò. «Certo! E tu non hai perso un secondo per andare dal primo psicopatico che ti passasse sotto il naso!»

«Ma no Nate!»

«Ho visto tutto! Non prendermi in giro più di quanto non hai già fatto! Non ti sembra abbastanza?»

Cercai di accarezzargli il viso, ma lui lo voltò dall'altra parte.

«Cosa ti ha fatto...»

«Non credo tu voglia saperlo» mi disse distaccato. «E poi, cosa ti interessa... A te non importa davvero di me».

Solo in quell'istante realizzai che lo avevo toccato. Lo avevo toccato e non era successo niente. Non mi ero trasformata in cenere. Il dolore era lo stesso enorme, ma le mie mani non erano diventate polvere nera. Quello poteva significare solo una cosa.

Nate non mi amava più.

Aveva smesso di amarmi.

Tremavo e cercavo di tendere le braccia in modo disperato. Dentro di me stava andando tutto in rovina. C'erano città intere che venivano distrutte.

Mi lanciai verso di lui e lo strinsi fortissimo. Lo abbracciai senza dargli la possibilità di allontanarsi.

«Ma io ti amo, Nate... È per questo che diventavo di cenere».

Finalmente dissi a Nate quello che provavo. Lo dissi a lui e a me stessa. Parole che mi venivano dal profondo. Vere e limpide come gocce di rugiada, come lacrime del primo mattino. Nate rimase in silenzio. Gelido. Poi voltò appena la testa.

«Devi ancora capire cosa vuol dire amare».

Una scarica bollente gli partì dal petto. Il suo cuore bruciava come la bocca di un vulcano. La sua pelle stava diventando grigia. Anche i suoi occhi persero drammaticamente colore. Allentai la presa.

«No, Nate. Ti ho insegnato io quella parola...» gli sussurrai. «Ti amo davvero. E anche tu mi ami...»

«E allora» disse lui con lo sguardo che diventava opaco «se chi ama diventa un grigio... perché adesso non diventi un mucchietto di cenere?».

I singhiozzi mi stavano strappando via la ragione, quando uno schiocco di dita ci fece voltare.

Ludkar era seduto sulla cima di un macchinario a osservarci.

«Non è così che si gioca...» disse, inclinando la testa in un modo che adesso non aveva più nulla di malinconico.

Quella bocca era fatta per ghignare, per ridere delle sofferenze altrui.

«Come hai potuto!» gli urlai contro con una forza tale che mi squarciò il petto.

Credevo che non avrei mai più potuto pronunciare altre parole nella mia vita.

Ludkar si rimise in piedi.

«Pensavi davvero che potesse interessarmi una ragazzina come te?» disse, incrociando le dita. «Andiamo, sei solo uno spuntino. Era molto più divertente mettervi uno contro l'altro. Alla fine io non ho fatto nulla...»

Si fermò per un istante. «Certo, lasciamo un attimo da parte il coniglietto che ho rubato alla piccola Penny per farvela incontrare e poi fingere di salvarla, la mia straordinaria recitazione, e le sofferenze angoscianti a cui ho sottoposto il tuo bel Nate...»

Capitan Uncino. Ecco di chi parlava Penny!

Con un salto scese dal macchinario e ci piombò davanti, a peso morto. Indietreggiammo di qualche passo. Si rimise in piedi e ci fissò ondeggiando.

«Alla fine... Vi ho solo fatto vedere cosa siete realmente. Mostri. Come lo sono io» disse facendo un passo. «Thara non si è fatta il minimo problema a cedere al mio indiscutibile fascino e tu Nate... Non ti sei fatto problemi a perdere una ragazza dai così facili costumi» rise raucamente. «E di' la verità... Ti piaceva mentre ti passavo da parte a parte con quegli uncini».

Nate e io rimanemmo in silenzio. Non volevamo dare altre soddisfazioni a quel pazzo. Il solo ricordo di averlo baciato mi disgustava. Averlo anche solo toccato mi metteva addosso una nausea terrificante.

«Peccato...» continuò Ludkar. «Speravo che con i miei nuovi metodi ti avrei motivata a intensificare le tue ricerche... Ma sembra proprio che, per riuscire a metterti un po' più di fretta, debba uccidere qualcuno».

La rabbia mi infuocò i nervi.

Ludkar se ne accorse e continuò.

«A giocare col fuoco succede che ci si scotta ...» disse. «Ma chi sarà il primo a scottarsi? Con Nate non posso fare altro e alla lunga diventa noioso... Ma con tua madre, Charles, Christine o Leonard... Si possono fare anche i fuochi d'artificio».

Rise. Rise come il demone che era.

Poi tornò serio. Inquietantemente serio. I suoi occhi neri gettarono l'oscurità in tutto il capannone.

«Trova tuo padre. Trova il mio corpo».

Decisi di mostrargli che anche io ero capace di essere feroce.

«Sì» gli dissi. «Troverò mio padre. E troverò il tuo corpo» feci un passo verso di lui. «E quando li avrò trovati, distruggerò il tuo corpo».

Ludkar spalancò la bocca.

Fu una visione raccapricciante.

Era gigantesca. Piena di centinaia di denti appuntiti, come quella di uno squalo, di un pesce abissale.

«Se è così che vuoi giocare...» disse, curvandosi in avanti «giochiamocela così...».

E mentre stava per saltarmi addosso, il profumo degli iris svanì dai miei pensieri.

INQUIETUDINE

Mi risvegliai urlando.

Era l'alba, ormai.

Non ero al sicuro. Nessuno era più al sicuro. Non lo eravamo mai stati. Mio Dio! Dovevo subito avvertire Christine e Leo e Charles e mia madre... ma a lei non l'avrei detto.

E io dovevo pensare e agire in fretta.

Mi alzai dal letto e presi il cellulare. Composi il numero di Charles. Quando mi rispose dissi poche parole:

«Dobbiamo rapire mia madre».

Ci incontrammo appena fuori dalla farmacia. Gli avevo detto di venire in macchina. Ero agitata, molto agitata, non avevo nemmeno avuto bisogno di bere il caffè, quella mattina.

Quando finii di raccontare a Charles quali erano le intenzioni di Ludkar, mi mise una mano sulla spalla.

«Stai tranquilla Thara» mi disse. «Vai in farmacia e chiama tua madre. Dille che le devo parlare di una cosa importante. Inventati qualcosa, ma falla venire fuori».

Feci di sì con la testa ed entrai in negozio.

Mia madre stava servendo una vecchia signora. Si interruppe. Era ancora in una condizione psicologica fragile e mi seguì senza che le spiegassi nulla. Le dissi soltanto: «Vieni un attimo».

Quando fu all'esterno salutò Charles debolmente.

«Ciao Julia» le disse. «Dovresti venire con me».

«Ma il negozio...» sussurrò lei.

«Ci penso io, mamma» la rassicurai aprendole la portiera.

Al contrario di sempre, mia madre non fece altre domande, né si preoccupò di capire cosa stesse succedendo. Si sedette in macchina e aspettò che richiudessi la porta.

Mi disse solo:

«Ci vediamo dopo, tesoro».

Charles mi fece un segno con la mano per dirmi "ti chiamo io" e li salutai.

Mentre guardavo la macchina allontanarsi, sentivo che una grande ombra se ne andava dai miei pensieri. Mia madre non doveva entrare in quella faccenda per nulla al mondo. Non avevo idea di dove Charles la stesse portando, l'importante era che fosse lontano. Lontano dalla città e da qualsiasi posto che Ludkar potesse raggiungere attraverso il fuoco.

In farmacia altre due dipendenti avrebbero fatto benissimo il lavoro da sole. Ora dovevo solo mettere al sicuro anche Leonard e Christine. Sapevo che non avrebbero accettato di abbandonare la città, che i loro genitori non glielo avrebbero permesso, ma dovevo tentare.

Li contattai dicendo loro di venire immediatamente al vecchio cinema. Era una questione urgente, da risolvere subito.

Nessuno di loro due viveva troppo lontano e contavo che riuscissero a raggiungermi in meno di mezz'ora. Nel frattempo accelerai il passo e attraversai il parco, cercando di concentrarmi sugli indizi che avevo per trovare mio padre. Niente, non avevo niente. Scatoloni pieni di polvere e il rudere di un castello.

Eppure sentivo che la soluzione era vicina.

Probabilmente dentro la scatola di metallo che non eravamo riusciti ad aprire.

Mentre camminavo fra gli alberi, mi fermai per un istante davanti alla chiesa che apparve alla mia destra. Sugli scalini, i piccioni raccoglievano le briciole e un barbone le monetine. Alzai gli occhi verso il campanile e il cielo azzurro.

"Ti prego, Signore" pensai "se ci sei e non sei troppo impegnato, aiutami. È una giornata troppo bella perché accada qualcosa di così terribile. Proteggimi dal male".

Le campane suonarono undici rintocchi. Non era la miglior risposta che mi potessi aspettare ma, del resto, ero l'ultima arrivata, avrei dovuto mettermi in fila prima di vedere esaudite le mie preghiere.

Diedi un'ultima occhiata al barbone. Mi frugai nelle tasche e trovai qualche spicciolo per lui.

Ripresi a camminare e uscii dal parco.

Il vecchio cinema si trovava ad appena due isolati di distanza. Mentre stavo per raggiungere la porta posteriore mi sentii chiamare alle spalle. Mi voltai: Leonard e Christine stavano attraversando la strada per raggiungermi.

«Ehi, cos'è tutta questa fretta?» mi domandò Christine appena mi arrivò a fianco.

Io presi le chiavi e aprii il lucchetto.

«Siamo in grave pericolo...» sussurrai con le mani che mi tremavano. «Dobbiamo fare attenzione».

Spinsi la porta ed entrammo nella grande sala buia. Andai a cercare gli interruttori e li sollevai ma, quando la luce si accese, il grande lampadario del soffitto sfrigolò, perse qualche scintilla e si spense.

«Maledizione!» urlai.

«Stai calma» mi frenò Leo, mentre le luci di sicurezza si accendevano debolmente.

Lungo i muri, piccole lampade dal debole chiarore cominciarono a rischiarare l'ambiente. L'atmosfera divenne spettrale. Si vedeva davvero poco, giusto quel tanto che bastava per capire dove fossimo. Se Leonard e Christine non avessero parlato, non sarei stata capace di riconoscerli.

«Allora?» disse Christine lasciandosi cadere sulle poltroncine. «Vuoi dirci qual è il problema? Qual è la grande minaccia che attenta alle nostre vite?»

«Ludkar!» risposi io rimanendo in piedi.

«Ha preso male il fatto che lo hai mollato?» mi chiese Leo.

«Ehi!» esclamai. «E tu come fai a saperlo?»

Christine alzò la mano.

«Colpa mia...»

Scossi la testa. Non era il momento per le sciocchezze.

«Sentite» cominciai. «Ludkar mi aveva mentito. È un mostro. Una creatura che di umano non ha nulla. Mi stava usando!»

«Senza nemmeno averti tolta dalla confezione?» ridacchiò Leo. Il nervosismo mi stava quasi portando a schiaffeggiarlo.

«Leonard! Stammi a sentire se non vuoi finire torturato come Nate, con dei ganci che ti passano da parte a parte!»

A quelle parole il mio amico si dette una calmata. Ero troppo seria.

«Ha provato a sedurmi solo per far soffrire me e Nate. Per allontanarci. Pensava che così sarei stata più spronata a trovare mio padre e soprattutto il suo corpo».

«Non ti arrabbiare Thara» mi disse lui. «Fammi capire meglio».

Respirai profondamente.

«L'anima di Ludkar è confinata nel Cinerarium perché mio padre ha trovato un modo per non farlo tornare nel suo corpo. Lui vuole che io lo trovi, per tornare libero».

«Ma adesso mi sembra di aver capito che tu non lo vuoi più liberare» continuò Leo.

«Certo che non voglio! È un assassino!» gridai. «Ma dobbiamo trovare il suo corpo e distruggerlo...» mi misi una mano sulla fronte. «Se non lo faremo, ci ucciderà tutti. Passerà attraverso il fuoco... e ci ucciderà tutti».

Christine prese una gomma da masticare e la scartò.

«Bene... Non mi sono mai piaciuti quelli che si approfittano delle ragazze».

In quell'istante un forte odore di incenso, che solo io conoscevo, mi arrivò alle narici. Tremai. No, non era possibile che fosse lì, non c'era fuoco.

Mi voltai lentamente verso l'oscurità della sala.

Sentii applaudire.

Leonard e Christine saltarono in piedi.

«Che diavolo è...» disse Leo con la voce che gli tremava.

La sagoma curva e scura di Ludkar avanzò ciondolando. Rideva piano. Rideva piano e in modo inquietante.

«Questa volta ho proprio sbagliato spettacolo...» sibilò, facendo emergere appena dal buio la sua faccia bianca. «Credevo che il film fosse un po' meglio di così».

«No...» sussurrai io mettendomi davanti ai miei amici. «Tu non puoi essere qui... Tu passi attraverso il fuoco...»

«Sì» disse lui leccandosi i denti appuntiti. «Io cammino col fuoco. E il fuoco cammina con me» fece un altro passo verso di noi e i suoi capelli rossastri gli ciondolarono sulla fronte. «Ma per vostra sfortuna posso venire nel mondo passando attraverso la fiamma della raffineria in cui vivo, e poi raggiungervi... È facile seguire il tuo odore, Thara, ora che so dove stai».

«Thara...» sussurrò Christine alle mie spalle. «Non mi piace... Non mi piace per niente».

«Uscite subito» dissi con un tono gelido.

Leonard e Christine fecero qualche passo indietro e si precipitarono all'esterno.

«Non serve scappare» disse Ludkar seguendoli con lo sguardo nero.

«Lascia in pace i miei amici!» gridai.

Lui rise, mostrandomi di nuovo quanto potesse essere grande, spaventosa e vorace la sua bocca.

«È davvero un film noioso...» disse, spalancando gli occhi della sua maschera bianca. «Ci vogliono un po' di effetti speciali!»

Capii che stava per succedere qualcosa di davvero disastroso. Vicino ai piedi scalzi di Ludkar c'era una tanica di benzina.

Corsi verso l'esterno giusto in tempo. Spalancai la porta e mi lanciai in strada, rischiando di essere investita. Una macchina frenò arrivandomi a un centimetro. Mi appoggiai al cofano mentre voltavo la testa e vedevo il cinema gonfiarsi di rosso.

Un boato spaventoso uscì dalle finestre e dalla porta, insieme a funghi di fuoco.

Continuai a camminare all'indietro terrorizzata, mentre altre macchine frenavano per non venirmi addosso e il fuoco impazzava nell'edificio. Parte del tetto cedette alle fiamme e implose.

Quando arrivai sul marciapiede dall'altra parte della strada, circondata dalla folla che scappava o che rimaneva immobile a osservare il disastro, vidi Ludkar uscire all'esterno.

Passò attraverso il fuoco come se nulla fosse, con i piedi nudi che calpestavano le schegge, e rimase a guardarmi sorridendo. Era uno spettacolo sconvolgente. Quel suo ghigno nero, quel foulard rosso che si muoveva appena insieme ai capelli, mi fecero stare male. Era implacabile. Niente avrebbe potuto fermarlo.

Mi sforzai di riprendermi dal trauma il più in fretta possibile, allora vidi Leonard e Christine farmi segno di raggiungerli. Corsi nella loro direzione, guardandomi ogni tanto alle spalle.

Non sapevo dove fosse Ludkar, vedevo solo fumo nero e fuoco.

«Muoviti, Thara!» gridavano i miei amici.

Quando arrivai accanto a loro, Leonard si rese conto di quanto fossi spaventata e soprattutto dispiaciuta nei loro confronti. Non volevo trascinarli in quell'incubo.

«Andiamo nel parco!» disse, prendendo l'iniziativa. Cominciammo a correre verso gli alberi.

«E cosa dovremmo fare nel parco?» strillò Christine quasi senza fiato.

«Ci nascondiamo...»

«Bella idea genio!» rispose Christine riuscendo a essere

sarcastica, anche mentre l'inferno ci stava dando la caccia. Attraversammo il cancello del parco e una volta all'interno ci guardammo intorno.

«La chiesa!» disse Christine indicandola. «I Nocturni non possono entrare in chiesa, giusto?» domandò voltando la testa nella mia direzione.

«Non lo so...» le risposi con l'esasperazione che cercava un'uscita attraverso i miei occhi.

Sfrecciammo in direzione della cattedrale. Dietro di noi, Ludkar non si vedeva. Forse potevamo farcela.

Raggiungemmo le scalinate su cui c'erano ancora i piccioni e il barbone a cui avevo lasciato le monetine. Ci guardò passargli a fianco, senza capire cosa stesse accadendo e io sperai che quello fosse un buon momento per essere ricompensata della mia buona azione. Entrammo nella chiesa e frenammo i nostri passi. L'interno era scuro e silenzioso.

«Speriamo di essere al sicuro...» disse Leo riprendendo fiato.

«Guardate» dissi io indicando l'altare. «Laggiù c'è un prete, possiamo chiedergli aiuto».

Camminammo fra le panche cercando di frenare la nostra agitazione e di non fare troppo rumore. C'era odore di incenso nella chiesa, ma non avevo motivo di allarmarmi. Era normale che ci fosse odore d'incenso, in una chiesa. Però non potevo fare a meno di guardare con ansia le candele accese lungo la navata.

Quando arrivammo vicino al prete, Leonard fu il primo ad andargli accanto.

«Padre! Ci deve aiutare!» disse mentre il curato si voltava.

Ma il prete aveva la faccia bianca, grandi occhi neri, e una bocca spaventosa da cui colava sangue.

«In che modo?» disse Ludkar sorridendo.

Leonard indietreggiò con noi.

«No ...» sussurrai io sul punto di scoppiare in lacrime.

Ludkar ci guardò passandosi la lingua sui denti appuntiti e leccando via parte del rosso che gli ricopriva la faccia. Era rivoltante. Peggiore di qualsiasi cosa avessi mai visto o immaginato.

Dietro di lui, a terra, c'era il vero prete, sfigurato, in un lago di morte.

All'improvviso, tutte le fiammelle che stavano sulle candele sparse per la chiesa divennero turbini luminosi e incandescenti, alti quattro metri. L'intera navata si illuminò a giorno e Ludkar ci apparve come il diavolo in persona, in mezzo a bagliori rossi e gialli, fra le fiamme dei peccati e della corruzione.

Prendemmo a correre verso l'uscita, sentendo i passi di Ludkar echeggiare dietro di noi. Christine si lasciò sfuggire un urlo che passò insieme a lei oltre il portone. Quando arrivammo sulle scale, il barbone rimase a guardarci correre giù per gli scalini.

«Vada via!» gli gridai, ma Ludkar era già sul portone e l'uomo non si era accorto di nulla.

Dietro di lui intravedevo due lunghe scie purpuree. Le avevano tracciate i piedi nudi di Ludkar.

Ormai non sapevamo più dove fuggire. Sembrava che non ci fosse un posto sicuro in cui scappare. Ci avrebbe raggiunti ovunque.

Rimanemmo alla base della scalinata a guardare Ludkar venirci incontro. Appena scese il primo scalino, il suo cappotto sobbalzò rivelando l'interno di raso rosso. In quello stesso istante, dalla chiesa cominciò a uscire un fumo denso e nero.

Ludkar aveva un'espressione famelica e conturbante. Ci fissava soddisfatto. Era un assassino, noi eravamo il suo prossimo delitto.

Quando arrivò accanto al barbone, il pover uomo si alzò spaventato. Il Nocturno voltò appena la testa nella sua direzione e io fui costretta a distogliere lo sguardo.

Sentii solo Leonard urlare, e il barbone devastato dall'agonia delle ossa spezzate.

Quando riaprii gli occhi, vidi una scena raccapricciante.

Parte dell'uomo era sparpagliata sugli scalini, mentre l'altra metà era stata scaraventata contro una parete.

Christine era sul punto di vomitare. Io non potevo che guardare e odiare. Odiare e guardare. Ludkar, dopo quel massacro ingiustificato, stava continuando a scendere gli scalini tranquillamente. Avanzava curvo in avanti, ciondolante, e dalla sua bocca, come dai suoi capelli, grondava quel liquido rosso scuro che fino a poco prima aveva permesso a quel pover'uomo di vivere.

«Christine!» disse Leo guardando la mia amica. «Ti amo...».

Lei non ebbe reazioni.

Indietreggiammo, mentre un passante si accorse di ciò che stava accadendo e scappò in preda al panico, lasciando il guinzaglio del suo cane. L'animale cominciò a ringhiare e abbaiare contro Ludkar. Bastò un'occhiata del Nocturno per farlo fuggire via mugolando, come se lo avesse preso a calci.

Inciampammo nel piccolo recinto che separava l'erba dal viale e ci trovammo nel prato.

Ludkar continuava a venire verso di noi e, più si avvicinava, più lasciava che la sua mandibola demoniaca si spalancasse. Si stava trasfigurando davanti ai nostri occhi in qualcosa di bestiale e cruento.

Quando anche i suoi piedi toccarono il prato, l'erba attorno a lui si carbonizzò.

«Chi dei due preferisci?» disse indicando prima Leonard e poi Christine, ma tenendo lo sguardo fisso su di me.

Non sarei mai stata a uno dei suoi giochini perversi, ma ero costretta a fissarlo. E guardandolo mi accorsi che il suo braccio, teso a indicare, stava perdendo piccoli pezzetti di cenere. In un istante mi ricordai della confessione che mi aveva fatto prima di baciarmi. Non poteva rimanere a lungo nel mondo reale, una volta passato attraverso il fuoco, quello era un corpo fittizio.

Si stava disintegrando. Dovevo solo tenerlo occupato per ancora pochi istanti.

«Ludkar!» gli dissi guardando nell'oscurità turbinante dei suoi occhi. «Perché non tutti e tre?»

Christine mi afferrò per la borsetta, ma io le tolsi la mano.

«Perché tu mi servi ancora...» sibilò Ludkar. «Tu devi trovare il mio corpo».

«Già...» gli dissi sorridendo. «Vedo che ti sta dando parecchi problemi».

Lui fece finta d'ignorarmi.

Pochi secondi dopo, la fortuna, per una volta, volle che l'impianto di irrigazione entrasse in funzione. Dall'erba cominciarono a spruzzare sottili getti d'acqua. Ludkar indietreggiò, ma le goccioline stavano già diffondendosi nell'aria e toccando il suo corpo provvisorio fatto di cenere.

«No!» disse lui, come se quella nebbiolina fine fosse acido.

Fu a quel punto che vedemmo quale era l'effetto dell'acqua su di lui. Si sgretolò in pochi istanti, si restrinse, e scrosciò al suolo come una secchiata di fango nero.

Di Ludkar non rimase altro che una pozzanghera scura. Passò forse un minuto prima che capissimo davvero che il pericolo era passato. Ce l'avevamo fatta, eravamo sopravvissuti. Non solo, avevamo anche scoperto il punto debole di Ludkar. Ecco perché quella volta, a scuola, era scomparso così all'improvviso: l'impianto antincendio era entrato in funzione.

«È stato come spegnere una sigaretta sotto il rubinetto...» disse Leo respirando a fondo.

«La sigaretta più grande e incazzata del mondo...» aggiunse Christine prima di voltarsi verso di lui. «Spero che stessi scherzando quando hai detto che mi ami».

«Christine...» rispose lui chiudendo gli occhi e lasciando che le goccioline d'acqua gli lavassero il volto. «L'ho detto solo sperando di intenerire il vampiro».

Non avrebbero mai ammesso di piacersi. Ma era anche giusto così. La loro storia almeno era ricca di varianti. Non come la mia, che sembrava aver raggiunto un punto morto, la fine di un binario sul burrone.

Nate... Rimanere così distesa sull'erba a guardare gli arcobaleni che si disegnavano nelle goccioline sparse in aria, me lo faceva tornare in mente. Sembravano i suoi occhi e avevo quasi la sensazione che fosse stato lui a salvarci da Ludkar, in qualche modo.

Le immagini dell'orrore a cui avevamo assistito poco prima non tardarono a tornare. L'euforia di essere sopravvissuti si diradò nel momento in cui l'impianto di irrigazione terminò di funzionare.

Ci guardammo. I nostri vestiti erano schizzati di sangue, e l'acqua aveva dilatato le gocce in chiazze rosate. Su di noi piombò il silenzio. Quello che era accaduto all'uomo sulle scale della chiesa sarebbe potuto capitare anche a noi.

Sentii il volto contrarsi e guardai i miei amici.

«Mi spiace tanto...» sussurrai mentre due lacrime uguali, una per Leo, l'altra per Christine, mi pulivano il viso dalla violenza di cui eravamo stati testimoni.

I miei amici, sentirono arrivarsi addosso un'inquietudine vera e si avvicinarono per abbracciarmi.

«Vi voglio bene» gli dissi piano.

Le loro braccia erano l'unica cosa a cui mi potevo appigliare. Gli incubi stavano arrivando da fuori città. Enormi nubi nere, che avrebbero presto scatenato un diluvio sul nostro presente.

I CREPUSCOLARI

Avevamo visto uccidere due persone in modo ingiustificato e crudele. Non potevamo né volevamo dimenticarlo, ma non avevamo il tempo per essere sconvolti.

Ce ne andammo dal parco prima che arrivasse la polizia e mi affrettai a chiamare Charles, per raccontargli cosa era accaduto e chiedergli come stesse mia madre.

Dopo numerosi tentativi, finalmente mi rispose e gli diedi le brutte notizie. Lui mi disse di mantenere la calma e di aspettarlo a casa sua. Se tutto fosse andato come aveva previsto, avrebbe lasciato mia madre in un posto sicuro e sarebbe tornato verso sera.

Aveva già avvertito Sally di allontanarsi, quindi avrei trovato la casa vuota. Mi rivelò dove teneva nascoste le chiavi e ci salutammo.

Christine e Leo fortunatamente erano rimasti lucidi, ma non volevo che mi seguissero.

«Ragazzi» dissi, fermandomi «non potete venire con me. È troppo pericoloso. Ludkar conosce il mio odore, non gli sarà difficile rintracciarmi. Dovete starmi alla larga se volete che non capitino ancora cose come quelle di oggi».

«E tu vorresti che ti lasciassimo da sola con un pazzo che ti dà la caccia!?» mi domandò Christine sgranando gli occhi.

«Terrò con me un secchio d'acqua» la rassicurai.

«Sarebbe meglio un bazooka...» mi fece eco Leo.

«No, davvero» insistetti. «Vado alla villa da sola e aspetto Charles. Voi nel frattempo potreste guardare in internet se trovate informazioni sulla raffineria. Dobbiamo scoprire qual è e dove si trova. Se riusciamo a spegnere la fiamma della ciminiera, non fermeremo definitivamente Ludkar, ma almeno gli renderemo la vita un po' meno facile».

«Tu vorresti intrufolarti in una fabbrica, sabotando il sistema di sicurezza, e spegnere una ciminiera?» mi chiese Leonard come se fossi impazzita.

«Sì» gli dissi, ormai niente mi sembrava assurdo. «Tu non sei un mago dei computer?»

«Ci sto» mi rispose.

Christine scosse la testa, ma sapeva bene che era l'unica soluzione per poter guadagnare tempo.

Ci lasciammo, rimanendo d'accordo che se avessero scoperto qualcosa sulla raffineria mi avrebbero chiamata. Li abbracciai forte prima di lasciarli andare. La paura di perderli mi aveva fatto capire quanto la loro amicizia e il loro incredibile supporto fossero importanti per me.

Li guardai salire su un autobus e, solo quando scomparvero dalla mia vista, lasciai uscire l'angoscia che sentivo dentro. Stringendomi nelle braccia mi voltai e presi la direzione di casa mia. Sentivo il senso di colpa crescermi dentro, come un tumore. Come un granchio che stringeva le sue chele sul mio esofago.

Prima di andare da Charles dovevo assicurarmi che anche Susan e Penny fossero al sicuro. Casa mia era più vicina e nel frigo avevo ancora degli iris. Ludkar, mi auguravo, non poteva tornare immediatamente nel mondo reale, esattamente come io non potevo tornare subito nel Cinerarium. Ma anche nel Cinerarium aveva vittime a disposizione. Non si sarebbe fatto scrupoli a scatenare la sua follia su una bambina e sua sorella. Nate, forse, conosceva un luogo in cui nasconderle.

Arrivata alla farmacia, salii le scale con i vestiti che gocciolavano. Rischiai di scivolare, ma riuscii ad afferrare il corrimano in tempo. Ero annebbiata e pretendevo di rimanere vigile. Entrai e mi cambiai solo la maglietta. Gettai quella che avevo tolto nel bidone della spazzatura. Gli schizzi di morte non sarebbero mai scomparsi. Andai in cucina e presi gli ultimi iris rimasti. Mi sedetti sulla poltrona del salotto, vicino all'acquario. Se Ludkar mi avesse sorpresa non mi avrebbe colta impreparata.

I fiori non li guardai nemmeno. Pensai a Susan e Penny. E precipitai.

***

Quando ripresi coscienza, nel Cinerarium l'aria era più irrespirabile del solito. Pensavo che sarei apparsa al Luna Dark e invece mi trovavo in uno spazio chiuso e angusto. Riconobbi il luogo solo quando mi rimisi in piedi. Davanti a me c'era la statua con gli occhi viola: ero nei sotterranei della Biblioteca di Alessandria.

«Thara!» sentii esclamare alle mie spalle. «Cosa sta succedendo?»

Mi voltai.

Susan e Penny stavano rannicchiate su un altare di pietra. Penny piangeva.

Mi guardai intorno. Quel viaggio era stato più violento del solito. Avevo respirato l'odore degli iris con troppa forza.

«Cosa fate qui?» domandai a Susan mentre lei mi veniva incontro.

«Ci ha portate Nate...» disse con lo sguardo spaurito. «Ma non ha voluto spiegarci niente... Ha detto che non c'era tempo. Mi faceva paura».

Rimase con le braccia leggermente sollevate, mentre io mi guardavo intorno. Nate era stato molto previdente. Quello era il posto migliore in cui potesse portarle. Il Nocturno non avrebbe sentito il loro odore.

«Ludkar potrebbe farvi del male».

Susan non capiva.

«Ludkar... Ma ci ha salvate».

La guardai accigliata.

«L'ultima cosa che quel mostro potrebbe fare è salvare delle vite».

La ragazza si mise una mano sulla fronte e scosse la testa.

«Non ci capisco più niente» disse quasi rifiutando d'avere altre spiegazioni.

Non avevo ancora smesso di cercare nell'oscurità: perché lui non era lì con loro?

«Dov'è Nate?» chiesi.

«Ha detto che doveva prendere una cosa... in una casetta su un albero».

Sentii dei passi provenire dal corridoio. Era buio, non riuscivo a vedere niente, ma non c'era odore d'incenso.

Gli occhi di Nate emersero dall'oscurità. Avevano riacquistato un po' di colore, dall'ultima volta. Li teneva bassi e probabilmente non si era ancora accorto di me. Sotto il braccio portava il libro che avevamo trovato tempo prima, proprio in quella stanza.

«Quando arriverà Thara, questo libro le servirà...» disse ad alta voce, parlando con Susan.

«Thara è già qui» gli rispose piano la ragazza.

Solo allora sollevò lo sguardo e mi fissò. In quell'istante, vidi il suo cuore emanare un unico intenso battito di luce.

Ebbi la sensazione d'essere investita da un'onda. Quel battito sembrò fermare i miei.

Nate rimase in silenzio, senza cambiare espressione. Poi riabbassò lo sguardo e fece qualche passo verso Susan e la bambina.

«Non mi aspettavo che arrivasse così presto...»

Susan mi guardò perplessa. Sembrava che Nate volesse dire a me quelle cose, ma che usasse lei come uno specchio.

«Volevo assicurarmi che stessero bene» gli dissi, sempre guardando lei.

Nate si inginocchiò e tolse dalla tasca un giocattolo che aveva preso nella casetta. Lo diede alla piccola.

«Stanno bene» disse, mentre Penny gli dava un bacio. «Me ne sono preso cura io».

Mi strinsi nelle braccia e mi strofinai la pelle, come se avessi freddo. Mi sentivo a disagio, quasi nuda.

«E tu... come stai?» gli chiesi timidamente.

Nate si rialzò.

«Meglio» rispose.

«È tutto a posto?»

Ruotò la testa per guardarmi e assicurarsi che lo guardassi. Aveva un'espressione severa.

«Ho detto che sto meglio».

Susan sentì che l'aria si stava facendo pesante e irrespirabile, non solo a causa della cenere. Prendendo la bambina si allontanò verso un angolo della stanza, dietro la statua.

Socchiusi gli occhi. Se avessi continuato a guardarlo gli sarei andata vicino e lo avrei abbracciato. Avevo il bisogno di sentire il suo calore, di toccarlo, ma dal modo in cui mi osservava, mi sentivo come su un ponte sospeso sopra un dirupo.

«Ludkar...» provai a iniziare una frase.

Nate mi interruppe.

«Speravo di non sentirti più pronunciare quel nome».

Il senso di colpa strappò le ultime corde del ponte.

«Quello che ti ha fatto è stato orribile...» sussurrai abbassando la testa.

Percepii Nate fare un passo verso di me.

«Non è stato quello che ha fatto a me...» disse la sua voce con un tono che adesso era dolce e lento. «Non è stato quello a farmi più male».

Avvertii che qualcosa stava cambiando. Una vibrazione impercettibile mi sfiorò. Nate sembrava pronto a perdonarmi.

«Quel bacio era parte dell'inganno».

Nate non rispose, ma quando tornai a guardarlo, sul suo volto erano comparse quelle piccole fossette.

«La tua lettera era molto bella» disse.

Sorrisi d'istinto.

Lui si voltò e andò a sedersi sul piedistallo della statua.

«Vieni» mi disse con tono tranquillo.

Io gli andai accanto e mi sistemai al suo fianco. Non mi sedetti troppo vicina, ma questa volta non per la paura di essere incenerita. Credevo fosse giusto non accorciare le distanze troppo velocemente.

«Ho guardato il libro...» bisbigliò, aprendolo sulle sue gambe.

Passò le dita sulla carta antica.

«È molto interessante».

Feci di sì con la testa e mi scostai i capelli dietro un orecchio. Non capivo dove volesse arrivare. Se mai voleva arrivare da qualche parte.

«Sai» sussurrò con un tono caldo «ho visto un'illustrazione...».

«Quella dei tre mondi?» gli chiesi, subito mordendomi la lingua.

Non era il momento di interromperlo.

«No» rispose. «Questa».

Sfogliò delicatamente le grandi pagine. Ebbi la sensazione che le sue dita stessero passando fra i miei capelli. Migliaia di scritte e strane figure, fantasmagorie di una cultura dimenticata, mi passarono davanti agli occhi in un lampo, come il tempo che gli uomini occupano nella storia dell'universo. Quella sensazione mi fece capire quanto piccoli e inutili fossero stati i nostri comportamenti. I comportamenti di tutti. C'è così poco tempo a disposizione che usarlo per odiare è una follia.

Le mani di Nate si schiusero su una pagina che conoscevo bene. Rabbrividii.

Sul foglio erano disegnate due persone che si baciavano. Sopra di loro stava la luna nera. Nella pagina accanto si vedeva la stessa scena, ma i due amanti erano ridotti in cenere.

Nate mi guardò dolcemente. Il suo sorriso tornò ad albeggiare sulle sue labbra.

«Non avevo bisogno di un libro per sapere che ti amo».

Quelle erano le parole che avevo sognato. Tutto quello che potevo desiderare. Mi commossi di fronte a tanta sincerità e al suo splendore. Nate mi guardava come se fossi stata il sole al tramonto. Il suo sguardo era una brezza nostalgica e appassionata.

Un fremito di emozione mi avvolse le spalle. Senza che me ne accorgessi, alzai piano una mano. Lui fece scivolare gli occhi lungo il mio braccio e rimase fermo a guardare. Sentivo che il risentimento era cancellato per sempre.

Non sarebbe mai tornata un'ombra a dividere i nostri occhi incantati.

Avvicinai con prudente impazienza le dita al suo volto. Sentivo il tepore dei suoi zigomi stuzzicare i polpastrelli. Nate rimase a fissarmi con insistenza, mentre lottavo con le mie pulsioni profonde. Non lo toccai, ma ci arrivai molto vicina. Piccole scariche elettriche mi attraversavano le dita e vidi la sua pelle sgretolarsi appena, annerirsi nei punti in cui lo sfioravo. La stessa cosa accadeva a me, ma così, senza toccarsi davvero, era quasi un dolore piacevole. Era un fremito che univa la nostra passione.

Fu allora che anche Nate sollevò un braccio e lo avvicinò al mio collo. Inclinai la testa per scoprire la pelle e fargli sentire che era lì, per lui. Nate ruotò dolcemente la mano e con il dorso percorse l'incavo sotto al mio mento.

Socchiusi gli occhi in un istante di estasi. Il suo tocco era quasi un rivolo d'acqua tiepido. Fu così leggero, eppure così intenso. Aprii leggermente la bocca e Nate sfiorò le mie labbra. Era come un bacio della sua anima, una poesia appoggiata delicatamente là dove potevo sentirla davvero.

Ero sul punto di cedere alla tentazione di toccarlo, di lasciare libere le mie mani, di esplorare il suo corpo magnifico.

Nate se ne rese conto e ritirò le proprie.

I sentimenti tornarono a rifugiarsi nei nostri cuori.

Quando riaprii gli occhi lui sorrideva ancora, ma lasciò che lo sguardo cadesse sulle pagine.

«Ti amo davvero Nate...» sussurrai con il respiro che tornava a quietarsi.

Sussultò. Doveva essere stato difficile anche per lui mettersi a freno.

«Guarda» disse cercando un tono che potesse distrarmi. «Ho trovato una parte che parla di te».

Forse aveva ragione, forse era meglio smetterla prima che ci fossimo fatti del male.

Mi sporsi a guardare la nuova pagina che aveva aperto.

«Parla dei Crepuscolari» gli feci notare, traducendo il titolo del capitolo.

«Sì, lo avevo capito. Hanno gli occhi viola come te».

Mi guardò per un istante. Avrebbe voluto sfiorarmi ancora. Entrambi fingemmo di non notarlo.

«Io sono una Crepuscolare» dissi.

«Ti va di leggere insieme?»

Sorrisi nel modo più spontaneo e presi il libro dalle sue mani. Per un istante le nostre dita si toccarono quasi.

Al centro della pagina c'era una specie di grafico.

Era suddiviso in tre colonne. A sinistra, in alto, appariva un sole, a destra, sempre in alto, c'era la luna. Mi concentrai sul simbolo centrale. Sembrava un tramonto o un'alba.

Sotto quei tre simboli, ce n'erano altri. Ogni riga pareva avere delle corrispondenze. Tentai di tradurre le scritte ai lati di ciascuna. Nella prima riga erano raffigurati in ordine un uomo, un occhio viola, e un mostro.

"Umani. Nocturni. Creature diurne e creature notturne. Essi abitano entrambi il mondo della vita, ma i secondi vivono di morte".

Lessi a voce alta con non poche difficoltà:

"I Crepuscolari sono frutto dell'unione di diurni e notturni. Tali fragili creature mal sopportano i raggi del sole e i raggi della luna, gli unici momenti di quiete li trovano al crepuscolo o al nascere del sole. Il resto della loro esistenza viene riempito dal sonno".

Era vero.

«Vai avanti» mi incitò Nate.

"I Crepuscolari possiedono occhi di un colore sgargiante. Il viola li distingue. Il loro sguardo può vedere oltre i confini di questo mondo. Essi possono viaggiare nella Grande Cenere, la terra della cenere che sta nel mezzo".

Spostai lo sguardo sulla terza riga. Si vedeva una piramide che rappresentava la terra, un cerchio che stilizzava le dune del nulla, e una piramide capovolta, la non-terra: la morte.

Riflettei. Le corrispondenze erano chiare.

Guardai Nate. Anche lui era assorto. Continuai a leggere la spiegazione della linea in cui compariva una specie di gatto, un fiore e un cristallo.

"I Crepuscolari viaggiano nella Grande Cenere respirando il profumo degli iris viola. Gli iris sono i fiori prediletti dei Crepuscolari. I petali di tali fiori, come i loro occhi, sono intrisi della sostanza che genera il fuoco viola. Essa viene considerata un portale tra il mondo e la Grande Cenere, come la luna nera".

Avvicinai il volto ai fogli. Si stavano spiegando davvero molte cose.

"Questo perchè i fiori, come i Crepuscolari, stanno nel mezzo, tra viventi e non viventi. I fiori vivono, pur non avendo anima".

L'ultima frase mi lasciò a bocca aperta, letteralmente.

"I Crepuscolari, a differenza di quel loro genitore notturno, non si nutrono di carne viva. Essi si cibano del sangue delle piante. Per questo vengono anche chiamati Vampiri di fiori".

«Vampiri di fiori...» ripetei a bassa voce.

Nate richiuse il libro. Il capitolo terminava lì.

«Potrei diventare come Ludkar?» gli domandai con un filo di preoccupazione.

«Pensavo che non avresti più pronunciato quel nome».

Voleva scherzare, ma la mia inquietudine stava crescendo.

«Dico sul serio Nate».
«Thara, il libro dice che vi nutrite di fiori. Proveresti sensi di colpa per aver mangiato una rosa?»
Aveva ragione. Era stato un pensiero assurdo. Io mi cibavo come tutti gli altri esseri umani: non avevo mai sentito la pulsione di mangiare una margherita, o un giglio.
«Hai ragione. È che ho assistito a troppe cose orribili».
«Vedrai che andrà meglio» provò a consolarmi lui.
Strinsi le mani sulle ginocchia immaginando che fossero le sue.
«Nate» lo guardai intensamente «proverai a passare attraverso il fuoco?».
Lui sembrò preso di sorpresa.
«Posso provare... Ma dovrei aspettare che comparissero le fiamme... E comunque non potrei decidere dove arrivare nel mondo».
«Forse» bisbigliai «so io come fare».

FENICE

Quando arrivai davanti alla villa, frugai nel vaso che stava alla destra del cancello. Era là che Charles mi aveva detto di nascondere un mazzo di chiavi per le emergenze.

Attraversai il vialetto e ne provai tre, prima di riuscire ad aprire la porta di casa. Ero agitata e stanca. Nate aveva detto di amarmi, ma la situazione in cui ci trovavamo era lo scenario peggiore, per una storia romantica: sangue e distruzione.

Guardai l'orologio. Era ancora presto. Charles non sarebbe tornato prima di un paio d'ore. Sarebbe arrivata la sera, prima di lui. Andai in cucina con l'idea di farmi un caffè.

Mi misi a frugare nei mobiletti. Trovai solo biscotti e una vasta collezione di tè. Aggrottai la fronte e ricordai quello che avevo letto poco prima. I Crepuscolari si nutrono di fiori, diceva il libro. Non sarei uscita in giardino a mangiare iris, ma potevo provare l'effetto di una tisana.

Riaprii gli sportelli del mobile in cui avevo trovato gli infusi. Ce n'erano di ogni tipo. Aspirai l'aroma che usciva dalle varie scatolette. Fragranze di rosa, gelsomino e lavanda mi corsero lungo la gola. Non sapevo cosa scegliere, ma quando vidi la scritta "Infuso d'iris e violette" non ebbi dubbi.

Misi a bollire un po' d'acqua e mi chiesi se stavo facendo la cosa giusta. Se, annusando gli iris, finivo nel Cinerarium, non avevo idea di cosa potesse succedermi bevendo una tisana ricavata dai loro petali secchi.

Il fischio del bollitore mi ricordò che dovevo spegnere il fuoco. Versai l'acqua calda in una tazza e vi misi all'interno una bustina di quell'infuso che profumava di nostalgia. Poi mi sedetti al tavolo e rimasi a fissare i vapori che si muovevano nell'aria, come una ragnatela inesistente. L'acqua si colorava lentamente, si scuriva, esattamente come si stavano scurendo i miei pensieri.

Tolsi la bustina dalla tazza e la presi in mano. Avvicinai il bordo alle labbra e bevvi un piccolo sorso.

Spalancai gli occhi e, per poco, la tisana non mi andò di traverso. Non avevo mai sentito un sapore così buono. Esageratamente buono.

Ne bevvi un secondo sorso. L'esplosione di gusti mi scese nella gola. Era incredibile. Sentivo l'aroma attraversarmi il corpo, darmi forza. E in quell'istante, quando mi ripresi dal piacere intenso che stavo provando, mi accorsi che il sonno era scomparso.

Mi sentivo vigile. Ero in forze, stavo benissimo, ancora meglio che al tramonto o all'alba.

Guardai l'infuso con sospetto e gratitudine. Quello non doveva essere un effetto normale. Non avevo mai sentito che le tisane dessero sensazioni così forti. Continuai a bere e, a ogni sorso, sentivo entrarmi dentro una forza enorme. Forse, la prossima volta che avessi incontrato Ludkar, sarebbe stato uno scontro ad armi pari.

Provai subito a sperimentare se davvero avevo abilità da Nocturno. Anche se mi sentivo una stupida, alzai il braccio e lo abbassai violentemente sul tavolo, con l'intenzione di spaccarlo in due. Mi feci molto male e misi subito la mano sotto l'acqua fredda.

Purtroppo l'effetto della tisana non aveva portato nessun miglioramento alle mie capacità fisiche, ma almeno adesso sapevo come liberarmi del sonno. Paradossalmente, avrei potuto diventare una persona normale.

Adesso era il momento di pensare a Nate. Gli avevo promesso che avrei trovato il modo di farlo passare attraverso il fuoco, guidandolo perchè non finisse in un luogo casuale e credevo di sapere come fare.

Chiesi in prestito la falce alla Morte che Charles teneva vicino alla scrivania del suo studio. Era una falce vera. Avrei rovinato il giardino di Sally, ma sentivo che avevo avuto una buona idea.

Scesi le scale, facendo attenzione a non inciampare.

Uscii in giardino e, sotto la luce arancione del tramonto, cominciai a tagliare gli iris.

Una volta terminato, li raccolsi, facendo attenzione a non annusarli, e li misi all'interno di un cesto che avevo trovato in cucina.

Li portai in salotto e spalancai le finestre, per evitare che il loro profumo diventasse troppo intenso. Poi mi diressi in garage.

Cercai della legna e qualcosa per accendere il fuoco. Vidi una tanica di benzina vicino alla moto di Nate e pensai che sarebbe andata bene. Portai i tronchetti e la tanica in salotto. Poi controllai che ci fosse tutto.

Mancava ancora un secchio d'acqua in caso d'un attacco di Ludkar. Lo presi e pensai come procedere.

La mia idea era quella di accendere il fuoco nel caminetto e di tenerlo vivo per più tempo possibile. Nel frattempo avrei lanciato nelle fiamme un fiore alla volta, pensando a Nate. Se ero davvero in grado di far apparire le cose dove volevo nel Cinerarium, lui avrebbe trovato, e attraversato subito, la porta di fuoco viola.

Sistemai i tronchetti nel camino e ci versai sopra un po' di benzina. Poi presi dei giornali e gli diedi fuoco.

Le fiamme si propagarono sul legno in pochi istanti, ma dovetti fare numerosi tentativi prima che si accendesse definitivamente. Non pensavo fosse così difficile accendere un caminetto.

Alla fine ci riuscii e mi sedetti sul divano. Tolsi le scarpe e mi rannicchiai contro un bracciolo. Guardai attraverso le tende, che svolazzavano sulle finestre aperte. Fuori era ormai notte e l'aria fresca rendeva sopportabile il calore che usciva dal camino.

Accanto a me c'erano i fiori. Ne presi in mano una decina e cominciai a lanciarli nel fuoco. Speravo davvero che Nate li trovasse e, se Charles fosse arrivato in tempo, si sarebbero anche potuti vedere.

Continuai a gettare iris nelle fiamme per diversi minuti. Mi facevano male gli occhi per quanto ero rimasta a fissare il fuoco, con la speranza di vedere emergere una figura.

Non funzionava. Ero sul punto di alzarmi e spegnere il fuoco, quando accadde qualcosa.

Mi misi a sedere con la schiena dritta, pronta ad afferrare il secchio. Fra le fiamme intravidi un'ombra.

La cenere tutt'attorno ai tronchi si stava sollevando e radunando verso il centro, tra le lingue frementi. Si stava componendo qualcosa.

Una mano! La cenere stava formando un corpo. Poi cominciò a comporsi un viso e mi bastò intravedere i lineamenti per capire chi fosse.

«Nate!» gridai.

Strisciando fuori dal camino, passando attraverso il fuoco, Nate arrivò in questo mondo.

«Nate...» ripetei sporgendomi in avanti.

Non sapevo se toccarlo o meno. Avevo paura di disintegrarlo come accadeva nel Cinerarium.

Se ne stava inginocchiato sul pavimento con i capelli che gli ricoprivano il viso e sembrava tremare. Tossì sputando fuliggine. Doveva essere un'esperienza traumatica attraversare il fuoco viola. C'era ancora della cenere che si muoveva nell'aria scendendo pian piano a ricomporgli il corpo. Un corpo che sembrava vero, ma che sapevo essere solo polvere.

Lo sentii respirare in modo profondo e, molto lentamente, cominciò ad alzarsi.

Io feci lo stesso.

Mi alzai e rimasi a guardarlo mentre sollevava la testa.

Mi fissò senza dire una parola.

I mille colori dei suoi occhi non c'erano. Erano grigi, senza sfumature. Tristi. Enormemente tristi.

Rimase a guardarmi come un animale sperduto. Poi ruotò la testa e cominciò a osservare la stanza.

«Questo posto...» sussurrò. «Conosco questo posto».

Deglutii.

«Era casa tua» gli dissi.

«Casa mia...» ripeté lui. «Sì... Ora ricordo».

Fece un passo alla sua destra.

«Qui c'era un tavolino...» disse alzando appena il braccio. «E là... là su quello scaffale c'era un trofeo che avevo vinto giocando a qualche sport».

Sorrisi e gli andai vicino.

«Ci siamo riusciti» dissi a bassa voce.

Lui riabbassò il braccio e tornò a guardarmi. Le sue dolci labbra si mossero appena.

«Grazie».

Labbra che mai come in quel momento desideravo baciare.

«Stanno tornando? Dico, i ricordi» gli chiesi seguendo i suoi spostamenti.

Mi avvicinò e senza paura di incenerirsi mi prese la mano. Rabbrividii per un istante. Non successe nulla. Fu molto delicato e rassicurante. La sua pelle non era vera come nel Cinerarium, ma il suo tocco sì.

«Sì, stanno tornando».

Gli sorrisi.

Chiusi le palpebre e gli misi l'altra mano attorno al collo. Lui non si scostò e lasciò che appoggiassi la testa sul suo torace. Non c'era nessun cuore che batteva all'interno, ma potevo quasi sentire il rumore della sua anima che bruciava.

«Resta qui con me» gli sussurrai.

«Non posso» disse lui con malinconia. «Quando il fuoco si spegnerà sarò costretto ad andarmene».

Sentii la fronte corrugarsi.

«Ludkar ha cercato di uccidermi. Prima non te l'ho detto» gli confessai stringendo la sua maglietta.

«Lo so. Le sue urla di rabbia scuotono ancora il deserto».

«Tornerà. E io non so come fermarlo».

Nate non mi rispose e la mano che teneva appoggiata sulla mia schiena stava scivolando via.

Mi scansai dal suo petto per vederlo in volto. Stava guardando qualcosa.

«Quella...» disse con un'espressione incerta «quella l'ho fatta io».

Mi voltai. Stava guardando la scatola. Proprio la scatola di metallo che avevamo trovato al castello. Charles l'aveva lasciata appoggiata sul tavolo della sala.

«L'hai fatta tu?» esclamai.

«Sì» confermò Nate. «Lavoravo in un'officina. Riparavo le moto. L'ho fatta io. Ma non ricordo perché».

«L'abbiamo trovata nel castello in cui viveva mio padre» lo informai.

«Giusto... L'avevo fatta per Kolor».

«Allora ti ricordi!»

«Qualcosa... Adesso mi ricordo di lui. Eravamo amici. Adesso mi ricordo di mio padre. E di mia madre... Ma perché mi ha ucciso?»

Parlava in modo trasognato, come se stesse cercando di dipingere un quadro immenso con una sola pennellata; un quadro che era la sua vita.

Non sembrava lo stesso Nate che avevo visto poco prima nel Cinerarium. Era una copia sbiadita, come un fantasma.

«Nate» gli dissi abbassando il tono e cercando di riportarlo alla realtà «cosa c'è all'interno? Può essere molto importante».

«Non lo so».
«Ma sai come aprirla? Sai dov'è la chiave?»
Nate mi guardò, socchiudendo le palpebre.
«Sì. Ce n'è una copia con le chiavi della mia moto».
Sbarrai gli occhi. Era assurdo. Quella scatola era stata fatta da Nate per Kolor e, dopo tutti gli sforzi che avevamo fatto per aprirla, adesso veniva fuori che la chiave era sempre stata a portata di mano.
Nate ebbe un forte dolore al petto che lo fece gridare e piegare in due.
«Nate!»
Gli misi un braccio intorno al corpo e lo accompagnai al divano per farlo sedere.
«Cosa ti succede?» chiesi preoccupata mentre gli spostavo i capelli dal volto.
«Sento che sto per scomparire…»
«No» dissi piano.
«Ero andato al castello per portargliela quando sono morto… Ah!»
«Cosa?» dissi io, troppo preoccupata per potermi concentrare.
«La scatola. L'avevo fatta per portarla a Kolor. E poi sono morto. Morto a metà».
Nate alzò faticosamente la testa e mi guardò. C'era amore nei suoi occhi. Lo stesso amore, la stessa attrazione incontenibile che c'era nei miei.
«Non so se sia stato tuo padre a uccidermi…»
«C'era Ludkar quando l'hai incontrato?» mi affrettai a domandargli.
«Non mi ricordo» rispose debolmente Nate. «Ma non ha più importanza, adesso. Quello che è accaduto vent'anni fa ormai non ha più importanza, non si può cambiare. Ciò che importa è che non ci siano più altre morti. Che questa linea di sangue venga spezzata».
Poi, con le ultime forze, sollevò la mano e la appoggiò

sulla mia bocca. Le sue dita calde mi accarezzarono la pelle. Era quello il momento che tanto aspettavo. Imperfetto, come sono tutti i momenti importanti.

Quasi impercettibilmente i nostri volti si stavano avvicinando. Lasciai che le sue mani mi portassero verso di lui.

Stavo per baciare quelle labbra splendide e sensuali.

Sentivo il cuore battere.

Batteva per me e batteva per lui, per Nate, che il cuore ormai non lo aveva più.

Ormai mancavano pochi centimetri perché le nostre labbra si toccassero.

Stavo tremando, l'emozione mi percorreva la spina dorsale, sentivo quasi il bisogno di piangere.

Le nostre bocche si schiusero come fiori. Potevo sentire il suo respiro affannato.

Stavo per baciare un angelo grigio.

Le nostre labbra si toccarono appena.

Proprio in quel momento, un vento gelido e spietato entrò dalle finestre a rovinare il sogno.

Le ultime fiamme che danzavano sopra i ceppi del camino morirono come fate.

E fra le mie braccia, davanti ai miei occhi, vidi Nate volare via, in un urlo di dolore atroce.

I suoi occhi scomparvero, andarono lontano da me, trascinati dalla corrente. E il mio ragazzo tornò a essere un soffio di cenere.

Gridai e agitai con violenza le braccia per fermarlo.

Ma era impossibile arrestare la polvere. Nate scomparve diventando una piccola nuvola grigia e impalpabile.

Si sparpagliò per la stanza.

Quando il vento cessò, ricadde lentamente al suolo.

E per qualche istante, fra le lacrime che ormai annegavano il mio sguardo, ebbi la sensazione che fossi stata io ad andare in pezzi. Che quella fosse la mia carne che bruciava straziata.

Mi rannicchiai sul divano stringendomi le gambe e piansi. Piansi come non avevo mai pianto prima.
Restai così, senza mai sentire il male attenuarsi.
Rimasi così finché Charles mi trovò e mi abbracciò.

MANGIATORE DI CARNE UMANA

Charles non seppe mai quanto mi fu d'aiuto il suo abbraccio in quel momento. Non seppe mai quanto lo sentivo vicino, perchè per me quello era l'abbraccio di un padre.

«Julia è al sicuro...» mi disse dolcemente, pensando che le mie lacrime fossero dovute alla preoccupazione per lei.

E, in parte, era così.

«L'ho lasciata da sua sorella. Ci rimarrà finché le cose non si saranno calmate» continuò lui. «E Sally è in un albergo fuori città. Stai tranquilla».

«Ludkar ha tentato di ucciderci...» sussurrai. «Quell'essere... è un mostro. Ha squartato due persone davanti ai nostri occhi».

Charles mi accarezzò la testa.

«Porterò lontano anche te».

«No! Dobbiamo trovare mio padre e distruggere il corpo di Ludkar o non finirà mai!» dissi scostandomi. A quel punto mi asciugai la faccia e provai a sorridergli.

Non gli dissi che Nate era passato attraverso il fuoco, altrimenti avrebbe voluto farlo tornare e, dopo che avevo visto il dolore che quel passaggio gli provocava, non me la sentivo. Gli dissi solo che avevamo parlato nel Cinerarium.

«E cosa ti ha detto?» mi chiese eccitato.

«La scatola. Gli ho parlato della scatola trovata al castello e mi ha detto che l'ha fatta lui».

«Che cosa? Stai scherzando?» esclamò.

«L'aveva fatta per mio padre e gliela stava portando quando è morto».

«Ma certo...» disse Charles appoggiandosi un dito sulle labbra. «Lui lavorava con le moto. Era l'unica persona abbastanza ingegnosa da sapere costruire una scatola come quella».

«E adesso so dov'è la chiave» lo informai.

Appena gli dissi che si trovava insieme a quelle della moto di Nate, corremmo in garage. Charles tolse il telo che la copriva e sfilò un mazzetto di chiavi che era ancora appeso al manubrio. Le esaminò attentamente e notammo subito che in mezzo alle altre, ce n'era una fatta a mano.

«Eccola qua!» disse alzandola e senza riuscire a trattenere una risata. «Sono sicuro che questa chiarirà molte cose!»

Sempre tenendola tesa davanti a sé si precipitò di nuovo in salotto.

Ci sedemmo al tavolo su cui stava la scatola e respirammo profondamente. Stavo aspettando che Charles inserisse la chiave nella toppa, quando si girò verso di me e me la porse.

«Penso che sia tu la persona più adatta ad aprirla».

Lo guardai e presi la grossa chiave fra le mani. Era fredda e pesante. Proprio come una di quelle chiavi che sembra possano aprire cancelli di altri mondi.

Guardai la fessura sulla scatola mettendola in linea con la chiave, come se fosse stata il mirino di un fucile. La avvicinai e sentii che entrava perfettamente.

Con l'altra mano tenni fermo il coperchio arrugginito su cui spiccava il nome di mio padre e finalmente girai. La serratura scricchiolò, come una bocca di metallo assetata d'olio. Girai la chiave tre volte e alla terza mandata il meccanismo scattò.

Scattò veramente.

Vidi il coperchio sollevarsi di un millimetro aprendo una sottile linea scura.

Charles mi osservava e io osservavo la scatola.

Infilai le dita nella fessura e cominciai a tirare con tutta la forza che avevo. I cardini erano quasi del tutto bloccati e avevo l'impressione di stare lottando con un alligatore d'acciaio.

Urlai per lo sforzo e finalmente la placca saltò.

La scatola si aprì.

All'interno non c'erano armi arcane, talismani magici o spettri demoniaci, come aveva ipotizzato Leo. All'interno c'erano solo ricordi.

I ricordi più belli, a cui un uomo pensa quando vuole capire cos'è stata la sua vita.

Con delicatezza presi le cose che erano dentro la scatola e le appoggiai sul tavolo.

Dopo il cupo brontolio del coperchio, né io né Charles ce la sentimmo di dire una sola parola.

Gli oggetti che avevo riposto con cura davanti a noi avevano un aspetto molto fragile. Il tempo e l'oscurità li avevano indeboliti.

C'era un piccolo peluche a forma di gattino a cui mancava un occhio, un anello su cui era inciso il nome di mia madre, una pallina di natale, e alcune buste e fotografie.

«Quello...» disse Charles prendendo malinconicamente in mano il micetto di stoffa «lo aveva vinto Julia al Luna Park molti anni fa, quando lei e tuo padre si erano appena conosciuti... Lo aveva vinto buttando giù dei barattoli con una pallina e lo aveva regalato a Kolor... Che tristezza. Ecco dove erano andate a finire tutte queste cose».

«Tu credi...» dissi io guardandolo mentre accarezzava il gattino. «Tu credi che Nate abbia fatto questa scatola per lasciarla al castello?»

«Sì. Nate e tuo padre erano molto legati. Quando Julia e Kolor si sono lasciati e lui è scappato via, Nate deve aver pensato di mettere qui dentro tutte le cose che gli erano più care e di portarle al castello. Chiaramente non poteva sapere se lo avrebbe trovato fra quelle mura e così aveva costruito una scatola che potesse resistere al tempo».

«In modo che mio padre, se un giorno fosse tornato, l'avrebbe potuta trovare» continuai io.

«Credo che sia andata così...»

«E quando è arrivato al castello per lasciare la scatola è stato ucciso».

Charles sospirò.

Esaminammo accuratamente ogni foto e ogni lettera.

Da tutto quello che ebbi la possibilità di leggere mi resi conto di come doveva essere mio padre. Era sensibile e dolce, proprio come Ray lo aveva descritto in quel romanzo. Non lo credevo capace di aver ucciso Nate.

A un certo punto Charles mi afferrò il braccio e mi mise davanti un foglio.

«Leggi qui!» esclamò.

La lettera era indirizzata a mia madre. Era la lettera di un innamorato. Parlava di un posto in cui avevano trascorso due giorni: "Moon's cave", le grotte della luna.

Nel testo, mio padre raccontava di aver trascorso là i due giorni più belli della sua eternità. Inoltre diceva che, se avesse dovuto scegliere un posto in cui rimanere per sempre, sarebbe stato di sicuro quello, perché era stato là che Julia gli aveva detto, per la prima volta, che lo amava.

Era lì che gli aveva promesso di restare accanto a lui per sempre.

Mi commossi. Sapere come era finita mi faceva sentire nella bocca un sapore amaro. E mi terrorizzava l'idea che un giorno avrei potuto provare quella sensazione con Nate.

«È là» dissi con decisione.

Charles fece un segno d'assenso con la testa.

«Allora andiamo».

Ci stavamo alzando, quando mi accorsi che stavo dimenticando qualcosa.

«Prendo degli iris e della tisana se non ti dispiace».

Charles mi guardò perplesso.

«Ho scoperto d'essere una Vampira di fiori» lo informai.

❀❀❀

Dieci minuti più tardi eravamo in macchina e stavamo attraversando la città. Una cartina che non riuscivo a leggere mi svolazzava in mano, mentre al telefonino Leonard mi diceva che aveva scoperto qualcosa sulla raffineria.

«No Leo, credo di sapere dov'è mio padre, non c'è n'è più bisogno».

«Allora veniamo con voi!» sentii urlare Christine tanto forte da dovere allontanare il telefono.

«È troppo pericoloso» insistetti.

Ma loro continuavano a lamentarsi e l'unica soluzione fu quella di far finta che il segnale stesse scomparendo.

«Come? Non sento, cosa dite?»

E riagganciai.

«È a posto il farfallino?» mi chiese Charles.

«Come?»

Mi voltai e vidi che si stava sistemando il papillon guardando nello specchietto retrovisore.

«Dopo tanto tempo da che Kolor e io non ci vediamo, vorrei fare bella figura».

Mi sorrise. Apprezzavo molto tutti gli sforzi che faceva per farmi sentire al sicuro o almeno per distrarmi.

«Se sono riuscita a capire come leggere questa cosa...» dissi rigirando la cartina «dobbiamo dirigerci a est per circa quattrocento chilometri».

Charles diede uno sguardo alla mappa per sicurezza e confermò la mia lettura.

Quando tornò a guardare la strada però i suoi occhi smisero di essere tranquilli. Inchiodò facendo stridere le ruote come se la macchina fosse stata una tigre che tentava di frenare la corsa piantando le unghie nell'asfalto.

L'arresto improvviso mi strattonò in avanti e la cintura di sicurezza mi strinse il petto con forza.

Insieme a noi anche altre macchine frenarono e sentii il rumore di qualche tamponamento.

Quando mi ripresi guardai nella stessa direzione di Charles.

Ci trovavamo vicino alla stazione centrale e, cento metri più in là, c'era il ponte, la sopraelevata da cui arrivavano i treni.

«Giù dalla macchina!» gridò Charles, slacciando con un unico movimento la sua cintura e la mia.

Non avevo ancora capito cosa stesse succedendo, quando un boato cupissimo mi fece alzare la testa.

Un treno merci stava deragliando.

Lo vidi sfondare le protezioni di pietra e precipitare in un mare di scintille. Le urla della gente si propagarono nell'aria ancora prima che toccasse il suolo. Era un treno cisterna che trasportava carburante.

Non riuscii a muovermi.

Charles mi si buttò addosso facendomi abbassare proprio nell'istante in cui la locomotiva andava a piantarsi contro la parete della stazione.

Il muro si abbatté come un castello di carte.

I vagoni andarono dietro alla motrice, tirando con loro una grossa parte della sopraelevata. I cavi dell'elettricità saltarono e franarono giù, insieme a binari e colonne.

Le grosse cisterne picchiarono al suolo facendo saltare le auto e strisciarono sull'asfalto. Alcuni passanti vennero travolti e schiacciati. Distolsi lo sguardo atterrita.

Fu allora, proprio mentre le sirene d'emergenza della stazione entravano in funzione, che ci fu l'esplosione.

La parte posteriore del treno stava ancora precipitando e una delle cisterne, squarciate, venne a contatto con l'elettricità.

Il chiarore e il boato furono immensi.

Un'ondata di calore spazzò via ogni cosa.

Urlai e mi tappai le orecchie, mentre fuori dal finestrino vedevo roteare nell'aria automobili in fiamme.

Nel cielo si levarono coni di fuoco alti come i grattacieli che ci circondavano. E le finestre dei grattacieli si ruppero facendo precipitare una pioggia di schegge taglienti. Era il carnevale dell'inferno.

Allo stesso modo il parabrezza della nostra auto si sgretolò e sentimmo venirci addosso tutta la furia di quello che sembrava un asteroide precipitato sulla terra.

Poi il boato si dileguò e rimasero solo le urla.

Quando pensammo di essere ormai al sicuro, Charles e io ci sollevammo dai sedili.

Davanti a noi si presentò uno scenario apocalittico.

Un muro di fuoco che inghiottiva tutto e tutti.

«Oh... no...» dissi io, cominciando a capire cosa stava accadendo. «Andiamocene...» sussurrai a Charles che era terrorizzato quanto me.

«Non si può» disse lui guardandosi indietro. «Siamo bloccati dalle altre auto!»

Mi voltai anch'io e vidi centinaia di persone uscire dalle proprie vetture e mettersi a correre in direzione opposta al disastro.

Provammo ad aprire le portiere, ma erano bloccate. Fummo costretti a uscire dal parabrezza e camminare sul cofano.

«Thara!» disse Charles guardandomi con preoccupazione.

Solo allora mi resi conto di stare sanguinando.

Alcuni pezzetti di vetro mi si erano piantati nelle braccia, ma anche vedendoli non riuscivo a provare dolore.

Li tolsi mentre ce ne stavamo in piedi sul cofano e, nel frattempo, vidi numerosi poliziotti correre fra le auto per venire a soccorrere i feriti.

«Fate attenzione! È l'attentatore delle scuole!» sentii gridare da uno di loro.

«Ludkar...» dissi a Charles con determinazione, aspettando di incontrare il male.

In quell'istante, dalle fiamme che avrebbero fatto da sipario al suo raccapricciante spettacolo, lo vedemmo apparire.

Camminava nel fuoco e il fuoco camminava con lui.

Era ancora un'ombra nera che tremolava nella luce gialla, ma le sue risate rauche echeggiavano sopra le urla strazianti delle sirene d'emergenza.

I poliziotti si ripararono dietro alle auto e gli puntarono contro le loro armi.

Io sapevo che non sarebbe servito a niente.

Lui voleva me.

Con un unico passo uscì dalle fiamme. I suoi piedi scalzi fecero tremolare una macchia d'olio.

Il cappotto nero, il foulard e i capelli rossi si muovevano in modo inquietante, liberando nell'aria un odore di morte e di carne bruciata.

Venne ancora avanti e capii subito che mi stava guardando.

Con il suo volto sfigurato e bianco, mi fissava come un clown folle.

«Fermo o apriamo il fuoco!» gridò un poliziotto con il megafono.

Ludkar non poté fare a meno di ridere.

Dire a lui che avrebbero aperto il fuoco era decisamente ironico.

Li ignorò e continuò ad avanzare nella nostra direzione. Charles mi afferrò, ma io non mi mossi.

«Sei impazzita!?» mi disse.

«Ci seguirebbe e ci raggiungerebbe in un istante. Lui vuole me. Tu scappa, va' da mio padre».

Ma questa volta fu Charles a non muoversi.

Una raffica di proiettili attraversò l'aria e attraversò Ludkar.

Il Nocturno arretrò di qualche passo per effetto degli impatti.

I poliziotti smisero di sparare.

Per un istante sembrò che stesse cadendo al suolo, all'indietro, ma quando i suoi capelli rossicci stavano per toccare l'asfalto, tornò in piedi, con un movimento che non aveva nulla di umano.

Il silenzio piombò fra i poliziotti. Stavano cominciando a rendersi conto che quello con cui avevano a che fare non si poteva combattere.

«Ho dell'acqua nella borsa...» confidai a Charles. «Se riesco a farlo avvicinare lo rispedisco da dove è venuto».

Ludkar cambiò improvvisamente direzione.

Non stava più venendo verso di me, si stava dirigendo dal poliziotto con il megafono. Il pover uomo non sapeva cosa fare. Il terrore gli annebbiava la vista. Il mostro lo aveva puntato.

«Non ti muovere o...» disse debolmente nel megafono.

Un altro agente, in un moto di stupidità e coraggio, andò accanto al Nocturno e gli puntò un fucile alla testa.

Ludkar voltò solo lo sguardo nella sua direzione e sorrise. In un istante gli strappò il braccio.

L'agente cadde a terra urlando.

Ludkar allora raccolse il fucile, si avvicinò a quello col megafono e gli sparò.

Nell'aria si sentiva solo lo sfrigolio delle fiamme. Gli altri poliziotti stavano tutti tremando. Il dovere diceva di restare, il terrore ordinava di fuggire.

Ludkar agitò il megafono per capire come farlo funzionare e un rumore acutissimo tagliò la notte infuocata, come un rasoio.

«Thara...» sibilò nell'apparecchio voltandosi verso di me. «Mi merito almeno un applauso...» e rise a bassa voce, ma quel megafono era capace di amplificare in modo disturbante anche il più piccolo fruscio.

Decisi di accontentarlo.

Mi misi ad applaudire, sotto lo sguardo esterrefatto di Charles e dei poliziotti.

Ludkar riabbassò il megafono e venne minacciosamente verso di me.

Stavo prendendo la bottiglietta d'acqua dalla borsa, quando Charles mi si mise davanti e spalancò le braccia.

«Non farle del male! Ti diremo dov'è Kolor!»

No! Cosa aveva fatto! Ludkar non doveva venire a conoscenza che sapevamo dove era mio padre!

Il Nocturno sorrise, alzò il fucile e, continuando a camminare, sparò a una gamba di Charles.

Sentii il rumore del suo osso che si spezzava. Il suo urlo mi attraversò il cervello.

«Noooo!» gridai provando ad afferrarlo.

Ma Charles cadde in avanti e non riuscii a sorreggerlo.

Rotolò sul cofano e finì a terra, davanti alla macchina.

Ero sconvolta, fuori di me.

Stavo per scendere e soccorrerlo, quando Ludkar puntò il fucile alla testa di Charles, lo caricò e mi disse di non fare un passo.

«Se non vuoi scoprire come sono fatti i pensieri del tuo amico… Butta qui la bottiglia d'acqua che stai prendendo dalla borsa e non ti muovere» disse mostrando i denti affilati della sua bocca.

Charles stava agonizzando davanti ai miei occhi e non potevo fare niente. Non potevo fare niente! Tremavo, sentivo i nervi che stavano per saltare come corde.

Lo vidi che tendeva una mano verso di me. Faticava a respirare.

«Bastardo!» urlai contro Ludkar, lanciandogli la bottiglia come aveva ordinato, mentre lui si accovacciava accanto a Charles.

Il mostro mi guardò.

«Riesci a capire cosa dice? Perché io non ci riesco...» prese la faccia di Charles fra le mani e con rabbia gli graffiò le guance. «Scandisci le parole! Scandisci!»

«Bastardo! Smettila!» gridai piangendo.

Ludkar spalancò la sua bocca che sapeva divorare mondi.

«Dov'è tuo padre!» gridò facendo tremare la notte. «Dimmelo o gli strappo la faccia a morsi!»

Singhiozzai, mi morsi le labbra, non avevo scelta.

«A "Moon's Cave"! Lascialo... Lascialo, ti prego...» sentivo il sangue pulsarmi negli occhi, la lingua che mi chiudeva la gola, lo stomaco e tutto quanto avevo dentro aggrovigliarsi in un ammasso confuso.

Dio... Non lo dimenticherò mai...

«Grazie» disse Ludkar portando il megafono vicino alla bocca di Charles. «Vuoi dirle anche tu grazie?»

E poi, per il puro gusto del male, che è il gusto del sangue, della carne viva, senza nessuna pietà, Ludkar si mostrò per quello che era veramente.

Un mangiatore di carne umana.

Tenendo il megafono accanto alla bocca di Charles affondò i denti nel suo torace e fece quello che fa una bestia insaziabile.

Mi sentii male. Un male indescrivibile.

Caddi all'indietro, mi tagliai le mani sui vetri rotti del parabrezza. Il cofano mi nascondeva l'orrore, ma il dolore atroce che mi attraversava era mille volte peggiore.

Ludkar stava massacrando la persona più buona che avessi mai conosciuto... Stava facendo a pezzi il corpo del mio amico Charles, del mio quasi padre Charles!

E mi stava facendo sentire il suo dolore, amplificato milioni di volte.

Le sue urla, devastanti, ingigantite dal megafono, mi squarciarono le orecchie e il cervello.

E io non potevo far nulla contro quella crudeltà, quell'atrocità... Ormai non potevo far nulla...

Charles moriva.

Veniva ucciso e divorato pezzo dopo pezzo, e il suo dolore disumano echeggiava fra i palazzi, espandendosi oltre i confini del mondo. Oltre i confini di ogni sopportazione.

E il terrore zittì le mura, accecò i poliziotti, fece immobilizzare le fiamme.

I miei occhi si spostarono lentamente, fuori dal tempo. Tutto divenne lento e sospeso. I suoni, le immagini, i miei pensieri...

Un battito di palpebre durò come una notte, una notte dalle ore molto lunghe, e quando le riaprii, là, sull'asfalto bagnato, vidi cadere il farfallino di Charles.

Sentii un boato.

E da quel mare denso di fiamme e urla, il gigantesco e deformato volto di Ludkar emerse per un istante. Mi fissò e rise. E mentre rideva, la sua bocca di lame grondava di rosso.

Piangevo. Gridavo, cercavo di gridare il più forte possibile per coprire i lamenti strazianti del mio amico, ma non ci riuscivo.

Mi graffiai le guance di proposito. Ero sull'orlo della pazzia quando, dalle fiamme dietro Ludkar, arrivò Nate.

Una moto passò attraverso il fuoco e venne verso di noi a tutta velocità.

D'improvviso tornai in me.

Approfittai della distrazione di Ludkar per scendere dall'auto e correre.

Era Nate, proprio Nate, che era tornato per salvarmi dalla bestia. Aveva seguito Ludkar attraverso il fuoco e, una volta arrivato, era saltato sulla una moto abbandonata a terra, travolta dall'esplosione.

Sgommò vicino a me e mi porse la mano.

«Salta su!»

La afferrai e salii sul sellino dietro di lui.

«Aggrappati forte!» mi disse e dando gas due volte accelerò.

Partimmo in impennata.

Non ero mai stata su una moto come quella.

Sfrecciammo fra le auto facendo la gimcana, mentre dietro di noi potevo sentire le grida inferocite di Ludkar.

Solo allora mi lasciai andare al pianto e strinsi forte Nate.

«Ha ucciso tuo padre... Ha ucciso Charles...»

Non so se Nate mi sentì o se io non sentii la sua risposta, ma non ebbe reazioni.

«Ha ucciso Charles!» ripetei.

«Allora ci ritroveremo nel Cinerarium».

Questa volta lo sentii chiaramente, esattamente come il boato alla mia destra.

Mi voltai e, fra le lacrime, vidi Ludkar che balzava da un auto all'altra come un ragno.

Compiva salti enormi affondando pesantemente nella lamiera. Ogni volta che sfondava un tettuccio faceva partire l'antifurto e, in poco tempo, ci fu un chiasso assordante.

«Più veloce, Nate!»

Lui accelerò e finalmente uscimmo dall'ingorgo delle auto.

Quando ci trovammo su un rettilineo poté aumentare notevolmente la velocità. Mi guardai alle spalle. Adesso anche Ludkar faticava a starci dietro.

«Vai, vai!» continuai a incitare Nate, ma mi accorsi che qualcosa non andava.

«Non potrò continuare... Ancora per molto...»

«Cosa!?»

Io non avevo la più pallida idea di come si guidasse una di quelle cose.

Osservai le braccia di Nate. Stavano cominciando a perdere pezzetti di cenere.

«No...»

Presi il telefonino dalla borsa e con una mano tentai di comporrei il numero di Christine. La direzione in cui stavamo andando era quella di casa sua.

Squillava libero. Mi rispose.

«Che c'è Thara? Hai trovato campo?» mi disse con tono sarcastico.

Io urlai.

«Esci subito in cortile e apri l'acqua!»

Il cellulare mi scivolò di mano e pregai perché avesse capito che non si trattava di uno scherzo.

«Svolta a destra!» dissi a Nate all'ultimo momento.

La moto sgommò per l'alta velocità. E ci mettemmo qualche secondo prima di ritrovare l'equilibrio.

«Non ce la faccio più...»

Della cenere gli si staccò dalle spalle e la respirai.

«Forza! Manca poco!»

Ma in quell'istante Nate divenne polvere e mi accecò. Rimasi da sola sulla moto.

«Oh no!» gridai, provando ad afferrare il manubrio della moto. Era enorme e pesante. Non riuscivo quasi a farla rimanere in piedi.

Lasciai andare l'acceleratore e cominciai a zigzagare urlando. Le auto mi superavano suonando il clacson.

Poi vidi la casa di Christine e mi ci diressi contro.

La mia amica era nel cortile con Leo. In mano teneva la canna dell'acqua e nei suoi occhi c'era il terrore.

Andai verso di loro come una scheggia impazzita e sfondai la recinzione. Le ruote scivolarono sull'erba e io riuscii a rotolare giù dal sellino prima che il bolide si schiantasse contro la casa.

Leo mi aiutò a rialzarmi.

Appena mi rimisi in piedi, mi precipitai al rubinetto dell'acqua e lo aprii alla massima potenza.

Christine sentì la canna vibrarle fra le mani e cominciò a sparare acqua tutt'intorno come un idrante impazzito.

«È là! Sul tetto!» urlai indicando Ludkar.

Il Nocturno stava piombando su di noi con le fauci e le braccia spalancate. Il getto lo colpì in pieno e lui si sparpagliò sul giardino come uno starnuto d'inchiostro.

CENERE ALLA CENERE

Charles.

Non potevo ancora credere a quello che avevo visto. No, non poteva essere successo davvero. Era impossibile che da quel giorno non avrei mai più potuto vederlo, non avrei mai più potuto parlargli nè abbracciarlo.

Non poteva essere.

Non Charles. Era troppo pieno di vita per aver lasciato che Ludkar lo uccidesse.

Mentre ero in macchina con Leonard e Christine, guardando la città allontanarsi nella notte come una catasta di stelle cadute, mi tornarono in mente le parole di Nate.

"Ci rivedremo nel Cinerarium".

Sperai che avesse ragione. Ma in cuor mio sentivo che non era così. Non poteva essere nel Cinerarium. Se fosse stato ucciso da un Nocturno sì, perché il suo sangue sarebbe rimasto intrappolato nelle vene e la sua anima non si sarebbe distaccata del tutto dalla terra. Ma quello che gli aveva strappato la vita non era un Nocturno vero, era un corpo fatto di cenere. Questo poteva significare solo che Charles era morto.

Era nel nulla e non avrebbe mai più potuto fare ritorno.

Una lacrima mi scese sulla guancia.

La notizia della morte di Charles che avevo dato ai miei amici poco prima, aveva portato a tutti una tristezza enorme.

Ci sentivamo perduti, come fossimo stati senza guida in un campo minato.

Christine era subito rientrata in casa, aveva afferrato le chiavi dell'auto senza chiedere niente a sua madre e le aveva lanciate a Leo. Lui si era messo alla guida e aveva acceso il motore. Christine e io ci eravamo sedute dietro e là eravamo rimaste ad abbracciarci.

Non avevo più la cartina con me, ma a Leo era bastato sapere il nome delle grotte per trovare la strada. Digitò "Moon's cave" e il navigatore satellitare pensò a tutto il resto.

Partimmo. E ora stavamo attraversando la notte lungo una statale nera e sconosciuta. Le uniche cose che mi sembrava di riconoscere erano le strisce bianche e gialle che segnavano i margini del nostro incubo.

Quando Leonard ebbe la sensazione che io e Christine avessimo smesso di singhiozzare, voltò appena la testa per parlarci.

«Thara... Sei proprio sicura di non voler sapere cosa ho scoperto sulla raffineria?»

Io mi asciugai gli occhi, ma non risposi.

Un camion passò alla nostra sinistra.

Leo continuò.

«È proprio su questa strada, fra meno di due chilometri. Era andata in fiamme due anni fa e poi l'hanno ricostruita...»

Mi sporsi fra i due sedili anteriori.

«Leo... Voglio farla pagare a quel bastardo» gli sussurrai alle orecchie. «Quando la vedi fermati».

La fiamma della ciminiera emerse dalle tenebre meno di un minuto dopo. Fra il fuoco, mi sembrava di vedere apparire e scomparire volti demoniaci. Avevo addirittura l'impressione di sentire delle risate e le urla di Charles.

Leo rallentò.

Da una parte della strada c'era la recinzione della raffineria, dall'altra, sul nostro lato, c'erano un benzinaio e un ristorante. Leo parcheggiò nello spiazzo e si voltò verso Christine e me.

«Allora... Cosa facciamo?»

«Il fuoco si combatte col fuoco...» dissi io con rabbia.

«Ok...» disse Leo aprendo la portiera «Aspettatemi qui».

Scendemmo tutti e tre dall'auto, ma Leo si allontanò nella direzione dei bagni portando con sé uno zainetto.

Christine e io rimanemmo a guardare la luce dei lampioni attorno a cui vorticavano nubi di moscerini.

«Sei sicura di volerlo fare?» mi chiese Christine.

La guardai con serietà. Tutto il trucco le era colato sulla faccia, per colpa delle lacrime.

«Sì, Christine. Se non lo facciamo adesso non ce ne libereremo più».

In quell'istante tornò Leo. Aveva sempre con sé lo zainetto, ma adesso sembrava pesare un'enormità.

«Cosa c'è lì dentro?» chiese Christine.

Lui le fece segno di fare silenzio e attraversammo la strada.

Percorremmo la recinzione fino a svoltare a una curva. Quando trovammo una zona in ombra, dove non potevamo essere visti, Leo aprì lo zainetto.

All'interno c'era un estintore che aveva rubato dai bagni e un paio di tenaglie che adesso ci sarebbero state molto utili.

«Come facciamo con la video sorveglianza?» gli chiesi.

«Non ne ho idea. Faremo attenzione».

Prese le tenaglie e tagliò il fil di ferro intrecciato, aprendo un buco abbastanza grande per poter passare.

Ci intrufolammo all'interno, gattonando. Il terriccio mi entrò nelle ferite che avevo sulle mani, ma lo ignorai.

Una volta dall'altra parte, io ero l'unica a sapere com'era fatta la fabbrica e i miei amici stavano aspettando che dicessi loro dove andare.

«Allora...» bisbigliai «cerchiamo il posto dove tengono i bidoni di grezzo».

Camminando con le schiene curve ci addentrammo fra l'intrico di tubi. Era già difficile orientarsi nel Cinerarium, là in mezzo e nell'oscurità le cose diventavano ancora più difficili. Ci muovemmo come gatti sui tetti, ricavandoci una strada nella giungla di metallo.

Una guardia notturna stava facendo il giro di controllo e per poco non ci scoprì. Riuscimmo a nasconderci dietro un silos, proprio mentre la luce della sua torcia indagava su cosa provocasse quei rumori sospetti.

Poi se ne andò e, allora, vidi i bidoni impilati uno sull'altro nel reparto di stoccaggio.

«Eccoli, ragazzi...»

«Ma, Thara! Ci sono delle persone!» mi disse Christine.

«Scapperanno come scapperemo noi» risposi.

Mi mossi per prima. Leo e Christine mi seguirono.

«Così ci vedranno!» sussurrò il mio amico.

Aveva ragione.

Una mano mi afferrò la spalla e mi voltò bruscamente.

«E voi cosa pensereste di fare?» mi strillò in faccia la guardia che ci aveva bloccati.

Ci puntò la torcia negli occhi.

«Allora? Rispondetemi? È pericoloso questo posto!» continuò.

Un rumore rauco fece alzare a tutti la testa e guardare la fiamma sulla ciminiera. Il fuoco si stava ingrossando e si muoveva in modo molto strano.

Assottigliai le palpebre. Era come se dei grossi lapilli venissero sbalzati all'esterno.

«Ma che diavolo...» sussurrò la guardia.

Poi, pochi metri accanto a noi, ci fu un tonfo e si alzò una nuvola di polvere.

«No...» dissi io indietreggiando. «Sono gli uomini di cenere!»

La guardia non fece in tempo a rendersi conto della situazione che la creatura si era già alzata da terra e gli aveva afferrato la caviglia.

«Lasciami!» gridò.

Ma l'uomo di cenere, nonostante avesse perso le gambe

a causa della caduta, continuava a trascinarsi spalancando la mandibola nera.

Ci furono altri tonfi e l'aria divenne irrespirabile.

«Statemi vicini!» gridai ai miei amici che riuscivo a malapena a intravedere.

Poi, come zombie carbonizzati, i grigi cominciarono ad avanzare verso di noi. Ombre nere nella nebbia secca.

Erano tanti e altri stavano continuando a cadere. Sicuramente era Ludkar che ce li stava lanciando contro dal Cinerarium. Li vedevamo precipitare e schiantarsi contro i tubi della raffineria, spaccarsi in due e ricomporsi una volta toccato il suolo. Della guardia sentimmo solo le urla, poi entrò in funzione l'allarme.

Mentre le creature di cenere ci circondavano, vidi alcuni uomini abbandonare i posti di lavoro e correre sulle passerelle per scappare via. Avrei voluto che ci aiutassero, ma in realtà era decisamente meglio così.

«Leo! Christine!» gridai prendendo le loro mani. «Statemi vicini! Fanno paura ma sono stupidi».

In quell'istante Leo prese l'estintore dallo zainetto e lo puntò contro i grigi.

«E hanno decisamente bisogno di una bella lavata!» disse azionando la leva.

Un getto di schiuma bianca partì dall'estintore investendo almeno cinque creature, che si sciolsero al suolo contorcendosi. Mentre Leo continuava a tenere lontani i grigi io presi le tenaglie.

«Continua così!» lo incitai. «Copri me e Christine mentre facciamo il resto».

La mia amica e io ci dirigemmo verso i bidoni, mentre Leo ci proteggeva, rigettando le creature da dove erano venute.

«Aiutami a tirarne giù uno!» dissi a Christine.

«Ma pesano una tonnellata!»

Afferrammo i bordi di un bidone e lo facemmo cadere

a terra. Rotolò per qualche metro. Quando si fermò, mi ci misi sopra a cavalcioni e, dopo aver alzato le tenaglie sopra alla testa, le riabbassai con tutta la forza che avevo, riuscendo ad aprire un buco da cui cominciò a uscire una sostanza nerastra.

«Vai, Leo!» gridò Christine.

«Aprici la strada!»

Leo sorrise e gridando cominciò a correre in avanti spazzando via i mostri. Christine e io facevamo rotolare il bidone tentando di non andare a sbattere da nessuna parte.

Mentre continuavamo a farlo girare, sentii una risata e per un istante vidi Ludkar.

Se ne stava a braccia incrociate sulle scale che si attorcigliavano sulla ciminiera. Era stato proprio lui a buttare gli uomini cenere nella realtà. Quel bastardo si stava divertendo alle nostre spalle.

"Beh, vedremo adesso, se si diverte" pensai.

Non dissi ai miei amici di Ludkar, dissi solo di andare più veloci.

Quando finalmente riuscimmo a uscire dalla parte centrale della raffineria e i mostri di cenere furono alle nostre spalle, presi l'accendino dalla tasca.

Lo accesi, guardai la fiamma e dissi:

«Charles, consideralo il mio modo per dirti addio».

Lasciai cadere l'accendino sulla scia oleosa che c'eravamo lasciati dietro.

«Via!» gridai, mentre il fuoco aveva cominciato a correre in direzione contraria, seguendo la sua strada obbligata.

Noi tre corremmo invece verso la recinzione, passammo attraverso il buco che avevamo fatto e attraversammo la strada senza nemmeno guardare se ci fossero macchine.

Ci buttammo in auto e Leo mise in moto sgommando.

«Via! Via!» continuammo a urlare e ci lanciammo sulla statale come un razzo impazzito.

Sfrecciammo nella notte senza guardarci indietro.

Poi, una luce accecante illuminò la strada e le montagne davanti a noi.

Fu un'alba improvvisa, poi un mezzogiorno e poi un tramonto. Ed eravamo stati noi a crearli.

Sbirciai nello specchietto retrovisore, solo per gustarmi il fungo ardente che stava ancora salendo verso le nubi, illuminandole d'arancione.

Sorrisi amaramente e pensai:

"Visto, Ludkar? Anch'io so giocare col fuoco".

STALATTITI NEL CIELO E STELLE NELLE GROTTE

Era quasi l'alba.

Non so se quella notte il buio passò più in fretta per effetto della nostra esplosione, come se fosse stato spinto via, o se spostandoci verso est per quattrocento chilometri avessimo anticipato lo spuntare del sole, ma il cielo si stava tingendo di rosa.

Tenevo il finestrino aperto e provavo ad annusare l'aria fresca, immaginando che quello fosse il profumo del sole. Della speranza.

«Ho scoperto di essere anch'io una sorta di Nocturno» dissi ai miei amici tirando dentro la testa.

«Non scherzare» sbuffò Leo, da cui mai avevo sentito dire una frase simile.

«Non è uno scherzo. Sono una vampira di fiori».

Christine, che aveva frugato nella mia borsetta confermò quello che avevo detto.

«A meno che non se li fumi... Qui dentro è pieno di tisane alla rosa, al gelsomino, alla violetta».

«Non avevo mai sentito parlare di vampiri dei fiori» continuò Leo alzando le spalle «ma io preferisco chiamarti la "Crepuscolare", però.

I miei amici non sembravano particolarmente interessati all'argomento. Del resto potevo capirli. Non avevano chiuso occhio, un nostro amico era stato ammazzato e, tre ore prima, avevamo commesso un reato che ci avrebbe potuto far rimanere in carcere per almeno cinquant'anni.

Dietro alle montagne, che ormai erano vicinissime, qualche raggio di sole ci indicò il cammino. La voce elettronica del navigatore ci informò, un po' meno poeticamente, che dovevamo svoltare a sinistra.

C'era un cartello scrostato su cui si leggeva a malapena la scritta "Benvenuti a Moon's Cave".

La strada divenne sterrata e i sobbalzi ci tolsero di dosso quel principio di sonno che ci tormentava. Ci addentrammo fra gli alberi, seguendo una staccionata al di là della quale si vedevano delle casette in legno abbandonate.

«Doveva essere un villaggio vacanze...» notò Christine «È tutto lasciato in rovina».

«Mio padre e mia madre hanno passato qui dei giorni felici».

«Natura e tranquillità... Niente TV via cavo o internet. Un incubo» commentò Leo.

Arrivammo fino in fondo alla strada dove c'era uno spiazzo e l'entrata del camping. Là ci fermammo.

Il cancello in legno era chiuso con una catena. Dei nastri sbiaditi gialli, probabilmente messi dalla polizia anni prima, svolazzavano come code di aquiloni morti.

Aprimmo le portiere e scendemmo. Non c'erano tracce di pneumatici sul terreno. Nessuno doveva essere venuto lì da parecchio tempo.

Feci qualche passo in direzione dell'insegna, sempre incisa su legno, che stava a fianco di un totem alto cinque metri. Christine mi venne a fianco e indicò un foglio che era stato affisso sul cancello. Ormai l'acqua e il tempo lo avevano reso quasi del tutto indecifrabile, ma, osservandolo, riuscimmo a capire che il villaggio vacanze era stato chiuso in seguito a un crollo che si era verificato nelle grotte. Il dipartimento per la sicurezza doveva aver deciso di fermare il turismo, prima che avvenissero incidenti peggiori.

«Quindi noi, adesso, dovremmo infilarci in una grotta

che rischia di caderci in testa...» disse Leo fra sé e sé. «Guardo se in macchina c'è una torcia».

Lo seguimmo e insieme aprimmo il baule.

Trovammo una pila, ma quando provammo ad accenderla la luce durò pochi istanti e si affievolì.

«Maledizione! Ha le pile scariche...» bofonchiò Christine.

«La prima città è a settanta chilometri di distanza... Non so nemmeno se ce la facciamo con la benzina» aggiunse Leo.

«Benzina...» ripetei io. «Cercate un bastone robusto».

«Non vorrai fare una torcia?» mi interruppe Christine mentre mi stavo già guardando intorno.

«Ludkar non potrà passare attraverso una torcia! A meno che non si sia rimpicciolito per la paura...» ribattei.

Lei si mise le mani sui fianchi.

«Sento che è un'idea stupida».

«Ha ragione Thara» mi supportò Leo. «Non abbiamo tempo da perdere».

E prese una maglia dal suo zainetto.

Christine sbuffò e decise di non intralciarci. Si appoggiò alla macchina e rimase a guardare mentre avvolgevamo la stoffa a un bastone e la inzuppavamo con una tanichetta di benzina trovata nel portabagagli.

«Andiamo» dissi quando finimmo.

Scavalcammo la staccionata e, una volta dentro al villaggio, seguimmo alcune sgangherate indicazioni.

Una stradina dietro le casette scendeva lungo un pendio. Gli alberi erano fitti e le erbacce erano cresciute così tanto da rendere quasi impossibile capire il percorso. Solo ogni tanto individuavamo un paletto che ci indicava la direzione giusta.

Continuammo a scendere fino a trovarci sulla riva di un fiumiciattolo. L'acqua era calma e limpida. Il letto non doveva essere più profondo di un paio di metri e, sulla superficie, l'alba si rifletteva come in uno specchio antico. Scegliemmo di seguirne il corso e in fondo trovammo le grotte. Le grotte della luna.

Ci fermammo a guardarle, spaventati e stupefatti.

L'apertura era larga e bassa. Sembrava una bocca deforme i cui denti erano le stalattiti. Proprio una bocca, perché le bocche divorano e quello che veniva divorato dalle grotte era il fiume.

L'oscurità che proveniva dall'interno non permetteva di vedere dove andasse a finire l'acqua. Dava l'impressione che il fiume venisse inghiottito dalla terra, per finire in profondità insondabili.

Accanto a noi, legate a dei paletti che uscivano dal terreno, erano ormeggiate tre piccole barche a remi. Una era completamente sommersa, un'altra aveva le assi della chiglia sfondate, la terza sembrava ancora in condizione di trasportare delle persone: c'erano persino i remi.

Io fui la prima a metterci un piede e dovetti voltarmi per far segno ai miei amici di salire.

«Forza, non avrete paura di bagnarvi».

«Finché c'è l'acqua possiamo stare tranquilli» disse Christine, entrando nella barca.

Anche Leo fece lo stesso e ci sedemmo sulle assi, che scricchiolavano sotto il nostro peso.

«Togliamo gli ormeggi allora...» sussurrò lui facendo per slegare la corda, ma gli si ruppe in mano. «Bene...»

«Vediamo se mi ricordo come si fa» Christine afferrò i remi e immerse le due estremità piatte nell'acqua. «Quando ero piccola, ci andavo con mio nonno».

Cominciò a remare lentamente e, piano piano, ci scostammo dalla riva.

La barca ondeggiava in modo instabile. Leonard e io ci reggevamo ai bordi, cercando di mantenerla in equilibrio.

Ero seduta in fondo e da là potevo vedere Christine remare dando le spalle alla grotta. A ogni movimento delle sue braccia, la larga bocca nera si avvicinava. A un certo punto cominciò a spirare verso di noi un vento freddo e umido, come l'alito della pietra.

Leonard nel frattempo, voltandosi indietro, aveva capito che era giunto il momento di incendiare la torcia. Prese un accendino dalla tasca e con cautela lo avvicinò alla stoffa. In un istante le fiamme avvolsero i tessuti e ci assicurammo una guida per l'oscurità.

Ormai eravamo davvero vicini.

Con un ultimo colpo di remi Christine ci spinse verso l'ignoto. La barca superò il limite della grotta e ci trovammo all'interno, persi nella pancia terrificante della montagna.

L'oscurità era attorno a noi e la sottile apertura, che ci ricordava l'esistenza del mondo esterno, scomparve appena voltammo in un'ansa del fiume sotterraneo.

Leonard tentò di muovere la torcia per vedere in che direzione spostarci e a ogni suo gesto le pareti umide e ricoperte dal calcare baluginavano come carne viva.

Christine smise di remare e lasciò che fosse la corrente a trasportarci.

Non provenivano rumori da dentro. Non ci vivevano neppure i pipistrelli. C'era solo il silenzio e, quando cadeva una goccia, sembrava che in acqua fosse precipitato un masso.

Accanto a noi vedevamo spuntare coni di pietra appuntiti e ogni tanto andavamo a sbatterci contro.

«Sei sicura che tuo padre sia qui?» mi domandò Christine quasi impercettibilmente.

«Sì. Ne sono piuttosto sicura».

«Non si vede niente...» sussurrò Leo provando a mettersi in piedi per illuminare la volta.

Il chiarore si specchiò sulle formazioni del soffitto, che sembravano una cattedrale naturale. La natura aveva creato forme sorprendenti e inventato una nuova architettura che sembrava di ossa e di sale. In alcuni punti le stalattiti e le stalagmiti si erano unite in vere e proprie colonne.

C'era odore di benzina bruciata, ma i profumi dell'acqua e dei cristalli erano nettissimi.

Poi la barca si fermò.

«Forse a questo punto c'è una falla nel terreno» ipotizzò Leo muovendo la fiaccola e notando che il corso terminava. «Da qui in avanti l'acqua, anziché scorrere, deve scendere in profondità attraverso delle fessure».

«Allora? Che si fa?» domandò Christine.

Le presi un remo dalle mani e lo usai per spingerci verso riva.

«Si scende e si va a piedi» le risposi.

Accanto a noi, infatti, il terreno era praticabile e, dopo che Leo ebbe fornito un'adeguata illuminazione, vedemmo che la grotta si estendeva in un tunnel.

Scendemmo dalla barca, facendo attenzione a non scivolare. Il suolo era ricoperto da una sostanza vischiosa, probabilmente muffe.

«Vado avanti io...» dissi mettendomi in testa.

Leo continuò comunque a portare la fiaccola.

Ci addentrammo nel budello di roccia per non so quanti metri, finché le pareti cominciarono ad aprirsi e ci trovammo all'improvviso, nel cuore delle grotte.

L'antro in cui arrivammo era gigantesco e cupo. Il soffitto era altissimo e le formazioni di roccia facevano apparire l'oscurità tremendamente complicata.

«Ecco perché si chiamano le grotte della luna...» disse Christine alzando un dito.

In alto, su una delle pareti, c'era un foro perfettamente rotondo attraverso cui passava la luce esterna.

«È stupendo...» sussurrò Leo, mentre le nostre pupille si rimpicciolivano.

Dal foro proveniva un potente fascio di luce che riverberava in ogni anfratto e ci dava l'impressione di trovarci sotto un cielo stellato, o in una notte di luna piena.

Ma lo stupore verso quel luogo meraviglioso non durò per molto.

Seguendo con gli occhi la luce, ci imbattemmo in quello che stavamo cercando. Il fascio chiaro andava a colpire il corpo di Ludkar.

«Mio Dio...» si lasciò sfuggire Christine.

Il corpo del Nocturno, con i vestiti ormai stracciati, era conficcato sulla stalagmite più grande al centro della caverna.

Era là, con la roccia che lo attraversava da parte a parte, immobile, come un morto. Le braccia, le gambe e la testa gli pendevano all'indietro come se stesse precipitando in un attimo eterno.

Ci avvicinammo cautamente.

Non volevamo alterare l'equilibrio di quella morte apparente. E proprio mentre osservavamo la macabra scultura quasi vivente, che sembrava un angelo caduto, rinnegato da Dio e scagliato all'inferno, una voce frusciò nell'oscurità.

«Chi siete...» disse, come foglie secche mosse dal vento.

Non ci muovemmo per qualche istante, poi non riuscii a trattenermi.

«Papà!» gridai facendo vibrare le pareti.

Mi guardai intorno, frugando fra ogni interstizio.

Sentii un rantolo infastidito.

«Papà...» ripetei a bassa voce allontanandomi dai miei amici.

Un secondo fruscio mi fece voltare verso destra.

Sentii il cuore che cominciava a battere forte. Non era paura, o forse sì.

L'idea di incontrare mio padre mi faceva paura.

Perché l'ombra scura che stava venendo verso di me, ne ero certa, era proprio mio padre. Quel padre che credevo morto e che invece non poteva morire.

Un'ombra nera, molto magra e altrettanto alta, venne avanti. Dall'oscurità emersero, per prima, cosa le mani. Le teneva conserte. Erano bianche e affusolate.

«Non ho figli» sentii dire, prima di vedere il volto.

Con un passo si portò definitivamente alla luce.

Indossava un vestito nero, chiuso con grossi bottoni di ferro. Un volto pallido, scavato, che un tempo doveva essere affascinante, ora mi fissava in modo incredibilmente triste.

Era lui. Kolor.

Il Nocturno che avevo chiamato padre, mi fissò in modo incerto. Rimase immobile e poi aggrottò la fronte.

Lo vidi allora piegarsi in avanti, con fare elegante e allo stesso tempo ritroso. Gli sorrisi.

Portò il suo volto vicino al mio e si stupì perché non ero affatto spaventata. Poteva sentire il mio cuore battere, certo, ma una creatura come lui doveva accorgersi della differenza fra emozione e terrore.

«Non può essere...» sussurrò osservandomi. «Hai il suo stesso odore...»

Quelle parole erano uguali a quelle che mi aveva detto Ludkar la prima volta, ma in questo caso avevano un valore del tutto diverso. Kolor si stava riferendo a mia madre.

Allora mosse una mano, aprendo le dita come fossero state le ali d'un uccello, e me le passò fra i capelli.

«Non può essere...» ripeté.

In quell'istante provai una sensazione bellissima e non riuscii a resistere dall'abbracciarlo. Mi gettai contro di lui e lo strinsi scoppiando in lacrime.

«Papà... Non posso credere di averti trovato! Mi sei mancato... Mi sei mancato tanto...»

Mentre abbracciavo il suo corpo magro e freddo sentii le sue dita appoggiarsi delicatamente sulla mia schiena.

Aveva capito. Aveva capito e mi credeva. Non pensavo che un Nocturno potesse commuoversi, ma quando mi distaccai per guardarlo in volto, dai suoi occhi stavano scendendo delle lacrime. Delle piccole lacrime asciutte, ma di sicuro lacrime.

«Io… ho una figlia…» disse a bassa voce accarezzandomi la fronte.

«Mi chiamo Thara» gli dissi appoggiando una guancia al suo petto. «E non ti lascerò mai».

Christine e Leonard rimasero in disparte mentre io e mio padre rimanemmo a fissarci e a sorridere, increduli l'uno dell'altro.

«Ma come può essere…» mi disse Kolor. «Lei mi aveva lasciato».

«Sì…» gli risposi sperando di non ferirlo troppo. «Ti aveva lasciato perché aspettava me. E aveva paura…»

Kolor fece vagare lo sguardo fra le stalattiti della grotta.

«E non me lo ha mai detto… Non è mai venuta a cercarmi…»

Tornò a fissarmi: «Io la amavo. Io la amo ancora».

Gli strinsi forte le mani.

«Lo avrebbe fatto… Ma quando ha scoperto che avevi ucciso… ucciso Nate… ha pensato che sarebbe stato meglio per me non conoscerti».

Kolor mi guardò sbalordito.

«Uccidere Nate? No! Non sono stato io! È stato Ludkar» terminò la frase indicando il corpo dell'altro Nocturno.

Lo sapevo. Lo avevo sempre saputo.

«Raccontami come è andata, ti prego».

Kolor fece un profondo respiro.

«Fa male tornare a quel tempo… Ho la mente così confusa e vuota…» si appoggiò una mano sulla fronte. «Ludkar e io eravamo amici quando vivevamo in Europa… Venivamo perseguitati e chiamati mostri, ma ci cibavamo solo di animali. La gente pensava che uccidessimo persone, e ci dava la caccia» mi guardò cercando comprensione. «Io preferii fuggire, mentre Ludkar… Scelse la vendetta e divenne un assassino».

Kolor si strinse nelle spalle.

«Riuscii a nascondermi da lui per molti anni. Moltissimi anni, ma alla fine mi trovò. E la sfortuna volle che capitasse pochi giorni dopo che Julia mi aveva lasciato. Lui voleva che lo aiutassi a combattere contro i nemici che diceva di avere... Ma io sapevo che cercava soltanto qualcuno con cui divertirsi a fare del male. Mi rifiutai categoricamente di uccidere delle persone, gli dissi che stava sbagliando... Fu allora che arrivò Nate».

«Sì, dimmi di lui...» lo incitai io.

«Nate... Quel ragazzo meraviglioso... Era venuto al castello in cui mi ero rifugiato per portarmi i miei ricordi» vidi un'espressione di dolore alterare i suoi lineamenti bianchi. «Ludkar voleva che lo uccidessi. Mi rifiutai, e prima che potessi fermarlo... Fu lui a ucciderlo».

Kolor cercò perdono nelle mie mani. «Non ho potuto salvarlo, ma almeno ho reso utile la mia esistenza fermando Ludkar. Lo trapassai con le mie stesse mani e lo portai in questa grotta... È da allora che lo sorveglio. Finché il suo corpo rimarrà su quella stalagmite, non potrà rigenerarsi e non potrà tornare in vita... Non potrà tornare a fare del male».

Lasciai che finisse di sospirare e a malincuore dovetti informarlo che si stava sbagliando.

«Non è così» dissi. «L'anima di Ludkar, come l'anima di Nate, adesso si trovano sospese in un mondo parallelo... E Ludkar riesce a venire sulla terra attraverso il fuoco».

«Che cosa?» domandò mio padre.

«È complicato da spiegare... Dobbiamo distruggere il suo corpo prima che arrivi qui e ci uccida tutti».

Kolor mi guardò senza dire una parola e poi inarcò le sue sottilissime sopracciglia.

«Ma... il corpo di un Nocturno... non si può distruggere. In nessun caso».

Erano le stesse parole di Ludkar. Di nuovo. E allora, mi

domandai, perché aveva così paura che lo trovassimo per primi? Non era paura. Voleva solo torturarmi.

In quell'istante sentii Leonard e Christine urlare.

Mi voltai.

Non poteva essere.

Dalla fiamma della fiaccola era spuntato un braccio. Un braccio! Il corpo del male aveva afferrato Leo al collo.

Una vampata di terrore mi investì in pieno volto. Mio padre, per istinto, mi tirò verso di sé.

«Demone!» gridò con la calma di chi porta un rancore infinito. «Tornatene al tuo inferno!»

Dalle fiamme della fiaccola si sporse anche una spalla e si intravide un profilo. Nel calore tremolava un ghigno nero.

«Caro amico mio... preferirei le fiamme a una discarica di ceneri».

La furia e la rabbia che si erano impossessate di me, mi fecero fare un passo avanti, liberandomi dalla stretta protettiva di Kolor.

«Non ci posso credere...» dissi a bassa voce mentre le risate rauche di Ludkar passavano attraverso il fuoco ed echeggiavano nella grotta.

«Ludkar!» gridò ancora mio padre con un tono bestiale, tanto da spaventare anche me. «Lascia andare il ragazzo!».

Fu il fuoco a parlare. «Mi hai confinato in questo buco per diciassette anni!» gridò il Nocturno dal Cinerarium. «Fai solo un passo e spezzo il collo al vostro amico!»

Mio padre mi guardò chiedendomi con gli occhi cosa dovesse fare. Presi un respiro profondo. L'aria umida e stagnante della grotta, mischiata all'odore di benzina, mi annebbiava i sensi. Quel mostro aveva rovinato anche quel momento, forse il più importante della mia esistenza, quello che dava finalmente un senso alla mia vita. Ma ormai non si poteva tornare indietro, e vedere la vita di Leo appesa a quelle dita, abituate a scavare nei corpi, a crearsi nidi dove dovevano stare i cuori, mi fece capire che quella era la mia realtà. Mio padre era un Nocturno, io ero una Crepuscolare, potevamo scegliere se usare le nostre condizioni per fare del bene o fare del male ma, in ogni caso, avremmo avuto a che fare col male per sempre.

«Cosa vuoi Ludkar?» gli domandai.

«Che liberiate il mio corpo! Devo ripeterlo ancora tante volte?»

Strinsi i pugni e chiesi al mio cervello di pensare in fretta. Se non volevo vedere Leonard fare la fine di Charles, l'unica soluzione era liberare il suo corpo dalla stalagmite. Ma quello doveva essere solo un diversivo. Avrei dovuto ingannarlo in qualche modo. La sua intelligenza era affilata ancor più dei suoi denti. Allora decisi di giocarmela, di giocarla così, come avrebbe detto Ludkar, a carte coperte.

«Fai quello che ha chiesto» dissi a mio padre con tono sicuro.

Lui mi fissò come se fossi una pazza. Probabilmente considerava l'uccisione di Leo un sacrificio accettabile, piuttosto che far tornare Ludkar a camminare nel mondo. Per me non era un'opzione possibile.

«Ma Thara... Hai idea di cosa...»

«Sì» lo interruppi. «Ho visto di cosa è capace». Poi feci segno a Kolor di avvicinarsi. «Liberalo... fidati di me. Io devo andare in un posto».

Guardai Christine, che era caduta in ginocchio e si teneva le mani sulla bocca. Le feci capire di stare tranquilla, poi presi gli iris dalla mia borsa, respirai il loro profumo, scivolai sui loro petali, precipitai nel viola, e fui inghiottita dai mie occhi.

***

Quando arrivai nel Cinerarium mi ritrovai davanti alla Biblioteca di Alessandria, fra due file di sfingi che mi ponevano sedici indovinelli diversi. Non conoscevo nemmeno una risposta. E probabilmente tornare lì non era quella giusta. Cosa avrei potuto fare? Prendere Ludkar alle spalle? Avevo bisogno dell'aiuto di Nate e Susan per fare qualcosa, e ne avevo bisogno subito.

Mi rialzai, guardando verso l'orizzonte grigio. Il cielo bianco, pieno di crateri, sembrava doversi infrangere da un momento all'altro e cadermi addosso. Ludkar non era nelle vicinanze. Per il momento era un bene, ma poteva anche rivelarsi un serio problema per riuscire a fermarlo.

Quasi li avessi chiamati col pensiero (ma era più probabile che fosse stato il mio pensiero a portarmi da loro), a pochi passi da me c'erano Penny, Susan e Nate. Erano sul portone, sotto le gigantesche statue egiziane. Tutti e tre stavano scrutando oltre le dune.

«Sta succedendo qualcosa» disse Nate, prima di vedermi.

«Lo so...» risposi, catturando la sua attenzione.

Mi vennero incontro, con i volti segnati da emozioni forti. Ricambiai gli sguardi cercando d'essere ferma e lucida. Speravo nel loro aiuto, ma sembrava che anche loro aspettassero il mio. E io ero solo una ragazza che viaggiava fra i mondi.

«Ludkar sta tentando di tornare nel suo corpo» spiegai nel modo semplice e chiaro, nonostante la tensione.

Nate divenne cupo e pensieroso.

«Lo abbiamo sentito gridare».

Sobbalzai. Allora era nelle vicinanze, anche se nel Cinerarium le distanze non avevano grande importanza. Proprio in quell'istante, un urlo demoniaco spazzò il deserto. Una folata di cenere sbatté contro i nostri corpi, contro le colonne del tempio, contro i musi delle sfingi e ci sbalzò all'indietro. E d'improvviso, si sollevò una tempesta.

«Ecco! Sta succedendo!»

Mi rivolsi a Susan, mentre il vento cresceva.

«Tornate dentro! Presto!»

La ragazza avvolse la sorellina con la sua giacchetta e mi

guardò un'ultima volta, mentre pezzetti di cenere le si attaccavano al viso e si incastravano fra le ciglia. Aveva una sorta di rispetto e dispiacere negli occhi. Poi portò Penny via con sé, mentre la biblioteca veniva sferzata dalla terribile cenere.

La grande nube grigia, infinita, che correva sopra il suolo a velocità esagerata, ci obbligò a coprirci la bocca e il naso con la stoffa delle maniche.

Nate provò a dire qualcosa, ma il rumore era troppo forte e mi arrivò alle orecchie solo un brusio distorto. Allora fece un cenno col capo, e capii di doverlo seguire. A testa bassa ci incamminammo verso il deserto aperto, facendoci largo in mezzo alla corrente graffiante.

«Dobbiamo fermarlo...» dissi avvicinandomi a lui perché potesse sentirmi. «Dobbiamo fermare Ludkar prima che inizi a sollevarsi. Se riuscisse a passare nella luna nera...»

Fu allora che alzando gli sguardi socchiusi, intravvedemmo nel cielo il turbine. Il tornado, fatto di polvere e di morte, si alzava sopra di noi. Era gigantesco, spaventoso, ululante e si agitava come il tentacolo d'una creatura ancestrale.

Mi chinai di scatto per un'apparizione improvvisa. Sopra di noi sfrecciarono nell'aria alcuni grigi, travolti dalla corrente come burattini nel vento, risucchiati dall'occhio del ciclone. Anche io mi sentii strattonare in avanti. Eravamo a una discreta distanza, ma la forza d'attrazione di quella cosa era spaventosa. Era molto più potente del tornado che aveva restituito l'anima di Clayton al suo corpo.

L'anima di Ludkar, se mai la sua si potesse chiamare anima, doveva veramente avere molta voglia di tornare alla sua dannata casa.

Nate mi spinse e caddi a terra. Atterrai sulle mani e lo vidi subito sdraiarsi accanto a me. Mi girai sulla schiena e allora volarono sulle nostre teste, insieme ai grigi, pezzi della biblioteca, una sfinge intera, parti di alcune colonne, alberi, auto e altri rifiuti, sradicati chissà da dove nella Grande Cenere.

Il ragazzo dagli occhi arcobaleno fece cenno di seguirlo. Dovevamo strisciare fino in cima alla duna per proseguire, o saremmo diventati anche noi parte del girotondo impazzito. Non sapevo perché volesse andare avanti, stavamo solo peggiorando la nostra situazione, ma lo seguii, come si segue un miraggio. Forse quello era il momento giusto per pregare, anche se non conoscevo un dio capace di concepire una scena così orribile.

Quando arrivammo sulla cresta della duna, lo vedemmo. Dietro alla coltre turbinante e chiassosa, oltre quel frullare grigio senza controllo, c'era Ludkar. Nell'occhio del ciclone lo si intravedeva appena, con il braccio nella fiamma viola, mentre i suoi capelli e i suoi vestiti si agitavano freneticamente, come in spasmi elettrici.

Per quel poco che riuscivamo a capire, ci sembrò che il Nocturno voltasse la testa nella nostra direzione. Sì, ci aveva percepiti e urlò tanto forte che riuscimmo a sentirlo, anche se il suono ci arrivava addosso in onde disturbate.

«Un po… scars… me ten…ativo… Ri… cor… la tes… ta de… uo amico…»

In quell'istante i piedi di Ludkar si staccarono dal suolo. Quello era l'inizio della fine, erano i suoi primi passi, nel vuoto, verso un'apocalisse mai scritta. Buttò la testa all'indietro, con una grande soddisfazione. Stava cominciando a sollevarsi. Se ne stava per andare.

In quel momento, nella grotta, mio padre stava rompendo un giuramento a cui aveva tenuto fede per diciassette interminabili anni. Stava sfilando il corpo del male dalla stalagmite per amore di sua figlia.

Piangeva mentre lo sollevava e scuoteva lentamente il capo mentre la carne di Ludkar si ricomponeva.

Stava commettendo il peggior peccato che avesse mai

potuto immaginare. Avevo fatto avverare il suo incubo più oscuro.

Poi le spoglie di Ludkar vennero liberate del tutto e mio padre lasciò ricadere a terra il cadavere che attendeva d'essere abitato.

«Ah! Finalmente libero! Pestilenza, guerra, carestia e morte! Si parte! A cavallo!» gridò Ludkar dal Cinerarium, ritraendo la mano dalla fiamma e spalancando le braccia.

Il sangue smise di scorrermi nelle vene, sentivo la sabbia scrosciare dentro di me. Non c'era più speranza. Non esisteva vaccino contro il sorriso del cannibale.

Fu in quel momento che Nate si alzò in piedi, resistendo per qualche istante alle correnti d'aria, poi prese lo slancio, e saltò.

«No, Nate!» gridai tendendo una mano per afferrarlo, ma i suoi pantaloni mi sfuggirono dalle dita.

Lo vidi venire risucchiato dalla fiera di polvere, viaggiare nell'aria verso un destino drammatico, in una follia senza ritorno fra detriti e macerie. Rimasi senza fiato, sentendo i polmoni stringersi e soffocarmi da dentro. Nate era entrato nel tornado, e vorticava come una mosca a cui avevano strappato le ali, circondato da pezzi di un mondo in frantumi.

Ludkar continuava a ridere e si alzava sempre più nel vortice di tenebra mentre i sui capelli rossicci e il suo cappotto si dibattevano ferocemente. Nate si fece strada nelle correnti d'aria dannata, annaspando, nuotando come chi affoga, provando a risalire affannosamente verso il Nocturno. Gridò, serrò i denti, tese una mano con tutte le sue forze e poi ce la fece. Afferrò i piedi scalzi di Ludkar.

Il Nocturno guardò in basso con uno scatto. Era trasfigurato, orrendo, agghiacciante.

«Non soffro il solletico!» urlò mentre sferrava un calcio in piena faccia a Nate.

Lui non mollò la presa.

Tenevo lo sguardo fisso verso l'alto, implorando alla giustizia di esistere, almeno per quei pochi istanti, mentre Nate e Ludkar si dimenavano e continuavano a salire. Si stavano dirigendo verso il buco nero del cielo. Verso la luna di tenebra.

Ci sarebbero passati attraverso.

Non avevo idea di cosa sarebbe successo, ormai erano troppo piccoli, ad altezze troppo vertiginose, perché riuscissi a vedere qualcosa. Non distinguevo più i due corpi. Intuivo solo che stava avvenendo una lotta violenta, la cui conclusione avrebbe segnato tutte le nostre vite.

Poi, una roccia, o un tronco, o un pilastro, che viaggiava nel tornado ad aggiungere caos al caos, investì in pieno una delle due figure. La travolse e la scagliò lontano.

«Nate!» gridai con tutte le mie forze.

E il mio grido fu trascinato su dalla spirale di cenere, vorticò e si espanse in ogni direzione, per tutte le terre del Cinerarium, dileguandosi in mille pianti, proprio come si dileguò il mio sonno fasullo.

***

Non aprii gli occhi.

In quel momento sembrava impossibile. Qualsiasi cosa mi fossi trovata davanti, sarebbe stata peggiore delle aspettative che non avevo. Non sapevo come avrei reagito a quel dolore, a quel terrore. Saremmo morti senza nemmeno dirci addio. Per noi non era certo prevista la consolazione del Cinerarium. Ludkar ci avrebbe squartati e avrebbe sputato il nostro sangue, piuttosto che ingoiarne una sola goccia e saperci sopravvissuti.

Addio padre. Avrei voluto darti un abbraccio in più.

Addio madre. Vorrei averti capita meglio.

Addio amici miei. Perdonatemi per quello che vi ho fatto.

Addio amore mio. Addio ai tuoi occhi e al tuo cuore che

si spegnerà presto. Aggrappati al mio ricordo se puoi, perché non mi vedrai più tornare, perché anche se verrai in questo mondo a cercarmi, non troverai che una lapide, forse, se scopriranno il mio corpo, se capiranno chi ero. Sarò fortunata se mi seppelliranno vicina a te. E chissà, forse sulla mia tomba pianteranno degli iris. Ti bacio col soffio dell'immaginazione, ti accarezzo con l'ultimo sospiro che avrò.

Sollevai le palpebre, pronta a guardare in faccia il mio carnefice, ma lui non mi diede neppure quella soddisfazione.

Ludkar era in piedi davanti a me e teneva la testa piegata in avanti. Le spalle basse. I capelli sul volto.

Mi voltai per cercare mio padre e i miei amici. Kolor li stava tenendo dietro di sé, proteggendoli con le braccia. Mi guardò solennemente, senza rimproveri. Le colpe erano di entrambi. Che pazzia, che pazzia, pensare di riuscire a fermarlo. Leonard aveva gli occhi vuoti. Si sentiva più di tutti responsabile di quello che ci attendeva e che attendeva il mondo. Non potevo nemmeno spiegargli che non era così, sarebbe morto nel rimorso. Christine era invece una statua, splendida nel suo coraggio. Se ne stava seria, con l'aria da dura che teneva a scuola per evitare che la infastidissero. E io? E io che volto avevo? Lo chiesi ai miei pensieri. E quello che pensavo era: basta.

Basta con i giochetti, gli atteggiamenti schizofrenici, le torture psicologiche. Se doveva farlo che lo facesse e basta. Mio padre era troppo debole e debilitato per intervenire in qualsiasi modo, non ci poteva salvare.

Mi rimisi in piedi e decisi che se era così che doveva terminare tutto, almeno sarei stata io a deciderlo. Io!

Usai la rabbia per far muovere il mio corpo. Prima feci qualche passo zoppicante, poi rialzai la schiena e mostrai una faccia che non sapevo di possedere. I miei occhi viola splendevano come ametiste, fulgidi di bagliori. Spalancati, inquisitori. Poi, perdendo completamente il controllo, urlai, e corsi verso Ludkar. Lo avrei colpito, prima di sentire il mio collo spezzarsi, avrei sferrato un pugno in piena faccia a quella miseria che era.

Quando gli ero ormai vicinissima lui alzò la testa e rispose al mio sguardo.

Mi fermai. Mi fermai di colpo.

Non aveva spalancato la bocca per divorare il mio braccio. Mi fissava e basta. Mi fissava con quegli occhi...

Occhi che non erano i suoi.

Iridi dai mille colori.

Sentii le gambe tremare. La pelle mi si gelò come se l'inverno mi si fosse schiantato addosso.

Le mie labbra si mossero piano. Socchiusi le palpebre per assicurarmi di non essere impazzita, e pronunciai quel nome con enorme cautela.

«Nate...?»

Quello che fino a un istante prima avevo creduto Ludkar mi sorrise.

«Sono passato io» disse la voce che conoscevo e amavo.

Nate.

Era Nate.

In quell'istante, per me, la vita tornò a scorrere nel mondo. Le nuvole avevano di nuovo il permesso di sorvegliare i nostri prati e il sole quello di mostrarci un cammino.

Qualcosa mi scivolò sulle guance. Non mi ero nemmeno accorta d'aver cominciato a piangere. Quella che provavo era una gioia talmente intensa, che non poteva resistere dentro di me. E, in quel momento, non mi importava che quel corpo non fosse il suo, non mi interessava cosa fosse successo, mi interessava solo la sua splendida anima ed era trascorso troppo tempo senza che riuscissi a baciarla.

Gli afferrai la testa e lo baciai con tutta la passione che avevo tenuto dentro di me, a bruciare lentamente per il mio e altri mille amori. Fu qualcosa di meraviglioso e indimenticabile. Tenevo gli occhi chiusi e sentivo che le mani sui miei fianchi erano quelle di Nate, che chi mi sfiorava le labbra era assolutamente Nate. Gli diedi ancora un bacio, breve ed elettrico, poi ci voltammo verso mio padre e i miei amici, che non capivano assolutamente cosa stesse succedendo.

«È Nate» gli dissi sorridendo. «È rientrato al posto di Ludkar».

Gli passai le mani fra i capelli e lui le passò fra i miei. Ogni istante che trascorrevamo stretti a quel modo, sentivo che recuperavamo minuti, giorni e mesi perduti, in cui mai c'eravamo incontrati.

E allora capii cosa significasse davvero un bacio.

L'unico modo che due persone hanno per dirsi tutto quello che provano.

Gli morsi le labbra.

Le parole sarebbero state tante, e nessuna sarebbe stata giusta, in nessuna lingua conosciuta o ancora da inventare.

Assaggiai i suoi palpiti.

Il cuore non batteva impazzito. Il cuore era il rumore delle onde. Io e Nate eravamo l'oceano e le nostre labbra erano tramonti e albe.

Ci sentivamo eterni. E ci sentivamo così proprio perché sapevamo di poter morire. Di poter abbandonare tutto.

Noi ci saremmo bastati.

Allontanai per un istante le labbra dalle sue e guardai profondamente i suoi occhi.

«Cos'era questo...» mi sussurrò socchiudendo le palpebre.

Io feci lo stesso.

«Era un bottone...»

Nate mi sorrise e attraverso il volto di Ludkar ebbi la sensazione di vedere il suo, con quelle adorabili fossette.

«Tu sei riuscita a farmi innamorare».

Fu un istante dolce e caldo. A tratti affannoso e salato, come il mare.

L'anima di Nate aveva portato nel corpo di Ludkar tutta la vita che gli aveva permesso di resistere nel Cinerarium.

«Nate?» domandò a quel punto Kolor, ancora incredulo, abbassando le braccia che aveva tenuto alte, in difesa dei miei due amici.

Nate mi guardò come a chiedere il permesso di allontanarsi e io lo accompagnai dolcemente verso il suo vecchio amico.

«Il mio Nocturno preferito...» disse, andando incontro a mio padre.

Si guardarono. Poi Kolor socchiuse gli occhi con dolcezza e gli appoggiò una mano sulla spalla.

«Non so cosa sia successo... ma... ma sono contento che tu sia qui. Non puoi nemmeno immaginare il dispiacere che ho provato quando Ludkar ti uccise. Provo rimorso ogni singolo istante per quello che gli ho permesso di farti...»

Nate mise a sua volta una mano sul braccio di Kolor.

«Amico mio... Tu hai fatto solo quello che una persona buona e saggia avrebbe fatto. Hai sperato fino all'ultimo che anche in lui ci fosse del buono. Non tormentarti, è anche grazie a lui che ho potuto conoscere Thara, forse era destino».

Mio padre sospirò.

«Non esiste il destino... Esistono solo errori e gli errori che si fanno o non si fanno».

Leonard, Christine e io rimanemmo a guardarli mentre si stringevano. Provai una sensazione strana, bella, che non avevo mai sentito. Avrei capito tempo dopo che era la sensazione di avere una famiglia.

«Beh...» disse Leonard timidamente, guardando Christine. «Ce lo diamo anche noi, un bacio?»

La mia amica lo guardò storto, ma alla fine gli sorrise.

«Uno!» disse frenando Leo che si stava già facendo avanti. «E sulla guancia».

Leonard decise di accontentarsi. Forse era quella la loro giusta alchimia. C'era sempre tempo per esperimenti futuri.

Presentai Nate ai miei amici e mi resi conto che, dopo quello che era accaduto, Leonard e Christine non lo avevano mai incontrato prima. Non ci avevo quasi fatto caso. Si sarebbero trovati bene.

Poi, nel silenzio, guardammo la grotta, come a non credere che eravamo stati noi a vivere tutto quello, pochi minuti prima. Adesso sembrava quasi un teatro abbandonato.

«Credo che sia giunto il momento di andarsene...» dissi, avvicinandomi a Nate e prendendogli la mano.

«Sì...» aggiunse Kolor. «Dopo vent'anni... credo di sì».

Alzò una mano e sotto ai nostri occhi compì qualcosa che aveva dell'incredibile. Le sue unghie cominciarono a crescere, smodatamente, dritte e taglienti come lame. Ammiccò, ritrovando un po' del suo antico fascino.

«Qualche trucco lo conosco anch'io».

E con un movimento del braccio, utilizzando le sue unghie come spade, tagliò di netto la stalagmite su cui era infilzato il corpo di Ludkar.

Il pezzo di pietra barcollò e ricadde verso la parete che si apriva sul quel foro tanto simile alla luna.

L'apertura perse la sua forma circolare e divenne uno squarcio attraverso cui entrò, prepotentemente, il sole. La caverna risplendette d'una luce che mai aveva conosciuto. Le pareti calcaree, prima aggrovigliate alle ombre, divennero chiare, e le pozze d'acqua brillarono d'una vita sacra.

Allora ci avvicinammo alla stalagmite e cominciammo a salirla, come una passerella.

Leonard e Christine uscirono per primi, scomparendo nel chiarore, mentre Kolor trattenne Nate e me per qualche istante.

Mise una mano sulla mia spalla, una mano su quella di lui e, guardando dritto davanti a sé, disse quelle parole che mai dimenticherò.

Parole su cui ho deciso di vivere e su cui avevo vissuto, senza saperlo, tutta la mia vita:

«Pensate… Pensate che la luna sia un foro nel cielo che ci fa vedere la luce… La luce del giorno dopo».

E ci perdemmo nel mondo.

Fuori dalla grotta ci attendeva tutto il tempo che non avevamo ancora esplorato.

Thara

EPILOGO

Era un giorno di pioggia quando celebrammo il funerale di Charles. Forse il cielo aveva pensato che le nostre lacrime non bastassero. Forse aveva ragione.

Nate e io ci stringevamo sotto lo stesso ombrello. Lo guardai dolcemente. Lui teneva gli occhi fissi davanti a sé, verso la bara. Non sapevo se era il suo nuovo corpo a impedirgli di piangere o se non riusciva a provare emozioni. Lo strinsi forte. Gli vidi le labbra piegarsi appena.

Accanto a lui c'era Sally. La abbracciava mia madre.

Leonard e Christine stavano muti a guardare la bara.

Mio padre aveva scelto di non presentarsi, per molte ragioni.

Quando venne il momento dell'ultimo saluto, ognuno di noi lanciò un iris nella fossa.

Rimanemmo tutti ad assistere fino alla fine.

A un certo punto, Nate mi lasciò l'ombrello e, sotto la pioggia battente, prese una pala. Mi commossi a vederlo sollevare la terra per coprire suo padre. In fondo, quella era l'ultima cosa che potevano fare insieme.

Sally mi avvicinò e, senza guardarmi, perché i suoi occhi erano vuoti, mi mise in mano il farfallino di Charles. Le promisi che lo avrei conservato per sempre.

Ma i suoi occhi non erano i soli ad avere qualcosa di strano.

Per un istante, mentre fissavo Nate scavare, ebbi l'impressione che le sue pupille fossero nere. Era solo una nube che passava sul suo sguardo, pensai.

Poco dopo, infatti, tornò l'arcobaleno.

Era un giorno di pioggia quando celebrammo il funerale

di Charles. Forse il cielo aveva pensato che le nostre lacrime non bastassero. Forse aveva ragione.

Ma i giorni di pioggia dovevano ancora venire.

In un cielo futuro si stava preparando la tempesta.

SCUSE E RINGRAZIAMENTI

La cosa bella di un libro è che i ringraziamenti si possono saltare. Per questo ci sono solo scuse.

Mi scuso pubblicamente con Igor Della Libera, caro amico e collega da ormai non so quanti anni, una delle poche persone ancora capaci di stupirmi per le idee e per il suo sfrenato cinismo nei miei confronti.

Mi scuso con Ana Carlota Pacunayen che mi ha tenuto compagnia per tutte le lunghe notti passate nel buio del mio studio interrompendomi con caffè, stupidaggini e affetto.

Mi scuso con Vicki Satlow, la mia infallibile agente (letteraria) segreta. Una cosa su di lei: ci sono donne che fanno paura per la loro bellezza, altre che fanno paura perché sono tua madre e poi c'è lei, che fa paura perché è anche tutto il resto.

Mi scuso con Maria Chiara Bettazzi, la mia editor, che nonostante mi abbia conosciuto e abbia letto quello che scrivo, insiste tenacemente per affondare con me.

Mi scuso con Luigi Serafini e Max Manfredi che nonostante la loro genialità, hanno sempre trovato del tempo da passare insieme facendomi pensare d'essere all'altezza della loro conversazione.

Mi scuso con Giuliano Giunchi per avergli dedicato questo libro. Meriterebbe di meglio.

Mi scuso con Andrea Lanza, regista teatrale nero presente, che si è già vendicato facendomi recitare dentro a un bidone "Finale di Partita".

Mi scuso con Thara Repetto, che a suo tempo ha ispirato il personaggio di Thara e che perseguitavo regalandole iris nell'anonimato con la speranza di vederla svenire.

Mi scuso con Laura Ceccacci che ha speso tempo, sudore e inchiostro a trasformare questo libro da "Melanzane: verdure di terra" a "Iris: fiori di cenere".

Mi scuso con Christine Pacunayen e le sue amiche, che sono state avide lettrici di questo testo, consigliere e critiche letterarie dal sicuro successo e dai sicuri nemici.

Mi scuso con mio padre Fabio Temporin e mia madre Anna Chiesura che nonostante pensino di non coesistere nello stesso universo, sono sempre fonte di spunto e implicitamente creatori.

Mi scuso con Andreina Valente e Arturo Fighetti anche se loro non sanno perché.

Mi scuso con Carla Pochettino e lei sa bene perché.

Mi scuso con tutti Gli Altri per non averli nominati.

Ma soprattutto devo scusarmi con Susanna Scavone, senza la quale questa storia sarebbe assomigliata a un filo di paglia. La sua costante presenza e maniacale dedizione le è costata però la responsabilità del cinquanta per cento su tutti i pregi e i difetti del romanzo.

INDICE